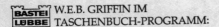 W.E.B. GRIFFIN IM TASCHENBUCH-PROGRAMM:

SOLDATEN-SAGA

13 173 Band 1 Lieutenants
13 181 Band 2 Captains
13 196 Band 3 Majors
13 203 Band 4 Colonels
13 209 Band 5 Green Berets
13 217 Band 6 Generals
13 289 Band 7 Die neue Generation
13 325 Band 8 Die Flieger

DAS MARINE-CORPS

13 335 Band 1 Shanghai
13 355 Band 2 Wake Island
13 369 Band 3 Von Pearl Harbor nach Guadalcanal
13 389 Band 4 Inferno im Pazifik
13 424 Band 5 Die Beobachter von Buka Island
13 478 Band 6 Hölle auf den Salomonen
13 786 Band 7 Hinter den Linien

PHILADELPHIA-COPS

13 625 Band 1 Männer in Blau
13 657 Band 2 Sonderkommando
13 677 Band 3 Das Opfer
13 713 Band 4 Der Augenzeuge
13 732 Band 5 Der Bombenleger
13 768 Band 6 Das Mordkomplott
In Vorbereitung:
    Band 7 Die Ermittler

HONOR BOUND – Im Auftrag der Ehre

13 612 Band 1 Geheimauftrag Buenos Aires
13 878 Band 2 Operation Outline Blue

W.E.B. GRIFFIN

Die letzten HELDEN

Roman

Ins Deutsche übertragen von Joachim Honnef

BASTEI LÜBBE TASCHENBUCH
Band 13 937

Erste Auflage: April 1998

© Copyright 1985 by W.E.B. Griffin
This edition published by arrangement with G.P. Putnam's Sons
a division of the Putnam Berkley Group, Inc.
All rights reserved
Deutsche Lizenzausgabe 1998 by
Bastei-Verlag Gustav H. Lübbe GmbH & Co.,
Bergisch Gladbach
Originaltitel: The Last Heroes
Lektorat: Rainer Delfs
Titelbild: TCL/Bavaria-Bildagentur
Umschlaggestaltung: QuadroGrafik, Bensberg
Satz: KCS GmbH, Buchholz / Hamburg
Druck und Verarbeitung:
Brodard & Taupin, La Flèche, Frankreich
Printed in France
ISBN 3-404-13937-2

Der Preis dieses Bandes versteht sich einschließlich der gesetzlichen Mehrwertsteuer

Für Lieutenant Aaron Bank, Infanterie, AUS
abkommandiert zum OSS
(Später Colonel, Special Forces)
und
Lieutenant William F. Colby, Infanterie, AUS,
abkommandiert zum OSS
(Später Botschafter und CIA-Direktor)
Sie setzten als Leiter des Jedburgh-Teams,
das in den von Deutschland besetzten Ländern
Frankreich und Norwegen operierte,
die Maßstäbe für Tapferkeit, Klugheit,
Patriotismus und persönliche Integrität,
denen Tausende, die bei OSS und CIA
in ihre Fußstapfen traten,
nachzueifern versuchten.

Anmerkung des Autors

Nichts, das jemals
über Washington geschrieben wurde,
entspricht der Wahrheit.

Prolog

Im Januar 1939 reiste Professor Niels Bohr, ein deutscher Wissenschaftler, der aus Deutschland geflüchtet war und damals in Kopenhagen lebte, in die Vereinigten Staaten und besuchte Professor Albert Einstein, den deutschen Mathematiker, der ebenfalls aus Deutschland emigriert war und damals in Princeton, New Jersey, wohnte.

Sie diskutierten unter anderem über ein interessantes Phänomen, das sie beobachtet hatten, wenn Uran mit Neutronen bombardiert wird: Es bilden sich Barium und Krypton, ein Anzeichen darauf, daß das Uran-Atom in zwei annähernd gleich schwere Bruchstücke gespalten wird.

Professor Bohr sprach über dieses Phänomen, das er Kernspaltung nannte, mit einer Reihe anderer bedeutender Wissenschaftler. Dazu zählte Professor Enrico Fermi (damals an der University of Chicago). Bei einer Konferenz am 26. Januar 1939 in Washington, D. C., wies Fermi darauf hin, daß bei der Kernspaltung vielleicht Neutronen frei werden und möglicherweise einen Massendefekt – eine ›Kettenreaktion‹ – auslösen. Fermi glaubte, daß solch eine Kettenreaktion Bindungsenergie von erstaunlicher Größe freisetzen würde.

Der erste Kontakt bezüglich der Kernspaltung zwischen den Wissenschaftlern und der Regierung der Vereinigten Staaten fand im März 1939 statt, als Professor George B. Pegram von der Columbia University für Fermi eine Diskussion des Themas mit Offizieren der U. S. Navy arrangierte.

Energiegewinnung war von großer Bedeutung für die U. S. Navy, deren Ingenieure ständig bestrebt waren, aus jeder Gallone gebunkerten Öls und Flugbenzins ein paar weitere Energieeinheiten herauszuholen. Eine Steigerung von fünfzig Prozent Energiegewinn würde demjenigen, der den Schlüssel für das Geheimnis besaß, einen gewaltigen Vorteil über seinen Feind verschaffen, und diese angesehenen Wissenschaftler sprachen von mehr als zehnfachem oder sogar hundertfachem Energiezuwachs!

Und selbst wenn es technische Hindernisse gab und die Treibstofftanks der Navy nicht auf wundersame Weise mit Energie gefüllt werden konnten, war vielleicht etwas an dieser geheimnisvollen Prozedur, das als Munition funktionierte. Eine Steigerung der Durchschlagskraft einer Granate war immer willkommen.

Professor Fermi sagte den Marine-Offizieren, er habe zwar keine genauen Zahlen, aber seiner Schätzung nach setze die Kernspaltung von hundert Pfund Uran 235 ungefähr soviel Energie frei wie zwanzigtausend Tonnen Sprengstoff wie zum Beispiel Trinitrotoluol, kurz TNT.

Die Navy fand das faszinierend und fragte ihn, ob in Europa großes Interesse an dieser Sache bestand. Professor Fermi bestätigte das. Die Deutschen waren anscheinend sehr an diesem Thema interessiert. Und in Deutschland gab es Uranminen.

Die Navy erkundigte sich, ob die Förderung des Urans und die Herstellung dieses neuen Sprengstoffs schwierig sei.

Professor Fermi bestätigte das traurig, denn nicht jedes Uran konnte verwendet werden. Das Uran, das für eine Kettenreaktion nötig war, Uran 235, war ein Isotop, also eine Atomart, deren Kern gleiche Protonen, aber verschiedene Neutronen hat, ein Teil in 140. Das gegenwärtige Weltvorkommen von reinem Uran 235, erklärte der Professor, betrug 0,000001 Pfund.

Im Sommer 1939 unterbreitete Alexander Sachs die Ansichten Einsteins und der anderen Wissenschaftler Präsident Franklin Delano Roosevelt.

Ungefähr ein halbes Jahr später stellte Roosevelt Gelder zur weiteren Erforschung dieses Projekts zur Verfügung. Die Wissenschaftler meinten, sie könnten für sechstausend Dollar alles Erforderliche erreichen, und genau diese Summe erhielten sie von dem Präsidenten.

Wieviel Geld der Marinenachrichtendienst ausgab, um irgendwo außerhalb der Grenzen Nazi-Deutschlands Uranvorkommen zu suchen, ist nie enthüllt worden, aber es ist bekannt, daß am 6. Dezember 1941, als das Atom-Kernspaltungs-Projekt unter die Leitung des US-Ministeriums für wissenschaftliche Forschung und Entwicklung gestellt wurde, die Navy von der Existenz mehrerer hundert Tonnen Uran-Pecherz in Kolzewi wußte, einer kleinen Minenstadt in der Provinz Katanga von Belgisch Kongo.

I

1

Annapolis, Maryland

4. Juni 1941, 13 Uhr 30

Der 1941er Jahrgang der US-Marineakademie hatte mehr oder weniger geduldig die Rede des Marineministers ertragen. Jetzt bildeten die Absolventen dem akademischen Rang entsprechend eine Schlange und rückten zum Podium vor, um ihre Urkunde entgegenzunehmen und sich die Hand schütteln zu lassen. Als sie zu ihren Plätzen zurückkehrten, blickten sie zum Himmel. Der nächste Punkt auf dem Programm war eine Luftparade von Navy-Jagdflugzeugen.

Der Kommandant der Marineakademie war alles andere als begeistert gewesen, als man ihm die Luftparade vorgeschlagen hatte. Seiner Meinung nach sollte die Abschlußfeier nicht in eine Flugschau ausarten. Insgeheim war er überzeugt, daß die Navy überhaupt keine Kampfflugzeuge brauchte, weil das Kriegsschiff die elementare Waffe der Marine war und sie Flugzeuge nur brauchte, um die feindliche Flotte zu orten. Die Vorstellung, daß sich kluge junge Leutnants zur See zur Flugausbildung meldeten, war ihm ein Greuel. Sie sollten ihren Beruf an Bord von Schlachtschiffen und Kreuzern lernen.

Der Stellvertretende Marineminister hatte den Kommandanten jedoch ›gebeten‹, sich anders zu besinnen. ›Fox Movietone News‹ und die Presse würden anwesend sein, und wenn eine Luftparade stattfinde, fügte der Stellvertretende Marineminister hinzu, sei es durchaus möglich, daß auch ›The March of Time‹ ein Wochenschau-Team schicke. Durch ›Fox Movietone News‹ und ›The March of Time‹ würde ein Wochenschau-Filmbericht von der Abschlußfeier in jedem Kino des Landes zu sehen sein. Das war eine herrliche Reklame für die Navy, und diese PR-Möglichkeit sollte nicht ignoriert werden.

So ›entschied‹ der Kommandant, einer Staffel von Grumman F3F-1-Jagdflugzeugen zu genehmigen, die Akademie zu überfliegen, bevor die brandneuen Leutnants zur See, einer langen Tradition folgend, ihre Mützen in die Luft warfen.

Die Grumman F3F-1, ein Doppeldecker, war derzeit das Standard-Jagdflugzeug der Navy. Sie wurde von einem 950-PS-Wright-Cyclone-Motor angetrieben, mit dem sie eine Spitzengeschwindigkeit von 370 Stundenkilometern erreichte. Und sie war mit einem Maschinengewehr Kaliber .50 und einem MG Kaliber .30 bewaffnet.

Planmäßig flog die erste V-Formation der drei F3F-1-Maschinen über den Campus. Sie flogen mit Höchstgeschwindigkeit in einer Höhe von 1500 Fuß, die von der Marine und der Flugsicherungsbehörde vorgeschriebene Mindesthöhe über bewohnten Gebieten.

Selbst bei dieser Höhe war das Röhren ihrer Motoren beeindruckend, und der Überflug wirkte viel länger, als das wirklich der Fall war, denn sechs weitere V-Formationen von jeweils drei F3F-1 folgten der ersten in 30-Sekunden-Intervallen. Sogar der Kommandant gab etwas widerwillig zu, daß es eine beeindruckende Demonstration der Macht der Marine war.

Als die letzte V-Formation von F3F-1 Maschinen den Campus überflogen hatte und an Höhe gewann und der Kommandant wieder zum Mikrofon gehen wollte, ertönte ein anderes – und viel lauteres – Motorengedröhn. Es war lauter, weil die Maschine nur ungefähr 500 Fuß hoch flog und weil der Wright-1200-PS-Kompressormotor des Grumman F4F-3-Wildcat-Jägers gewaltig röhrte. Der silberfarbene Eindecker näherte sich schneller als die F3F-1-Maschinen zuvor. Die Wildcat hatte eine Höchstgeschwindigkeit von 530 Stundenkilometern, 160 Stundenkilometer schneller als die F3F-1.

Die noch nicht ganz akzeptierte F4F-3 würde schließlich die F3F-1 als Standard-Jagdflugzeug der Navy ersetzen. Sie war noch so neu, daß keiner der Teilnehmer der Abschlußfeier bislang eine dieser Maschinen gesehen hatte.

Mit einer bemerkenswerten Ausnahme. Auf der Zuschauertribüne saß ein Vizeadmiral, auf dessen Uniform die goldenen Schwingen des Marinefliegers prangten.

Der zweite, ungeplante Überflug war seine Idee gewesen. Er hatte sich gesagt, daß es gut war, F3F-1-Jagdflugzeuge in die Wochenschauen zu bringen, daß es aber noch besser war, die neue, überlegene F4F-3 im Kino zu sehen. Er war überzeugt gewesen, daß er eine Abfuhr erhalten würde, wenn er diese Schau vorschlagen würde. Nur ein paar Wildcats waren aus der Produktion gekommen, und diese Maschinen wurden für Testflüge gebraucht. Sie konnten nicht für eine solche Flugschau entbehrt werden, hätte man argumentiert.

Der Vizeadmiral strahlte, als die erste F4F-3 eine Rolle vollführte und dann in den Steigflug ging. Sofort tauchte eine andere Wildcat auf, flog ebenfalls eine gekonnte Rolle und verschwand. Dann folgte eine dritte und letzte Wildcat. Als sie das Publikum überflog, applaudierten die Zuschauer.

Die Kapelle begann ›Anchors Aweigh‹ zu spielen.

Der Kommandant der Marineakademie lächelte. Es blieb ihm nichts anderes übrig. Der Bastard von Schlachtschiff-Fan konnte kaum lauthals gegen den Verstoß gegen die Vorschriften und den ungenehmigten Überflug bei einem Stellvertretenden Marineminister protestieren, der wie ein stolzer Vater lächelte.

2
Anacostia Naval Air Station Washington, D.C.

4. Juni 1941, 13 Uhr 55

Der Tower Anacostia erteilte Navy null null drei – drei F4F-3-Maschinen – die Erlaubnis, in Sechzig-Sekunden-Intervallen auf Landebahn zwei-null zu landen. Commander J. K. Hawes, USN, der die erste F4F-3 flog, löste sich über dem Distriktgefängnis von Columbia und dem Krankenhaus von der Formation und drehte nach links zum Landeanflug ab. Er überflog bei der Washingtoner Marinewerft die Sousa Bridge, schwebte tief über den Anacostia River und landete. Ein ›Follow Me‹-Truck erwartete ihn.

Eine Minute später landete Lieutenant (Junior Grade) Edwin H. Bitter, USN, die zweite F4F-3, und wiederum sechzig Sekunden danach setzte Lieutenant (Junior Grade) Richard L. Canidy, USNR, mit der dritten auf.

Commander Hawes war dreiundvierzig, ein erfahrener Marineflieger und Absolvent der Marineakademie. Er war der F4F-3-Projektoffizier und stationiert in der Grumman-Fabrik in Bethpage, Long Island.

Die Lieutenants Bitter und Canidy, beide vierundzwanzig, waren aus dem großen Aufgebot von Marinefliegern auf dem Marine-Flughafen Pensacola ausgewählt worden, wo sie Fluglehrer waren. Es waren zwei Piloten angefordert worden, die mehr als die übliche Fähigkeit hatten, die F4F-3 zu fliegen. Diese beiden mußten etwas Besonderes haben – wirkliches Talent zum Fliegen. Sie mußten ebenfalls klug genug sein, um den wahren Zweck der Luftparade zu verstehen und sich darüber im klaren zu sein, welchen Schaden für die Marine-Luftfahrt sie anrichten konnten, wenn sie etwas vermasselten.

Lieutenant Edwin H. Bitter erfüllte die Anforderungen perfekt. Er war ein ernster, konzentriert wirkender junger Mann, der 1938 die Abschlußprüfung der Marineakademie bestanden hatte. Nebenbei hatte er sich seine Urkunden jedoch beim Football verdient; und er trainierte noch regelmäßig – und sah danach aus. Die heutigen Manöver über Annapolis hatten Bitter besonderen Spaß gemacht, obwohl ihn sonst so etwas Unorthodoxes gestört hätte. Er betrachtete seine Auswahl für diesen Einsatz als Ehre, und das zu Recht.

Mit anderen Worten, Lieutenant Bitter war ein Hundertprozentiger, der korrekteste der Korrekten. Lieutenant Richard L. Canidy war ganz das Gegenteil. Er war zwar ein besserer Pilot als Bitter, aber er hatte nicht die Akademie besucht, und – noch schlimmer – sein Verhalten störte viele Leute, die zählten. Wenn sein Name zur Sprache kam, fielen allzuoft Bezeichnungen wie anmaßend, blasiert, arrogant oder herausfordernd. Man fand, daß Canidy zu viele Kurven schnitt. Einige hielten ihn sogar für ›unseriös‹. Allgemein hielt man Canidy für viel zu clever, nicht klugscheißerisch, sondern im Sinne von ›klug und gewitzt‹. Er hatte 1938 den Bakkalaureus (cum laude) der Naturwissenschaften und Luftfahrttechnik des Massachusetts Institute of Technologie (MIT) erhalten.

Canidy hatte dunkelbraune Augen und schwarzes Haar, und er lächelte schnell. Er war groß – fast einen Kopf größer als Bitter – und bewegte sich geschmeidig, aber man konnte ihn nicht als gutaussehend bezeichnen. Dieses Defizit war jedoch keineswegs hinderlich bei der Häufigkeit oder dem (gegenseitigen) Vergnügen seiner Begegnungen mit attraktiven Vertreterinnen des anderen Geschlechts. Manche Leute behaupteten – einige recht neidisch –, er hätte das gleiche Talent bei Frauen wie Alexander der Große beim Erobern von fremden Ländern.

Und Canidy war ebenfalls ein hervorragender Pilot. Als er zur Navy gegangen war, hatte er bereits einen zivilen Pilotenschein gehabt und war ein erfahrener Flieger gewesen, mit der Lizenz für Instrumentenflüge und mit 350 Stunden Alleinflug. Und seine Fähigkeiten hatten sich stetig verbessert. Ein leichter Weg auf der Karriereleiter der Navy war für ihn offen, wenn er ihn gehen wollte. Er ging ihn nicht. Er hatte gleich jedem erzählt, daß er zwar nach besten Kräften tun würde, was die Navy von ihm verlangte, daß er jedoch nicht vorhabe, Admiral zu werden.

Nach dem ersten akademischen Grad des MIT hatte er ein vierjähriges Stipendium der Navy erhalten. Diese vier Jahre würden im Juni 1942 zu Ende sein. Im Moment wollte Canidy seinen goldenen Anderthalb-Streifen gegen den Rechenschieber eines Technikers in einem Konstruktionsbüro tauschen. Die Boeing Aircraft Company in Seattle, Washington, hatte ihm eine sehr gute Arbeitsstelle angeboten; aufgrund seiner akademischen Grade B.S. und A.E. (cum laude), aufgrund der guten Meinung, die mehrere Professoren von ihm hatten; und aufgrund seiner Dissertation ›Eine Hypothese über Vibrationen der Tragflächenspitzen bei Geschwindigkeiten über 400 MPH‹.

Schließlich hatte man entschieden, daß Bitter und Canidy aufgrund ihrer fliegerischen Fähigkeiten nach Bethpage geschickt wurden und Canidys Verhalten – obwohl es viel zu wünschen übrigließ – durch seine anderen Qualifikationen mehr als wettgemacht wurde.

Mit einer Geheimhaltung, als sei ein Überraschungsangriff auf Toronto oder Montreal geplant, fand Canidy. Er und Bitter (der sein Zimmergenosse im Quartier für ledige Offiziere war, weil die Quartiere dem Alphabet nach zugeteilt wurden), waren in Pensacola zum Büro des Stellvertretenden Kommandanten befohlen worden. Man hatte sie Commander Hawes vorgestellt und informiert, daß sie für eine wichtige Mission ausgewählt worden waren, die das Fliegen der F4F-3 anbetraf.

Sie waren nach Bethpage gereist, hatten F4F-3-Maschinen frisch aus der Produktion erhalten und dann Tief- und Kunstflug über dem Atlantik geübt, gerade außer Sicht vom Land.

Canidy war als Techniker sehr beeindruckt von der Wildcat. Als Pilot war er sehr von dem Flugzeug als solchem beeindruckt. Insgeheim fand Dick Canidy, die vergangenen drei Wochen waren genug Beweis dafür, daß Irrsinn und kindisches Gebaren kein Hindernis für eine Beförderung in der Navy der Vereinigten Staaten waren.

Er bereute nicht, daß er sich für die Pst-Pst-Kinderei freiwillig gemeldet hatte. Zum einen hatte es ihm den Dienst auf dem Rücksitz einer Kaydet erspart, des nur knapp 150 Stundenkilometer fliegenden Doppeldeckers, mit dem er Grünschnäbeln von Marinefliegern die Grundbegriffe des Fliegens beibrachte. Zum anderen hatte er Gelegenheit, die F4F-3 zu fliegen. Dies konnte seinen allgemeinen Wissensschatz erweitern, und wenn er die Uniform ablegte, führten die neuen Kenntnisse vielleicht zu einem höheren Gehaltsscheck. Er hatte sich in Bethpage Mühe gegeben, Abteilungsleiter von Grumman wissen zu lassen, daß er sich zwar auf die Arbeit bei Boeing freue, sich aber eigentlich noch nicht festgelegt habe, nach Seattle zu ziehen.

Als Canidy in Anacostia landete, empfand er leichtes Bedauern, weil dies für eine Weile die letzte Gelegenheit gewesen war, die F4F-3 zu fliegen. Er rollte zum Ende der Landebahn, wo Hawes und Bitter hinter einem Ford-Pickup warteten, der schwarzweiß-kariert angestrichen und mit der Aufschrift ›Follow Me‹ versehen war.

Der Flughafenoffizier erwartete sie. Mit breitem Lächeln überreichte er Commander Hawes einen Zettel. Hawes las, was darauf stand, lächelte glücklich und zeigte ihn den Lieutenants Bitter und Canidy.

> **An Commander Hawes übermitteln**
> **Gut gemacht. Derr, Vice Admiral**

»Nun, Gentlemen«, sagte Commander Hawes, »wir haben es geschafft.«

»Jawohl, Sir«, sagte Lieutenant Bitter.

»Es wird heute abend ein kleines Abendessen im Army-Navy Club geben«, kündigte Commander Hawes an. »Sie sind natürlich eingeladen.«

»Sir?« sagte Canidy.

»Ja?«

»Ist das Erscheinen befohlen, Sir? Ich frage, weil ich einen Freund in Washington besuchen wollte.«

»Einen Freund?«

»Jawohl, Sir.«

»Nein«, sagte Commander Hawkes. Er war ein bißchen verblüfft, aber er bemühte sich, freundlich zu sein. »Natürlich ist das Erscheinen nicht befohlen. Besuchen Sie Ihren Freund.«

Ihm wäre es als jungem Lieutenant niemals in den Sinn gekommen, eine Einladung von einem Vorgesetzten abzulehnen, besonders nicht, wenn er eine Gelegenheit gehabt hätte, sich in Vizeadmiral Derrs Anerkennung zu sonnen. Obwohl an der Ausübung seiner Pflicht nichts zu bemängeln war, hatte Canidy nicht ganz das richtige Verhalten für einen jungen Offizier.

»Wenn Ihnen meine Abwesenheit in irgendeiner Weise peinlich wäre, Sir ...«

»Überhaupt nicht. Besuchen Sie nur Ihren Freund.«

»Danke, Sir.«

Bitter wartete, bis sie im Quartier für ledige Offiziere allein waren. Dann hielt er Canidy vor, daß es ein Fehler von ihm gewesen war, die Einladung abzulehnen.

»Eddie, du willst Admiral werden«, erwiderte Canidy. »Geh du zum Abendessen. Mein einziger Wunsch ist im Augenblick, 'ne Nummer zu schieben, und ich bezweifle, daß ich im Army-Navy Club dazu Gelegenheit haben würde.«

»Du kommst heute nacht hierher zurück?«

»Ich hoffe es nicht«, sagte Canidy.

»Falls ich dich erreichen muß, wo wirst du sein?«

»Im Haus eines Freundes in der Q Street, NW. Die Rufnummer steht im Telefonbuch unter Whittaker.«

Eddie Bitter schrieb den Namen in ein Notizbuch.

Eine halbe Stunde später stieg Dick Canidy aus einem Taxi und stand im Botschaftsviertel von Washington in der Nähe von Rock Creek vor einer drei Meter hohen Backsteinmauer. Er trug jetzt Sakko und Freizeithose und hatte nur eine kleine Reisetasche mit Unterwäsche zum Wechseln mitgenommen. Er bezweifelte, daß er andere Kleidung brauchte, denn er freute sich auf ein paar Sätze Tennis und dann auf die Mädchenjagd.

Ein Klingelknopf war in die Backsteinmauer eingelassen. Canidy klingelte und wartete, bis jemand öffnete. Dann schob er die Tür auf und ging hindurch. Zwischen der Mauer und dem Haus gab es Bäume und Wege und sogar Bänke wie im Central Park.

Das Haus war ein Herrenhaus aus der Jahrhundertwende, imposant in seiner Häßlichkeit. Es war mit Sandstein verkleidet. Wasserspeier an der Dachkante spuckten Regen vom Schieferdach. Ein Wetterhahn krönte den Dachfirst, und zwei steinerne Löwen bewachten das Portal. Eine breite marmorne Veranda mit vier gußeisernen Tischen mit jeweils vier gußeisernen Stühlen erstreckte sich vor der gesamten Fassade. Canidy hatte das Haus in der Q Street besucht, seit er fünfzehn gewesen war, und er hatte nie jemand auf den gußeisernen Stühlen sitzen gesehen.

Es war Tradition auf der St. Mark's School, Frischlinge (Schüler in den ersten Klassen) Zimmer mit älteren Schülern zuzuteilen. Offenbar beabsichtigte die Schulleitung damit, daß sich die älteren Jungen um die jüngeren kümmerten und ihnen ein gutes Beispiel gaben. Eine Ausnahme wurde für die Oberstufe gemacht, deren Schüler mit Gleichaltrigen das Zimmer teilen durften, wenn sie das wünschten. Aber Erstkläßler wurden ausnahmslos älteren Schülern zugeteilt. Die neuen Schüler hießen Frischlinge, und Jim Whittaker war sein Frischling gewesen.

St. Mark's fast geheiligte Sitten hatten wenig Eindruck auf Dick Canidy gemacht. Er war in einer Kopie von St. Mark's – St. Paul's – geboren worden und aufgewachsen, deren Direktor sein Vater, der Reverend George Crater Canidy, Dr. theol., Dr. phil., war. Obwohl ältere Schüler der höheren Klassen Distanz zu den Frischlingen halten sollten, hatte Dick Canidy Jim Whittaker mehr gemocht als die beiden anderen Jungen, die ihre Bude aus zwei Schlafzimmern und einem Badezimmer geteilt hatten. Und sie waren Freunde geworden.

Jim hatte ihn gebeten, ihn in diesem Jahr in den Ferien zum Thanksgiving Day zu besuchen – mit dem Köder, daß sein Onkel Chesty Eintrittskarten für das Army-Navy-Footballspiel hatte –, und Dick Canidy hatte zugesagt und ihn besucht.

Bei seiner Ankunft hatte Canidy Jims Onkel und Tante das übliche Kompliment gemacht »Ein schönes Haus habt ihr«, aber ihre erstaunliche Antwort hatte gelautet, das Kompliment gebühre in Wirklichkeit Jim.

»Das Haus gehört ihm«, hatte Chesley Haywood ›Chesty‹ Whittaker, Jims kinderloser Onkel, gesagt. »Es war das seines Vaters.«

Chesty Whittaker hatte Canidy die Verwirrung angesehen und erklärt: »Nach dem Tod von Jims Vaters sagte man sich, daß eine Botschaft oder ein Botschafter es für einen horrenden Preis erwerben wird, wenn es zum Verkauf steht. Und bis dahin, natürlich nur für ein paar Monate, würden Barbara und ich es benutzen, wenn wir in Washington sind. Das war vor zehn Jahren, und wir warten immer noch auf ein Angebot zu einem horrenden Preis.«

Canidy hatte Onkel Chesty von Anfang an gemocht. Zum einen hatte Chesty Whittaker sich nicht gesagt, daß Dick als Sohn eines Geistlichen einen guten moralischen Einfluß auf Jim haben mußte; er hatte ihm keine schmutzigen Witze vorenthalten oder ihn von irgend etwas ferngehalten, das nach Sünde schmeckte. Und später, dessen war sich Canidy sicher, war Jims Onkel dafür verantwortlich gewesen, daß er im MIT aufgenommen worden war und das Stipendium bei der Navy erhalten hatte, das ohne das Studium am MIT gar nicht möglich gewesen wäre. Jim hatte ihm Kopien der Briefe gezeigt, die sein Onkel zugunsten Canidys an den Marineminister geschrieben hatte. Im ersten Brief an ›Lieber Mr. Marineminister‹ hatte er Canidy als Ausbund an Tugend und akademischem Können geschildert, dessen Dienste sich die Navy einfach nicht entgehen lassen konnte. Im zweiten Brief an ›Alter Armleuchter‹ hatte er geschrieben: »Ich meine jedes Wort ernst, das ich in meinem ersten Brief gesagt habe, und wenn die Navy Dick kein Stipendium gibt, dann solltest Du Dich verdammt darauf vorbereiten, mir zu erklären, warum sie das nicht tut.«

Im Laufe der Jahre betrachtete Dick Canidy das Haus in der Q Street fast als zweites Zuhause und die Whittakers als zweite Familie. Und Canidy hatte glückliche Sommerwochenenden im Haus der Whittakers an der Küste von New Jersey verbracht, wo Jims Tante so freundlich zu ihm gewesen war wie ihr Mann.

Ein grauhaariger Schwarzer mit grauem Jackett, den Canidy noch nie gesehen hatte, öffnete die Haustür.

»Ja, Sir?«

»Ich möchte bitte zu Mr. Whittaker«, sagt Canidy.

»Zu ihm, aber vorzugsweise zu beiden Whittakers.«

»Beide Whittakers sind nicht daheim, Sir.«

»Mein Name ist Canidy«, sagte Dick.

»O ja, Sir, wir haben Sie erwartet«, sagte der Butler. »Kommen Sie bitte herein.«

»Jim ist nicht da?«

»Lieutenant Whittaker rief an, Sir«, antwortete der

Butler. »Er bat mich, Ihnen zu sagen, daß er sich beim Air Corps nicht frei nehmen kann. Und er hat mich beauftragt, Sir, Ihnen den Aufenthalt so angenehm wie möglich zu machen.«

Verdammt, dachte Canidy. Als er Jim angerufen hatte, der bei der Reserve des Air Corps als Second Lieutenant diente und auf Randolph Field in Texas stationiert war, hatte Jim geglaubt, er könnte sich Urlaub nehmen und eine Nacht in der Stadt mit ihm verbringen. In Jims Gesellschaft war das Haus in der Q Street ein großartiger Aufenthaltsort. Ohne Jim war das Haus so wenig aufregend wie eine Bibliothek. Es blieb immer noch genügend Zeit, um nach Anacostia und dem Abendessen im Army-Navy Club zurückzukehren.

»Ich glaube, ich werde Mrs. Harris guten Tag sagen und dann ein Taxi bestellen«, sagte Canidy. Mrs. Harris war die Haushälterin.

»Mrs. Harris ist in Rente gegangen, Sir. Ich habe sie sozusagen ersetzt«, sagte der Butler und zog die Tür weiter auf. »Im Wohnzimmer ist ein Telefon, Sir.«

Canidy suchte im Telefonbuch nach der Nummer einer Taxifirma, als er eine Frauenstimme hörte, die Fragen über ihn stellte.

»Es ist Mr. Canidy, Miss«, sagte der Butler. »Er hat gebeten, das Telefon zu benutzen.«

Als Canidy Schritte hinter sich hörte, wandte er sich um. Es war Cynthia Chenowitch. Sie war ein paar Jahre älter als er, ein Nachteil, über den er bereitwillig hinwegsah, denn sie war gut gebaut, hatte eine üppige Oberweite und eine dunkelbraune Haarfülle. Aber sie hatte auch etwas Distanziertes und Hochnäsiges, so daß man nicht wußte, woran man bei ihr war oder ob man überhaupt an sie herankommen konnte. Canidy hatte so eine Ahnung, daß unter all dem arroganten Gehabe Glut und Leidenschaft schlummerten. Aber tief darunter. Sehr tief. Sie war ›eine Freundin der Familie‹, und er kannte sie – nicht gut – seit langem.

»Hallo, Canidy«, sagte sie. »Was bringt Sie her?«

»Hallo, Cynthia«, erwiderte er. »Sie sind ein hübscher Trostpreis.«

»Anstelle von was?« fragte sie kühl.

»Ich sollte hier Jim treffen.«

»Dann hat er Sie nicht erreicht? Er sagte, er würde Sie anrufen.«

»Nein, das hat er nicht.«

»Kann ich etwas für Sie tun?« fragte Cynthia und hoffte sichtlich, daß er sie nicht behelligte.

»Ich wollte gerade ein Taxi bestellen«, erklärte Canidy.

»Sie sind natürlich als Gast willkommen«, sagte sie.

»Das ist sehr freundlich von Ihnen, Cynthia«, erwiderte er leicht sarkastisch.

Sie bemerkte seinen spöttischen Tonfall. »Ich wohne jetzt hier. Im Apartment über der Garage. Ich halte sozusagen ein Auge auf die Dinge. Mrs. Harris hat sich zur Ruhe gesetzt, wissen Sie.«

»Oh«, sagte er.

Canidy wußte von Jimmy, daß Cynthias Vater, der am zwölften Loch von Winged Foot, dem Golfplatz des New York Athletic Club, tot umgefallen war, seiner Witwe und dem einzigen Kind nicht genug hinterlassen hatte, um seine Beerdigung zu bezahlen. Chesty Whittaker, der Thomas Chenowitchs Klassenkamerad in Harvard und sein Trauzeuge gewesen war, hatte deshalb seine Verpflichtung als Gentleman und Freund erfüllt. Er hatte einige Wertpapiere ›gefunden‹, wodurch die Chenowitchs der finanziellen Katastrophe entgangen waren und Tom Chenowitchs Witwe und Tochter eine sorgenfreie Existenz gesichert war. Außerdem hatte er ›arrangiert‹, daß Cynthia Stipendien von der Emma Willard School und später Vassar und noch später von der juristischen Fakultät der Harvard School erhielt. Es war deshalb nicht überraschend, daß das Apartment über der Garage plötzlich – mietfrei – für Cynthia zur Verfügung stand.

»Wohin fahren Sie – mit dem Taxi, meine ich?«

»Zurück nach Anacostia«, sagte Canidy.

Irgendwo im Haus war das gedämpfte Klingeln eines Telefons zu hören. Cynthia Chenowitch, die nach etwas Interessantem und Teurem duftete, trat an Canidy vorbei und nahm den Hörer des Telefons ab, das er hatte benutzen wollen. Sie lauschte einen Moment.

»Mr. Whittaker, ich bin auf dem Nebenanschluß«, sagte sie dann. »Dick Canidy ist hier.« Einen Moment später überreichte sie Canidy den Hörer.

»Dick? Jim konnte sich nicht frei nehmen. Er hat versucht, dich anzurufen.«

»Jawohl, Sir, das habe ich soeben herausgefunden.«

»Hast du Pläne für die Nacht?«

»Ich wollte nach Anacostia zurückfahren.«

»Kann ich dich überreden, an einem Abendessen teilzunehmen? Oder wartet auf dich in Anacostia eine Göttin, die jeder Beschreibung spottet?«

»Den Typen kann man kaum als Göttin bezeichnen«, erwiderte Canidy.

Chesty Whittaker lachte. »Laß dir von Cynthia etwas zu trinken geben. Du wirst sie und eine andere junge Hübsche heute abend zum Essen ausführen.«

»Na prima«, sagte Canidy, »Du meinst es sicher freundlich. Aber ich möchte nicht stören.«

»Quatsch keinen Blödsinn«, sagte Chesty Whittaker. »Ehrlich gesagt, ich betrachte dich als Geschenk des Himmels. Ich werde in ungefähr einer Stunde dort sein.«

Er hängte auf.

Canidy legte den Hörer auf die Gabel.

»Wir werden heute abend Dinner-Partner«, erklärte er Cynthia.

»Paul?« rief sie mit erhobener Stimme.

Der Butler kam ins Wohnzimmer.

»Ja, Miss?«

»Mr. Canidy wird bleiben. Würden Sie bitte seine Reisetasche in Jimmys Zimmer bringen und dann dafür sorgen, daß er etwas zu trinken bekommt?«

Canidy wußte nicht genau, warum er sich plötzlich ärgerte. Cynthias hausmütterliche Art ›Ich-bin-für-die-jungen-Leute-verantwortlich‹ regte ihn auf.

»Bringen Sie meine Reisetasche in das Zimmer gegenüber von Jimmys Bude. Das ist mein Zimmer. Und ich weiß, wo ich den Whisky finden kann.«

Er erntete einen ärgerlichen Blick von Cynthia Chenowitch, aber sie widersprach seiner Anweisung an den Butler nicht. Sie nickte ihm zu und verließ das Wohnzimmer.

Ihr Gang ist sehr sexy, dachte er.

3
Willard Hotel
Washington, D.C.

4. Juni 1941, 19 Uhr 40

Richard Canidy stieg aus der Limousine und ging die Treppe zur Halle des Willard Hotels hoch. Er trug einen von Jims Smokings und eines von Jims gestärkten Hemden; das Hemd war etwa eine Größe zu klein, und er war überzeugt, daß er sich am Hals die Haut reizen und aufscheuern würde, bevor er es loswerden konnte.

Er ging zu den Haustelefonen und bat, mit Mrs. Mark Chambers verbunden zu werden. Das Telefon klingelte viermal, bis sich eine Stimme mit weichem Südstaatenakzent meldete.

»Ja?«

»Mrs. Chambers, ich bin Dick Canidy. Wenn Sie bereit sind, erwarte ich Sie in der Halle.«

»Ich werde in zwei Minuten dort sein. Wie kann ich Sie erkennen?«

»Ich sehe wie ein Kellner aus«, scherzte er und bereute es sofort. »Ich werde *Sie* erkennen. Mr. Whittaker hat gesagt, daß Sie eine große und hübsche Blondine sind.«

»Ach du meine Güte«, sagte sie und legte auf. Canidy fand, daß er das zweite ebenfalls nicht hätte sagen sollen.

Chesty Whittaker hatte sie in Wirklichkeit nicht als ›große und attraktive Blondine‹ beschrieben, sondern sie etwas weniger freundlich als ›die typische Magnolienblüte des Südens‹ bezeichnet. »Dick, ich bin überzeugt, du kennst den Typ. Blond und hilflos. Zu ängstlich vor der Großstadt, um sich ein Taxi zu nehmen und selbst herzufahren. Daher die Limousine. Aber ich habe ihrem Mann versprochen, auf sie aufzupassen, und so bist du ausgewählt, um sie abzuholen und heimzubringen.«

»Es ist mir ein Vergnügen«, hatte Dick gesagt.

»Nein, es wird keines für dich sein, befürchte ich. Aber ich wäre dir dankbar.«

»Dann ist es mir ein Vergnügen, dir einen Gefallen zu tun«, hatte Canidy gesagt.

Chesty Whittaker hatte dankbar und freundschaftlich seinen Arm gedrückt.

Drei Minuten später kam Mrs. Chambers aus dem Aufzug. Sie sah tatsächlich wie eine Südstaatlerin aus. Er war überzeugt, daß sie es war, bevor er zu ihr ging und fragte: »Mrs. Chambers?«

»Sue-Ellen«, sagte sie und reichte ihm die Hand. Sie schaute ihm in die Augen, und das brachte ihn etwas durcheinander. »Mr. Canidy?«

»Dick«, antwortete er.

»Es ist so nett von Ihnen, den ganzen Weg herzukommen und mich abzuholen.«

»Es ist mir ein Vergnügen.«

Und sie war tatsächlich groß und attraktiv. Vielleicht dreißig oder so.

»Ich falle Mr. Whittaker nur ungern zur Last«, sagte sie und ergriff Canidys Arm. Sie drückte – unschuldig, wie er glaubte – ihre Brust gegen seinen Arm, als sie durch die Halle und die Treppe hinab gingen.

»Mr. Whittaker freut sich, Sie als Gast im Haus zu haben«, sagte Canidy und dachte: *Du hast das Zeug zu einem Gigolo, Dick Canidy. Der Charme quillt dir aus allen Poren.*

»Mein Mann ist geschäftlich in New York aufgehalten worden«, sagte sie.

»Das hat mir Mr. Whittaker erzählt.«

Er stieg in den alten Rolls ein und setzte sich neben sie. Im geschlossenen Wagen nahm er ihr Parfum erst richtig wahr. Es war überraschend verrucht für ›die typische hilflose Blondine und Magnolienblüte aus dem Süden‹.

Im Haus gab es Cocktails, und dann wurde das Abendessen angekündigt.

Chesley Haywood Whittaker saß an einem Ende des Tisches und ein New Yorker Anwalt namens Donovan am anderen. Sue-Ellen Chambers als Ehrengast hatte ihren Platz rechts neben Whittaker, und Canidy saß an Sue-Ellens linker Seite. Cynthia Chenowitch saß ihnen gegenüber zwischen den anderen Gästen, die Briten und Kanadier waren. Einer der Engländer hörte, daß Canidy in der Navy war, und stellte sich als Ian Fleming, Commander der Royal Navy Reserve, vor.

Canidy mochte Donovan. Es war ein faszinierender Mann, geistreich und energiegeladen und ein langjähriger Freund von Whittaker. Canidy hatte Donovan zuvor Dutzende Male in New. Jersey getroffen. Donovan wurde Colonel genannt, obwohl er vor langem die Uniform des Colonels ausgezogen hatte, die mit dem blauen, mit silbernen Sternen verzierten Ordensband geschmückt war, das die Tapferkeitsmedaille symbolisierte. Die Tapferkeitsmedaille war ihm verliehen worden, als er Kommandeur des 69. Infanterieregiments im amerikanischen Expeditionskorps in Frankreich gewesen war.

Er war ein stämmiger, weißhaariger, charmanter Mann, der einzige Träger der Tapferkeitsmedaille, den Canidy kannte. Durch seine Erfahrung bei der Navy verstand Canidy, worum es beim Kommandieren überhaupt ging. Canidy spürte sofort, daß Donovan ein höllisch guter befehlshabender Offizier gewesen war. Er besaß das seltene Talent, das andere Männer veranlaßte, Befehle auszuführen, die sie von keinem sonst annehmen würden. Es lag nicht nur an seiner Überzeugungskunst. Es war ein viel selteneres Talent (Roosevelt hatte es ebenfalls): Man konnte Donovan einfach nichts abschlagen.

Canidy stellte fest, daß Commander Fleming eine ähnlich hohe Meinung von Donovan hatte wie er – er sah es an den amüsierten, aber bewundernden Blicken, die Fleming dem Colonel gelegentlich zuwarf. Als

Canidy eine Bemerkung in dieser Art bei dem Commander machte, lachte Fleming. »O ja, Lieutenant«, sagte er und sprach den Dienstrang *Leftenant* aus, »ich weiß genau, was Sie meinen, ich habe vor kurzem viel mit Colonel Wild Bill Donovan zu tun gehabt.«

»Darüber würde ich gern mehr hören«, sagte Canidy.

»Ich befürchte, ich kann Ihnen nicht sehr viel erzählen, *Leftenant*«, sagte Fleming geheimnisvoll. »Das war alles ziemlich geheim.«

Canidy akzeptierte das mit einem Schulterzucken. Es überraschte ihn nicht, daß Donovan sich mit geheimen Dingen befaßte.

Bald wurde der Anlaß für das Abendessen klar. Whittaker Constructions baute einen Treibstoff-Umschlagplatz für die Navy in Nova Scotia. Canidy wußte ein wenig darüber. Und was ihm nicht bekannt war, machte Colonel Donovan schnell klar.

Amerikanische Ölprodukte wurden von US-Schiffen von der Golfküste aus transportiert. Solange sie in amerikanischen Gewässern waren, befanden sie sich in Sicherheit vor deutschen U-Booten. Die Marine der Briten und Kanadier schützte die Tanker während der kurzen Fahrt von der kanadisch-amerikanischen Grenze zu einem Hafen in Nova Scotia, wo das Petroleum in englische Schiffe gepumpt wurde und die Reise über den Atlantik antrat. Wenn das Petroleum an der Golfküste in englische Schiffe gepumpt worden wäre, dann wäre es leichte Beute für deutsche U-Boote geworden, sobald sie vierzehn Meilen auf See waren. Weil die Briten weder genug Tanker hatten, um ihren Treibstoff direkt von Texas und Louisiana zu verschiffen, noch genug Marine-Schiffe, um sie zu schützen, mußten andere Vorkehrungen getroffen werden.

Sue-Ellen Chambers' Ehemann besaß eine Werft in

Mobile, die von der Whittaker Constructions als Subunternehmer zur Herstellung der Tanker und anderer Ausrüstung beschäftigt wurde, die in Kanada benötigt wurden. Auf dieser Werft wurden nicht nur Tanker gebaut, sondern auch Ausrüstung zum Umschlag von Treibstoff an die Kanadier hergestellt. Der Mann der Magnolienblüte war ein Subunternehmer, der die Ausrüstung für Whittaker Constructions herstellte, die den Liefervertrag hatte.

Nach dem, was Canidy über das Kriegsrecht gelernt hatte, war das Vorgehen der Amerikaner unbestreitbar eine Verletzung der Vorschriften, an die sich neutrale Länder während eines Krieges halten mußten. Aber er war ein Lieutenant junior grade der Reserve, und keiner hatte ihn um seine Meinung gefragt.

Cynthia Chenowitch teilte jedoch nicht Canidys Zurückhaltung, darüber zu sprechen. »Dies läuft alles darauf hinaus«, sagte sie zu Donovan, »daß Amerika im Krieg an der Seite der Briten sein wird, nur nicht offiziell. Neutralität zählt also nichts mehr, nicht wahr?«

»Ich finde, Miss Chenowitch, daß Sie das mehr oder weniger vernünftig formuliert haben«, sagte Donovan.

»Mir gefällt das nicht«, sagte Cynthia. »Ich mag nicht, daß die Vereinigten Staaten durch die Hintertür in den Krieg ziehen.«

»Sie müssen sich vergegenwärtigen, daß Amerika *offiziell* an diesem Krieg teilnehmen wird«, sagte Commander Fleming, »und eher früher als später.«

Cynthia dachte einen Augenblick lang darüber nach. Dann sagte sie mit einem nicht sehr netten Lächeln zu Fleming: »Sind Sie deshalb nach Washington gekommen, Commander, um zu helfen, daß es eher früher als später geschieht?«

»So ungefähr«, stimmte Fleming grinsend zu. Er mochte ihre Direktheit.

»Ian ist *sehr* gut darin, Dinge durch die Hintertür zu tun«, sagte Donovan in theatralischem Flüstern, so laut, daß es keiner überhören konnte.

»Welche Art Dinge?« fragte Canidy unschuldig.

Donovan nippte lange und nachdenklich an seinem Wein und überlegte, was er preisgeben konnte. »Kriege wurden schon vor langer Zeit geführt«, sagte er und stellte das Glas ab. »Von Stämmen, die mit Keulen und Steinen aufeinander losgingen. Jeder Stamm schlug auf den anderen ein, bis nur noch einer überlebte. Alle Kriege, bis zum jüngsten, sind auf ziemlich gleiche Art geführt worden ... oh, es hat ein paar Veränderungen gegeben. Wir haben jetzt Flugzeuge, durch die wir Steine weiter werfen können, als das unseren Großeltern möglich war. Aber sonst schlägt eine Seite weiterhin auf die andere ein, bis nur eine überlebt. Im Vergleich zur Kriegführung unserer Großväter hat sich jedoch verändert, daß die Schlacht jetzt in den Köpfen der feindlichen Streitmächte stattfindet – lange bevor die Armeen, die Seestreitkräfte und die Luftflotten zusammenstoßen. Das ist vielleicht sogar der entscheidende Teil der Schlacht ... was bedeutet, daß wir wissen müssen, was ein Feind vorhat, bevor er seine Streitkräfte losschickt. Wir müssen wissen, was er *uns* antun kann, und was er uns antun *will*, damit wir die Aktionen, die uns schädigen können, verhindern oder wenigstens kontern. Und wir müssen vor unserem Feind geheimhalten, was wir ihm antun können und was wir vorhaben. Natürlich wollen wir, daß er uns für äußerst mächtig hält. Das schreckt ab und ist ebenfalls ein Teil des Krieges, der in den Köpfen stattfindet.«

Er trank wieder einen Schluck aus dem Glas, das ein Kellner aufgefüllt hatte. Dann sprach er weiter. »Leider ist unsere Nation auf diese Art Kriegführung jämmerlich unvorbereitet. Zum Glück sind Commander Fleming und einige seiner Kollegen in England sehr geschickt und erfahren in dieser Art Kriegführung und haben freundlicherweise zugestimmt, uns zu helfen, die Dinge richtig zu machen.«

Während dieses Gerede von Spionage über dem Tisch stattfand, begann eine wirklich geheime Aktion darunter.

Beim Krabbencocktail verwechselte Sue-Ellen Chambers offenbar das Tischbein mit Canidys Fuß und trat ihm schwer auf den Spann. Er wartete, bis sich die Gelegenheit ergab, um seinen Fuß unter ihrem wegzuziehen.

Beim Hauptgang, Lammkeule mit Röstkartoffeln, trat Sue-Ellen ihm wieder auf den Fuß, und abermals zog er ihn fort. Er blickte etwas überrascht auf, denn sein Fuß war ziemlich weit von der Stelle entfernt, an der ihrer hätte sein sollen. Als er zu ihr aufblickte, schaute sie ihm wieder tief in die Augen.

Er sagte sich, seine überreizte Phantasie gaukele ihm vor, daß sie etwas anderes war, als sie behauptete: eine Mutter von zwei Kindern, die nur nach Washington gekommen war, weil das ›nach Lage der Dinge‹ die einzige Gelegenheit war, ihren Ehemann zu sehen.

Zum Dessert gab es Brie und Cracker und köstlichen Burgunder. Während Canidy einen Cracker verzehrte, spürte er ein Zupfen an seinem Hosenbein, und einen Augenblick später war dort der Druck des Fußballens von Sue-Ellen Chambers ... bestrumpftem Fuß an seiner Wade.

Als er sie diesmal anschaute, lächelte sie ihn an und leckte sich mit der rosigen Zungenspitze leicht über die Lippen.

Allmächtiger! Ist sie besoffen oder was?

Nach dem Essen fand eine Partie Bridge statt, aber Mrs. Chambers entschuldigte sich. Sie müsse am Morgen einiges erledigen, und sie sei es wirklich nicht gewohnt, so spät aufzubleiben, wie es anscheinend für jeden im Norden normal war.

»Dick wird dich zu deinem Hotel bringen, Sue-Ellen«, sagte Chesty Whittaker.

»Oh, es genügt, wenn er mich zum Wagen begleitet«, sagte Sue-Ellen.

Sie ist ein verdammtes Luder, das alles verspricht und nichts hält, dachte Canidy. *Sie hat nicht vor, zu geben, was sie scheinbar anbietet. Wenn ich scharf werde, wird sie sich wie eine Nonne empören, die einen unsittlichen Antrag erhält.*

»Ich mußte den Wagen nach New Jersey schicken«, sagte Chesty. »Dick wird dich im Kombi fahren.«

»Es genügt, wenn du mir einfach ein Taxi bestellst«, sagte Sue-Ellen.

Jetzt führe ich dich an der Nase herum, bis du feucht wirst, Lady! dachte Canidy.

»Vergessen Sie das Taxi, Mrs. Chambers, ich fahre Sie zum Hotel«, sagte er.

Und ich nähere mich dir keinen Meter. Aber du wirst Gelegenheit haben, dir Sorgen zu machen, ob du einen Vergewaltigungsversuch abwehren mußt oder nicht.

»Würdest du Dick die Schlüssel für den Kombi geben, Cynthia?« bat Chesty.

Sue-Ellen setzte sich dann in dem drei Jahre alten, aber tadellos gepflegten Ford Kombi so weit von Canidy entfernt wie möglich: Sie drückte sich an die Tür. Er fuhr die New Hampshire Avenue hinunter zum Washington Circle und dann über die Pennsylvania Avenue.

Als sie den Lafayette Square und das Weiße Haus passierten, lachte Sue-Ellen.

»Sie werden nicht zudringlich, nicht wahr?« fragte sie.

»Nein, Ma'am«, erwiderte er.

»Weil Sie befürchten, Mr. Whittaker oder Colonel Donovan könnten es erfahren? Oder weil Sie vor mir Angst haben?«

Er gab keine Antwort.

»Ich wußte, daß der nette Chesty Whittaker mich nicht allein nach Hause schicken würde«, sagte sie.

Er blickte zu ihr, als er auf die Fifteenth Street einbog. Sie kramte nach etwas in ihrer Handtasche. Dann warf sie etwas auf Canidys Schoß. Er tastete danach. Es war ein Hotelschlüssel.

»Wenn Sie auf einen Schlummertrunk hochkommen«, sagte sie, »achten Sie darauf, daß niemand Sie sieht.« Als er schwieg, fügte sie hinzu: »Wenn ich Ihnen nicht gefalle oder Sie nicht den Mut aufbringen, werfen Sie den Schlüssel in irgendeinen Briefkasten. Er wird portofrei dem Hotel zugeschickt.«

Canidy ließ sie vor dem Willard Hotel aussteigen und wollte zum Haus in der Q Street zurückfahren.

Als er beim Washington Circle war, besann er sich anders. Er wendete und fuhr zum Willard Hotel zurück. Er parkte den Kombi in der Tiefgarage und betrat das Hotel.

Bevor er die Zimmertür mit dem Schlüssel aufschließen konnte, zog Sue-Ellen sie auf.

Sie trug ein Negligé und einen Hüfthalter.

»Ich sollte es vielleicht nicht zugeben«, sagte sie, »aber ich hatte Angst, daß du nicht kommst.«

4

Monroe Suite
Willard Hotel
Washington, D.C.

4. Juni 1941, 5 Uhr 15

Als Richard Canidy aus dem Badezimmer kam, hatte sich Sue-Ellen im Bett aufgesetzt. Sogar im ersten Tageslicht sah sie großartig aus. Ladylike. Kaum zu glauben, daß sie eine verheiratete Frau war; daß sie ihm nachgelaufen war, anstatt er ihr; und daß sie beide so leidenschaftlich und so köstlich und verrucht erfinderisch im Bett gewesen waren.

»Es tut mir leid, daß ich fahren muß«, sagte er. »Wann werde ich dich wiedersehen?«

»Gar nicht«, sagte Sue-Ellen Chambers freundlich, aber entschieden.

Er fand seine Hose und zog sie an. Dann blickte er zu Sue-Ellen.

»War ich so enttäuschend?«

»Überhaupt nicht.« Sie lachte. »Du warst alles, was ich mir vorgestellt habe, und mehr.«

»Aber?«

»Ich mag es, aufzuhören, wenn ich das noch kann«, sagte sie nüchtern.

Er fand, sie hatte nichts mehr von der Magnolienblüte. Unter dem weichen Südstaatenakzent war sie so hart wie Stahl. Sie hatte gesehen, was sie gewollt hatte, und es sich genommen, und jetzt war es an der Zeit, die Sache zu beenden. Sue-Ellen war ein kaltes Luder. Sie wollte hier und jetzt mit ihm Schluß machen, aber er war nicht bereit, so einfach aus ihrem Leben zu verschwinden.

Er wandte sich ab und zog den Reißverschluß seiner Hose zu. »Weil du verheiratet bist?« fragte er, ohne sie anzusehen. »Ist es das?«

»Offensichtlich.«

»Daran hast du gestern abend anscheinend nicht gedacht.«

»Sei nicht gemein«, sagte sie.

»Ich bin zerschmettert«, erwiderte er sarkastisch. »Und ein wenig neugierig.«

»Ich kann nicht das Risiko einer Affäre eingehen«, sagte sie. »Und mit dir könnte es leicht eine werden.«

»Schuldig«, sagte er und zog seine Schuhe an.

»Hin und wieder tue ich das«, sagte sie. »Die Voraussetzungen müssen stimmen. Ich muß allein sein, und alles darf keinen Verdacht erregen. Und es muß ein passender Mann sein.«

»Es freut mich, daß du mich für passend gehalten hast«, sagte er und hoffte, daß sie ihm seinen plötzlichen Ärger nicht ansah.

»Sehr passend«, sagte sie. »Ich hielt dich gleich für einen, der keine Schwierigkeiten macht, wenn ich die Umstände erkläre. Jemand, der zum Beispiel nicht versucht, mich anzurufen.«

»Ich möchte dich wirklich gern wiedersehen.«

»Verdirb jetzt nicht alles«, sagte sie, und ihre Stimme klang hart.

»Okay.« Er suchte nach seinem Kummerbund und fand ihn nicht.

Sie las seine Gedanken. »Du hast ihn im anderen Zimmer gelassen«, sagte sie. »Als du hereingekommen bist.«

Er erinnerte sich. Sie war so heiß und gierig auf ihn gewesen, daß sie sofort vor ihm auf die Knie gesunken war, als er die Tür geschlossen hatte. Der Kummerbund war im Weg gewesen.

»Oh«, sagte er. »Danke.«

»Leb wohl, Dick Canidy«, sagte sie.

Er neigte leicht den Kopf und deutete eine Verbeugung an, sagte jedoch nichts. Er verließ das Schlafzimmer und schloß die Tür hinter sich.

Das Tor des Zufahrtswegs in der Mauer beim Haus in der Q Street war geschlossen, und der Schlüssel dafür war nicht an dem Schlüsselbund, den Cynthia Chenowitch ihm gegeben hatte. Aber daran befand sich ein Schlüssel für die Fußgängerpforte, und so stieg Canidy aus dem Kombi und betrat das Grundstück auf diesem Weg.

Er hatte fast Whittakers Privatpark durchquert, als er eine Bewegung wahrnahm.

Chesley Haywood Whittaker, mit seidenem Nachthemd, ging schnell über das Kopfsteinpflaster zwischen Garage und Küche.

Canidy duckte sich hinter einen Baum, damit er nicht gesehen wurde.

Chesty, dieser Hurensohn, fickt Cynthia Chenowitch. Weshalb sonst kann er um halb sechs am Morgen bei der Garage gewesen sein, wo sie eine Wohnung hat?

Er dachte darüber nach. Als erstes kam ihm in den Sinn, daß Chesty Whittaker ein schmutziger alter Mann war, der als Bezahlung für die Rechnungen, die er beglich, sexuelle Dienste verlangte. Aber er kannte Chesty Whittaker besser. Chesty hatte nicht angefangen, was immer zwischen den beiden im Gange war.

Gibt es eine Bezeichnung für eine Yankee-Version einer Südstaaten-Magnolienblüte?

Canidy blieb hinter dem Baum, bis er sicher war, daß Chesty das Haus betreten hatte. Dann öffnete er das Tor des Zufahrtswegs von innen und fuhr den Ford Kombi zur Garage. Er machte absichtlich Lärm, als er die Haustür öffnete und schloß.

Er ging auf sein Zimmer, zog sich aus und duschte. Als er aus dem Badezimmer kam, war Chesty Whittaker in seinem Zimmer.

»Ich habe deine Ankunft gehört«, sagte er. »Und ich dachte mir, vielleicht willst du frühstücken.«

»Es tut mir leid, daß ich dich geweckt habe«, sagte Canidy.

»Mach dir keine Sorgen deswegen. Offensichtlich war die Jagd gut, nachdem du die Magnolienblüte heimgebracht hast?«

»Kann mich nicht beklagen.«

»Hast du Hunger?«

»Ich habe unterwegs bei einem Imbiß Rühreier gegessen«, sagte Canidy.

»Und du kannst nicht bleiben?«

»Nein. Ich wünschte, ich könnte es.«

»War gut, dich zu sehen, Dick. Und danke dafür, daß du für Sue-Ellens Mann eingesprungen bist.«

»Ich danke dir noch einmal für die Einladung.«

»Nicht der Rede wert«, sagte Chesty. Er gab ihm die Hand, klopfte ihm auf den Rücken und ließ ihn allein.

Ob er ahnt, daß ich Bescheid weiß? Hoffentlich nicht.

5
Quartier für durchreisende Offiziere
Anacostia Naval Air Station
Washington, D.C.
5. Juni 1941, 6 Uhr 30

Als Lieutenant (junior grade) Edwin Howell Bitter, USN, erwachte, sah er, daß das Bett von Lieutenant (junior grade) Richard Canidy, USNR, nicht benutzt worden war.

Dies störte Ed Bitter wie viele andere Eskapaden von Canidy. Nach Bitters Meinung verhielt sich Canidy nicht, wie man es von einem Offizier und Gentleman erwartete. Er war weniger daran interessiert, seine Pflichten nach besten Kräften zu erfüllen, als daran, hinter Frauen her zu jagen. Wenn Dick Canidy das ehrwürdige Sprichwort der Navy kannte, nach dem Offiziere ihre Zügellosigkeiten mindestens hundert Meilen vom Flaggenmast entfernt begehen sollten, dann scherte er sich einen Dreck darum.

Ed Bitter hatte nichts gegen Dick Canidy. Er mochte ihn. Canidy war nicht nur ein amüsanter Kamerad, sondern er hatte auch bei einer Reihe von Anlässen klargemacht, daß die Sympathie auf Gegenseitigkeit beruhte, was Bitter natürlich schmeichelhaft fand, und daß er ihn für hochintelligent hielt, was sogar noch schmeichelhafter für ihn war. Aber Canidy bemühte sich selten, seinen Abscheu für die geistige Beschränktheit seiner Kameraden zu verbergen.

Bitter fand auch an der Jagd nach Frauenröcken nichts Unehrenhaftes. Aber er betrachtete sich als

Berufsoffizier der Navy – mit entsprechenden Maßstäben –, und Dick war das nicht. Dick war ein Zivilist in Uniform.

Bitter stieg aus dem Bett, zog seinen Pyjama aus und marschierte nackt unter die Dusche. Nackt sah er noch muskulöser aus als angezogen. Während Dick Canidy an den Wochenenden damit beschäftigt gewesen war, die Röcke von Studentinnen anzuheben und Mädchen zu stemmen, hatte Ed Bitter im Gymnastikraum der Marineakademie Hanteln gestemmt. Das sah man ihm an. Er war in hervorragender körperlicher Verfassung, muskelbepackt, großen körperlichen Anstrengungen gewachsen. Aber zu Bitters Ärger war Dick Canidy das ebenfalls. Halb scherzend, halb stolz hatte Canidy erklärt, das einzige athletische Training auf der Akademie, an dem er teilgenommen habe, sei in der Horizontale durchgeführt worden.

Ed Bitter hatte sich gerade rasiert und seinen Rasierapparat in dem Metalletui mit Schnappverschluß verstaut, als Dick Canidy heimkehrte.

»Daheim ist der Matrose, daheim von der See und der Geliebten, daheim von Gott wer weiß wo«, begrüßte Bitter ihn.

»Eigentlich daheim von einem sehr schönen Haus in Georgetown«, sagte Canidy und zog lächelnd seine Uniform aus. »Vom Duft des Frühlings in der Luft. Vom sanften Murmeln des Rock Creek, der unaufhaltsam zum Potomac fließt. Es war sehr romantisch.«

»Und was ist mit ihren Eltern? Waren die bequemerweise nicht zu Hause?«

»Ich weiß nichts über ihre Eltern«, sagte Canidy. »Ihr Mann war fort.«

»Sie war verheiratet? Deine Sexbesessenheit kann dich vors Militärgericht bringen, weißt du das? Man nennt das ungeziemendes Verhalten.« Bitter knöpfte sein steif gestärktes Khakihemd zu. Canidy stopfte seine Zivilkleidung in seine Reisetasche, nahm ein Khakihemd aus dem Spind und zog es an.

Danach nahm er die grüne Uniform aus dem Schrank. Er zog die Hose an, und als er den Saum des Hemdes hineinstopfte, schaute er Ed an und fragte: »Wie war die Dinnerparty? Hast du etwas Nützliches gelernt?«

»Das habe ich, und ich bin mir nicht sicher, ob ich dir das erzählen sollte.«

»Komm schon, du kannst es ja kaum erwarten, mir davon zu berichten.«

»Hast du gewußt, daß wir Ölprodukte von der Golfküste nach Nova Scotia verschiffen?«

»Na klar«, sagte Canidy mit unbewegtem Gesicht. »Dort werden sie für den Transport über den Atlantik auf britische Schiffe umgeladen. Wer hat dir das erzählt? Das sollte geheim sein.«

»Wer hat es dir gesagt?« fragte Bitter, enttäuscht, weil sein Geheimnis bekannt war.

»Das kann ich dir nicht auf die Nase binden, Eddie, das mußt du verstehen«, sagte Canidy. »Es reicht zu sagen, daß ich gestern abend mit Colonel William ›Wild Bill‹ Donovan, dem Träger der Tapferkeitsmedaille, gespeist habe.«

»Tatsächlich?« Bitter war sich nicht sicher, ob er aufgezogen wurde oder nicht.

»Tatsächlich«, bestätigte Canidy. »Ich habe 'ne Menge mehr über die Strategie ökonomischer Kriegführung erfahren, als ich wirklich hatte wissen wollen.«

Bitter wußte immer noch nicht, ob Canidy ihn auf den Arm nahm oder nicht. Herausfordernd fragte er: »Hast du auch erfahren, daß wir mit Catalinas fliegen werden, um ein Auge auf unsere Schiffe zu halten?«

»Das habe ich in der Tat erfahren«, log Canidy glatt.

Er liebte es, Eddie Bitter aus dem Gleichgewicht zu bringen. »Von wem hast du all diese Informationen?«

»Admiral Derr erwähnte das gestern abend. Ich habe mich bei ihm natürlich nicht dazu geäußert, aber ich frage mich, ob es vielleicht eine gute Idee wäre, sich für diesen Dienst zu melden. Er ist offenbar wichtig, und man könnte viele Flugstunden sammeln.«

»Eddie, wenn es einen beschisseneren Job gibt, als in einer Kaydet zu sitzen und Idioten das Fliegen beizubringen, dann ist es der, in einer Catalina endlose Kreise über dem Ozean zu fliegen.«

»Die Sache ist es wert, daß man darüber nachdenkt«, meinte Bitter.

»Gibt es eine Chance, daß uns das Wetter auf dem Boden hält?« fragte Canidy. »Ich könnte noch einen Tag in Washington gebrauchen.«

»Nichts zu machen. Ich habe es überprüft, bevor ich zu Bett gegangen bin. Wolkenloser Himmel in absehbarer Zeit.«

»Scheiße«, murmelte Canidy.

Offiziere mochten vielleicht fluchen, fand Bitter, aber sie sollten das nicht auf vulgäre Art tun.

Als sie angezogen waren, verließen sie das Quartier und gingen über den Stützpunkt zur Offiziersmesse, wo sie frühstückten. Dann kehrten sie ins Quartier zurück, holten ihr Gepäck und machten sich auf den Weg zum Abfertigungsgebäude.

Der Glanz ihrer Auswahl für die Luftparade bei der Abschlußfeier der Marineakademie war verblichen. Sobald sie Plätze in einem Flugzeug ergattern konnten, mußten sie nach Pensacola zurückfliegen, wo sie wieder viele Stunden lang auf dem Rücksitz einer Kaydet verbringen mußten, dem langsamsten Flugzeug der Navy.

II

I

Pensacola Naval Air Station
Pensacola, Florida

8. Juni 1941, 6 Uhr 15

Bitter und Canidy fuhren in Bitters nur Monate altem 1940er dunkelgrünen Buick Roadmaster über den fast luxuriösen tropischen Stützpunkt zum Offiziersclub im mediterranen Stil. Dort frühstückten sie.

Sie waren seit anderthalb Tagen zurück und hatten kaum etwas anderes getan, als auf den Stellvertretenden Kommandanten zu warten, damit er aus zweiter Hand ihren Triumph bei der Luftparade in Annapolis auskosten konnte. Aber heute ging es wieder an die Arbeit, und zwar mächtig, wie Canidy fand: Ein langer Ausbildungsflug über Land stand auf dem Programm.

Canidy aß ein gewaltiges Frühstück, und dann las er auf der Toilette das *Pensacola Journal* von vorne bis hinten, während er sich soviel Flüssigkeit und Verdautem entledigte, wie er konnte. Es gab keine Toiletten in Kaydets; und trotz der vielen Stunden, die er darin verbracht hatte, kam er noch nicht mit dem Schlauch zurecht, den man benutzen konnte, wenn Blase und/oder Darm erleichtert werden mußten.

Schließlich fuhren sie zum Flugplatz, wo zwei Flugschüler, Lieutenants zur See, bereits in grauer Fliegerkombination auf sie warteten. Die Schüler folgten ihnen in den Umkleideraum und meldeten, welchen

Flugplan sie ausgearbeitet hatten, während Bitter und Canidy ihre Fliegerkombinationen anzogen. Die beiden Fluglehrer falteten sorgfältig ihre grünen Uniformen und verstauten sie in Segeltuchtaschen. Die Möglichkeit, daß auf dem Ausbildungsflug über Land etwas schiefging, war zwar gering, aber wenn sie irgendwo übernachten mußten, würden sie Uniformen brauchen. Offiziere der Navy konnten sich nicht mit grauen Baumwolloveralls in der Öffentlichkeit zeigen.

Sie nahmen ihre Fallschirme und ließen sich in einem Ford-Truck zur Rollbahn fahren. Dick und Ed zwängten sich neben dem Fahrer auf die vordere Sitzbank. Die Flugschüler und die Fallschirme fuhren auf dem Rücksitz mit.

Der Überlandflug (Pensacola-Valdosta-Montgomery-Mobile-Pensacola), der vor ihnen lag, war der letzte Ausbildungsflug der Grundstufe des Ausbildungsprogramms. Ihre Schüler beherrschten bereits das Fliegen, und nach diesem Flug würden sie das Pilotenabzeichen erhalten und zur Flugausbildung für Fortgeschrittene geschickt werden. Ed Bitter und Dick Canidy würden dann die gesamte Prozedur mit vier neuen Flugschülern von vorne beginnen.

Anfängern das Fliegen beizubringen war harte Arbeit und wenig Spaß. Beide hätten anderen Dienst bevorzugt. Aber beide waren sich darüber im klaren – aus unterschiedlichen persönlichen Gründen –, daß der Dienst als Fluglehrer besser war als eine Verwendung in einer Jagdstaffel oder bei einer Torpedostaffel an Bord eines Flugzeugträgers oder in Aufklärungsflugzeugen, die von Bord eines Kriegsschiffs katapultiert wurden.

Ed Bitter glaubte, daß der Dienst als Fluglehrer mehrere guten Seiten hatte. Erstens hatte die Navy erkannt, daß er ein besserer Pilot war als die meisten. Zweitens erhöhten die Führungsqualitäten, die ein Fluglehrer haben mußte, um erfolgreich zu sein, seine Karrierechancen (eine Dienstzeit als Fluglehrer wurde als Voraussetzung für das Kommando über eine Staffel betrachtet). Er war ebenfalls der festen Überzeugung, daß die erste Pflicht eines befehlshabenden Offiziers nicht so sehr das Erteilen von Befehlen war, sondern das Lehren.

Der Hauptdienst der Fluglehrer war das Fliegen. Piloten, die bei Staffeln verwendet wurden, konnten sich glücklich preisen, wenn sie vierzig Stunden pro Monat in der Luft verbrachten. Das waren zwei Stunden pro Tag, fünf Tage pro Woche. Fluglehrer hingegen flogen oftmals drei Stunden am Morgen und drei am Nachmittag. In einer zweijährigen Dienstzeit als Fluglehrer konnte Dick Canidy damit rechnen, wahrscheinlich dreimal soviel Stunden Flugzeit zu erreichen wie bei einer Staffel. Flugtechniker mit vielen Flugstunden wurden besser bezahlt als Techniker, die weniger Flugstunden absolviert hatten oder überhaupt nicht fliegen konnten.

Die Welt sah heute viel anders aus als 1938, als er die Abschlußprüfung am MIT bestanden hatte. Damals war seine einzige Sorge gewesen, seine vierjährige Dienstzeit hinter sich zu bringen. Da war auf der Welt Frieden gewesen, aber jetzt hatte sich das geändert. Frankreich war gefallen. Japan kämpfte gegen China. Junge Männer in seinem Alter flogen über England mit Spitfires gegen Messerschmitts. Dennoch wollte er nicht daran denken, was er tun würde, wenn ihn die Navy im Juni 1942 nicht entlassen würde.

Die Flugausbildung für Fortgeschrittene wurde in nordamerikanischen SNJ-2 Texans durchgeführt, Eindecker mit geschlossenem Cockpit, mit 600 PS und einziehbarem Fahrgestell, dessen Reisegeschwindigkeit ungefähr 200 Knoten war. Die Grundausbildung wurde mit Kaydet-Doppeldeckern durchgeführt, die ein offenes Cockpit und ein starres Fahrgestell hatten. Es waren keine richtigen Stearmans – Boeing hatte diese Firma erst vor kurzem übernommen. Sie waren zwar ausgezeichnete Ausbildungsflugzeuge für die Grundstufe, solide genug, um die zwangsläufig harten Landungen und ungewollt akrobatischen Flugeinlagen der Schüler zu überstehen, aber sie waren eigentlich nicht richtig tauglich für einen Überlandflug. Die Maschinen, die sie heute fliegen würden, offiziell genannt N2S, hatten Continental-R670-Motoren mit etwas über 200 PS und einer Reisegeschwindigkeit von ungefähr 160 Stundenkilometern.

Als Ed Bitter Flugschüler gewesen war, hatte er gedacht (wie fast jeder andere Flugschüler von Pensacola), daß es viel vernünftiger wäre, zu warten, bis die Schüler die Fortgeschrittenen-Ausbildung hinter sich hatten, und sie erst dann ihre Überlandflüge in den schnelleren Texans machen zu lassen. Erst als er den Rest des Programms der Flugausbildung – einschließlich der Prüfung für Frachtflugzeuge – absolviert hatte und Fluglehrer geworden war, hatte er den Gedankengang der Navy verstanden.

Ein 900- oder 1000-Kilometer-Flug mit Besteckrechnung, in einem Flugzeug mit offenem Cockpit, das 100 Knoten flog, während man seine Position anhand von Geländepunkten überprüfte, war ein Erlebnis, das der Flugschüler niemals vergaß. Es versetzte ihn zurück zu Eddie Rickenbacher und der Lafayette-Staffel, deren Flugzeuge mit genausowenig Navigationsausrüstung und ungefähr der gleichen Leistung wie die der Stearman ausgekommen waren. Es war etwas, das sie in Erinnerung behalten würden, wenn sie Jäger mit mehr als 300 Knoten vom Deck von Flugzeugträgern starteten.

Bitter und Canidy beobachteten, wie ihre Schüler die

Kontrollen vor dem Flug durchführten und dann nach vorne ins Cockpit kletterten. Sie tauschten einen letzten Blick und kletterten dann auf den Rücksitz der Maschinen und setzten Lederhelme auf. Das Bodenpersonal drehte die Propeller, die Motoren wurden gestartet, die Chokes gezogen.

Ed Bitters Lieutenant zur See wandte den Kopf und sah ihn an. Bitter nickte und zog die Schutzbrille über die Augen.

»Pensacola Tower, Navy eins-null-eins«, rief Bitters Flugschüler über seinen Funk.

»Eins-null-eins, Pensacola.«

»Pensacola, Navy eins-null-eins, ein Flug von zwei N2S mit Bestimmungsort Valdosta, Georgia, erbittet Roll- und Starterlaubnis.«

Der Tower Pensacola nannte ihm die Zeit, Wetter- und Höhendaten und erteilte ihm die Erlaubnis, zur Startbahn 28 zu rollen. Als der Schüler das Erreichen der Position meldete, erteilte der Tower ihm die Starterlaubnis für die beiden Maschinen im Abstand von einer Minute.

Sie stiegen auf fünftausend Fuß und gingen auf einen Kurs, der fast genau nach Osten führte. Canidys Schüler nahm eine Position zweihundert Meter oberhalb von Bitters Stearman ein. Canidys Schüler würde während der Hälfte des Flugs Bitters Flügelmann sein, und dann würden sie die Position tauschen.

Auf jeden Überlandflug wurden zwei Flugzeuge geschickt, die sich in der Führung abwechselten, so daß die Besatzung einer Maschine immer die andere überprüfte. Nachdem Ed Bitter jetzt den Zweck des Flugprogramms verstand, war er zu dem Schluß gelangt, daß wie bei so vielen der sonderbaren Aspekte der Verfahrensweise der Navy kein vernünftiger Grund dahinterstand.

Ein Teil des Programms war sogar das offiziell sanktionierte ›Verwirren der Flugschüler‹ bei dem Überlandflug. Damit sollte sichergestellt werden, daß sie sich nichts darauf einbildeten, bald die goldenen Schwingen eines Markenfliegers zu erhalten, sondern sich immer noch für blutige Anfänger hielten:

13. DESORIENTIERUNG.
(a) Zweck: dem Schüler die Erfahrung eines Orientierungsverlustes und die Techniken der Wiedererlangung der Orientierung zu vermitteln.
(b) Methode: Während der Etappe Montogomery-Mobile von Flug 48, während des Überfliegens eines Punkts, der in der Navigationskarte (nur für Lehrer) NAS Pensacola 239 verzeichnet ist, wird der Fluglehrer ohne Vorwarnung an den Schüler den Steuerknüppel übernehmen und versuchen, den Schüler durch Manöver wie Kunstflug, Überziehen, Sturzflug und Tiefflug zu verwirren. Dann erhält der Schüler wieder die Kontrolle über das Flugzeug, und ihm wird befohlen, seinen ursprünglichen Kurs und die Höhe wieder einzunehmen.
(c) Wertung: Der Fluglehrer wird den Schüler nach seiner Fähigkeit, die Orientierung wiederzuerlangen, beurteilen und dabei die Zeit und das Maß der Sicherheit berücksichtigen, mit denen ihm das gelingt.

Bei dem Gebiet, das auf der Navigationskarte (Nur für Lehrer) NAS Pensacola 239 markiert war, handelte es sich um einen 25.000-Morgen-Besitz der Carlson Publishing Company. Es war Waldland. Die Verlagsleitung der Carlson Publishing Company war fest davon überzeugt, daß es nur eine Frage der Zeit war, bis Chemiker eine Möglichkeit fanden, schnell wachsende

Weihrauchkiefern für Zeitungspapier zu nutzen. Die Carlson Publishing Company verlegte elf mittelgroße Zeitungen im Süden, und die verschlangen eine Menge Papier, das von Papiermühlen geliefert wurde, die Faserholz aus Neuengland und Kanada verarbeiteten.

Während sie darauf warteten, daß Chemiker eine Lösung dieses teuren und ärgerlichen Problems fanden, wurde der Besitz vom Aufsichtsratsvorsitzenden der Carlson Publishing Company hauptsächlich als Jagdrevier im Herbst und als Feriensitz im Frühling und Sommer benutzt.

Der Aufsichtsratsvorsitzende war nur zu gern bereit gewesen, der U.S. Navy Tiefflüge, einschließlich Landungen, auf dem Gebiet zu erlauben, das jetzt auf der Karte vermerkt war. Er verstand, daß es nötig war, Piloten so realistisch wie möglich auszubilden. Er und der Admiral und die anderen waren schließlich nach nur fünfundzwanzig Flugstunden in den Luftkampf gegen die Hunnen geschickt worden. Brandon Chambers hatte nie das buchstäblich zum Brechen reizende Gefühl des Entsetzens bei seinen ersten Einsätzen vergessen. Er hielt es für seine patriotische Pflicht, der Navy die Benutzung dieses Gebiets zu erlauben. Und wenn irgendein junger Pilot sein Flugzeug in den Wald setzte, würde die Navy für den entstandenen Schaden aufkommen.

Lieutenant Ed Bitter hatte die Geschichte über den Admiral gehört, der mit der Lafayette-Staffel geflogen war und von einem anderen Piloten der Staffel die Erlaubnis erhalten hatte, das Land zu nutzen, lange bevor man sie ihm während der Ausbildung zum Fluglehrer erzählt hatte. Er hatte sie von Brandon Chambers persönlich gehört. Ed Bitters Mutter und Genevieve (Mrs. Brandon) Chambers waren Schwestern.

Soweit er wußte, hatte niemand von der Naval Air Station Pensacola eine Ahnung von seiner persönlichen

Verbindung zu der ›Plantage‹, wie die Besitzer dieses Gebiet nannten. Ebensowenig wußte jemand, daß sein Vater und sein Bruder Chairman of the Board und Präsident der Bitter Commodity Brokerage Inc. von Chicago waren.

Edwin Howell Bitter war ein Offizier des Establishments der Berufsmarine. Es war weder schicklich noch klug für einen Berufsoffizier der Navy, herumzuposaunen, daß er zusätzlich zu seinem Sold der Navy ein fast vierfach hohes Einkommen aus einem Treuhandvermögen erhielt.

2

Um 10 Uhr 20, fast genau zwei Stunden nach ihrem Start von Pensacola, landeten sie in Valdosta, Georgia, wo der Flughafen einen Tank-Vertrag mit der Navy hatte. Sie füllten die Tanks auf, überprüften die Wetterlage und waren um 11 Uhr 05 wieder in der Luft. Diesmal war Eds Schüler der Flügelmann von Dicks Schüler.

Um 12 Uhr 50 landeten sie auf Maxwell Field, dem Stützpunkt des Army Air Corps in Montgomery, Alabama. Die Offiziersmesse schloß dort um 13 Uhr, und sie schafften es gerade noch zum Essen. Um 14 Uhr 55 starteten sie wieder, und Ed Bitters Schüler übernahm abermals die Rolle als Flugleiter.

Eine Stunde außerhalb von Montgomery, ungefähr auf halbem Weg zwischen Maxwell Field und Brookley Field, dem Stützpunkt des Army Air Corps in Mobile, Alabama, klappte Lieutenant (j.g.) Ed Bitter das Sprachrohr vor den Mund und rief seinem Schüler zu, daß er den Steuerknüppel übernehmen würde.

Der Flugschüler zeigte an, daß er verstanden hatte, und befolgte den Befehl, indem er beide Hände über den Kopf hielt. Bitter schob den Steuerknüppel nach vorn, und der Wind heulte in den Spanndrähten der Tragflächen, als die Stearman in einen Sturzflug überging.

Hinter ihm übernahm Dick Canidy von seinem Schüler den Steuerknüppel und verfolgte Ed Bitter im Sturzflug. Eine Viertelstunde lang, manchmal tief über dem Boden, manchmal in acht- oder neuntausend Fuß Höhe, lieferten sie sich einen gespielten Luftkampf, wobei sie stets südwärts flogen, parallel zu ihrem ursprünglichen Kurs, auf das Ferienhaus der Plantage zu.

Sie hatten abgesprochen, daß Dick Canidy den Luftkampf abbrechen und außer Sicht von Bitters Maschine fliegen würde, wenn sie das Ferienhaus sichteten. Canidy würde im Sturzflug auf den Alabama River abschwenken und mit den Rädern zehn Fuß über dem Wasser weiterfliegen. Das diente immer dazu, Flugschülern die Orientierung zu rauben. Bitter würde unterdessen bis auf fünfzig Fuß über den Wipfeln der Bäume hinuntergehen und das Ferienhaus überfliegen. Dann würde er in nur hundert Fuß Höhe mit der Stearman eine Rolle machen, sie wieder in Normallage bringen und seinem Schüler über das Sprachrohr zurufen: »Übernehmen Sie, und fliegen Sie uns nach Mobile!«

Außer Sicht von ihnen würde Canidy das gleiche bei seinem Flugschüler machen, und die beiden Schüler würden den 80-Kilometer-Flug nach Mobile allein beenden. Beim Kaffee in der Snackbar in Mobile würden die Lehrer den Schülern die Gründe für diese Übung verklickern; dann würden sie die letzte 80-Kilometer-Etappe zurück nach Pensacola fliegen.

Ed Bitters Flugschüler war für gewöhnlich am meisten desorientiert. Nicht nur gespielte Luftkämpfe waren verboten, sondern das tiefe Überfliegen von Häusern war die Version der NAS Pensacola von einer Todsünde. Das Überfliegen eines dreigeschossigen Herrenhauses aus der Zeit vor dem Amerikanischen Bürgerkrieg (nicht nur unter Mißachtung des eigenen Lebens, sondern auch des Lebens der offenbar reichen und prominenten Bewohner, die sich bei der Navy beschweren konnten), erregte den Schüler für gewöhnlich dermaßen, daß der Lehrer ihn sarkastisch daran erinnern konnte, ob es nicht besser wäre, einen Blick auf den Kompaß zu werfen, wenn man sich verirrt hat und alles versagt.

Alles verlief nach Plan, bis es an der Zeit war, das Ferienhaus zu überfliegen.

Ed flog fast in Rückenlage, als der Motor streikte.

Während der Sekundenzeiger auf seinem Piloten-Chronometer zweimal weitertickte, verwandelten sich seine Gefühle von fast Entzücken über das gekonnte Manöver in nacktes Entsetzen. Wenn der Motor mitten in einer Rolle ausging und man noch ein paar tausend Fuß bis zum Boden hatte, dann konnte man sich erholen. Man fiel einfach – vollendete die Rolle und erholte sich von dem Schock.

Jetzt hatte Ed Bitter nicht mehr als hundert Fuß Luft unter sich.

Eine Masse in Bewegung neigt dazu, in Bewegung zu bleiben. So hatte er ausreichend Schwung, um so gerade die Rolle zu vollenden. Jetzt fast selbst desorientiert, hielt er hastig Ausschau nach einem Platz, wo er die Stearman auf den Boden setzen konnte. Nichts in Sicht. Er war im Begriff, mit seinem Flugzeug abzustürzen, wie er mit überraschender Ruhe erkannte. Es blieb ihm nichts anderes übrig, als in den Bäumen zu landen und zu hoffen, daß sich die Maschine nicht mit der Nase in einen Baumstamm bohrte.

Und dann stotterte der Motor und sprang wieder an.
Die Scheißkiste hat keinen Sprit bekommen!

Aber jetzt war wieder volle Kraft da. Er zog den Steuerknüppel etwas zurück und gewann ein wenig an Höhe. Verzweifelt hielt er nach dem Behelfslandeplatz der Plantage Ausschau und sah ihn hinter sich. Er kämpfte gegen die Versuchung an, steil in die Kurve zu gehen und auf die Rollbahn zuzufliegen. Statt dessen flog er eine sicherere, langsamere, fast horizontale Kurve zur Landebahn hin. Er hatte keine Ahnung von den Windverhältnissen, aber er mußte sofort landen, unter welchen Umständen auch immer.

Als die Räder aufsetzten, hörte er sich tief ausatmen.
Habe ich wirklich von dem Moment an, in dem der verdammte Motor streikte, bis jetzt die Luft angehalten?

Er bremste die Stearman, bog von der unbefestigten Landebahn ab und stoppte.

»Steigen Sie aus, Mr. Ford«, sagte er zu seinem Schüler. Er wartete, bis Ford aus dem vorderen Cockpit kletterte und auf die Tragfläche stieg. Dann kletterte er aus dem hinteren Cockpit, sprang auf den Boden und ging fünfzehn Meter von der Maschine fort. Er nahm nicht den kühlen Wind wahr, der seine schweißgetränkte Fliegerkombination erfaßte. Plötzlich wurde ihm schlecht.

Einen Augenblick lang glaubte er, tatsächlich ohnmächtig zu werden, aber das ging vorüber, und dann schämte er sich und fühlte sich blamiert und erniedrigt. Nicht nur, daß er fast seinen Flugschüler umgebracht hatte; schlimmer war noch, daß Mr. Ford jetzt dort stand und sah, wie sich sein Lehrer von einem Augenblick zum anderen von fast Gott zu einem angstschlotternden Wesen verwandelt hatte, dem das Entsetzen im Gesicht stand und das gegen Übelkeit ankämpfte.

Ed nahm das typische Röhren eines Continental R670 Motors wahr, bei dem Gas weggenommen wird. Er blickte auf und sah Dick Canidys Flugzeug im Landeanflug.

»Was ist passiert, Sir?« fragte Mr. Ford, der sich ein wenig von seinem Schrecken erholt hatte.

»Der Motor hat ausgesetzt, Mr. Ford«, sagte Ed Bitter. »Ich hätte gedacht, Sie haben dies bemerkt.«

Er hatte seinen Schüler mit der sarkastischen Überheblichkeit abgekanzelt, die man von Fluglehrern erwartet. Dafür schämte er sich. Canidy landete, rollte aus und schaltete den Motor aus.

»Was ist passiert?« fragte er. Dann sah er Bitters schweißgetränkte Fliegerkombination und wiederholte die Frage in besorgtem Tonfall.

»Der Motor hat ausgesetzt«, sagte Bitter. »Gerade, als ich zur Rolle ansetzte.«

»O Gott!« sagte Canidy.

»Ich dachte, ich lande in den Bäumen«, bekannte Bitter. »Aber dann sprang der Motor wieder an.«

»Mangelhafte Treibstoffzufuhr«, stellte Canidy fachmännisch fest. Er ging zu Bitters Stearman und kletterte auf die Tragfläche. Der Haupttank der Stearman befand sich in der Mitte der oberen Tragfläche, und die Treibstoffleitung führte durch die Tragfläche zum Motor.

»Mein Gott!« rief Canidy von der Tragfläche. »Hier läuft Sprit aus. Es überrascht mich, daß du nicht in Brand geraten bist.«

Bitter zwang sich, auf die Tragfläche zu klettern. Dann sah er, was geschehen war. Die metallene Klemme, mit dem die Treibstoffleitung am Tank befestigt war, hatte sich gelöst. Sie war entweder nicht richtig befestigt worden oder hatte sich seit der letzten Inspektion durch Vibrationen gelockert. Im Geradeausflug hatte die Saugfähigkeit der Benzinpumpe ausgereicht, um den Motor mit Treibstoff zu versorgen. Und auslaufender Sprit war durch den Luftschraubenstrahl sofort verdunstet.

Im Rückenflug hatte das jedoch nicht funktioniert.

Der Motor hatte nicht genügend Sprit bekommen. Und jetzt sprudelte der Treibstoff regelrecht aus dem Tank.

»Ich nehme an, du hast keinen Schraubenschlüssel, oder?« fragte Canidy.

Bitter bestätigte es.

»Ich kann das nicht sehr gut mit bloßen Händen reparieren«, sagte Canidy. »Der ganze Rumpf wird mit Sprit getränkt.«

»Ich gehe zum Haus«, sagte Bitter. »Dort gibt es bestimmt Werkzeug.«

»Dieser *Vom-Winde-verweht*-Bau?« fragte Canidy.

»Ja«, antwortete Bitter. »Und ich rufe an und melde, was passiert ist.«

Canidy sprang von der Tragfläche und rief die beiden Flugschüler zu sich. »Hat einer von euch Jungs einen Schraubenschlüssel?« fragte er. »Wir haben eine lockere Treibstoffleitung. Oder habt ihr eine Zange?«

Sie schüttelten bedauernd den Kopf, und dann erinnerten sie sich daran, militärisch korrekt zu antworten. »Nein, Sir. Bedaure, Sir«, sagten sie fast unisono.

»Halten Sie sich von den Flugzeugen fern«, befahl Canidy. »Und rauchen Sie nicht. Mr. Bitter und ich werden einen Schraubenschlüssel und ein Telefon auftreiben. Ich kann mir nicht vorstellen, daß sich jemand hierhin verirrt, aber halten Sie jeden von den Flugzeugen fern, der auftaucht.«

»Ich halte es für besser, wenn du hierbleibst, Dick«, sagte Bitter.

Canidy schaute ihn einen Moment lang an. Dann hob er die Augenbrauen und lächelte.

»Reserveoffiziere«, begann er zu zitieren, »die in aktivem Dienst sind, haben den gleichen Rang ...«

»Mach, was du willst«, unterbrach Bitter ihn. »Bis zum Haus sind es ungefähr anderthalb Kilometer. Wenn du die unbedingt wandern willst, dann nur zu.«

»Ich würde mir um nichts auf der Welt Miss Tara entgehen lassen«, sagte Canidy.

Das Zitat, das er begonnen hatte, waren die Vorschriften der Navy, in denen es hieß, daß Offiziere der Reserve in aktivem Dienst den gleichen Rang wie Berufsoffiziere hatten. Er hatte das MIT absolviert und war zwei Tage bevor Bitter das Studium auf der Marineakademie bestanden hatte, Ensign (Leutnant zur See) geworden. Seine automatische Beförderung zum Lieutenant junior grade nach zwei Jahren zufriedenstellendem Dienst hatte folglich zwei Tage vor Bitters automatischer Beförderung stattgefunden. Lieutenant (j.g.) Canidy stand im Rang höher als Lieutenant (j.g.) Bitter, und es war manchmal nötig, Bitter daran zu erinnern, denn er neigte dazu, Befehle zu erteilen.

Sie waren ungefähr einen halben Kilometer weit marschiert, als ihnen auf der Straße ein Ford Kombi entgegenkam. Als der Wagen heran war, stoppte er, und eine gepflegte, attraktive Frau stieg aus.

»Nicht zu glauben«, sagte sie. »Wer ist denn da vom Himmel gefallen!« Sie schritt zu Ed Bitter, ergriff in an den Armen und ließ sich von ihm auf die Wangen küssen.

»Tante Genevieve«, sagte er, »darf ich dir meinen Kameraden, Lieutenant Richard Canidy, vorstellen? Dick, dies ist meine Tante, Mrs. Chambers.«

»Guten Tag, Mrs. Chambers«, erwiderte Canidy förmlich.

»Oh, nennen Sie mich nur Jenny«, sagte sie. »Eddie und vielleicht sein Vater sind die einzigen Wichtigtuer in der Familie.«

»Er würde sich von mir mit Sir ansprechen lassen«, erwiderte Canidy. »Aber ich bin ranghöher.«

»Oh, ich möchte in der Lage sein, ihn herumzukommandieren«, sagte Genevieve Chambers und lachte.

»Aber was hat dies alles zu bedeuten? Ich bezweifle, daß es ein Höflichkeitsbesuch ist, so wie ihr in diesen übergroßen Strampelanzügen für Jungs gekleidet seid.«

Canidy lachte. Er mochte diese Frau.

»Ich hatte ein kleines Problem mit der Maschine«, sagte Ed. »Ich brauche Werkzeug, und dann muß ich telefonieren.«

»Steigt ein«, sagte Jenny Chambers. »Das ist kein Problem. Ich habe Robert bei mir. Robert kann alles reparieren und braucht dafür nur einen Kleiderbügel und eine Zange.«

Das Herrenhaus war noch größer, als es aus der Luft aussah.

»Hat man hier *Vom Winde verweht* gedreht?« fragte Canidy unschuldig.

»Selbstverständlich«, sagte Jenny. »Clark Gable bot uns das Haus an, als die Dreharbeiten beendet waren. Es wurde zerlegt und hertransportiert.«

Canidy bemerkte, daß Ed Bitter ihn wieder einmal mit schockierter Mißbilligung anschaute. Er lächelte Jenny Chambers an.

»Es ist tatsächlich ziemlich alt«, sagte Jenny. »Aus der Zeit vor dem Bürgerkrieg. Mein Schwiegervater hat es restauriert.«

»Es ist prächtig«, sagte Canidy.

»Eine Schande, daß niemand darin wohnt«, sagte Jenny. »Es wird nur als Ferienhaus benutzt. Mein Mann geht von dort aus auf die Jagd, und die Frauen und Kinder können es benutzen, wenn keine Jagd stattfindet.«

Robert entpuppte sich als sehr großer Schwarzer mit Nadelstreifenanzug.

»Hallo, Sir«, sagte er. »Haben Sie die Hühner so erschreckt?«

»Guten Tag, Robert«, erwiderte Ed Bitter.

»Robert«, sagte Jenny Chambers, »dies ist Lieutenant Canidy. Er ist Eddies Freund und sein Vorgesetzter. Er kann Eddie tatsächlich Befehle erteilen.«

»Oh, da möchte ich an Ihrer Stelle sein«, sagte Robert und schüttelte Canidy die Hand.

»Robert hat sich um mich gekümmert und praktisch vor allem Bösen bewahrt, seit ich ein Baby war«, sagte Jenny Chambers. Robert strahlte sie liebevoll an.

»Ich hörte, Sie können uns vielleicht einen Schraubenschlüssel borgen«, sagte Canidy. »Es würde auch eine gute Zange genügen.«

»Man schickt vielleicht eine Wartungs-Crew aus Mobile«, sagte Bitter.

»Wir sollten verhindern, daß der Sprit über die ganze Kiste tropft«, entgegnete Canidy. »Ich nehme an, daß wir von hier aus eigener Kraft weiterfliegen können.«

»Ich habe Werkzeug im Wagen«, sagte Robert.

»Du solltest telefonieren, Eddie, und melden, was passiert ist. Bestell keinen her, bis wir die Möglichkeit hatten, den Schaden selbst zu beheben.«

»Jawohl, Sir, Mr. Canidy, Sir«, sagte Bitter. Er schlug die Hacken zusammen und grüßte zackig. Es war spöttisch gemeint, doch es war etwas daran, das nicht ganz scherzhaft war.

»Und ich werde unterdessen etwas für euch zu essen auftreiben«, sagte Jenny Chambers. »Wenigstens ein Sandwich. Robert und ich sind gerade erst heute morgen hergekommen. Ich weiß nicht, was vorhanden ist, aber für ein belegtes Brötchen sollte es reichen.«

Der Wagen, den Robert erwähnt hatte, war ein 1939er Lincoln-Coupé mit Nummernschildern von Alabama. Ein sehr teurer Wagen in der Anschaffung und im Unterhalt. Und Eddie war ein Mitglied der Familie. Das war sehr interessant, fand Canidy. Es erklärte auch vieles über ihn, nicht nur sein Buick Roadmaster Cabrio.

Der Kofferraum des Lincoln enthielt einen Werkzeugkasten mit einem Satz Schraubenschlüsseln in einzelnen Fächern. Es dauerte nur eine Minute, die Treibstoffleitung richtig zu befestigen, trotz größter Sorgfalt, damit der Schraubenschlüssel nicht abrutschte und sich keine Funken bildeten. Robert gab Canidy ein Tuch, und er wischte die Leitung ab. Es blieb kein Tropfen zurück. Eddie konnte die Stearman fliegen.

Canidy war enttäuscht. Es wäre vielleicht interessant gewesen, hier übernachten zu müssen. Er schöpfte kurz neue Hoffnung, als er annahm, der Treibstoff wäre auf den Rumpf getropft, wo sich gefährliche, explosive Dämpfe gebildet hätten. Doch dann sah er, daß das Flugbenzin auf ein solides Stück Aluminium und von dort aus auf die Aluminiumhaut der Tragfläche bis auf den Boden getropft war. Da nach einer Stunde alle Dämpfe verflogen waren, konnte das Flugzeug sicher geflogen werden.

Canidy befahl den Flugschülern, sich auf den Rücksitz des Lincoln zu setzen. Dann fuhr er mit Robert zurück zum Herrenhaus. Jenny Chambers hatte eine Dose mit Schinken geöffnet und belegte Brötchen und Tee zubereitet.

»Ich würde Ihnen gern etwas Stärkeres als Tee anbieten«, sagte Jenny, »aber Eddie hat mir erzählt, daß man auf einem Flug nichts Alkoholisches trinken darf.«

»Ja, dann kommt man nicht sehr weit«, sagte Canidy. »Aber ich weiß Ihren guten Willen zu schätzen.«

Sie lachte. »Sie gefallen mir, Lieutenant Canidy«, sagte sie. »Stimmt es wirklich, daß Sie Eddie herumkommandieren können?«

»Ja, Ma'am«, sagte Canidy. »Möchten Sie ihm etwas durch mich befehlen lassen?«

»Befehlen Sie ihm, das Wochenende hier zu verbringen«, sagte Jenny Chambers. »Sie alle sind natürlich eingeladen ...«

»Ich weiß nicht ...«, begann Eddie.

»Befehlen Sie ihm, mich aussprechen zu lassen«, sagte Jenny Chambers.

»Lassen Sie die Lady aussprechen, Lieutenant«, sagte Canidy.

»Oder er läßt dich in Eisen legen«, drohte Jenny, und dann sprach sie weiter. »Meine Tochter, die im Norden, in Bryn Mawr, auf dem College ist, kommt mit zwei Freundinnen her. Es werden also Leute in ungefähr Ihrem Alter hier sein. Und mein Mann war Pilot und liebt es, über die Fliegerei zu reden. Und dann kommt dein Cousin Mark, Eddie, mit seiner Frau aus Mobile. Du hast sie seit Jahren nicht mehr gesehen.«

»Die Mädchen sind ein bißchen jung für Dick, Tante Genevieve«, sagte Ed Bitter.

»Gerade im richtigen Alter«, widersprach sie. »Ich bin fünf Jahre jünger als dein Onkel.«

»Und du bringst Dick in Verlegenheit, ist dir das klar?«

»Überhaupt nicht«, sagte Canidy.

Dick Canidy erhob sich plötzlich aus seinem Sessel und ging zu einem gerahmten Foto, das auf einem Tisch gerade außerhalb des Eßzimmers stand.

»Kann ich Ihnen etwas holen, Dick?« fragte Jenny Chambers.

»Mir kam dieses Foto vertraut vor«, sagte er. Es war eine Aufnahme von Sue-Ellen Chambers und ihrem Ehemann.

»Und ist es das?«

»Nein«, log er.

»Das rechts ist mein Sohn Mark«, erklärte Jenny Chambers. »Und links sehen Sie seine Frau Sue-Ellen.«

»Du wirst sie am Wochenende kennenlernen«, sagte Ed Bitter. »Denn es ist entschieden worden, daß wir herkommen.«

Wenn ich ein Gentleman wäre, dachte Dick Canidy, *würde ich höflich bedauernd absagen und behaupten, daß ich bereits andere Pläne für das Wochenende habe.* Er sagte jedoch nichts. Er wollte Sue-Ellen wiedersehen.

Enthüllt das noch einen zuvor unentdeckten und unerfreulichen Aspekt meines Charakters? fragte er sich.

Er warf noch einen Blick auf Sue-Ellen Chambers' trügerisch unschuldiges Gesicht und wandte sich ab.

»Wir sollten fliegen«, sagte er.

3

Auf dem halbstündigen Flug von Mobile zurück zur NAS Pensacola sagte sich Ed Bitter mit Unbehagen, daß das Problem, das er auf der Plantage gehabt hatte, inzwischen den hohen Tieren zu Ohren gekommen sein mußte und die wahrscheinlich wußten, daß er gegen die Vorschriften verstoßen hatte, indem er Kunstflug unter 5000 Fuß durchgeführt hatte.

Aber es war keine Bruchlandung gewesen, und so war er überzeugt, daß er davonkam, indem der Zwischenfall offiziell als ›ungeplante, vorbeugende Ladung‹ und nicht als ›Notlandung‹ bezeichnet wurde. Ungeplante, vorbeugende Ladungen gab es immer wieder, und die Vorbeugung hatte im allgemeinen etwas mit einem luftkranken Flugschüler oder einer Pinkelpause für einen Fluglehrer zu tun, der vergessen hatte, vor dem Start seine Blase zu erleichtern.

So würde er vermutlich offiziell aus dem Schneider

sein. *Wo* sie gelandet waren, würde das wahre Problem sein, denn die Schüler, Ford und Czernik, würden wahrscheinlich in ihrem Quartier den Kameraden die faszinierende Geschichte von einer Landung auf einem privaten Flugplatz bei einem Herrenhaus erzählen, das – kein Scheiß – Mr. Bitters Familie gehörte.

So würde er ihnen die Situation erklären und sie um den Gefallen bitten müssen, die Geschichte nicht zu erzählen. Vielleicht konnte er nicht erreichen, daß die Sache ganz verschwiegen wurde, aber möglicherweise war er in der Lage, zu verhindern, daß eine Sensation daraus gemacht wurde. *Wenn* er mit ihnen auf die richtige Weise darüber sprechen konnte.

Glücklicherweise gab es ein Ritual nach dieser besonderen Übung, das ihm die Gelegenheit bot, mit den Schülern zu reden. Nach der zufriedenstellenden Vollendung ihres letzten Ausbildungsflugs in der Grundstufe waren Ensign Paul Ford und Ensign Thomas Czernik nicht mehr ›Mr. Ford‹ und ›Mr. Czernik‹ für ihre Lehrer, sondern Offizierskameraden, die mit dem Vornamen angesprochen werden konnten und denen es erlaubt war, mit den Fluglehrern als Ebenbürtige einen zu trinken.

Der Anlaß war in gewissem Sinne größer und feierlicher, als es ihr erster Alleinflug gewesen war (ungefähr ein Fünftel aller Schüler, die ihren ersten Alleinflug machten, wurde anschließend aus der Flugschule hinausgeworfen, hauptsächlich wegen Untauglichkeit) oder die offizielle Verleihung des Pilotenabzeichens bei der Parade am Freitag.

»Dick«, schlug Ed Bitter vor, als die beiden Fluglehrer und die beiden Schüler ihre Fallschirme ablieferten, »was hältst du davon, mit Paul und Tom rüber in den

Club zu gehen und ihnen ein Bier zu spendieren, bis ich meine Formulare ausgefüllt habe und mich zu euch geselle?«

»Ich finde, du solltest bei der Angabe über die Höhe, in der der Motor ausfiel, lügen«, sagt Dick Canidy. »Wir decken dich, wenn man uns fragt.«

Czernik und Ford nickten bereitwillig.

Das war peinlich. Von Offizieren erwartete man, daß sie grundehrlich waren. Aber Canidy hatte recht. Wenn er nicht log, würde er Schwierigkeiten bekommen.

»Danke«, sagte er kaum hörbar, und dann zwang er sich zu einem Lächeln.

In der Offiziersmesse kostete ein halber Liter Bier vom Faß 35 Cents. Canidy und die beiden Flugschüler hatten soeben das zweite Glas in Angriff genommen – genug Bier, um Paul Ford den Mut zu geben, zur Sprache zu bringen, was während des Flugs passiert war –, als ein Ordonnanzoffizier des Marine-Corps in die Messe kam. Canidy blickte auf und ignorierte ihn dann. Er konnte sich keinen Grund denken, weshalb ein Ordonnanzoffizier des Marine-Corps, der Botengänge für Admirals erledigte, an ihm interessiert sein mochte.

Aber die Ordonnanz erkundigte sich beim Barmann nach Canidy und steuerte dann auf den Tisch zu, an dem er saß.

»Mr. Canidy?« fragte der Ordonnanzoffizier schneidig.

»Ja«, sagte Canidy.

»Der Admiral läßt grüßen, Sir«, rasselte der Ordonnanzoffizier herunter. »Der Admiral bedauert die Störung. Der Admiral wird erfreut sein, Mr. Canidy zu empfangen, wenn es Mr. Canidy beliebt.«

»Sind Sie sicher, daß Sie den richtigen Canidy vor sich haben?« fragte Canidy.

»Der Wagen und Fahrer des Admirals sind draußen,

wenn Mr. Canidy ihn für seinen Besuch bei dem Admiral benutzen will, Sir.«

Canidy war völlig durcheinander. Er hatte den Admiral (es gab mehrere Flaggoffiziere in Pensacola, aber nur einen ›Der Admiral‹, den Kommandanten des Stützpunkts) nur zweimal in seinem Leben gesehen, einmal, als ihm das Pilotenabzeichen angeheftet worden war, und zum zweiten Mal, als der Admiral vor den neuen Fluglehrern seine übliche fünfminütige aufmunternde Ansprache gehalten hatte, bevor sie mit der Ausbildung begonnen hatten.

Er konnte sich nicht vorstellen, daß er etwas getan hatte, Gutes oder Schlechtes, das die Aufmerksamkeit des Admirals verdiente. Auf einen Lieutenant junior grade, der Fluglehrer in der Flugausbildung für Anfänger war, wurde ein Admiral nur aufmerksam, wenn er einen Schüler umbrachte oder der ihn.

Er stand auf und schaute auf Ford und Czernik hinab.

»Gentlemen«, sagte er gespielt feierlich, »Sie werden mich entschuldigen müssen. Der Admiral wünscht meine berufliche Einschätzung eines Themas zu hören, das von äußerster Wichtigkeit für die Navy und in der Tat für die Nation ist!«

Ford und Czernik lächelten. Canidy schaute den Ordonnanzoffizier an.

Der Offizier des Marine-Corps war nicht belustigt. Er marschierte hinaus, und Canidy folgte ihm zum Wagen des Admirals, einem zweijährigen Chrysler, dessen Fahrer, ein junger adretter Matrose, Canidy die Tür aufhielt und dann hinter ihm schloß.

Canidy sagte sich, daß die ganze Sache eine Verwechslung sein mußte. Es gab vermutlich irgendwo auf dem Stützpunkt einen *Commander* Canidy oder vielleicht sogar einen *Captain* Canidy (der vermutlich seinen Namen ›Kennedy‹ buchstabierte), und der Admiral hatte sein künstliches Gebiß nicht angehabt, als er ihn zu sich befohlen hatte, und der Adjutant hatte ihn mißverstanden.

Der Wagen fuhr unter den Säulengang der Residenz des Admirals. Der Ordonnanzoffizier sprang vorne hinaus und eilte um den Chrysler herum, um die Tür für Canidy zu öffnen.

Wenn Sie herausgefunden haben, daß ich der Falsche bin, muß ich vermutlich zu Fuß zum Offiziersclub zurückwandern, dachte Canidy.

Der Adjutant des Generals, ein First Lieutenant, öffnete eine Seitentür der Residenz.

»Canidy?« fragte er.

»Jawohl, Sir«, antwortete Dick.

»Sie wären etwas früher hiergewesen, Mr. Canidy«, sagte der Adjutant, »wenn ich daran gedacht hätte, der Ordonnanz zu sagen, es zuerst in der Bierbar zu versuchen.« Er forderte Canidy mit einem Wink auf, ihm in die Küche zu folgen. Dort kümmerte sich ein Filipino mit weißem Jackett um ein Sortiment von Flaschen.

Der Adjutant des Admirals stieß die Schwingtür zum Speisezimmer auf.

»Mr. Canidy, Admiral«, meldete er.

»Kommen Sie rein, Canidy!« befahl eine rauhe Stimme.

Zwei rotgesichtige, grauhaarige Männer saßen an einem langen, auf Hochglanz polierten Tisch im Speisezimmer. Ein großer Kandelaber war zur Seite geschoben worden, um Platz für einige Aktenhefter (offenbar Personalakten), Schreibblöcke, ein Telefon und zwei Aschenbecher zu schaffen. Daneben standen eine Zigarrenkiste und ein Tablett mit Gläsern, die mit Whisky gefüllt waren.

Die beiden Männer in mittleren Jahren trugen Khakihemd und -hose ohne Rangabzeichen, und es dauerte einen Moment, bis Canidy sicher war, wer von ihnen der Admiral war.

»Lieutenant Canidy meldet sich beim Admiral wie befohlen, Sir«, sagte Canidy.

»Ich muß Ihnen zuallererst etwas Offizielles sagen, Mr. Canidy.« Der Admiral musterte ihn mit unverhohlener Neugier. »Was Sie hier sehen und hören, werden Sie keinem ohne meine ausdrückliche Genehmigung im Dienst oder außerhalb des Dienstes erzählen. Ist das klar?«

»Jawohl, Sir.«

Es war also keine Verwechslung. Er war erwartet worden, und etwas sehr Ungewöhnliches war im Gange. Dies war offenbar einer der wilden Tage, die Canidy selten in seinem Leben erlebt hatte. Monatelang oder manchmal jahrelang verlief alles nach langweiligem Schema ab, und dann, plötzlich, merkwürdig und unerwartet, geschahen Schlag auf Schlag aufregende Dinge.

Dieser verrückte Tag hatte damit begonnen, daß Eddie sich beinahe selbst umgebracht hätte; und dann hatte er in einem Herrenhaus im Südstaatenstil auf der Plantage erfahren, daß Sue-Ellen Chambers die Frau von Eddies Cousin war; und jetzt befand er sich im Speisezimmer des Admirals.

Der Admiral schaute ihn mit ziemlich kaltem Blick seiner grauen Augen lange an, und dann hob er die Stimme.

»Pedro!«

Der Filipino stieß die Schwingtür auf.

»Sagen Sie Pedro, was Sie trinken möchten, Canidy«, sagte der Admiral. »Und dann nehmen Sie Platz. Dicht bei uns. Dieser alte Flieger ist stocktaub.«

»Leck mich, Charley«, sagte der andere grauhaarige Mann lächelnd und ohne Groll.

»Sir?« der Steward sprach es wie »Sair?« aus. Er blickte Canidy fragend an.

»Bourbon, bitte«, sagte Canidy. »Mit Eis.«

»Jawohl, *Sair*«, sagte der Steward. Der Admiral hob sein Glas und blickte den anderen Mann an, der nickte.

Der Steward zog sich in die Küche zurück.

»Canidy, dies ist General Chennault«, sagte der Admiral. »Von der chinesischen Luftwaffe.«

Es überraschte Canidy nicht, daß der andere Mann General war. Dann erinnerte er sich daran, wer Chennault war. Es war ein ehemaliger Jagdflieger des Army Air Corps, einer der Oldtimer, die nach China abkommandiert worden waren, um den Chinesen in ihrem Krieg gegen die Japaner zu helfen.

»Für die Art, wie du ›chinesische‹ betont hast, kannst du mich noch einmal, Charley«, sagte General Chennault.

»Wie Sie vielleicht erraten haben, Canidy«, sagte der Admiral, »kennen General Chennault und ich uns seit langem. Aber dies ist kein Höflichkeitsbesuch von ihm. General Chennault ist mit ausdrücklicher Genehmigung des Oberbefehlshabers hier.«

»Jawohl, Sir«, sagte Canidy, weil ihm nichts anderes einfiel. Es dauerte einen Moment, bis ihm klarwurde, daß der Admiral von *dem* Oberbefehlshaber sprach, nicht vom Oberbefehlshaber für die Flugausbildung der Navy oder dem Stabschef für Flugausbildung der Navy oder sogar vom Chef für Marineoperationen. Er sprach vom Präsidenten der Vereinigten Staaten.

»Sind Sie nicht ein wenig neugierig, Lieutenant?« fragte General Chennault.

»Jawohl, Sir, das bin ich«, sagte Canidy. »Aber ich bin auch nur ein Lieutenant junior grade.«

Chennault lachte. »Bevor ich vom Air Corps meinen Abschied nahm«, sagte er, »war ich Captain. Vor dem

Captain war ich First Lieutenant. Und ich war Lieutenant junior grade vierzehn Jahre lang.«

Der Filipino brachte drei Gläser gefüllt mit Bourbon über Eis.

»Meinen Sie nicht auch, daß wir im Begriff sind, in einen Krieg zu ziehen, Canidy?« fragte der Admiral unvermittelt.

»Ich hoffe nicht, Sir«, erwiderte Canidy. Die Frage bereitete ihm Unbehagen.

»Ja oder nein?« fragte der Admiral ungeduldig.

»Ich weiß nicht, wie wir ihn vermeiden können, Sir«, sagte Canidy.

Der Admiral schnaubte.

»Wie würde es Ihnen gefallen, früh darin einzutreten, Canidy?« fragte General Chennault.

»Ich möchte lieber überhaupt nicht darin eintreten, Sir«, erwiderte Canidy nach kurzem Zögern. Er hatte sich entschieden, zu sagen, was er dachte, nicht das, was man von ihm erwartete.

»Das überrascht mich«, sagte Chennault. »Der Admiral hat mir erzählt, daß Sie die neue Grumman geflogen haben.«

»Jawohl, Sir.«

»All diese PS ängstigen Sie?« fragte Chennault.

»Nein, Sir«, erwiderte Canidy. »Das Flugzeug ist erstklassig. Aber es hat niemand auf mich geschossen.«

Die beiden ledergesichtigen alten Piloten tauschten einen Blick, und dann schaute General Chennault Canidy in die Augen. »Was erwarten Sie vom Dienst, Canidy?« fragte er sanft.

»Ich befürchte, meine Antwort würde schnoddrig klingen, Sir«, sagte Canidy.

»Sie wollen raus, meinen Sie? Sie wollen wieder Zivilist sein?«

»Jawohl, Sir.«

»Und dann?«

»Ich bin Flugtechniker, Sir. Man hat mir eine Stelle bei Boeing angeboten.«

»Man wird Sie Aschenbecher für Transportflugzeuge entwerfen lassen.« Der Admiral lächelte, aber er meinte es ernst. »Sie werden nicht fliegen.«

»Man hat mir einen Job angeboten, bei dem ich Hochgeschwindigkeits-Tragflächen entwerfen soll, Sir.« Diesen Einwand konnte sich Canidy nicht verkneifen.

»Was wissen Sie schon über Hochgeschwindigkeits-Tragflächen?« fragte der Admiral geringschätzig.

»Das ist meine Spezialität, Sir«, sagte Canidy.

»Laut Personalakte sind Sie ein höllisch guter Jagdflieger«, sagte Chennault und beendete damit das Sparring. »Man ließ Sie nicht die F4F-3 fliegen, weil man Sie mochte oder dachte, Sie seien ein Tragflächen-Experte.«

»General Chennault ist hochqualifiziert in der Einschätzung von Jagdfliegern, Canidy«, meinte der Admiral vermittelnd. »Das war ein großes Kompliment von ihm.«

»Ich habe das Buch des Generals gelesen, Sir«, sagte Canidy.

»Aus eigenem Antrieb? Oder als Pflichtlektüre?« fragte Chennault.

»Man hat mir befohlen, es zu lesen, Sir.«

»Ich möchte Ihre ehrliche Meinung über *Die Rolle des Jagd-Flugwesens* hören«, sagte der Admiral,

»In der Theorie klingt das prima«, sagte Canidy.

»Nur in der ›Theorie‹?« fragte der Admiral.

»Es ist nie im richtigen Kampf erprobt worden, Sir«, sagte Canidy.

»Und wenn es erprobt worden wäre?«

»Ich bin nicht in der Position, um zu urteilen, Sir«, antwortete Canidy.

»Aber Sie haben sich ein Urteil gebildet, nicht

wahr?« sagte Chennault. »Heraus mit der Sprache, Canidy! Wo habe ich mich geirrt?«

Chennaults Buch war eine Abhandlung über das Abfangen und Jagen von feindlichen Bombern. Canidy hatte viel darüber nachgedacht.

»Ich habe mir über die Bewaffnung Gedanken gemacht, Sir«, sagte Canidy.

Chennault forderte ihn mit einer Geste auf, weiterzusprechen.

»Je größer Bomber sind, desto größer ist ihr Ladegewicht«, sagte Canidy. »Was bedeutet, daß sie ihre Motoren und Tanks panzern und mehr und großkalibrige Waffen mitführen können. Das reduziert natürlich ihre Schnelligkeit, Manövrierfähigkeit und Reichweite. Solange der Feind keine wirklich größeren Flugzeuge hat ... wie die Boeing B-17 ... wird das kein Problem sein. Aber wenn der Feind welche hat ...«

Chennault war beeindruckt von Canidys Analyse dieser Theorie. Er hatte selbst die Probleme erkannt, die Canidy herausgefunden hatte. Aber es gefiel ihm gar nicht, sie von einem Mann zu hören, der noch nicht ganz trocken hinter den Ohren war.

»Wie würde es Ihnen gefallen, als Jagdflieger in den Kampf zu fliegen, sagen wir mal für sechzig Tage?« fragte Chennault unvermittelt.

Canidy spürte ein Kribbeln im Nacken. Die Frage war todernst gemeint.

»Es würde mir überhaupt nicht gefallen, Sir.«

»Menschenskind, als ich in Ihrem Alter war ...«, begann der Admiral und ließ den Rest unausgesprochen.

»Binnen eines Jahres, ein paar Monate mehr oder weniger, werden wir im Krieg sein«, sagte General Chennault. »Wenn Sie was anderes annehmen, dann glauben Sie an Märchen. Sie glauben ebenfalls an Märchen, wenn Sie meinen, die Navy wird kurz vor Beginn des Krieges einen gesunden, hochqualifizierten Jagdflieger entlassen, der Führungsqualitäten gezeigt hat.«

Da haben wir den Salat, dachte Canidy. *Zwei unangenehme Fakten, die ich nicht wahrhaben wollte.*

»Ich befürchte sehr, daß Sie recht haben, Sir«, sagte Canidy.

»Selbstverständlich habe ich recht«, schnaubte Chennault.

»Was schlägt der General vor?« fragte Canidy.

»Ich biete Ihnen einen Jahresvertrag, Canidy, im Auftrag der Central Aircraft Manufacturing Company, Federal, Incorporated, um in China an der Konstruktion, Wartung und Entwicklung von zivilen Flugzeugen für das chinesische Lufttransport-Ministerium teilzunehmen.«

»Ich bin in der Navy, General.«

Chennault ignorierte ihn und fuhr fort: »Sie werden Curtiss P40-B-Maschinen gegen die Japaner fliegen. Der Sold – Ihr Sold, ich biete Ihnen einen Job als Flügelmann an – beträgt sechshundert Dollar pro Monat, plus Verpflegung und Quartier, und eine Prämie von fünfhundert Dollar für jedes Flugzeug, das Sie abschießen.«

Das war fast das Doppelte von dem, was die Navy zahlte. Und es gab natürlich keine 500-Dollar-Abschußprämien für Fluglehrer in der Grundstufe.

»Nach Beendigung Ihres vertraglich vereinbarten Jahres«, sprach Chennault weiter, »werden Sie in die Navy zurückkehren, ohne Dienstzeit für eine Beförderung zu verlieren. Wenn Sie beim Fliegen für uns befördert werden, werden Sie die entsprechende Beförderung in der Navy erhalten.«

»Ich würde von der Navy entlassen werden?« fragte Canidy. »Nicht nur entlassen aus aktivem Dienst, und ich müßte mich dann wieder zurückmelden?«

»Entlassen«, sagte Chennault. »Sie würden die Vereinigten Staaten als Zivilist verlassen.«

»Und wenn ich nicht in die Navy zurückkehre?«

»Sie sind ein mutiger Kerl, wie?« fragte Chennault bewundernd, »so etwas vor dem Admiral zu sagen.« Er legte eine Pause ein. »Sie dienen Ihr Jahr, und wenn ich mich irre und es keinen Krieg gibt, garantiere ich Ihnen, daß Sie heimkehren und für Boeing arbeiten können. Vermutlich können Sie als Techniker mehr Geld in China verdienen, stelle ich mir vor. Aber wenn die Vereinigten Staaten in den Krieg eintreten, und das glaube ich, werden Sie eigene Vereinbarungen mit der Einberufungsbehörde treffen müssen.«

»Und wenn ich nicht nach China will?«

»Dann gehen Sie zurück in ihr Quartier und vergessen, daß Sie mich jemals kennengelernt haben«, sagte Chennault. »Dazu werden Sie natürlich nicht in der Lage sein. Sie werden sich den Rest Ihres Lebens an diese kleine Begegnung erinnern, ganz gleich, wie Sie sich entscheiden.«

»Wann würde ich gehen müssen?«

»Irgendwann in den nächsten dreißig Tagen«, sagte Chennault.

»Wie viele andere werden gefragt?«

»Für die erste Gruppe hundert Piloten. Wir haben hundert P40-B-Maschinen für China.«

»Warum P40-Bs?«

Chennault zögerte mit der Antwort. »Weil unsere noblen englischen Cousins sie nicht haben wollen«, sagte er dann. »Sie betrachten sie als veraltet. Okay?«

»Ich habe nie eine P40-B geflogen«, sagte Canidy.

»Keiner hat das bis zum ersten Mal getan«, bemerkte Chennault trocken.

»Darf ich wissen, warum man mich fragt? Ich habe nicht viel Erfahrung.«

»Wir müssen uns auf Personalakten stützen, Mr. Canidy«, sagte der Admiral. »Ihre ist hervorragend.«

»Ein Jahr. Und wenn das vorüber ist, bin ich raus. Ist das der Vorschlag?«

»Das ist der Handel«, bestätigte Chennault. »Ich möchte nicht hochtrabend von Pflicht, Ehre und Vaterlandsliebe reden.«

»Und bis wann muß ich mich entscheiden?«

»Nehmen Sie sich soviel Zeit, wie Sie brauchen«, sagte Chennault. »Zwei, drei Minuten.«

Canidy hatte das Gefühl, in etwas gefangen zu sein, über das er keine Kontrolle hatte. Er dachte an das Klischee ›gegen den Strom schwimmen‹, und er sagte sich, daß er für diese Sache in Wirklichkeit wegen seiner Leistung bei der Ausbildung für Fortgeschrittene rekrutiert wurde. Er hatte bei seiner Ausbildungsgruppe die meisten Löcher in einem Schleppziel gehabt, und er hatte (laut Filmkameras, die auf der Grumman F3F-1 montiert waren, wo sich normalerweise das Browning-MG Kaliber .30 befand) alle vier Ausbilder abgeschossen, die gegen ihn angetreten waren.

Es war ebenfalls möglich, daß man ihn bat, nach China zu fliegen, weil seine Vorgesetzten bei der Navy ihn für entbehrlich hielten. Wenn das stimmte, wenn die Navy meinte, auf ihn verzichten zu können, konnte das wirklich gefährlich werden, sobald der Krieg begann. Piloten, die von der Navy als entbehrlich betrachtet wurden, würden auf Missionen geschickt werden, bei denen hohe Verluste zu erwarten waren.

»Scheiße«, sage Canidy, ohne es zu wollen. Es wurde ihm bewußt, daß der Admiral und General Chennault ihn peinlich berührt und mißbilligend anblickten.

»Ich mache es«, fügte er hastig hinzu.

»Okay«, sagte Chennault. Er stand auf und reichte Canidy die Hand.

Als Dick Canidy mit dem Buick des Admirals zurück zum Offiziersclub gefahren wurde, waren Ford und Czernik nicht mehr da. Er hatte gedacht, daß er trotz allem, was geschehen war, überhaupt nicht lange fortgewesen war und Bitter vielleicht immer noch zu erklären versuchte, warum er die ungeplante Landung gemacht hatte. Er ging zur Bar und bestellte Bier. Er würde auf Bitter warten.

Bitter ließ sich zwei Stunden lang nicht blicken. Unterdessen sagte sich Canidy, daß Eddie Bitter während seiner Abwesenheit zur Bar zurückgekehrt war, den beiden Schülern das rituelle Bier spendiert hatte und dann zum Quartier für ledige Offiziere gegangen war. Der pingelige Eddie trank während der Woche ungern Bier, selbst wenn er am nächsten Tag nicht fliegen mußte.

Canidy war echt überrascht, als sich Ed Bitter, in weißem großem Dienstanzug, auf den Barhocker neben ihm setzte.

»Ich hatte dich als vermißt aufgegeben«, sagte Canidy. Etwas bedrückte Bitter. Canidy fragte sich, ob Bitter in einem plötzlichen Anfall von Offizierseh re dem Kommandanten seine Sünden gebeichtet hatte.

»Ich war mir nicht sicher, ob du noch hier sein würdest«, sagte Bitter.

»Ich habe gesagt, daß ich zurückkomme«, erwiderte Canidy.

Der Barkeeper, ein Schwarzer mit weißem Käppi, kam heran. »Was soll's sein, Mr. Bitter?«

Das war eine Frage, auf deren sofortige Beantwortung Bitter nicht vorbereitet war. Der Barkeeper hatte ihn offenbar kalt erwischt.

Bitter wies auf Canidys Glas und fragte: »Was ist das?«

»Bourbon«, sagte Canidy. »Ich mochte kein Bier mehr.«

»Geben Sie uns zwei davon«, sagte Bitter zum Barkeeper.

»Harter Stoff?« fragte Canidy verwundert. »Als nächstes fängst du auch noch das Huren an!«

Bitter blickte ihn einen Moment lang beklommen an, und dann öffnete er den Knopf des hohen Kragens seines Uniformrocks, bevor er antwortete. »Ich nehme an, das ist eine verzögerte Reaktion auf das, was heute nachmittag geschehen ist.«

»Vermutlich«, sagte Canidy. »Nun, das ist vorüber. Oder ist etwas passiert, als du dich beim Skipper gemeldet hast, Ed? Hast du dich deshalb so feingemacht?«

Diese unschuldige Frage führte zu einem weiteren sonderbaren Blick.

»Nein. Ich meine, er akzeptierte meine Erklärung, daß es nur einen ungeplante, vorbeugende Landung war.«

»Lügen ist wie Ficken, Eddie«, sagte Canidy. »Zuerst ist es manchmal schwierig, doch nach einer Weile gewöhnt man sich daran.«

Die Bourbons wurden serviert. Canidy trank sein Glas aus und nahm das neue.

»Hast du jemals daran gedacht, deinen Ford zu verkaufen?« fragte Bitter.

»Wie kommst du darauf?« fragte Canidy.

»Nun«, sagte Bitter beklommen, »als ich den Skipper sah, erzählte er mir, daß ich für eine vorübergehende Verwendung auf der NAS Anacostia vorgesehen bin.«

»Und?«

»Ich werde meinen Wagen verkaufen, bevor ich diesen Dienst antrete«, sagte Bitter.»Und wenn du deinen Ford verkaufst und einen Wagen brauchst, könnte ich dir einen guten Preis machen.«

»Was wirst du bei der NAS Anacostia tun?« fragte Canidy unschuldig.

»Das ... äh ... hat man mir nicht gesagt«, behauptete Bitter.

»Junge, ich hoffe, du hast überzeugender gelogen, als du dem Skipper die Höhe genannt hast, in der dein Motor aussetzte«, sagte Canidy.

»Was meinst du damit?« fragte Bitter scharf.

Canidy hielt die Hände an die Schläfen. »Konfuzius sagt, ›jeder fliegt mal eine P40-B zum ersten Mal‹.«

Bitter war ernsthaft überrascht, weil Canidy Bescheid wußte.

»Sprich leiser. Jemand könnte dich hören.«

»Ich habe schlechte Nachrichten für dich, Eddie«, sagte Canidy.

»Welche?«

»Da ich ungefähr eine Stunde vor dir unterschrieben habe, werde ich auch beim chinesischen Luft- und Rikscha-Dienst ranghöher sein als du.«

III

I

Pensacola Naval Air Station
Pensacola, Florida

9. Juni 1941

Es war etwas Gammelzeit ins Ausbildungsprogramm der Grundstufe eingearbeitet, Freizeit zwischen dem Überlandflug und der Abschlußfeier am letzten Freitag der Ausbildungszeit, wenn die Flugschüler ihr Pilotenabzeichen erhalten würden. Es konnten Dinge schiefgehen. Schlechtes Wetter konnte Ausbildungsflüge verzögern; Schüler oder Lehrer konnten erkranken. Aber wenn alles planmäßig verlief, gab es drei bis vier Tage, an denen Fluglehrer nichts zu tun hatten.

Die Fluglehrer meldeten sich um halb acht bei ihrem Vorgesetzten, und er gab ihnen frei. Das bedeutete, daß sie den Tag damit verbrachten, Golf zu spielen oder auf den unglaublich weißen Stränden des Golfs von Mexiko herumzuliegen oder einfach in ihrem Quartier herumzugammeln. Ed Bitter und Dick Canidy meldeten sich am Tag nach dem Gespräch mit General Chennault zum Dienst und erwarteten, vom Skipper in die Freizeit befohlen zu werden. Doch das war nicht der Fall.

»Fragen Sie mich nicht, was das alles zu bedeuten hat«, sagte der Skipper, »denn ich weiß es nicht. Ich weiß nur, daß der Admiral für den Rest der Woche Ihren Dienst beansprucht. Sie sollen seinen Adjutanten anrufen.«

Er gab ihnen einen Zettel mit einem Namen und einer Telefonnummer.

Sie riefen den Adjutanten an, und er bestellte sie zu Hangar sechs gegenüber dem Flugplatz für die fliegerische Grundausbildung. Als sie dort eintrafen, stand er draußen vor dem Büro des Hangars. Er führte sie vom Hangar fort zu der Reihe der Flugzeuge, die abseits von der Rollbahn parkten, bis er im Schatten einer Douglas TBD-1 stehenblieb. Die Maschine trug die Bezeichnung VT-8, die einzige an Land stationierte Staffel von sechs TBD-1 – mit Torpedos ausgerüstete Bomberstaffeln der Navy.

»Hat einer von Ihnen diese Vögel schon geflogen?« fragte er leichthin.

Beide schüttelten den Kopf. Der Adjutant zuckte mit den Achseln und überreichte Canidy vervielfältigte Befehle. Bitter las über Canidys Schulter: Die Lieutenants (j.g.) Bitter und Canidy erhielten von der NAS Pensacola den Befehl, während eines Zeitraums von vierzehn Tagen, beginnend am 8. Juni 1941, Trainingsflüge in TBD-1-Maschinen zwischen Punkten in den kontinentalen Grenzen der Vereinigten Staaten zu absolvieren.

»Ich weiß nicht, wie eine TBD-1 geflogen wird«, sagte Canidy.

»Ich werde Sie einweisen«, sagte der Adjutant, »und ein oder zwei Probeflüge mit Ihnen machen.« Er hatte vorgehabt, ihnen nicht mehr zu sagen, aber als er ihre Verwirrung sah, taten sie ihm leid.

»Sie haben das nicht von mir, verstanden?« sagte er, und als sie nickten, fuhr er fort: »General Chennault versucht, fünfzig oder vielleicht die gesamten hundert Piloten für seine Chinesen bei der Navy zu bekommen. Für eure Freiwilligen-Gruppe. Der Admiral bezweifelt, daß die Navy sie abgibt, aber es könnte sein, und wenn das geschieht, sollte dort drüben, wohin ihr beide geht, jemand wissen, wie man die Vögel fliegt. Kapiert? Einmal Fluglehrer, immer Fluglehrer.«

»Was erwartet man von uns, Aufsetz- und Durchstartlandungen?« fragte Canidy. »Damit uns Leute sehen können und fragen, warum zwei Fluglehrer der Grundstufe Aufsetz- und Durchstartlandungen mit einem Torpedo-Bomber machen?«

»Fliegen Sie mit dem Vogel, was immer Sie damit wollen«, sagte der Adjutant, »solange Sie es nicht hier tun. Mit den Befehlen, die ich Ihnen soeben gegeben habe, können Sie Sprit und was Sie sonst brauchen bei jedem militärischen Stützpunkt im Land bekommen. Man erwartet von Ihnen, daß Sie Flugstunden mit dem Flugzeug absolvieren. Wie Sie das tun, bleibt Ihnen überlassen – sofern Sie es nicht hier tun und zur Luftparade bei der Abschlußfeier wieder hier sind.«

Die TBD-1, genannt ›Devastator‹, war eine alte Maschine, die 1935 ihren Jungfernflug gehabt hatte. Sie hatte einen 900-PS-Twin-Wasp-Sternmotor und war hauptsächlich zum Abschießen von Torpedos auf feindliche Schiffe bestimmt. Die Besatzung bestand aus drei Personen: Pilot, Torpedooffizier/Bombenschütze (für gewöhnlich ein Flieger) und ein Unteroffizier als Bordschütze, bekannt als Airedale. Der Torpedooffizier/Bombenschütze führte seine Funktion auf dem Bauch liegend unter dem Pilotensitz durch und spähte durch zwei Fenster im Boden des Rumpfes. Das Flugzeug konnte einen Torpedo unter dem Rumpf tragen oder zwölf 100-Pfund-Bomben, sechs unter jeder Tragfläche.

Normalerweise gab es mindestens eine Woche Ausbildung, wenn Piloten einen anderen Flugzeugtyp fliegen sollten. Dann folgte ein Orientierungsflug, bei dem ein Fluglehrer allmählich und vorsichtig dem Schüler erlaubte, die Maschine zu übernehmen.

Zwei Stunden nachdem Canidy und Bitter den Adjutanten des Admirals bei Hangar sechs kennengelernt hatten, erklärte er sie für qualifiziert zum Fliegen von Devastators.

»Sir«, sagte Canidy, »bitte korrigieren Sie mich, wenn ich mich irre, aber wie ich unsere Befehle verstehe, ist uns erlaubt, überall hinzufliegen, wohin wir wollen. Wir könnten nach San Diego fliegen, wenn wir das wollen, ist das richtig?«

»Das ist richtig«, sagte der Adjutant des Admirals. »Ich dachte, das hätte ich klargemacht.«

»Jawohl, Sir«, sagte Canidy. »Danke, Sir.«

2
Cedar Rapids, Iowa

10. Juni 1941

Canidy fuhr mit seinem Ford Cabrio von Florida an einem Stück durch und stoppte nur für ein Nickerchen am Straßenrand. Ed Bitter flog etwas widerstrebend die Devastator nach Cedar Rapids. Canidy hatte argumentiert, er wolle seinen Vater besuchen und müsse seinen Wagen loswerden, und so sei es eine gute Idee, mit dem Wagen heimzufahren und ihn dort zu verkaufen. Und was Flugstunden in der Devastator anbetraf, so würde er sie von Iowa aus zurückfliegen.

»Und was soll ich mit meinem Wagen machen?« hatte Bitter protestiert.

»Willst du wirklich einen Vorschlag hören, Eddie?«

»Warum fahre ich nicht mit meinem Wagen nach Chicago, und du holst mich dort ab?«

»Wir können einen zweiten Ausflug machen, wenn du willst«, sagte Canidy. »Aber es ist vernünftiger, deinen Wagen hierzulassen und dann damit zur Plantage zu fahren.«

»Warum habe ich das Gefühl, daß ich irgendwie gefickt werde?«

»Wenn du wirklich eines Tages jemand fickst, wirst du den Unterschied wissen«, sagte Canidy. »Und bis dahin motze nicht.«

Canidy traf kurz nach fünf am Morgen in Cedar Rapids ein und befürchtete, seinen Vater zu stören. Aber als er auf den Campus fuhr, sah er Licht in der kleinen Küche der Wohnung. Sein Vater war wach, rasiert und angekleidet bis auf das Tweedjackett, das er über seinem Priestergewand zu tragen pflegte.

Sie schüttelten sich die Hände. Der Händedruck seines Vaters war sanft und leicht. Der eines alten Mannes.

Reverend George Crater Canidy, Dr. theol., Dr. phil., Direktor der St. Paul's School, lange verwitwet, wohnte in einem kleinen Apartment im Studentenwohnheim zwischen der Kapelle und der Sprachenschule, in der sich sein Büro befand. Es war für ihn unvorstellbar, außerhalb des Campus zu wohnen. Reverend Dr. Canidy und die St. Paul's School waren untrennbar.

Canidy erzählte seinem Vater, daß er aus der Navy entlassen worden war, damit er in China der eben flügge gewordenen Luftfahrtindustrie half. Bei seinem akademischen Grad als Flugtechniker war das glaubwürdig. Er wollte seinem Vater nicht erzählen, daß er einen Job erhalten hatte, bei dem Prämien für die Zahl der Leute gezahlt wurden, die er umbrachte.

Reverend Dr. Canidy war erfreut. Er schloß schnell, daß sein Sohn sozusagen als praktischer Missionar nach China ging, um dort den unterdrückten Massen die von Gott geschenkten Wunder der Technologie des

Westens zu bringen. Es war nicht ganz so, als ob sein Sohn das Wort des Herrn Jesus Christus verkünden würde, aber es war weitaus besser, als Matrose in der Navy zu sein.

Dick Canidy sagte sich, daß es nicht schaden konnte, seinen Vater in diesem Glauben zu lassen.

Wie immer gewann Canidy im Laufe des Morgens das Gefühl, anstatt ›heimzukommen‹ eine Schule zu besuchen, auf der er vor langer Zeit gewesen war. Obwohl eine gerahmte Fotografie seiner Mutter auf dem Tisch im Wohnzimmer neben dem Sessel seines Vaters stand, weckte sie keine gefühlsmäßige Reaktion. Er erinnerte sich gar nicht richtig an sie. Natürlich erinnerte er sich an sie, korrigierte sich. Was er in Erinnerung hatte, war der schreckliche Geruch im Krankenhauszimmer, in dem sie so lange gelegen hatte, bis sie gestorben war.

Er hatte die Gedanken daran verdrängt, und damit hatte er alles ausgelöscht, auch die guten Erinnerungen. Es mußte gute Zeiten gegeben haben. Er konnte sich einfach nur nicht richtig an seine Mutter und die guten Zeiten erinnern. Erst als er seinen Vater sah und ihm die Hand drückte, erinnerte er sich, was für ein guter Mann, für ein guter Freund er war, und er wurde sich wieder der Tiefe seiner Gefühle für ihn bewußt.

Es wurde ihm ebenfalls bewußt, daß er so etwas wie eine Enttäuschung für seinen Vater sein mußte, obwohl der es natürlich nicht zeigte. Sein Vater wäre überglücklich gewesen, wenn sein Sohn in seine Fußstapfen getreten wäre, wenn nicht als Priester dann als Akademiker.

Aber Canidys schulische Leistungen waren kein Resultat seiner Liebe für die Schule. Er wollte fliegen, und die Voraussetzung dafür waren gute Noten in der Schule. Er könne sich nicht am Flugplatz Cedar Rapids herumtreiben, hatte sein Vater gesagt, wenn seine Schulnoten schlecht waren. So bezahlte er seine samstäglichen Flugstunden, indem er büffelte. Er hatte seine Noten verbessert und auf gutem Stand gehalten, indem er aufmerksam getan hatte, was man von ihm verlangt hatte. Obwohl sein Vater stolz das Gegenteil glaubte, hatte er niemals wirklich ›seine Nase in die Bücher gesteckt und schwer gearbeitet‹, und er hatte niemals ›bemerkenswerte Selbstdisziplin‹ gezeigt.

Candy hatte sich oftmals gefragt, ob es die Pflicht eines Sohnes seinem Vater gegenüber war, zu tun, was der Vater, der sicherlich Klügere, von ihm und seinem Lebensweg verlangte. Wenn das der Fall war, dann war er ein pflichtvergessener Sohn. Er wollte weder den Charakter von jungen Männern formen, was sein Vater ihm einmal als das höchste Privileg geschildert hatte, noch sich um das Seelenheil anderer Leute bemühen.

Reverend Dr. Candy bestand nicht nachdrücklich auf seiner Forderung, als sein Sohn sich weigerte, zur Morgenandacht zu gehen. Candy bereute es sofort, aber inzwischen war sein Vater bereits in die Kapelle gegangen, und es war das klügste, noch ein Nickerchen zu machen. Sein ehemaliges Zimmer roch muffig.

Er erwachte zum Mittagessen und war nervös und hungrig. Er wollte nicht in den Speisesaal gehen und sich von den Schülern angaffen lassen, und so fuhr er mit dem Ford nach Cedar Rapids und aß in einem Restaurant zu Mittag. Dann fuhr er in der Stadt herum, bis es an der Zeit war, zum Flughafen zu fahren und auf Bitter und die Devastator zu warten.

Als Eddie Bitter Reverend Dr. Candy kennenlernte, war er sehr respektvoll und sehr bereit, seine weiße Uniform anzuziehen und bei der Abendmahlzeit vor den Jungs von St. Paul's über die Marineakademie und das Marineflugwesen zu reden.

Nach dem Abendessen kamen ein Dutzend Jungen in das Apartment seines Vaters, um mehr über das Leben eines Seeoffiziersanwärters auf Annapolis und eines Marinefliegers zu hören. Während Ed die Jungen unterhielt, zogen sich Canidy und sein Vater in die bequemen Ledersessel der Bibliothek zurück.

»Eric Fulmar hat mir neulich ein wunderbares Neues Testament in Aramäisch geschickt«, sagte Reverend Dr. Canidy.

»Eric Fulmar? Mein Gott! Wo ist er jetzt, und wie geht es ihm?«

»Er ist in Marokko«, sagte Dr. Canidy.

»Marokko? Was macht er denn dort?«

»Er hält sich aus dem Krieg heraus, sagt er. Er schrieb mir, er wohnt dort bei Freunden. Und sein Vater ist Deutscher, wie du weißt. Sie betrachten Eric ebenfalls als Deutschen. So konnte er eingezogen werden.«

»Wie ich Eric kenne, führt er mehr im Schilde, als bei Freunden herumzugammeln«, sagte Canidy und lachte leise.

Eric Fulmar führte immer irgend etwas im Schilde. Fulmar hatte sie beide unzählige Male in Schwierigkeiten gebracht. Als Canidy nach dem Tod seiner Mutter in die Unterstufe von St. Paul's aufgenommen wurde, waren er und Eric schnell Freunde geworden. Wie Benzin und ein Streichholz, sagte Canidys Vater – nützlich, aber explosiv, wenn sie ohne entsprechende Aufsicht zusammengebracht wurden.

Erics Mutter war Monica Carlisle, die Filmschauspielerin, die – zum Glück für die Karriere und das Einkommen – beträchtlich jünger aussah, als sie in Wirklichkeit war. Ihr Studio hielt geheim, daß Monica anstatt der jungfräulichen Naiven, die sie regelmäßig auf der Leinwand darstellte, die Mutter eines Sohnes war, den sie im zarten Alter von sieben Jahren geboren haben mußte (wenn man ihrer Biographie glaubte, die vom Studio verbreitet wurde).

Monica Carlisle war im Leben ihres Sohnes nur präsent gewesen, wenn sie ihm aus einer Klemme hatte helfen müssen. Canidy grinste vor sich hin, während sein Vater von der Aramäischen Bibel schwärmte. Einen Zwischenfall von all den Klemmen, in die er und Eric geraten waren, hatte er besonders gut in Erinnerung.

Auf dem Campus waren Spielzeugpistolen verboten, aber sie waren bei Woolworth für 29 Cents leicht zu kaufen. Und Streichhölzer waren leicht aus der Küche der Schule zu besorgen. Die Streichhölzer, abgefeuert aus den Pistolen, entzündeten sich beim Kontakt.

Dies war eine tolle Entdeckung, aber noch aufregender war die Wirkung des Pulvers vom Kopf der Streichhölzer, wenn es vom Holz entfernt und in Mengen gesammelt wurde. Damit konnte man Großartiges bewirken. Und später, selbst beim strengsten Verhör, leugneten Canidy und Fulmar jegliche Kenntnis von den kleinen, faulig riechenden Explosionen, mit denen die Schlösser der Schlafsaaltüren ruiniert worden waren und die St. Paul's eine Woche lang in Angst und Schrecken versetzt hatten.

Dann wurden sie geschnappt, buchstäblich mit rauchenden Colts, und für eine Reihe von üblen Streichen auf einmal bestraft.

Der Tag für die herbstliche Wanderung der Unterstufe, geleitet vom Biologielehrer, war scheinbar der perfekte Zeitpunkt, um einige Hypothesen bezüglich der Spielzeugpistolen und Zündholzköpfe auszuprobieren. Es gab jede Menge verlockender Laubhaufen längs der Straße, die in den Wald führte. Erst sprach Canidy ernsthaft mit dem Lehrer über Chlorophyll, während Eric, am Ende der Prozession, fröhlich mit beiden Pistolen ballerte. Canidy grinste, als er sich an die kleine Rauferei erinnerte, die sie gehabt hatten, als Eric nicht zur vereinbarten Zeit aufgetaucht war, um ihn bei der ernsthaften Diskussion mit dem Lehrer – bei dem Ablenkungsmanöver – abzulösen. So hatte Eric all die Laubhaufen längs der Straße als Zielscheiben gehabt, und Canidy war erst zum Zuge gekommen, als sie im Wald gewesen waren.

Seine ersten vier Schüsse waren enttäuschend. Aber der fünfte war ein Volltreffer. Es gab einen scharfen Knall, dem einen Moment später ein ordinärer Fluch des Biologielehrers folgte.

»Scheiße!« jaulte er auf. »Gottverdammt, man hat auf mich geschossen!«

Er sank zu Boden und zog sein Hosenbein hoch. Blut sickerte aus seiner Wade, in der eine Wunde von der Größe eines Zehncentstückes war.

»Fulmar war das!« petzte einer der Jungen. »Er hat 'ne Pistole!«

Einer der begleitenden Lehrer, der in der Nähe stand, packte Fulmar instinktiv am Kragen. Er überlegte, was er mit Canidy machen sollte, packte ihn dann ebenfalls am Kragen und marschierte mit ihnen beiden zu dem schwergeprüften Biologielehrer. Genau in diesem Augenblick hallte eine Detonation von der Straße heran. Fulmars Werk bei den Laubhaufen hatte den Benzintank einer Studebaker President Limousine erreicht.

Die Feuerwehr, drei Streifenwagen und ein Krankenwagen rasten zum Tatort. Zusätzlich zu dem Studebaker standen Laubhaufen drei Blocks weit in Flammen. Die Polizei erkannte eine Kugelwunde, wenn sie eine sah, und da das Kind sie offensichtlich nicht mit seiner Spielzeugpistole verursacht haben konnte, mußte irgendein Irrer im Wald herumlaufen, der mit einer .22er auf Leute ballerte. Mit den Händen auf ihren Dienstrevolvern schwärmten die Polizeibeamten aus und suchten nach dem Wahnsinnigen.

Reverend Dr. Canidys hohes Ansehen und sein beträchtlicher Einfluß in Cedar Rapids konnten Eric und Dick nicht aus der Erziehungsanstalt von Cedar Rapids heraushalten, jedenfalls nicht für zwei Tage. Das Foto in der Zeitung zeigte, wie die beiden Jungen von der Polizei abgeführt wurden.

Durch dieses Foto, dessen Anblick Monica Carlisle mehr aufwühlte als alles andere, kam ihr junger Anwalt, Stanley Fine, ins Spiel. Fine kaufte einen neuen Studebaker President und handelte aus, daß keine Anklage erhoben wurde. Vor Gericht wies er auf Reverend Dr. Canidys beispielhaftes Ansehen im Umgang mit Jungen hin, und der vorsitzende Richter des Jugendgerichts überstellte die Missetäter dem Reverend zur Resozialisierung. Die wahre Resozialisierung wurde durch den Physiklehrer mit einem breiten Ledergürtel durchgeführt, der höllisch schmerzte und rote Striemen hinterließ, aber keinen ernsthaften Schaden anrichtete. Fine kehrte nach Hollywood zurück und hinterließ den Jungen zwei glänzende Silberdollars, mit denen sie bei Woolworth sofort zwei weitere Spielzeugpistolen kauften.

Die Frage, ob Eric von der Schule geworfen werden sollte, kam zur Sprache, wurde jedoch verworfen. Die beiden Jungen waren im letzten Jahr der Unterstufe der St. Paul's School. Im Herbst würde Canidy auf die St. Mark's School in Southboro, Massachusetts, geschickt werden, und Dr. Canidy empfahl Monica Carlisle, daß eine Militärschule perfekt für die Bildung ihres Sohnes sein würde. Die beiden Freunde nahmen an, daß sie sich nach dem Verlassen der St. Paul's School niemals wiedersehen würden.

Als Canidy in Southboro eintraf, erwartete ihn Fulmar jedoch. Und er grinste.

»Ich mußte zwei volle Wochen lang Anfälle vortäuschen«, erklärte er und führte ein Tänzchen auf. Sein zu langes blondes Haar flatterte ihm über die Augen, aber er war zu glücklich, um es zu bemerken. »Aber sie gaben schließlich nach. Was ist das hier überhaupt für 'ne Penne? Weißt du, wie schwierig es für mich war, hier aufgenommen zu werden?«

Sie waren nicht ganz zwei Jahre zusammen auf der St. Mark's School; dann wurde Fulmar fortgeschickt, um bei seinem Vater in Europa zu bleiben, wo er weiter die Schule besuchen sollte.

Eine Zeitlang schrieben sie sich Briefe, doch schließlich brach der Kontakt ab. Doch in Canidys Erinnerung war Eric Fulmar immer noch ein Teufelskerl.

Canidy widmete seine Aufmerksamkeit wieder seinem Vater, gerade rechtzeitig, um das Ende seines Vortrags über die Aramäische Bibel mitzubekommen.

»Das ist ein schönes Buch, Vater. Wenn du Eric wieder schreibst, teil ihm bitte mit, daß ich vorbeigeschaut habe.«

»Ich habe ihn über deine Aktivitäten auf dem laufenden gehalten«, sagte Dr. Canidy. »Er hat sich nach dir erkundigt.«

»Nun, schreib ihm, daß ich vorbeigeschaut habe«, wiederholte Canidy. Es überraschte ihn nicht wirklich, daß Fulmar es geschafft hatte, sich vor der Einberufung durch die Deutschen zu drücken. Eric Fulmar war äußerst einfallsreich. Sogar als kleiner Junge hatte er lernen müssen, für sich selbst zu sorgen. Mit Ausnahme von Reverend Dr. Canidy und dem Anwalt Stanley Fine, die sie vor einer Anklage der Brandstiftung bewahrt hatten, hatte sich kein Erwachsener jemals richtig um ihn gekümmert.

Am Morgen fuhr Reverend Canidy sie in Dicks Wagen zum Flugplatz.

Er bestand darauf, für ihre sichere Reise ein Gebet zu sprechen, und sie standen einen Augenblick lang mit gesenktem Kopf neben der Devastator.

Als Dick Canidy zu seinem Vater aufblickte, stellte er überrascht fest, daß sich seine Augen mit Tränen füllten und seine Kehle wie zugeschnürt war.

3

Die Luftparade für die Absolventen der Flugschule fand am Freitag morgen um halb zehn statt. Die vorgeschriebene Uniform für die Fluglehrer war der weiße große Dienstanzug mit Säbel und Orden. Weder Canidy noch Bitter hatten irgendwelche Orden, doch die hohen Tiere, besonders die Älteren, trugen Reihen davon. Aus dem Weltkrieg, dachte Canidy. Aus dem *letzten* Weltkrieg.

Die Säbel waren absurd. Kein Offizier der Navy hatte jemals im letzten Krieg einen Säbel benutzt, und jetzt bereiteten sie sich auf einen neuen Krieg vor und trugen sie immer noch. Es amüsierte ihn, daß er den Säbel (weil er vergessen hatte, ihn mit den Dingen zu verpacken, die er nach Cedar Rapids gebracht hatte, und nicht wußte, was er sonst damit anfangen sollte) nach China mitnehmen würde.

Die Luftparade war um elf Uhr zu Ende. Sie legten ihre Säbel in den Kofferraum von Bitters Buick, in dem sie zuvor ihre Reisetaschen verstaut hatten, und verließen den Stützpunkt in ihren weißen Uniformen. Als sie aus Pensacola heraus waren, nahmen sie sofort ihre

Uniformmützen ab, ließen das Verdeck herunter und machten sich auf den Weg nach Mobile.

Sie überquerten den Damm am oberen Ende der Mobile Bay, und als sie sich Mobile näherten, gelangten sie zu der Mobile Schiffsbau- und Trockendock-Firma. Ein Dutzend Schiffe – Frachtschiffe, Tanker und etwas, das wie der Rumpf eines leichten Kreuzers aussah – befanden sich in verschiedenen Stadien der Konstruktion.

»Mein Cousin Mark arbeitet hier«, sagte Bitter. »Er wird auf der Plantage sein. Er ist stellvertretender Bauleiter.«

Das war nicht Mark Chambers' Rolle, die Chesty Whittaker beschrieben hatte. Chesty hatte ihn als Besitzer bezeichnet.

»Ich bin beeindruckt«, erwiderte Canidy.

Er befürchtete wieder, daß er eine Büchse der Pandora öffnete, wenn er dorthin fuhr, wo Sue-Ellen war.

Aber dann sagte er sich, was soll's? Er würde der perfekte Gentleman sein und so tun, als ob er sie nie zuvor gesehen hätte. Wenn sie sich dabei ein wenig unbehaglich fühlte, war das vermutlich eine angemessene Strafe für eine verheiratete Frau, die mit fremden Matrosen herumvögelte.

4

Je weiter sie mit dem Schnellzug ›Crescent‹ nach Süden fuhren, desto überzeugter wurde Sarah Child, daß der Ausflug ein Fehler war. Sarah war schlank und hatte einen dunklen Teint, dunkelbraune Augen und schwarzes Haar. Sie war neunzehn, studierte im zweiten Jahr auf Bryn Mawr und stammte aus New York. Ihr Vater, ein Bankier, war der Enkel eines Bankiers, der aus Frankfurt am Main nach New York geschickt worden war, um dort eine Filiale zu eröffnen. Der Großvater und sein Sohn waren erfolgreicher in der Neuen Welt gewesen, als sich das jemand in Frankfurt hätte träumen lassen. Frankfurt wurde jetzt als eine von mehreren Übersee-Filialen der New Yorker Bank betrachtet.

Ihre besten Freundinnen auf Bryn Mawr, Ann Chambers und Charity Hoche, waren das, was Sarah als ›gesund‹ bezeichnete (das heißt, größer, draller und vollbusiger). Außerdem waren sie blond und hellhäutig, Südstaatlerinnen und protestantische Christen.

Sarah konnte nicht genau sagen, weshalb sie besorgt war und sich unbehaglich fühlte, aber das änderte nichts daran. Zum Teil lag es daran, weil ihre Mutter (eine – milde gesagt – Frau mit schwachen Nerven) dagegen war, daß sie hier hinunterfuhr, und zum Teil, daß Sarah wirklich nicht viel Erfahrung mit dieser Art von Leuten hatte. Ihre erste Nacht auf Bryn Mawr war die erste in ihrem Leben gewesen, in der sie getrennt von ihren Eltern übernachtet hatte. Und später waren Ann und Charity ihre ersten Freundinnen geworden, die nicht jüdisch waren.

Sie stiegen am Donnerstag um 17 Uhr 20 in Montgomery, Alabama, aus dem Crescent. *Das Herz von Dixieland*, verkündete ein Schild. *Besuchen Sie die erste Hauptstadt der Konföderation von Amerika.* Ein gewaltiger Schwarzer namens Robert erwartete sie mit dem Lincoln von Ann Chambers Mutter. Zehn Minuten später fuhren sie aus der Stadt hinaus und folgten einer schmalen, gewundenen Schotterstraße, die durch scheinbar endlosen Kiefernwald führte. Anderthalb Stunden später stoppte der Lincoln vor den weißen Säulen eines riesigen Herrenhauses.

Sie speisten zu Abend – von feinem Porzellan, mit alten Silberbestecken, und Diener mit Schürzen servierten – in einem großen Eßzimmer unter dem Porträt eines Mannes, der die Uniform eines Colonels der Konföderierten trug.

Danach setzten sie sich auf der Veranda des Herrenhauses in Schaukelstühle, während Schwärme von summenden Insekten gegen eine Lampe flogen.

Anns Mutter kündigte an, daß morgen nachmittag einige Jungs mit Anns Bruder Charley von der Universität kommen würden.

»Und dein Cousin Eddie, Ann«, sagte Jenny Chambers zu ihrer Tochter. »Er und sein Freund von der Navy werden übers Wochenende hiersein.«

Sie fügte hinzu, daß Anns älterer Bruder und dessen Frau ebenfalls aus Mobile kommen würden. Sarah wußte ganz genau, was das bedeutete. Es würden zwei Partys gleichzeitig auf der Plantage stattfinden. Eine für die »jungen Leute« – sie, Charity, Ann und die jungen Männer, die Charley Chambers für sie von der Uni mitbrachte. Charley war einundzwanzig und im letzten Studienjahr auf der University of Alabama. Und die zweite Party würde für jeden sonst gegeben werden – für jeden, der älter und interessanter war.

Um 22 Uhr 30 ging Sarah auf ihr Zimmer. Es war mit antiken Möbeln, einem Ölporträt von einem Offizier der Konföderation und einem Himmelbett ausgestattet.

Es war so still, daß es lange dauerte, bis Sarah einschlafen konnte.

Am nächsten Morgen wurde ein opulentes Frühstück in einem Raum serviert, den sie das ›Morgenzimmer‹ nannten. Es gab auf dreierlei Arten zubereitete Eier, Toast, Schinken und Speck und Würstchen.

Danach zogen die Mädchen Badeanzüge an. Ann

und Charity wollten das nutzen, was sie als *richtige* Sonne bezeichneten.

Am Mittag wußte Sarah, daß sie genug Sonne gehabt hatte. Sie bräunte zu leicht, sogar im Schatten eines Sonnenschirms. Als die anderen Mädchen wieder zum Swimmingpool gingen, suchte Sarah statt dessen die Bibliothek auf und hielt Ausschau, bis sie etwas Bebildertes fand: Hincker's *Illustrierte Chronik der Armee von Nord-Virginia,* ein alter riesiger Bildband mit Radierungen aus dem Bürgerkrieg. Mit dem Band auf dem Schoß schlief sie ein.

Sie erwachte vom melodischen Dreiklang einer Autohupe und schaute durch das Terrassenfenster zum Zufahrtsweg vor dem Haus.

Ein glänzendes Buick Cabrio mit heruntergeklapptem Verdeck und roten Lederpolstern fuhr vor. Zwei gutaussehende Männer in strahlendweißen Uniformen saßen darin. Goldene Pilotenabzeichen an ihrer Brust funkelten in der Sonne. Der Fahrer stieg aus und nahm eine weiße Uniformmütze vom Rücksitz. Die Rangabzeichen und der goldene Besatz reflektierten den Sonnenschein. Dann umrundete der Mann die Schnauze des Buicks und ging mit geschmeidigen Schritten auf die Veranda. Sarah war enttäuscht, als sie ihn nicht mehr sehen konnte.

Er war der bestaussehende junge Mann, den sie jemals erblickt hatte. Es mußte Anns Cousin sein oder dessen Freund.

Dann wurde die Tür der Bibliothek geöffnet, und da war er.

»Hallo«, sagte er. Er lächelte. Er hatte schöne Zähne. »Ich bin Ed Bitter. Wo sind alle?«

Sarah fühlte sich nackt in ihrem Badeanzug. Nackt, dachte sie, aber nicht beschämt, auch nicht, als sie sah, daß er ihre Beine und den Busen betrachtete.

Anns Mutter tauchte auf, und dann gesellten sich Robert und eines der Hausmädchen dazu.

»Wir sind alle oben und versuchen die Betten für unsere Gäste von der Navy herzurichten«, sagte Jenny Chambers und gab Ed Bitter einen Kuß auf die Wangen. Sie bemerkte Sarah. »Ich sehe, du hast Sarah schon kennengelernt. Sarah, dies ist Edwin Bitter, der Sohn meiner Schwester.«

»Guten Tag«, sagte Ed Bitter. Die Spur von Interesse in seinen Augen verschwand ... sie war nur eine Freundin von Ann – also fast noch ein Kind.

»Geht zum Pool«, sagte Jenny Chambers. »Dort gibt es Bier. Inzwischen verschaffe ich mir Klarheit, wer wo schlafen wird. Sarah, bring ihn hinaus und stell ihn Charity vor, ja?«

»Jawohl, Ma'am«, sagt Sarah und war wütend auf sich wegen ihrer höflichen Kleinmädchen-Antwort. Sie hätte etwas Erwachsenes sagen sollen: ›Mit Vergnügen‹ oder ›gewiß‹ oder so etwas.

Der andere Mann, der mit dem Wagen eingetroffen war, kam herein. Er war größer, sah jedoch nicht annähernd so gut aus wie Anns Cousin.

»Willkommen, Dick«, sagte Jenny Chambers. »Folgen Sie Sarah zum Swimmingpool. Dort gibt es Bier.«

»Jawohl, Ma'am«, sagte der andere Mann. »Hallo, Sarah. Ich bin Dick Canidy.«

Sie lächelte, sagte jedoch nichts. Sie ging an dem gutaussehenden Mann vorbei in die Halle und führte die beiden durch das Haus zum Swimmingpool.

Bitter ging zu einer verzinkten Waschwanne voller Eis und Bier und nahm zwei Flaschen heraus. Er warf eine Canidy zu, der sie gekonnt auffing. Sie setzten sich auf Liegestühle. Bitter knöpfte den Kragen seines weißen Uniformrocks auf. Als er mit übereinandergeschlagenen Beinen auf dem Liegestuhl saß, spannte sich die weiße Hose straff über seinem Schritt.

»Erzähl mir, wie es auf Bryn Mawr ist, Ann«, sagte Bitter. »Hast du dir einen Mann geangelt?«

»Geh zum Teufel, Eddie!« erwiderte Ann.

»Ist das nicht der Sinn des Studiums? Sich einen Mann zu angeln?«

Beim Klang seiner Stimme spürte Sarah ein Kribbeln im Bauch.

Eine halbe Stunde später traf Charley Chambers mit seinen Freunden von der Uni ein.

Sie sind Jungen, dachte Sarah, obwohl sie nur ein paar Jahre jünger sind als Ed Bitter und sein Freund. Unreife Jüngelchen. Bitter und sein Freund dachten das wohl ebenfalls, denn als das gegenseitige Vorstellen beendet war, gab er seinem Freund ein Zeichen, und sie entschuldigten sich, ›um die Uniformen loszuwerden‹. Sarah schaute ihnen traurig nach.

Einer der Jungen, die mit Anns Bruder eingetroffen waren, hatte etwas zu ihr gesagt und wartete offensichtlich auf eine Antwort.

»Verzeihung«, sagte Sarah, »ich war in Gedanken.«

»Ich sagte, daß ich David Bershin bin«, stellte er sich noch einmal vor.

Sarah lächelte ihn an.

»Sarah Child«, sagte sie und reichte ihm die Hand. »Ich nehme an, Sie sind auch von der University of Alabama, David?«

»Ja, aber nennen Sie mich Davey«, erwiderte er.

»Das klingt irisch, nicht jüdisch.« Sie lachte. Und er fiel in ihr Lachen ein. Er hatte ein süßes, herzliches Lachen.

Er ist ein netter Junge, dachte sie. Sie wußte, daß sie versuchen sollte, ihn zu mögen und nicht Ed Bitter von der Navy. Aber ...

»Soll ich Ihnen ein Bier holen?« fragte David Bershin.

»Man sollte sich immer der Gesellschaft anpassen«, erwiderte Sarah. Er lächelte sie herzlich an und ging schnell zu der verzinkten Waschwanne voller Eis und Bierflaschen.

Eine Dreiviertelstunde später flog in etwa 500 Fuß Höhe ein einmotoriger Doppeldecker über das Haus.

»Das ist Daddy«, sagte Ann. »Holen wir ihn ab.«

Als sie durch das Haus und auf die Veranda gingen, waren Ed Bitter und sein Freund im Begriff, in Eds Buick zu steigen. Beide trugen Tenniskleidung. Sarah sah blonde Härchen an Ed Bitters muskulösen Beinen.

»Wohin fahrt ihr?« rief Ann.

»Wir holen deinen Vater ab«, erwiderte Ed.

»*Wir* wollten das tun«, beschwerte sich Ann.

»Mein Wagen steht hier, Dummchen«, sagte Ed. »Kommt mit, wenn ihr wollt.«

»Also gut«, hörte sich Sarah sagen und ging die Verandatreppe hinab. Ann und Charity folgten ihr nicht.

»In Ordnung, hol du ihn ab«, sagte Ann. Sarah fühlte sich wie eine Närrin. Sie wollte umkehren, doch dann sagte sie sich, daß es noch dummer wirkte, wenn sie nicht mitfuhr.

»Ich interessiere mich für Flugzeuge«, sagte sie zu Dick Canidy.

»Ich auch«, sagte er. »Dies soll ein besonderes sein.« Er öffnete die Beifahrertür für sie und forderte sie mit einer Geste auf, Platz zu nehmen.

»Was ist das Besondere daran?«

»Es ist eine Beech mit versetzten Tragflächen und einem dicken fetten Wasp-Motor«, erklärte er. »Da kann man mächtig auf die Tube drücken.«

Sie hatte keine Ahnung, was das bedeutete. Ed Bitter saß jetzt neben ihr auf dem heißen Ledersitz, und sein behaartes Bein berührte leicht ihr Knie, als er startete, Gas gab und wendete.

Als sie beim Flugzeug eintrafen, standen drei Leute daneben, zwei Männer und eine Frau. Sarah erkannte in einem der Männer Anns Vater. Brandon Chambers konnte man auch kaum vergessen, denn er war ein Koloß – 140 Kilo schwer – und hatte eine dröhnende Stimme, die seine Zuhörer stärker in Bann schlug – für gewöhnlich jedoch stets mit fröhlichem Lachen – als die Donnerstimme eines Predigers. Er stampfte zum Wagen und reichte Ed Bitter seine gewaltige, prankenartige Hand.

»Wir haben gerade über dich gesprochen, Ed«, sagte Anns Vater vielsagend.

»So?« erwiderte Ed.

»Hallo, Sarah«, sagte Brandon Chambers. »Schön, dich wiederzusehen, Schatz.« Und dann schaute er Eds Freund an. »Sie müssen Lieutenant Canidy sein«, sagte er.

»Jawohl, Sir.« Canidy griff an Sarah vorbei, um ihm die Hand zu schütteln. »Guten Tag, Sir. Wie geht's Ihnen, Sir?«

»Ehrlich gesagt, es ging mir viel besser, bevor ich von diesem Wahnsinn mit China erfuhr, Lieutenant«, sagte Brandon Chambers. »Ich bin froh, daß Sie hier sind.«

Sarah fragte sich, was der ›Wahnsinn mit China‹ bedeuten konnte.

Anns Bruder Mark ging zum Wagen und schüttelte Ed die Hand.

»Du hast den Verstand verloren, Ed«, sagte Mark. »Ich hätte dich für klüger gehalten.«

»Ich freue mich ebenfalls, dich zu sehen«, erwiderte Ed. »Dick, dies ist mein Cousin Mark. Mark, das ist Dick Canidy.«

»Der andere Kreuzfahrer« sagte Mark Chambers trocken. »Guten Tag, Lieutenant.«

»Und die Lady, Dick, ist Marks Frau Sue-Ellen«, sagte Ed Bitter.

»Guten Tag, Mrs. Chambers«, sagte Dick Canidy höflich.

Sie ging zu ihm und reichte ihm die Hand.

»Nennen Sie mich bitte Sue-Ellen«, sagte sie. »Jeder Freund von Eddie und so weiter ...«

»Das ist sehr freundlich von Ihnen«, sagte Dick Canidy.

»Ich bin Sue-Ellen«, sagte die Frau zu Sarah und gab ihr die Hand. »Ich schlage vor, daß ich mit Ihnen und Lieutenant Canidy auf dem Rücksitz mitfahre und wir den Beifahrersitz dem etwas breiten Hintern des Hausherrn überlassen.«

Sarah rutschte über den Sitz, stieg an der Fahrerseite aus und nahm auf dem Rücksitz Platz. Sue-Ellen Chambers stieg rechts ein und rutschte in die Mitte des Sitzes, und Canidy setzte sich neben sie, während die anderen Männer Koffer aus dem Flugzeug holten und im Kofferraum verstauten.

»Stört Sie mein Bein, Lieutenant?« fragte Sue-Ellen. »Verzeihung, ich habe Ihren Vornamen vergessen.«

»Dick«, sagte er. »Nein. Ich habe schon befürchtet, mein Bein wäre Ihnen im Weg.«

»Auf dem Rücksitz von Cabrios ist es immer zu eng, finde ich«, sagte Sue-Ellen.

»Hattet ihr einen guten Flug?« fragte Ed, als er losfuhr.

»Während wir auf dich gewartet haben«, sagte Brandon Chambers, »habe ich das ausgerechnet. Ich habe rund 380 Kilometer pro Stunde von Nashville nach Mobile gebraucht und 370 von Mobile bis hier.«

»Das ist schneller als mit einer F3F-1«, sagte Ed.

Sarah bemerkte die Härchen auf Ed Bitters Nacken und fragte sich, wie es wäre, sie zu berühren.

Sue-Ellen Chambers stemmte sich auf dem Rücksitz mit einer Hand auf Dick Canidys Oberschenkel auf.

»Verzeihung«, sagte sie zu Dick. Und zu Ed: »Ich erinnere mich nicht an diesen Wagen, Eddie. Ist er neu?«

»Ich habe ihn erst seit kurzem«, sagte Ed.

»Er ist sehr schön«, sagte Sue-Ellen und lehnte sich mit schwingenden Hüften zurück.

Beim Haus gingen sie alle zum Swimmingpool und setzten sich um einen runden, gußeisernen Tisch unter einen großen Sonnenschirm.

Robert brachte eine Karaffe mit etwas, das wie Tomatensaft aussah, und Gläser für alle.

Sarah nippte an dem Tomatensaft. Er war scharf. Darin war etwas Alkoholisches, Gin oder Wodka, und auch Worcestersoße und andere Würze mußten darin enthalten sein.

»Sarah, Schatz«, sagte Mrs. Chambers. »Würdest du uns entschuldigen? Wir müssen eine kleine Familiensache mit diesen beiden Einfaltspinseln besprechen.«

»Oh, gewiß«, sagte Sarah und errötete. »Entschuldigen Sie mich.«

»Entschuldige *uns*«, sagte Brandon Chambers, »aber dies kann nicht warten.«

Sarah ging zur fernen Seite des Swimmingpools und setzte sich auf einen Rohrstuhl. Ein lustiger kleiner Sonnenschirm spendete ihr ein wenig Schatten.

Sie konnte natürlich Mr. Chambers dröhnende Stimme hören, aber es überraschte sie, daß sie Ed ebenfalls hören konnte, leise, aber deutlich wie in der Carnegie Hall. Sie war einmal in der Carnegie Hall gewesen, als nichts aufgeführt worden war, und ihr Vater hatte ihr demonstriert, wie es möglich war, auf der Bühne zu stehen und zu flüstern, daß es bis zur letzten Sitzreihe zu hören war. So etwas erlebte sie jetzt.

»Wenn ich Sie fragen darf, Lieutenant ...«, begann

Brandon Chambers und wurde von Ed Bitter unterbrochen.

»Du bringst ihn in Verlegenheit, Onkel Brandon«, sagte Ed.

»Ich frage mich, wenn es Ihnen nichts ausmacht«, fuhr Brandon Chambers fort und ignorierte Ed, »wie Ihre Eltern reagiert haben, als sie erfahren haben, daß Sie nach China gehen.«

»Wir sollen nicht darüber sprechen«, sagte Ed Bitter.

Sie gehen nach China! dachte Sarah.

»Ich bin kein gottverdammter japanischer Spion, Eddie«, sagte Brandon Chambers ungehalten. »Und es war wirklich nicht schwer für mich, mehr über diese Operation herauszufinden, als du aller Wahrscheinlichkeit nach weißt.«

»Mein Vater ist Geistlicher, Mr. Chambers«, sagte Canidy. »Ich bezweifle, daß ich ihm mehr sagen mußte, als wir erzählen dürfen, nämlich daß wir von der Central Aircraft Manufacturing Company angeheuert worden sind.«

»Was für ein Geistlicher?« fragte Sue-Ellen.

»Episkopalkirche«, sagte Canidy. »Er ist Direktor eines Internats für Jungen.«

»Es heißt, daß Kinder von Geistlichen wirkliche Teufelchen sind. Sie sehen aber gar nicht wie ein unartiger Junge aus, Mr. Canidy.«

»Sue-Ellen!« sagte Mr. Chambers zurechtweisend.

»Verzeihung«, murmelte Sue-Ellen.

»Nun, ich sage Ihnen eines, Mr. Canidy, als Eddies Eltern von der Sache erfuhren, bekamen sie einen Anfall«, sagte Brandon Chambers.

»Sie hätten dich nicht anrufen sollen«, sagte Ed Bitter. »Ich habe Ihnen gesagt, daß sie mit keinem darüber sprechen sollen.«

»Sie entschieden sich klugerweise, mich anzurufen,

weil ich jemand kenne – oder Mark jemand kennt, der herausfinden kann, was wirklich läuft. Und das habe ich. Mark und ich haben das.«

»Nun, es ist abgemacht«, sagte Ed. »Dieses Gespräch hat wirklich keinen Sinn.«

»Es ist gar nichts abgemacht«, widersprach Brandon Chambers. »Du kannst dich immer noch anders entscheiden. Du bist noch in der Navy. Du brauchst der Navy nur zu sagen, daß du dich anders besonnen hast. Daß *ihr* euch anders besonnen habt«, korrigierte er sich. »Alles, was ich sage, gilt auch für Sie, Dick.«

»Du hast dich vor dem Weltkrieg freiwillig als Pilot gemeldet«, sagte Ed Bitter. »Und wir haben das jetzt getan. Weshalb war es bei dir richtig und bei uns falsch?«

»Ich hatte keinen, wie du mich hast«, sagte Brandon Chambers, »der mir sagte, daß ich eine verdammte Idiotie beging.«

»Sie hat dir offenbar nicht geschadet«, sagte Ed.

»Ich hatte Glück!« erwiderte Brandon Chambers. »Sechsunddreißig Leute waren in meiner Abteilung, als wir nach Frankreich flogen. Elf kehrten zurück. Zwei Drittel von uns sind gefallen.«

O Gott! dachte Sarah. *Er zieht in den Krieg!*

»Du warst kein ausgebildeter Pilot«, wandte Ed ein. »Wir sind das.«

»Nur weil du ein paar Stunden mit der F4F-3 geflogen bist, macht dich das nicht zu einem Eddie Rickenbacher, Ed.«

»Ich wußte nicht, daß dir das bekannt ist«, sagte Ed Bitter.

»Die Marineakademie zu überfliegen ist nicht das gleiche wie in den Krieg fliegen, Eddie«, sagte Brandon Chambers. »Glaubst du wirklich, die Japse sind nicht gut ausgebildet und ausgerüstet?«

»Das habe ich nicht behauptet.«

»Zu deiner Information, Mr. Experte«, fuhr Brandon Chambers ärgerlich fort, »die Japaner haben ihre Luftwaffe mit Howard Hughes Jagdflugzeugen ausgerüstet.«

»Was?« fragte Canidy.

»Die Mitsubishi A6M«, sagte Chambers, »ist eine Kopie des Eindeckers, den Howard Hughes entwickelt hat. Ich sah sie bei Testflügen. Er bot sie der Army und Navy an, die zu blöde waren, sie zu nehmen. Ich weiß nicht, wie die Japse sie in die Hände bekommen haben. Wie ich hörte, durch die Schweden, aber das könnte ein Gerücht sein ... sie haben sie jedenfalls, und sie produzieren sie in Massen.«

»Ist das eine gute Maschine?« fragte Canidy.

»Sie ist besser als alle, die wir haben, einschließlich der F4F-3«, sagte Chambers. Er schaute Ed Bitter an und sprach weiter. »Wenn du wie ein Schuljunge meinst, du könntest die Japaner wie Superman vom Himmel fegen und in ein paar Monaten als ruhmreicher Held heimkehren, dann vergiß es.«

»Ich bin Marineflieger«, erwiderte Ed Bitter ruhig. »Ich werde dort sehr vorsichtig sein und die Praxis meines Berufs lernen. Und dann zur Navy zurückkehren und andere lehren, was ich gelernt habe. Das ist meine Schuljungen-Meinung.«

»Du bist ein gottverdammter Narr!« ereiferte sich Brandon. »Als erstes lernt ein Pilot, der dort war, daß sich nur gottverdammte Idioten für etwas freiwillig melden!«

Ed Bitter stand auf. Sein Gesicht war weiß. Die Akustik war irgendwie gestört, und Sarah Child mußte sich anstrengen, um zu hören, was er sagte.

»Danke für deine Besorgnis und Gastfreundschaft, Onkel Brandon«, sagt er steif und gekünstelt. »Dick und ich werden jetzt gehen.«

»Laß mich deinem Freund noch eine Frage stellen«, sagte Brandon Chambers. »Tut Eddie dies, weil er noch jung und blöde genug ist, um nicht vor Ihnen als Feigling dazustehen? Mit anderen Worten, kann er jetzt keinen Rückzieher machen, nachdem Sie ihn dazu verleitet haben?«

»Ich habe ihn zu nichts verleitet, Mr. Chambers«, sagte Canidy kühl. »Weder ich ihn noch er mich. Wir sind getrennt gefragt worden, und wir haben unabhängig voneinander zugesagt. Die Tatsache, daß wir Freunde sind, hat dabei keine Rolle gespielt.«

»Dann beantworten Sie mir dies: Warum tun Sie es? Warum fliegen Sie um die halbe Welt, um in veralteten Jagdflugzeugen gegen einen gut ausgerüsteten, gut ausgebildeten Feind zu kämpfen?«

»Aus zweierlei Gründen«, sagte Canidy nach kurzem Überlegen. »Erstens bringt mich das aus der Navy raus. Mit etwas Glück kann ich in einem Jahr die Uniform für immer ausziehen und als Flugtechniker arbeiten, was ich bin und was ich gern tun möchte. Ich habe ein Angebot von Boeing.«

»Und der zweite Grund?«

»Das Geld. Sechshundert Dollar pro Monat und Kost und Logis frei, das ist das Doppelte von dem, was ich jetzt verdiene. Und es gibt fünfhundert Dollar für jeden bestätigten Abschuß.«

»*Er* hat wenigstens Gründe«, sagte Brandon Chambers.

»Ich auch«, entgegnete Ed Bitter.

Brandon Chambers schwieg eine Minute lang, und Sarah sah, daß Ed Bitter in den Kiefernwald hinausstarrte. Nach einer Weile erhob sich Dick Canidy.

Ed Bitter geht, dachte Sarah Child. *Er hat sich mit seinem Onkel gestritten, und er verläßt uns und wird im Krieg fallen, und ich werde ihn nie wiedersehen.*

Aber dann stand Brandon Chambers auf und wies auf Eds Stuhl.

»Setz dich wieder, Eddie«, sagte er dröhnend. »Ich habe deiner Mutter versprochen, mein Bestes zu versuchen, um dir die Sache auszureden, und das habe ich getan. Ich habe ihr ebenfalls gesagt, daß es Zeitverschwendung sein wird.« Er schaute Dick Canidy an. »Es tut mir leid, daß ich Ihnen das zugemutet habe, Dick. Ich hoffe, Sie verstehen.«

»Klar, Sir«, sagte Canidy. »Kein Problem.«

»Robert!« rief Brandon Chambers.

»Ja, Sir?«

»Genug von diesem Schlabberzeug«, sagte Mr. Chambers. »Bring uns Whisky.«

5

Die Diener bauten ein kaltes Büfett beim Swimmingpool auf, doch die Insekten wurden eine Plage, und Jenny Chambers ordnete an, daß alles wieder ins Haus gebracht wurde.

Die Trennung der Generationen fand statt. Die Mädchen und Charley Chambers und seine Freunde wurden eingeteilt, um den Bediensteten beim Abtransport des Büfetts ins Haus zu helfen. Ed Bitter und Dick Canidy gingen mit den ›Erwachsenen‹ in die Hausbar.

Charity sah, daß Sarah ihnen nachschaute, und flüsterte ihr zu: »Mir gefällt der Große.«

»Du denkst auch nur an Jungs«, erwiderte Sarah schnippisch.

»Du etwa nicht?« Charity lachte.

Normalerweise nicht, dachte Sarah.

Die ›Erwachsenen‹ aßen auch allein zu Abend. Die Bediensteten gingen am Büfett entlang und füllten Teller nach den Wünschen der ›Erwachsenen‹. Die ›Kinder‹ stellten sich in einer Schlange an. Aber dann war die Mahlzeit vorüber, und alle gingen ins Spielzimmer, eine von einer Wand abgeschirmte Veranda an der rechten Seite des Hauses. Die verzinkte Waschwanne wurde mit mehr Eis und weiteren Bierflaschen bestückt.

»Was kann ich Ihnen holen, Miss Sarah?« fragte Robert.

»Ich werde beschwipst, wenn ich Bier trinke«, sagte sie.

»Mix ihr einen schwachen Scotch, Robert«, wies Ann Chambers den Butler an.

Sarah fand, daß der Scotch mit Soda wie Medizin schmeckte, aber sie nippte trotzdem daran, um nicht wie ein Kind zu wirken.

Sie zuckte zusammen, als eine warme Hand auf ihre nackte Schulter tippte (sie hatte sich umgezogen und trug jetzt Bauernbluse und Rock) und Ed Bitter sagte: »Tanzen wir, Sarah?«

Es spielte ein Phonograph, aber keiner tanzte, und Sarah platzte mit dieser Feststellung heraus.

»Ich weiß«, sagte Ed Bitter. »Deshalb hat meine Tante mich geschickt. Sie hofft, wir beide werden die anderen zum Tanzen ermuntern.«

»Wir?« sagte Sarah. »Du meine Güte.« Aber sie mußte kichern. Sie bot ihm ihren Arm dar.

Sie tanzten eine Weile, und dann sagte er: »Hey, Sie tanzen gut!«

Sarah wechselte schnell das Thema. »Ich hörte, Sie gehen nach China?«

»Himmel, wer hat Ihnen das gesagt?«

»Soll das ein Geheimnis sein?« fragte Sarah. »Dann tut es mir leid, daß ich darüber geredet habe.«

»Es braucht Ihnen nicht leid zu tun«, sagte Ed und drückte sie leicht an sich. Ihre Brüste stießen gegen seine Brust; aber er spürte, daß es ihr peinlich war, und löste sich schnell wieder von ihr. Einen Augenblick später spürte sie seine Brust wieder an ihrem Busen, und es wurde ihr klar, daß sie sich gegen ihn gedrückt hatte.

Sie fühlte sich sonderbar benommen, durcheinander, außer Kontrolle, als ob sie versuche, über eine Eisfläche zu laufen.

»Dick und ich haben uns etwas angeschlossen, das Amerikanische Freiwilligen-Gruppe heißt«, sagte er.

»Wie bitte?«

»Ich sagte, daß Canidy und ich mit der ›Amerikanischen Freiwilligen-Gruppe‹ nach China gehen und für die Chinesen kämpfen. Gegen die Japse.«

»Aber wir haben keinen Krieg mit den Japanern«, wandte sie ein.

»Deshalb mußten wir uns freiwillig melden«, sagte er.

»Wann gehen Sie fort?« fragte sie. »Wie lange werden Sie weg sein?«

»In den nächsten paar Wochen«, sagte er. »Wir sollten in einem Jahr zurück sein. Ich meine, der Vertrag läuft über ein Jahr.«

Ein Jahr war gar nicht so lange. Es war sozusagen, als ginge er fort auf ein College.

Sie spürte seine Hand auf dem Träger ihres BH's. Er strich leicht darüber und zog die Hand dann fort.

Und sie spürte ihn, vorn an ihrem Körper. Das war sogar noch prickelnder, und sie fühlte sich noch benommener.

»Ich muß etwas trinken«, sagte er und löste sich von ihr, und sie sah, daß ihm ebenfalls das Blut in die Wangen gestiegen war.

»Einen kleinen Scotch, bitte, Robert«, bestellte er, und

dann fiel ihm anscheinend ein, daß er immer noch ihre Hand hielt, und er ließ sie los, als hätte sie ihn verbrannt.

»Und Sie, Miss?« fragte Robert.

»Nichts für mich, danke«, sagte Sarah.

»Wollen Sie es mit mir versuchen, Sarah?« fragte Davey Bershin.

Sie wandte sich ihm zu und lächelte ihn an. »Danke, gern.«

Es war nicht das gleiche, mit Davey zu tanzen. Seine Hand fühlte sich auf ihrer Schulter an wie die jedes anderen Jungen, und ihr wurde nicht schwindlig, und sie spürte auch kein Prickeln dort unten.

Sie sehnte sich danach, daß Ed Bitter noch einmal mit ihr tanzte, doch das tat er nicht. Er saß den Rest des Abends mit seinem Freund und Mr. Chambers an einem Tisch. An ihren Gesten – sie schwenkten die Hände durch die Luft, als wären es Flugzeuge – erkannte sie, worüber sie sprachen.

6

Mark und Sue-Ellen Chambers gingen mit gefüllten Gläsern in der Hand zu dem Tisch, an dem Ed Bitter, Dick Canidy und Brandon Chambers saßen, und zogen sich Stühle heran.

»Wenn du Feindberührung hast«, sagte Brandon Chambers und unterstrich seine Worte mit Gesten, »und dein Gegner reißt den Vogel hoch, um dir auszuweichen, dann entscheidet die Motorenstärke. Entweder bleibst du an ihm dran, steigst mit ihm steil auf und kannst auf ihn feuern, oder du schaffst es nicht, und er entkommt dir. Und dann ist er über dir.«

»Können sich zwei Zivilisten an dieser gräßlichen Unterhaltung beteiligen?« fragte Mark Chambers.

»Gewiß«, erwiderte Brandon Chambers ein wenig verlegen.

»Ich muß eine kleine Ankündigung loswerden«, sagte Mark Chambers. »Soeben habe ich mit Mobile telefoniert. Am Morgen fährt Stuart mit dem Boot los und bringt es her.«

»Das ist eine gute Idee«, meinte Brandon Chambers.

»Es sind fast hundertsechzig Kilometer gegen die Strömung. Da wird er erst gegen Mittag hier sein«, fuhr Mark Chambers fort. »Wäre es zu spät für euch, Stuart und mich nach Mobile zurückzufliegen?«

»Ich dachte, du reist mit Sue-Ellen morgen abend zurück?« sagte Brandon Chambers.

»Nein. Sue-Ellen hat ihre Mutter angerufen. Die Kinder werden um vier Uhr geweckt, und Stuart holt sie ab. Dann kommen sie mit ihm her und bleiben bei Sue-Ellen. Ich muß zurück, aber die Kinder sollen ihren Spaß haben. Sie lieben das Boot und Charleys Freunde und Ann und ihre Freunde ...« Er ließ den Rest unausgesprochen.

»Aber wer wird das Boot steuern?« fragte Brandon Chambers.

»Du hast soeben einen Offizier – *zwei* Offiziere der Navy der Vereinigten Staaten beleidigt. Du kannst es steuern, nicht wahr, Eddie?« Mark blickte Ed Bitter fragend an.

»Warum nicht?« erwiderte Ed Bitter mit ein wenig schwerer Zunge.

»Und wenn er noch betrunken ist«, sagte Sue-Ellen Chambers spitz, »wird sicherlich Lieutenant Canidy das Boot steuern können.«

»Nicht betrunken«, korrigierte Ed. »Angesäuselt. Das ist ein gewaltiger Unterschied.«

»Ich bringe dich nach Mobile, wann immer du dorthin mußt«, sagte Brandon Chambers. »Tut mir leid, daß du nicht bleiben kannst.«

»Du weißt, wie die Dinge auf der Werft laufen«, sagte Mark Chambers. »Wir arbeiten in drei Schichten, sieben Tage pro Woche. Und du wärst überrascht, was dabei herauskommt, wenn ich auch nur ein paar Stunden abwesend bin.«

»Nun«, sagte Brandon Chambers, »es ist sehr nett von dir, daß du an das Boot gedacht hast, Mark.«

»Sei nicht albern«, sagte Mark. »Außerdem war es Sue-Ellens Idee.«

»Es ist zweifellos meine patriotische Pflicht, alles zu tun, um ein bißchen Freude in das Leben einsamer Matrosen zu bringen«, sagte Sue-Ellen mit starkem Sarkasmus und schaute dabei Dick Canidy in die Augen.

»In Wirklichkeit schanghaien Sie zwei Matrosen, damit sie eine Horde von College-Studenten unterhalten«, sagte Dick Canidy.

»Das war unangebracht, Dick«, tadelte Brandon Chambers.

»Verzeihung, Sue-Ellen«, entschuldigte sich Canidy.

Er durchquerte den Raum und sah, daß Sarah Child zu ihm schaute. Ohne zu denken, zwinkerte er ihr zu. Sie blickte schnell fort, aber dann sah sie wieder zu ihm. Er zuckte mit den Achseln. Sie lächelte ihn an.

7

Das Boot, ein siebzehn Meter langes ›ChrisCraft‹, tauchte am nächsten Tag kurz vor Mittag an der Biegung des Alabama Rivers auf. Es tutete, als es die Anlegestelle der Plantage passierte, fuhr ein paar hundert

Meter stromabwärts, wendete und kam dann zum Kai und machte fest.

Dick Canidy sagte sich, daß der vielleicht fünfjährige Junge, der mit einem Tau in den Händen im Bug stand, im Fluß landen würde, wenn er nicht aufpaßte. Aber der Kleine warf das Tau wie ein Könner, und dann warf das Mädchen von Heck her ein Tau, und Ed Bitter und Brandon Chambers schnappten die Taue und vertäuten das Boot.

Die Kinder sprangen an Land und wurden von ihren Großeltern umarmt und dann ziemlich förmlich Dick Canidy vorgestellt. Es waren nette, höfliche Kinder, und als sie über den großen Rasen zum Herrenhaus liefen, sagte Canidy das.

»Nette Kinder, Mrs. Chambers.«

»Danke, Lieutenant Canidy«, erwiderte sie.

»Wenn du nicht darauf bestehst, daß ich zur Startbahn mitkomme«, sagte sie zu ihrem Mann, »dann sollte ich vielleicht hierbleiben und der Navy helfen, das Boot zu betanken.«

»Richtig«, sagte Mark Chambers. Er trug einen Anzug, bereit an die Arbeit zu gehen, wenn er wieder in Mobile war. Er ging zu Eddie und legte ihm etwas linkisch den Arm um die Schultern.

»Du bist vorsichtig, wenn du dort drüben bist, ja?« sagte er bewegt und verlegen.

»Danke, Mark«, erwiderte Eddie und fühlte sich genauso verlegen.

Mark Chambers wandte sich Dick Canidy zu. »Sie auch, Dick. Wir verlassen uns darauf, daß ihr beide gegenseitig auf euch aufpaßt.«

»Danke«, sagte Canidy.

»Viel Glück.« Mark Chambers schüttelte ihm die Hand.

Dann küßte er seine Frau flüchtig auf die Wange,

stieg die Treppe zum Kai hinauf und verschwand über den Rasen.

»Soviel zu meinem Ehemann« sagte Sue-Ellen leise, als er außer Hörweite war.

»Ich bin geschmeichelt«, erwiderte Canidy.

»Ich dachte mir, wenn du soviel Saft und Kraft hast, um hier aufzutauchen, dann sollte ich dir eine Antwort geben«, sagte sie.

Sie trat hinter ihn und schob ihre Hand im Bein seiner Shorts hoch, tastete unter seine Unterhose und umfaßte ihn sanft und dann fester.

»Ich bin von Männern mit Saft und Kraft leicht zu besiegen«, sagte sie und lachte tief und kehlig.

Sue-Ellen drückte ihn noch einmal und ließ ihn dann los. Sie ging zur Seite des Bootes und rief Ed Bitter zu: »Es ist ungefähr sieben Stunden gefahren. Es verbraucht ungefähr fünfundzwanzig Gallonen pro Stunde gegen die Strömung, es wird also ungefähr zweihundert Gallonen brauchen. Sagen Sie Charley, er soll die Tankanzeige im Auge behalten.«

Dann wandte sie sich wieder Canidy zu.

»Alles in Ordnung mit dir?« fragte sie.

8

Das unfreundliche Verhalten von Charley Chambers und seinen Freunden ihm gegenüber fand Ed Bitter verständlich. Der Konkurrenzkampf untereinander um die Jungfrauen des Stammes machte ihnen nichts aus, und es war ihnen klar, daß nicht genügend Jungfrauen zur Verfügung standen. Aber sie hatten nicht mit Besuch von Kriegern eines entfernten Stammes gerechnet, von denen ihre eigenen Jungfrauen fasziniert waren.

Ann Chambers hatte ihm erzählt, daß sie Dick Canidy für einen ›tollen Typen‹ hielt. Dick Canidy zeigte nicht das geringste Interesse an einem der Mädchen. Dick war ein vollendeter *Frauen*jäger, der nicht an *Mädchen* interessiert war, die gerade erst ihr erstes Semester vollendet hatten. Dick hatte Interesse an Frauen, die er in sein Bett locken konnte, ohne lange um sie zu werben. Er verbarg kaum seinen Mangel an Interesse, was ihn natürlich noch attraktiver für sie machte.

Das alles war für Ed Bitter keine Überraschung. Wirklich überraschend war für ihn, wie sehr ihn Sarah Child aufregte. Als Jenny Chambers ihn am Vorabend zu ihr geschickt hatte, damit sie tanzten, hatte es von dem Moment an, in dem er ihren warmen Rücken berührt hatte, in seinen Lenden geprickelt.

Um nichts in der Welt würde er mehr mit dem entzückenden, reizenden Po eines neunzehnjährigen College-Girls anstellen, als ihn zu tätscheln ... aber der Gedanke war nicht uninteressant.

Seine tiefschürfende philosophische Träumerei am Steuer der *Time Out* wurde unterbrochen, als Sarah Child in persona erschien. Sie trug weiße Shorts und eine hauchdünne weiße Bluse.

Sie überreichte ihm eine Flasche Bier.

»Danke«, sagte er.

»Warum lassen Sie sich nicht von Mr. Canidy ablösen?« fragte sie.

»Mr. Canidy?« antwortete er mit sanftem Spott, und es war ihm klar, daß sie ihn und Canidy als Erwachsene und nicht als Jungen betrachtete. »Nun, Miss Child, ich werde Ihnen die beschämende Wahrheit erzählen. Gleich nach dem Ablegen gestand mir ›Mr. Canidy‹, daß er nie zuvor ein Boot wie dieses gesteuert hat. Können Sie das glauben? Ein Marineflieger, der kein Boot steuern kann?«

Sie lachte. »Ich mag ihn«, sagte sie. »Sind Sie sicher, daß er nicht geflunkert hat?«

»Daran habe ich noch gar nicht gedacht«, gab er zu. Es war durchaus möglich, daß Canidy sich dumm gestellt hatte, um nicht den Nachmittag am Steuer eines Kabinenkreuzers verbringen zu müssen, der langsam flußaufwärts fuhr.

Er schaute Sarah an, und ihre Blicke trafen sich. Sie sah fort und errötete.

»Ich habe über die Flußboote nachgedacht«, sagte sie. »Man erwartet fast, daß eines wie bei Mark Twain um die nächste Biegung kommt, mit großen Schornsteinen und einem Schaufelrad.«

»Heutzutage sind nur Dieselboote auf dem Fluß«, sagte er. »Sie transportieren Kohle flußabwärts und Benzin flußaufwärts.«

»Jammerschade«, sagte sie. Er war hingerissen von ihrer kummervollen Miene und dann von ihrem wehmütigen Lächeln.

»Ja, das ist es«, pflichtete er ihr bei.

Davey Bershin kam einen Augenblick später die Leiter zur Laufbrücke herauf, um Sarah zu fragen, ob sie Karten spielen wollte, und sie ging mit ihm.

Ed Bitter bedauerte das, doch er tröstete sich mit dem Gedanken, daß es vielleicht gut war. Er hatte nicht den Blick von ihr nehmen können, und früher oder später hätte sie ihn dabei ertappt.

Als sie nach dem Sonnenuntergang zur Plantage zurückkehrten, verbrachte Dick Canidy den Abend, indem er mit Brandon Chambers über die Fliegerei plauderte, während die anderen im Spielzimmer lärmend Monopoly spielten.

Ed Bitter saß still dabei und spielte nicht mit. Er wußte, daß er mehr trank, als gut für ihn war, und er konnte den Blick nicht von Sarah Child am Monopoly-Brett nehmen.

Als die Partie schließlich beendet war, schaltete Ann Chambers wieder den Phonographen an und schlenderte zu ihnen. Sie blieb am Tisch stehen, bis ihr Vater auf sie aufmerksam wurde.

»Brauchst du etwas, Schatz?« fragte er.

»Nein, ich stehe hier nur mit traurigem Gesicht herum und warte darauf, daß mich jemand zum Tanzen auffordert.«

»Du tanzt mit ihr, Dick«, sagte Mr. Chambers, der inzwischen mit Canidy Brüderschaft getrunken hatte. »Ich bin alt und fett und müde und werde gleich ins Bett gehen.«

Canidy erhob sich. »Ich tanze mit ihr«, sagte er. »Und dann gehe ich zu Bett, weil ich jung und schlank und müde bin.«

Was soll's, dachte Ed Bitter und ging zu Sarah. Sie stand auf und ging ihm entgegen, als ob sie gewußt hätte, daß er zu ihr kommen würde. Ihre Blicke trafen sich, und dann schaute sie weg, errötete und sah ihn wieder an. Er fand ihren Blick wie elektrisierend.

Als er ihre Hände ergriff, wurde ihm warm, und ungefähr dreißig Sekunden später, als er sie in den Armen hielt, begann er tatsächlich zu zittern. Er konnte die Wärme ihres Leibes an seinem Körper spüren.

Als die Schallplatte zu Ende gespielt war, übergab er Sarah Davey Bershin, ging zur Bar und trank einen doppelten Scotch zur Beruhigung. Es war ihm klar, daß Trinken das Schlimmste war, was er tun konnte. Am zweitschlimmsten war es, mit Sarah in einem Raum zu bleiben, besonders seit Canidy seine Ankündigung wahrgemacht hatte und zu Bett gegangen war. Sue-

Ellen hatte sich jetzt ebenfalls zurückgezogen. Was sollte er hier noch bei diesen Kindern?

Plötzlich blitzte es, und einen Moment später grollte Donner, und ihm fiel ein, daß das Cabrio mit heruntergeklapptem Verdeck vor dem Haus stand. Er würde das Verdeck schließen und dann zu Bett gehen.

Er verließ die Bar durch die Tür dahinter, um nicht das Spielzimmer durchqueren zu müssen, und ging an der Seite des Hauses vorbei zum Wagen. Er nahm die Schutzhülle vom Verdeck und legte sie in den Kofferraum. Dann stieg er in den Wagen und ließ den Motor an. Er hatte sich gerade über den Sitz gelehnt, um den Verschluß des Verdecks zu öffnen, als Sarah Child am Fenster auftauchte.

Ihre Blicke trafen sich. Obwohl sie errötete, schaute sie diesmal nicht fort.

»Machen Sie eine Spazierfahrt?« fragte sie. Ihre Stimme klang gekünstelt, als hätte sie Schwierigkeiten, sie unter Kontrolle zu halten.

»Ich wollte gerade das Verdeck schließen«, sagte er, und seine Stimme klang gekünstelt wie ihre. Er spürte, daß sein Herz schneller schlug. »Möchten Sie eine Spazierfahrt machen?«

Sie eilte zum Wagen, stieg ein und schloß die Tür.

Ed Bitter fuhr über die unbefestigte Straße zur Start- und Landebahn. Keiner von beiden sprach ein Wort, bis er neben der Beechcraft stoppte.

Er schaute Sarah an und sah, daß sie ihn anschaute. Zögernd streichelte er über ihre Wange.

»Allmächtiger!« sagte er.

Sie lächelte und legte die Hand auf seine. Er hatte nie glänzendere Augen gesehen als ihre.

»Allmächtiger!« ahmte sie ihn spöttisch nach.

»Ich zittere«, sagte er.

»Ich auch.« Sie lehnte sich zu ihm hinüber, schaltete

die Zündung aus, klappte die Armstütze zwischen den Sitzen hoch und rutschte zu ihm herüber.

Er drückte sie fest an sich, schmiegte das Gesicht in ihr Haar und spürte ihren Busen an seiner Brust. Es dauerte eine scheinbare Ewigkeit, bis er sie küßte, zuerst aufs Haar, dann auf die Stirn und schließlich auf den Mund. Sarahs Lippen öffneten sich, und er spürte ihre Zunge, die sanft seine umspielte. Dann knöpfte sie die Bluse auf und streifte sie ab. Anschließend den BH. Und ein paar Sekunden später war sie nackt. Wiederum ein paar Sekunden später war Ed Bitter das ebenfalls.

Später fuhr er sie zum Haus zurück. Als sie auf der Zufahrtsstraße waren, sagte Sarah: »Laß mich hier raus. Ich gehe den Rest zu Fuß. Dann wird niemand wissen, daß wir zusammen fort waren.«

Ed stoppte, und sie stieg aus. Er schaute ihr nach, als sie zum Haus ging und sich im Schatten der Bäume hielt. Als sie schließlich auf der Veranda war, fuhr er zur ehemaligen Scheune, die als Garage diente, und parkte den Wagen. Er schaltete den Motor aus und saß ein paar Minuten lang da und versuchte zu begreifen, was geschehen war. Dann stieg er aus dem Wagen, verließ die Scheune und ging zum Fluß. Es war angenehm, in der Dunkelheit und Stille dazusitzen und den Fluß rauschen zu hören, der schon immer vorbeigeflossen war – wieviel Jahre, eine Million, zwei Millionen?

Er setzte sich ans Ufer und blickte zum Boot. Irgendein Dummkopf hatte Licht in einer der Kabinen angelassen. In der Kapitänskabine. Er hatte vergessen, ob er den Stecker an die Versorgungsleitung an Land angeschlossen hatte oder nicht, als sie am späten Nachmittag das Boot vertäut hatten. Wenn die Versorgungsleitung nicht angeschlossen war, würde die Beleuchtung die Batterie erschöpfen.

Die *Time Out* war mit dem Bug flußabwärts vertäut.

Die Versorgungsleitung mit dem Land befand sich achtern, gerade innerhalb des Steuerhauses. Er ging über die Treppe des Kais und kam am Bug vorbei. Als er die Kapitänskabine passierte, glaubte er darin eine Bewegung wahrzunehmen. Sein erster Gedanke war, daß ein Dieb an Bord gegangen war. Er schlich so schnell und leise, wie er konnte, zum Bullauge. Der Vorhang war zugezogen, jedoch nicht ganz. Er stand einen Spalt offen und erlaubte ihm, in die Kabine zu blicken.

Er glaubte zuerst seinen Augen nicht trauen zu können. Es war das Schockierendste, was er jemals gesehen hatte.

Dick Canidy und Sue-Ellen Chambers waren pudelnackt im Bett. Sie saß rittlings auf Canidy und spielte mit ihren Brüsten, während sie sich hektisch auf ihm auf und ab bewegte. Ihr Gesichtsausdruck spiegelte ekstatische Wollust wider.

Aufgewühlt – ärgerlich und verwirrt – stieg Ed Bitter die Treppe zum Kai hoch und ging dann über den Rasen zum Haus. Die Veranda war mit Lampen beleuchtet, und die Lampen in der Halle brannten, aber das Fenster des Spielzimmers war dunkel. Jeder sonst war anscheinend zu Bett gegangen.

Er schaute auf seine Armbanduhr. 23 Uhr 45. War er so lange mit Sarah fort gewesen? Die Zeit war anscheinend gerast.

Er betrat das Spielzimmer, wie er es verlassen hatte, durch die Tür hinter der Bar. Es befand sich ein Lichtschalter neben der Tür, doch er erinnerte sich an einen anderen Schalter unter der Bar. Ed ging hinüber und schaltete das Licht an. Er nahm sich eine Flasche Whisky, schenkte großzügig ein und gab Eiswürfel in das Glas. Nach einem tiefen Schluck stellte er das Glas ab. Er stützte sich mit beiden Händen auf die Bar und legte den Kopf darauf.

Was sollte er bezüglich Sue-Ellens und dieses gottverdammten Canidy unternehmen?

Die Frau seines Cousins war ein sexbesessenes Weib, eine Hure, die ihren Mann betrog, und sein ›Freund‹ war ebenfalls ein treuloser Lump. Ein Gentleman würde nicht die Frau eines anderen ...

»Ist es so ein großes Problem für dich?« fragte Sarah Child.

»Was machst du hier?« fragte er überrascht und blickte auf.

»Ich habe aus dem Fenster geschaut«, sagte Sarah. »Bis ich dich vom Fluß zurückkehren sah.«

»Oh«, sagte er. Sarah trug einen Morgenrock. Er vermutete, daß sie nicht viel darunter anhatte.

»Du brauchst dir keine Sorgen wegen mir zu machen«, sagte Sarah. »Du bist mir nicht verpflichtet.«

»Um ehrlich zu sein«, erwiderte er, »ich dachte an etwas anderes.«

»China?« fragte sie.

»Ja«, log er. Damit sollte das Thema beendet sein. Er dachte an das, was Canidy über das Lügen gesagt hatte. Es wurde wie Ficken leichter, wenn man Übung darin hatte.

»Komm schon«, sagte er zu Sarah. »Laß uns von hier verschwinden, bevor wir alle aufwecken.«

Sie lächelte und nickte. Er schaltete das Licht aus und führte sie durch das dunkle Spielzimmer, durch das Speisezimmer in die Halle und dann die Treppe hinauf.

Er hatte natürlich keine Ahnung, wo ihr Zimmer war, aber er war überrascht, als sie ihm über den Flur zum Westflügel folgte. Er hatte gedacht, daß Tante Jenny die Mädchen im Ostflügel und die Jungs im Westflügel einquartiert hatte. Er gelangte an die Tür seines Zimmers. O Mann, wie schön es wäre, sie dort hineinzubekommen!

Eine wahnsinnige Idee!

»Gut Nacht, Sarah«, sagte er und neigte sich zu ihr, um sie zu küssen.

Sie wich seinem Mund aus, schlang jedoch die Arme um ihn. Er war verwirrt. Und dann, nach einer Weile, sagte sie:

»Wenn schon, denn schon.«

»Allmächtiger!«

Sie lächelte nur – ein süßes, vertrauensvolles Lächeln.

Ed öffnete die Tür, und Sarah folgte ihm ins Zimmer. Er drehte sich um und schob den Riegel vor. Dann wandte er sich zu Sarah um und schaute sie an.

»Mein Gott, bist du schön!«

»Es freut mich, daß du das denkst«, sagte Sarah Child. Sie schaute ihm in die Augen und zog den Gürtel der Morgenmantels auf. Sie streifte den Morgenmantel von den Schultern.

Sie dachte: *Das war einfacher zu schaffen, als ich mir vorgestellt hatte.*

Er dachte: *Meine Vermutung, daß sie nicht viel unter dem Morgenmantel anhat, war falsch.* Sie war darunter nackt.

»Sarah, ich ...«, begann er. Sie fiel ihm ins Wort.

»Laß uns nichts sagen, was wir vielleicht am Morgen nicht wiederholen können.« Sarah wandte sich um, ging zum Bett und schlüpfte unter die Decke.

IV

I

Quartier für durchreisende Offiziere

Anacostia Naval Air Station
Washington, D.C.

16. Juni 1941, 16 Uhr 45

Um viertel nach acht an diesem Morgen hatte der Adjutant des Admirals den Lieutenants (j.g.) Edwin Bitter und Richard Canidy ein Kuvert überreicht, das Fahrkarten für die Pennsylvania Railroad für die Bahnreise von Washington, D.C., nach New York enthielt. Außerdem hatte er ihnen einen Zettel gegeben, auf den zwei Adressen getippt waren:

Commander G.H. Porter
Abteilung Sonderaktionen
Personalbüro Zimmer 213 im provisorischen Gebäude G-34

CAMCO
Suite 1745
Rockefeller Center
Sixth Avenue 1230
New York City, New York

Dann fuhr er sie mit dem Wagen des Admirals zum Flugplatz, um dafür zu sorgen, daß ihre Plätze im

Kurierflugzeug nicht durch etwas Unvorhergesehenes besetzt waren. Die Kuriermaschine war eine R4-D, die Navy-Version des neuen zweimotorigen Douglas DC-3-Verkehrsflugzeuges, das jeden zweiten Tag von Washington nach Key West flog und Zwischenstops auf Marinestützpunkten, einschließlich Pensacola, einlegte.

Sie landeten in Anacostia kurz nach 14 Uhr, meldeten sich im Quartier für durchreisende Offiziere an und fuhren dann mit einem Taxi zum provisorischen Gebäude G-34, eines der Gebäude an der Mall, die während des Ersten Weltkriegs errichtet worden waren, um die Navy vorübergehend mit Büroräumen zu versorgen.

Wie sich bald herausstellte, wußte Commander Porter nur, daß eine höhere Stelle entschieden hatte, die Lieutenants Bitter und Canidy ehrenvoll aus dem Marinedienst zu entlassen – und so schnell wie möglich. Commander Porter wußte nicht, wie Canidy zynisch dachte, daß die beiden sich freiwillig gemeldet hatten, um zur Verteidigung von Mamas Apfelkuchen und dem American Way of Life die Japaner vom Himmel über China zu fegen. So schloß der Commander, daß die beiden entlassen werden sollten – und so schnell wie möglich –, weil die Navy ihnen eine Verurteilung vor dem Militärgericht ersparen wollte, nachdem man sie bei einem Griff in die Kasse des Offiziersclubs und/oder in das Höschen eines Offizierskameraden erwischt hatte.

Commander Porter behandelte sie deshalb mit eisiger Höflichkeit, ganz korrekt, und informierte sie, daß sie sich einer ärztlichen Untersuchung im Marinehospital unterziehen mußten, während ihre Entlassungspapiere ausgestellt wurden. Der Commander erklärte ihnen, es zählte nicht, daß ihnen vor sechs Wochen ärztlich bescheinigt worden war, daß sie völlig tauglich für den Flugdienst waren. Das war eine Flugtauglichkeits-

Untersuchung gewesen; jetzt ging es um eine Entlassungs-Untersuchung.

Im Marinehospital erklärte man ihnen, daß Entlassungs-Untersuchungen um acht Uhr morgens durchgeführt wurden und sie sich dann dort einfinden sollten.

»Sieh es von der guten Seite, Eddie«, sagte Canidy, als sie das Marinehospital verließen. »Mit etwas Glück können wir 'ne Nummer schieben.«

»Menschenskind, kannst du nur an so was denken?« fuhr Bitter ihn an.

Etwas bedrückte Bitter, das spürte Canidy. Vermutlich die Tatsache, daß Absolventen der Marineakademie, die Admiral werden wollten, nicht die Navy verließen. Commander Porters eisige Verachtung hatte wohl Bitters Bedenken verstärkt.

»Ziehen wir unsere Uniformen aus«, sagte Canidy. »Und dann gönnen wir uns ein gutes Abendessen. Und vielleicht einen Kinobesuch.«

Bitter lächelte schwach.

Als sie zum Quartier für durchreisende Offiziere in Anacostia zurückkehrten, wurden sie von einem gutaussehenden Second Lieutenant des Army Air Corps erwartet. Er trug einen grünen Uniformrock, an der ein silbernes Pilotenabzeichen prangte, und ein glänzend poliertes Sam-Browne-Koppel. Dazu hatte er eine pinkfarbene Reithose an, und seine glänzenden Reitstiefel ruhten auf dem niedrigen Tisch vor ihm. Unter seiner Uniformmütze, die er zum Hinterkopf geschoben hatte, lugte hellblondes Haar hervor. Die Versteifung an der Krone der Mütze war entfernt, und die Mütze sah aus, als wäre sie von einem Kohlentruck überfahren worden. Die verbeulte Uniformmütze war sozusagen das Markenzeichen des Jagdfliegers.

Der gutaussehende junge Offizier war Jim Whittaker, der weiße Zähne und ein herzliches Lächeln zeigte, als er Canidy sah, jedoch weder aufstand noch die Füße vom Tisch nahm.

»Was, zum Teufel, machst du denn hier, Jim?« fragte Canidy und lächelte breit. Er ging zu ihm und schüttelte ihm die Hand.

»Ich bin hergekommen, um dich aus diesem nautischen Schmutz zu retten«, sagte der junge Pilot und wies durch die fast elegant möblierte Halle. »Aber die Frage ist, was, zum Teufel, machst *du* hier? Und ich meine nicht ›warum bist du nicht im Haus in der Q Street?‹«

»Eddie«, sagte Canidy, »dies ist Jim Whittaker. Jim, Ed Bitter.«

Bitter lächelte, aber nicht herzlich. Er war überzeugt, soeben auf einen zweiten Canidy gestoßen zu sein, das heißt auf jemand, der ihn innerhalb der nächsten Stunde in peinliche Situationen bringen würde.

Sie schüttelten sich die Hände.

»Sind Sie verwickelt in das, was er angerichtet hat?« fragte Whittaker. »Oder sind Sie sein Babysitter?«

»Wir sind zusammen«, antwortete Bitter und fühlte sich unbehaglich.

»Wie, zum Teufel, hast du mich hier gefunden?« fragte Canidy.

»Als ich mit Pensacola telefonierte«, sagte Whittaker, »und dich sprechen wollte, verband man mich von Pontius zu Pilatus und führte mich geheimnisvoll an der Nase herum. Da rief ich noch mal an und gab mich als Adjutant eines erfundenen Generals aus, der unbedingt Kontakt mit dir aufnehmen müßte. Nach einigem Zögern verriet man mir, daß ich dich hier erreichen könne. Ich komme soeben vom Flughafen. Was ist los?«

»Wir fliegen nach China«, sagte Canidy.

»Dick«, mahnte Bitter.

»China?« sagte Whittaker nachdenklich. »Ich

bezweifle, daß du von hier aus nach China fliegen kannst. Ich glaube, du mußt von San Francisco aus mit der Southern Pacific und dann den Jangtse rauffahren.«

Canidy lachte. »Was treibst du hier? Besser spät als gar nicht?«

»Tut mir leid, daß ich neulich nicht kommen konnte«, sagte Whittaker. »Das Air Corps war gemein zu mir. Gibt es bei der Navy die Formulierung ›die Dringlichkeit des Dienstes‹?«

»Andauernd«, sagte Canidy.

»Beim Air Corps heißt das ›Lecken Sie mich am Arsch, Sie sind Second Lieutenant der Reserve und bekommen keinen Urlaub‹«, sagte Whittaker.

Canidy lachte.

Ed Bitter zuckte zusammen, als drei Offiziere, die an einem Tisch in der Halle saßen und von denen der Ranghöchste ein Commander war, mißbilligend herüberblickten.

»Erzähl mir von China«, sagte Whittaker.

»Ich weiß vermutlich weniger über China als du«, sagte Canidy. »Aber ich muß dorthin. Was genau möchtest du wissen?«

»Warum gehst du dorthin, Klugscheißer?«

»Wegen einer Entlassung aus der Navy und sechshundert Eiern pro Monat.«

»Die ›Amerikanische Freiwilligen-Gruppe‹«, sagte Whittaker. »Man rekrutiert auch auf Randolph Field.«

»Du bist ein kleiner Sherlock Holmes, nicht wahr?«

»Chesty und Bill Donovan waren in Texas«, sagte Whittaker. »So habe ich es herausgefunden. Die Firma hat den Vertrag zur Erweiterung des Flugplatzes und weiterer Flugplätze erhalten. Jedenfalls war ich beim Abendessen im Offiziersclub. Chesty, Donovan, der Commander des Stützpunkts und ich. Meine Staffel behandelt mich jetzt mit viel mehr Respekt.«

Bitter lachte.

»So fragte ich, was das freiwillige Melden zu bedeuten hat, und Donovan erzählte es mir.«

»Was erzählte er dir?«

»Daß patriotische, tapfere, hochqualifizierte und ergo nicht sehr intelligente Piloten rekrutiert werden, damit sie in China ein chinesisches Air Corps spielen, bis Roosevelt uns in den Krieg schicken kann. Er kleidete es zwar in andere Worte, aber wenn man den Scheiß abzieht, läuft es auf das gleiche hinaus.«

Canidy lachte.

»Nicht, daß man mich fragte«, fuhr Whittaker fort, »aber ich hätte mich ohnehin davor gehütet. Seid ihr verrückt geworden?«

»Ich habe es erklärt, dadurch komme ich aus der Navy raus«, sagte Canidy. »Ich sagte mir, wenn ich bleibe, bis meine vier Jahre um sind, ist Krieg und ich komme nie raus.«

»Nach dem, was Donovan mir sagte, ist die ›Amerikanische Freiwilligen-Gruppe‹ eine beschönigende Bezeichnung für etwas, das man auch ›den japanischen Löwen einige Christen zum Fraß vorwerfen‹ nennen könnte.«

»Wir sollten dieses Gespräch nicht in der Öffentlichkeit führen«, mahnte Bitter. »Wenn wir es überhaupt führen sollten. Ich will nicht pingelig klingen, aber ...«

»Ich versuche immer, freundlich zu Marinefliegern zu sein«, sagte Whittaker, »aber dein Akademie-Scheißer von Kumpel geht mir auf die Eier. Mischt er sich immer so in ernsthafte Unterhaltungen ein?«

»Er meint es gut«, sagte Canidy. »Und er hat vermutlich recht. Laß uns auf unser Zimmer gehen, damit wir diese Uniformen loswerden können.«

»Du kannst also packen«, stellte Whittaker fest. »Du übernachtest nicht hier. Ihr beide nicht.« Er sah Bitter die Verwirrung an und fügte eine Erklärung hinzu. »Ich habe hier ein Haus. Genügend Zimmer für jeden. Dort wird alles leichter sein.«

»Und nicht nur das, es ist kostenlos«, sagte Canidy. »Bedank dich bei Jim, Eddie.«

»Danke«, sagte Bitter.

Er sagte sich, daß es die Klugheit gebot, sich den beiden anzuschließen. Denn er wollte nicht Commander Porter am nächsten Morgen um acht Uhr sagen müssen, daß er keine Ahnung hatte, wo Lieutenant Canidy war. Da Whittaker und Canidy von der gleichen Art waren, mußte man damit rechnen, daß sie zusammen wer weiß was anstellten. Als sie die breite Treppe hinaufgingen, zupfte Whittaker Bitter am Arm. »Das mit dem Akademie-Scheißer war nicht böse gemeint. War doch nicht beleidigend, oder?«

»Überhaupt nicht«, sagte Bitter. »Wir Akademie-Scheißer haben stets Verständnis für Zivilisten-Scheißer in Uniform.«

»Er hat Sinn für Humor«, bemerkte Whittaker. »Das gefällt mir. Ich schlage vor, daß wir das ›Mister‹ weglassen. Was hältst du davon, Akademie-Scheißer?«

»Leck mich am Arsch«, sagte Bitter. Er mußte lachen. Es war unmöglich, über etwas beleidigt zu sein, was der übermütige Typ sagte.

»Und du hast mein Mitgefühl, Mr. Sauer«, sagte Whittaker, »Ich habe erlebt, was du erleidest.«

»Bitter«, korrigierte Bitter seinen Namen, bevor ihm klar wurde, daß er auf den Arm genommen wurde. »Was erlebt, Mr. Witzbold?«

»Mit Canidy in einem Zimmer zu schlafen«, sagte Whittaker. »Da stört nicht einmal so sehr sein Schnarchen. Am schlimmsten ist sein übles Furzen.«

»Nun, dann haben wir etwas gemein, nicht wahr?« sagte Bitter.

»Wieso, furzt du auch so übel?«

»Ich meinte, wir sind Leidensgenossen.«

»Ach so«, Whittaker lachte. »Dick und ich kennen uns lange«, sagte er. »Ich war sein Frischling auf der Schule.«

Canidy fiel bei der Erwähnung von Schule etwas ein. »Jim, erinnerst du dich an Fulmar?«

»Monica Carlisles schändliches Geheimnis? Na klar. Wie könnte ich diesen irren Typen vergessen?«

»Ich habe vor kurzem meinen Vater besucht«, sagte Canidy. »Er erzählte mir, daß Fulmar in Marokko ist.«

»Was, zum Teufel, treibt der in Marokko?«

»Keine Ahnung«, sagte Canidy. »Aber ich kann mir vorstellen ...«

»Aber sicher«, sagte Whittaker mit wissendem Blick.

Die Neugier überwältigte Ed Bitter. Monica Carlisle war ein Filmstar mit Superbusen und mit blondem Haar, das ihr meistens über ein Auge fiel. Sie spielte fast stets die Rolle der Jungfrau, die bald keine mehr sein würde.

»Was ist mit Monica Carlisles schändlichem Geheimnis?« fragte Bitter.

»Eric Fulmar ist ein alter Freund von uns«, erklärte Whittaker, »und er war eine Zeitlang mit uns auf der St. Mark's School. Er ist so alt wie wir. Das ist das schändliche Geheimnis. Monica Carlisle, Amerikas unschuldiger Liebling, hat ihn entweder mit sieben oder acht Jahren geboren, oder sie ist älter, als ihr Publikum glaubt. Und beträchtlich weniger jungfräulich.«

»Tatsächlich?« sagte Bitter überrascht.

»Sein Vater ist Deutscher«, fügte Canidy hinzu, »und Eric ging in Deutschland aufs Gymnasium. Ich kann mir vorstellen, daß man ihn zur deutschen Wehrmacht eingezogen hätte, wenn er dort geblieben wäre, oder er hier einberufen worden wäre, wenn er in die Staaten gekommen wäre. So ist er wahrscheinlich auf den nicht unvernünftigen Gedanken gekommen, den Krieg bei irgendwelchen arabischen Freunden in Marokko auszusitzen.«

»Gut für Eric«, sagte Whittaker. »Das sollten wir ebenfalls tun, anstatt in den geheimnisvollen Fernen Osten zu fliegen.«

»*Wir* sollten das tun? Was hat das ›wir‹ zu bedeuten?« fragte Canidy.

»Ich bin auf dem Weg zu den Philippinen«, erklärte Whittaker.

»Das ist kein Scherz, nicht wahr?« fragte Canidy ernst nach einer Weile. Whittaker bestätigte es.

»Bist du deshalb jetzt in Washington?«

»Mehr oder weniger«, sagte Whittaker.

Sie gingen ins Quartier. Whittaker legte sich sofort aufs Bett, schob seine verbeulte Uniformmütze über die Nase, verschränkte die Hände hinter dem Kopf und legte die Stiefel auf das Fußbrett, während Canidy und Bitter packten.

»Eigentlich, Richard«, sagte Whittaker, »bin ich in Washington, um mit unserem Oberbefehlshaber zu Abend zu essen. Er mag ja, wie Chesty sagt, ein Verräter seiner Klasse sein, und er tut mir fraglos Böses an, aber ich bringe es nicht übers Herz, dem netten alten Knaben einen Korb zu geben.«

»Wie nobel von dir!« sagte Canidy. »Die St. Mark's wäre stolz auf dich. ›Kein Mann hat größere Vaterlandsliebe gezeigt als der, der mit den Roosevelts diniert‹.«

»Ich sehe das anders«, sagte Whittaker bescheiden.

»Große Sache?« fragte Canidy. »Oder nur du und Onkel Franklin?«

»Onkel Franklin und Tante Eleanor, genauer gesagt«, sagte Whittaker.

»Und Tante Eleanor kocht zweifellos selbst, oder?« fragte Bitter, um sich an dem Gespräch zu beteiligen, das er für einen Scherz hielt.

»Gott, ich hoffe nicht«, sagte Whittaker. »Sie ist eine miserable Köchin.«

»Wieso hat der Oberbefehlshaber Böses getan?« erkundigte sich Bitter.

»Ich meldete mich nach dem feierlichen Versprechen des Air Corps, damit ich nach der Ausbildung sofort in die Reserve kommen würde. Zwei Wochen vor dem Abschluß wurden die Bestimmungen geändert – durch Befehl des Präsidenten oder durch eine Durchführungsverordnung oder wie auch immer man es nennt, wenn er aus päpstlicher Vollmacht spricht. Alle Reserveoffiziere in aktivem Dienst mußten ein weiteres Jahr dienen, und Abschiedsgesuche von Berufssoldaten wurden ebenfalls ein Jahr lang nicht genehmigt.«

»Davon hatte ich nichts gehört«, bekannte Bitter.

»Ich auch nicht«, sagte Canidy. »Aber es erklärt vielleicht Commander Sowiesos eisiges Verhalten. Ich dachte, dieser Hurensohn behandelt uns, als hätte man uns beim Pissen auf die Nationalflagge erwischt.«

»Wer?« fragte Whittaker.

»Der Typ, der unsere Entlassung vorbereitet«, erklärte Canidy. »Es tut mir leid, daß es dich erwischt hat, Jim.«

»Es tut *dir* leid?« schnaubte Whittaker.

»Nun, wenn du deinen Onkel Franklin siehst«, sagte Bitter, »kannst du ihm sagen, daß dir stinkt, was er dir angetan hat.«

»Ich bin versucht, das zu tun, das kann ich dir sagen«, erklärte Whittaker ernst.

Bitter schaute ihn überrascht an, und dann sagte er sich, daß er wieder veralbert wurde.

»Hast du den Rolls bekommen, oder müssen wir uns

ein Taxi rufen?« fragte Canidy und trug sein Gepäck zur Tür.

»Ich habe dir erzählt, ich bin vom Flughafen direkt hierher gefahren«, sagte Whittaker. »Außerdem ist der Rolls in Jersey.«

Bitter sagte sich, daß damit der Fall endgültig erledigt war. Man nahm ihn auf den Arm.

»Wir können unten telefonisch ein Taxi bestellen«, sagte er.

2

»Was hat diese hohe Mauer zu bedeuten?« fragte Ed Bitter, als der Taxifahrer sie vor dem Haus in der Q Street absetzte.

»Mein Onkel Chesty ließ sie errichten, als Roosevelt gewählt wurde«, sagte Whittaker. »Um die Zivilisation, wie wir sie kennen, vor den barbarischen Demokraten zu schützen.«

Ed Bitter lachte. »Diese Mauer ist mindestens fünfzig Jahre alt.« Und dann stellte er die Verbindung her. »Chesty? Chesty Whittaker? Chesley Haywood Whittaker?«

»Derselbige«, sagte Jim Whittaker. »Du kennst den Namen?«

»Er und mein Onkel Brandon sind Freunde«, sagte er. »Mein Vater ebenfalls, glaube ich.«

»Brandon was?«

»Brandon Chambers«, sagte Bitter.

»Zeitungen, richtig?« fragte Whittaker und wartete auf Bitters Bestätigung. Als Bitter nickte, schloß Whittaker die schwere Holztür in der Mauer auf, schob sie auf und winkte Canidy und Bitter hindurch.

Paul, der Butler, öffnete die Haustür. »Guten Tag, Sir«, sagte er zu Whittaker, und dann schaute er Canidy an. »Schön, Sie wiederzusehen, Mr. Canidy. Stellen Sie das Gepäck nur ab. Ich werde mich darum kümmern.«

»Wie geht es Ihnen, Paul?« sagte Whittaker. »Ist mein Onkel da?«

»Ich habe soeben den Fahrer losgeschickt, um Mr. Whittaker abzuholen, Sir«, sagt Paul. »Miss Chenowitch ist in der Bibliothek.«

»Dann gehen wir dorthin«, sagte Whittaker. »Würden Sie bitte etwas Bier in die Bibliothek bringen, Paul? Es sei denn, Ed, du möchtest etwas Stärkeres?«

»Bier ist prima«, sagte Bitter.

»Jawohl, Sir«, sagte Paul.

Canidy und Bitter folgten Whittaker durch die große Halle zu einer Doppeltür, die er aufschob. Cynthia Chenowitch, die ihr schulterlanges braunes Haar in der Mitte gescheitelt trug, saß auf einer Couch, und eine Zeitung lag geöffnet neben ihr. Sie schaute auf, als die Tür geöffnet wurde.

»Ich bin froh, daß du hier bist«, sagte sie. »Dein Onkel hat sich Sorgen gemacht.«

»Edwin Bitter, Offizier und Gentleman der U.S. Navy, begrüße Miss Cynthia Chenowitch«, sagte Whittaker. »Gib die Hoffnung nicht auf. Nicht nur Canidy ist in sie verliebt, auch ich bin in sie verknallt, seit sie acht und ich vier war.«

Cynthia lächelte Bitter an.

»Hat Ihnen Ihre Mutter nicht gesagt, daß Sie nach dem Umgang beurteilt werden, den Sie pflegen?« fragte sie. »Hallo, Canidy.«

»Miss Cynthia, Ma'am«, sagte Canidy in übertriebenem Südstaaten-Akzent und verneigte sich tief.

»Du hättest anrufen können«, sagte Cynthia zu Whittaker. »Wir waren uns nicht mal sicher, ob du mit dem

Zug kommst. Es war verdammt gedankenlos von dir, uns im unklaren zu lassen. Wirst du nie erwachsen?«

»Haben wir wieder die Tage?« fragte Whittaker, ohne zu denken.

»Geh zum Teufel, Jim!« Cynthia wurde vor Verlegenheit und Zorn rot, sprang auf und stürmte aus der Bibliothek.

»Warum hast du das gesagt?« fragte Canidy Whittaker, als sie fort war.

»Für wen, zum Teufel, hält sie sich, so mit mir zu reden, als wäre sie meine Mutter?« erwiderte Whittaker. »Und seit wann ergreifst du ihre Partei? Was ist zwischen euch passiert, als du hier warst?«

»Ich habe mich nicht an sie herangemacht, Jimmy, wenn du das meinst«, sagte Canidy. »Aber ich muß zugeben, daß mir die Möglichkeit in den Sinn gekommen ist.«

»Was dann?«

»Könnte es ein Fall von gegenseitiger Haßliebe sein, Jimmy?« fragte Canidy mit unschuldigem Lächeln. »Nach meiner Erfahrung ist das der Grund, aus dem sich ein Mann und eine Frau jedesmal, wenn sie sich sehen, an die Kehle gehen.«

»Ich finde, Dick hat recht«, sagte Bitter und bemühte sich um eine ausdruckslose Miene. »Es könnte sein, daß ihr beide euch wirklich mögt, nicht wahr?«

»Oh, leck mich«, sagte Whittaker, der die Unterhaltung beenden wollte, bevor er wirklich am Haken zappelte.

Einen Augenblick später kam eine junge Schwarze mit Schürze und Häubchen eines Hausmädchens in die Bibliothek und stellte ein Tablett mit drei Flaschen Bier und drei Gläsern auf den Couchtisch.

Als sie die Bibliothek verließ, kehrte Cynthia Chenowitch zurück.

»Kann ich Ihnen etwas holen, Miss Chenowitch?« fragte das Hausmädchen.

»Nichts, danke«, sagte Cynthia Chenowitch, und dann schaute sie Canidy an.

»Jim tut leid, was ihm rausgerutscht ist«, sagte Canidy. »Sag ihr, daß es dir leid tut, du Arsch!«

»Wenn eine Entschuldigung verlangt wird, entschuldige ich mich«, sagte Whittaker.

»Angenommen«, sagte Cynthia. »Ich weiß nicht, warum ich mir das Recht nahm, dir Vorhaltungen zu machen, und es tut mir leid.«

»Waffenstillstand?« fragte Canidy.

»Waffenstillstand«, sagte sie.

»Das ist besser.« Canidy machte ein Kreuzzeichen. »Seid gesegnet, meine Kinder. Geht und sündigt nicht mehr.«

Cynthia Chenowitch schüttelte lächelnd den Kopf.

»Warum habe ich den Verdacht, daß dies nicht dein erstes Bier des Tages ist?« fragte sie Jim.

Canidy befürchtete, daß sie sich wieder in die Haare gerieten, aber Whittaker grinste nur.

»Als Gegengewicht zu deiner atemberaubenden Schönheit und deinem überwältigenden Liebreiz hat Gott dir Argwohn in die Wiege gelegt«, sagte er. »Und richtig, es ist nicht das erste Bier. Ich habe in Anacostia ein paar zur Brust genommen, als ich auf Dick gewartet habe.«

»Was bringt dich zurück nach Washington, Dick?« fragte Cynthia.

»Wir sind auf dem Weg nach New York«, sagte Canidy. »Morgen fahren wir dorthin.«

»Sie sind auf dem Weg nach *China*«, sagte Whittaker. »Die verdammten Blödmänner schließen sich der AVG, dieser ›Amerikanischen Freiwilligen-Gruppe‹, an.«

»Geht ihr tatsächlich zur AVG?« fragte Cynthia.

Es überraschte Bitter, daß sie anscheinend über die ›Amerikanische Freiwilligen-Gruppe‹ Bescheid wußte.

»So halte ich es für meine Pflicht, diesen tapferen Jungen Kost und Logis zu geben, bevor sie nach China gehen«, sagte Whittaker leichthin, »und sie auch sonst wissen zu lassen, wie sehr die Heimatfront ihr Opfer zu schätzen weiß.«

Bevor Cynthia etwas erwidern konnte, wurde die Tür zur Bibliothek von neuem geöffnet, und Chesty Whittaker trat ein.

»Dick!« rief Chesty Whittaker. »Du bist wieder zurück. Wie schön!«

»Du wirst das anders sehen, wenn du hörst, warum er hier ist«, sagte Jim.

»Mein Name ist Chesty Whittaker.« Whittaker gab Bitter die Hand.

»Ed Bitter.«

»Er ist Brandon Chambers Neffe«, sagte Jim.

»Dann sind Sie doppelt willkommen«, sagte Chesty.

»Mein Vater ist Chandler Bitter, Mr. Whittaker«, sagte Bitter. »Kennen Sie ihn?«

»Was treibt Chan Bitters Sohn mit diesen Halunken?« fragte Whittaker.

»Er wird von diesem hier in Verlegenheit gebracht«, sagte Jim und tippte auf seine Brust, »und fliegt mit dem anderen nach China.« Er wies auf Dick Canidy.

Chesty Whittaker blickte schnell zu Canidy.

»Du gehst zur AVG, Dick?«

Canidy nickte.

»Ich hoffe, du weißt, was du tust«, sagte Whittaker.

»Es hat damit zu tun, daß ich die Demokratie für die Welt rette, und noch viel mehr mit sechshundert pro Monat«, erklärte Canidy.

»Hast du gehört, daß Jim zu den Philippinen fliegt?« fragte Chesty Whittaker.

Canidy nickte.

Chesty Whittaker gab Cynthia Chenowitch die Hand.

»Schön, dich zu sehen, mein Schatz«, sagte er. »Und ich danke dir.«

»Es freut mich, daß du mich hergebeten hast«, sagte sie.

»Kann ich dir noch mehr zur Last fallen und dich bitten, diese beiden zu unterhalten, während Jim und ich den König besuchen?«

»Das werde ich gern tun«, sagte Cynthia. »Wir sprachen gerade darüber.«

Niemand außer mir hat Chesty Whittaker in den frühen Morgenstunden aus ihrer Wohnung kommen sehen und würde vermuten, daß sie ein Liebespaar sind, dachte Canidy.

Ein anderer Mann betrat die Bibliothek. Chesty begrüßte ihn, und dann stellte er den Neuankömmling vor.

»Ich möchte Sie mit meinem Freund, dem Anwalt Mr. Stanley Fine, bekannt machen.«

Fine schüttelte Cynthia, Canidy und Bitter die Hand.

Als sich ihre Blicke trafen, wußte Canidy, wer Fine war.

»Wir haben uns schon kennengelernt«, sagte er. »Beruflich.«

Fine konnte sich offensichtlich nicht erinnern.

»Die Anklage war Brandstiftung«, sagte Canidy.

»Mein Gott«, sagte Fine nach einigem Überlegen. »Reverend Canidys Sohn, richtig?«

»Richtig«, bestätigte Canidy.

»Brandstiftung?« fragte Jim fasziniert.

»Brandstiftung und Körperverletzung mit Explosivstoffen.« Canidy lächelte breit und erklärte es. »Ein Junge namens Fulmar und ich waren angeklagt, versucht zu haben, Cedar Rapids niederzubrennen und einen Lehrer zu erschießen. Man wollte uns in eine Besserungsanstalt stecken, damit wir unser ›gesellschaftliches Problemverhalten‹ änderten, wie es eine fette Gutachterin bezeichnete, und da kam aus dem Westen auf seinem weißen Pferd Mr. Fine, der Retter, der uns herauspaukte. Ich stehe für immer in Ihrer Schuld, Sir.«

»Gern geschehen, Mr. Canidy«, sagte Mr. Fine und lächelte bei der Erinnerung.

»Wie hat er euch herausgepaukt?« fragte Jim. »Weshalb weiß ich nichts von dieser Geschichte?«

»Es war eine schmerzliche Erinnerung«, sagte Canidy. »Du hättest die fette Lady und den Richter sehen sollen. Das war keine Sache, über die man gern spricht.«

»Es war nicht so schwer«, sagte Fine und lachte. »Wir brauchten nur einen neuen Studebaker.«

Er und Canidy lachten schallend.

»Einen neuen Studebaker?« fragte Chesty verwirrt.

»Als Ersatz für den Studebaker, den er und Fulmar in die Luft geblasen hatten«, sagte Fine.

»Ich will darüber natürlich alle Einzelheiten hören«, sagte Chesty Whittaker schmunzelnd. »Aber jetzt haben wir keine Zeit dafür. Spar dir das für später auf.«

»Wie geht es Dr. Canidy?« fragte Fine.

»Sehr gut, danke«, sagte Canidy.

»Alle bleiben heute abend hier, richtig?« sagte Chesty. »So werden wir nicht das Problem haben, Leute fortzubringen?«

Alle nickten.

»Dann brauchen Jim und ich uns nur noch umzuziehen«, sagte Whittaker.

3
Mayflower Club
Washington, D.C.

16. Juni 1941, 22 Uhr 20

Stanley S. Fine, Vizechef der Rechtsabteilung der Continental Studios Inc., ließ seinen Blick mit einiger Überraschung durch den Speisesaal des Mayflower Club schweifen. Der Club war nicht annähernd so elegant, wie sich Fine ihn vorgestellt hatte. An einigen Stellen blätterte sogar die Tapete ab. Es gab viel elegantere Clubs in Kalifornien, in denen das Essen zumindest genauso gut war. Aber hier war eine Atmosphäre, an der es den eleganteren Clubs, die er kannte, einfach mangelte – eine Atmosphäre, geboren aus dem Geld und der Macht weißer Angelsachsen, die Stanley Fine förmlich anzuschreien schien: ›*Du* hast kein Recht, hierzusein. *Du* bist für uns ein Außenseiter und bleibst es für immer.‹ Aber Stanley war sich gleichfalls bewußt, daß er sich hier verdammt wohl fühlte, und das zu Recht, davon war er überzeugt. Bei seiner Rückkehr nach Los Angeles würde er einige Erklärungen abgeben müssen. Er würde vielleicht sogar einige Probleme mit den empfindlichen – aber nicht weniger wichtigen – Gefühlen einiger anderer Leute haben. Zum Beispiel würde er seiner Frau erzählen müssen, daß er es geschafft hatte, in den Himmel der protestantischen Amerikaner britischer oder nordeuropäischer Abstammung einzudringen, die der privilegierten und einflußreichen Schicht angehörten. Und durch seine Frau würde die Frau seines Arbeitgebers davon erfahren, und zu gegebener Zeit würde es Max Liebermann zu Ohren kommen.

»Max«, würde seine Tante Sophie zu Max Liebermann, dem Gründer und Aufsichtsratsvorsitzenden der Continental Studios, sagen, »du wirst nicht glauben, was Shirley mir erzählt hat. Als Stanley in Washington war, hat Mr. Chesley Haywood Whittaker ihn nicht nur in seinem eigenen Haus beherbergt, sondern auch – nicht zu fassen! – in den Mayflower Club mitgenommen!«

Bis vor kurzem (bis ein Antikartellgesetz der Bundesregierung das verboten hatte) waren die Produktionen der Continental Studios im wesentlichen in ihren eigenen Kinos aufgeführt worden. Und Whittaker Constructions hatte praktisch alle diese Kinos geplant und erbaut.

In New York und in anderen Großstädten befanden sich diese Filmtheater für gewöhnlich in Bürogebäuden. Und diese Gebäude waren meistens im Besitz von Gesellschaften, an denen die Continental Studios, Whittaker Properties und andere Teilhaber die Aktienmehrheit hatten. Das erfolgreiche Antitrust-Gesetz der Regierung gegen die Studios hatte sich auf die Eigentumsrechte der Kinos ausgewirkt, aber nicht auf die Kontrolle des Immobilienbesitzes, von dem sie ein Teil waren. Colonel William B. Donovans Anwaltskanzlei hatte eine Vereinbarung mit dem Justizministerium ausgearbeitet, die das Gesetz der Regierung etwas milderte, das kategorisch Filmstudios verbot, Kinos zu besitzen oder zu kontrollieren. Solange der Immobilienbesitz der Continental Studios von einer dritten Partei verwaltet wurde (in diesem Fall von Whittaker Properties), die keine Aktien an Filmproduktionen hatte, brauchte das Studio nicht seine Aktienbeteiligungen an Gesellschaften zu verkaufen (in einem von der Wirtschaftskrise gebeutelten Immobilienmarkt), die zufällig Gebäude besaßen, in denen sich ebenso zufällig Kinos befanden.

Es war eine ziemlich unmögliche Allianz, aber die Continental Studios und Whittaker Properties – folglich Max Liebermann und Chesley Haywood Whittaker – waren zusammen im Geschäft.

Max Liebermann hatte Chesley Whittaker Dutzende Male in Washington, D.C., getroffen, aber er war weder im Haus in der Q Street noch Gast im Mayflower Club gewesen. Geld öffnete nicht die Tür in diesen Club. Und durch einen deutsch-jüdischen Akzent wäre sie gewiß ebenfalls geschlossen geblieben.

Würde Onkel Max gekränkt sein, weil Stanley geschafft hatte, was ihm selbst verwehrt geblieben war? Oder würde er mit der ihm eigenen Unbescheidenheit dies für einen weiteren Beweis werten, daß es richtig gewesen war, Stanley auf seine Kosten in Harvard Jura studieren zu lassen?

Eine von Onkel Max' vielen tiefschürfenden philosophischen Betrachtungen – ›Die Welt ist wirklich klein, nicht wahr?‹ – schien sich heute wieder einmal zu bewahrheiten. Stanley S. Fine war in Washington, um sich mit einem Problem zu befassen, das Eric Fulmar betraf.

Als Vizepräsident der Rechtsabteilung der Continental Studios waren Stanley Fines Aufgaben ziemlich einfach. Er selbst praktizierte sehr wenig Jura. Eine weitere von Max Liebermanns philosophischen Ansichten war: ›Es ist auf lange Sicht billiger, Erstklassiges zu kaufen.‹ Auf juristische Dinge angewandt, hieß das, die besten verfügbaren Anwälte zu verpflichten, um besondere Probleme zu lösen.

Donovans Anwaltskanzlei zum Beispiel wurde von den Continental Studios hauptsächlich verpflichtet, um mit der Bundesregierung zu verhandeln. Andere Anwälte befaßten sich mit Arbeitsrecht, Finanzen, Künstlerverträgen, Verleumdungsklagen, Copyright-

Prozessen und unzähligen anderen juristischen Spezialgebieten im Zusammenhang mit der Produktion von Kinofilmen.

Stanley Fine hatte zwei Funktionen, und dafür wurde er sehr großzügig bezahlt: Er mußte Kenntnisse parat haben, wenn Onkel Max juristische Probleme bei den Continental Studios hatte; und – noch wichtiger –, er mußte schnelle Antworten haben, wenn Onkel Max ein Dokument las und sagte: »Stanley, was zum Teufel, bedeutet das?«

Es war nicht so einfach, wie es klang. Max Liebermann war keinesfalls so dumm, wie er sich oft stellte. Seine Fragen waren oftmals bohrend und zeigten fast immer seine unheimliche Fähigkeit ›die Trockenfäule unter der schönen Tünche zu erkennen‹.

Im Augenblick gab es noch keine Antwort auf die Frage von Onkel Max, die Stanley nach Washington gebracht hatte: »Was ist mit Monica Carlisles Kind? Der Bengel ist aus irgendeinem verdammten Grund in Marokko. Finde heraus, aus welchem. Und stell ebenfalls fest, welche Staatsbürgerschaft er hat«, hatte Onkel Max gesagt. »Wir stehen beschissen da, wenn er sich den Nazis angeschlossen hat.«

Onkel Max hatte fast eine Minute lang nachgedacht und dann hinzugefügt: »Erledige das persönlich, Stanley, und zwar als nächstes.«

Stanley hatte das erste Flugzeug genommen, in dem er einen freien Platz hatte bekommen können, ein Transcontinental & Western Douglas-Verkehrsflugzeug nach Chicago, und als sich der Anschlußflug nach New York verzögert hatte, war er mit dem Zug gefahren. Der Mann, den er über diese Sache befragen mußte, war offenbar Colonel William B. Donovan, nicht nur ein guter Freund von Max Liebermann und den Continental Studios, sondern auch ein Freund der

Geheimdienstler des Nachrichtendienstes im Ausland, auf den sich Franklin Roosevelt am meisten verließ.

Donovan sagte, er freue sich darüber, daß Fine in New York sei. Er habe einige Dinge bezüglich des Whitworth Building zu besprechen – eines der Gebäude, an denen die Continental Studios Anteile besaßen –, und wenn Fine abkömmlich sei, könnten sie in der Innenstadt zu Abend essen. Chesty Whittaker besitze einen Club in der Wall Street 33, 21. Stock, und er werde ebenfalls dort sein.

Nachdem sie die Besprechung wegen des Whitworth Building beendet hatten, brachte Fine die Frage nach Monica Carlisles Sohn zur Sprache. Er fragte Donovan, ob er zufällig im Außenministerium jemand kannte, mit dem er eine vertrauliche Sache besprechen könnte. Es war keine Überraschung, daß Donovan jemand kannte. Chesley Haywood Whittaker bestand dann darauf – er lud ihn nicht ein, sondern zitierte ihn herbei –, daß Fine mit dem Congressional Limited Zug nach Washington kam und bei ihm in seinem Haus in der Q Street übernachtete.

»Ich hasse es, allein mit diesem verdammten Zug zu reisen, und es hat keinen Sinn, daß Sie in einem Hotel übernachten. Ich werde heute abend nicht mit Ihnen essen können, aber ich werde dafür sorgen, daß Sie unterhalten werden, und Sie anschließend treffen.«

»Warum übernachte ich nicht im Hotel Washington? Es befindet sich gleich um die Ecke vom Außenministerium, und das Studio hat dort eine Suite gemietet ...«

»Seien Sie nicht albern«, sagte Whittaker. »Ich muß mit Roosevelt zu Abend essen. Mein Neffe Jim wird zu den Philippinen geschickt, und Roosevelt will ihn sehen, bevor er abfliegt. Er war mit Jimmys Vater befreundet. Ich weiß nicht, wie ich dort wegkommen kann. Das Dinner beginnt um zwanzig Uhr fünfzehn und wird um zweiundzwanzig Uhr oder eine Viertelstunde später zu Ende sein. Ich habe für Sie arrangiert, und ich hoffe, Sie sind damit einverstanden, daß eine sehr hübsche Frau – übrigens eine Juristin – und die Tochter eines alten Freundes mit Ihnen im Mayflower zu Abend essen wird, und wir treffen uns anschließend.«

»Mache ich Ihnen keine Unannehmlichkeiten?«

»Überhaupt nicht. Es tut mir nur leid, daß ich zu dem verdammten Dinner beim Präsidenten gehen muß.«

Es gab nur wenige Leute in den Vereinigen Staaten, die sich darüber ärgerten, daß sie mit dem Präsidenten zu Abend essen mußten.

Die junge Frau hatte sich nicht nur wie versprochen als hübsch und Juristin erwiesen, sondern war auch die Tochter des verstorbenen Thomas Chenowitch, einer weiteren Säule des New Yorker Juristen-Establishments. Und Stanley Fine aß außerdem mit dem Sohn von Chandler Bitter und Neffen von Brandon Chambers zu Abend.

Sonderbarerweise mochte Stanley S. Fine diese Leute und fühlte sich in ihrer Gesellschaft wohl. Er war ein bißchen neidisch auf Canidy und Bitter – jüngere Männer, die sich bald in ein großes Abenteuer stürzen würden. Gewiß, es war unlogisch, neidisch auf junge Männer zu sein, die in den Krieg zogen, aber er hatte auf der Cornell University etwas gelernt, das ihm in Erinnerung geblieben war: Krieg war ebenso ein Teil des menschlichen Lebens wie Liebe und Geburt.

Und da war eine geheime Seite an Stanley S. Fine, die nicht einmal seine Frau kannte. Wenn es nach ihm gegangen wäre, dann wäre er Pilot geworden, nicht Anwalt. Seine Idole waren Lindbergh, Doolittle und Howard Hughes, nicht die erhabenen Mitglieder des obersten Bundesgerichts. Und obwohl natürlich der

Wein seine Gedanken beeinflussen konnte, hatte er das Gefühl, daß Canidy und Bitter ihn in einem anderen Licht sahen, ihn vielleicht sogar als ein Mitglied ihrer Bruderschaft betrachteten, nachdem er ihnen erzählt hatte, daß er den Pilotenschein gemacht hatte und für den Kauf einer Beechcraft sparte. Für Stanley S. Fine wäre es die Erfüllung eines Traums gewesen, Jagdflieger zu sein.

Gegen 22 Uhr 30 kamen Chesty und Jim Whittaker in den Speiseraum, gefolgt vom Oberkellner und einem Pagen, die zwei Sessel trugen.

Jim Whittaker duckte sich schnell und gab Cynthia Chenowitch einen unerwarteten und feuchten Kuß, worüber sie sich sofort ärgerte.

»Jim!« protestierte sie, und ihre Wangen röteten sich. »Hör auf, dich wie ein Kind aufzuführen, und benimm dich!«

»Ich habe mich tadellos benommen«, erwiderte Jim. »Nicht wahr, Chesty?«

»Abgesehen von einer oder zwei unbedeutenden Entgleisungen hat er seine besten Manieren gezeigt«, sagte Chesty und bestellte beim Oberkellner Brandy.

»Und hast du Onkel Franklin gesagt, wie sauer du warst, daß du weiterhin die Uniform tragen mußt?« fragte Canidy.

»O ja«, sagte Chesty und lachte. »Das hat er ihm unter die Nase gerieben.«

»Und wie hat er darauf reagiert?« fragte Canidy.

»Er erzählte mir, wie stolz die Nation auf uns alle ist, die die Freiheit des Vaterlands verteidigen«, sagte Jim trocken. Er wandte sich an Cynthia. »Hat Canidy dir unsittliche Anträge gemacht, mein Schatz?«

»Um Himmels willen, Jimmy!«

»Bitter hat sich an sie rangeworfen«, petzte Canidy. »Bitter hat sein Knie an *meinem* gerieben und ihr zugleich tief in die Augen geblickt. Er ist ziemlich stümperhaft vorgegangen. Ich hätte ihm einen Tip gegeben, aber er wirkte so glücklich.«

Chesty Whittakers Lächeln war gezwungen.

Das habe ich gesagt, um seine Reaktion zu sehen, und sie war genau wie erwartet, dachte Canidy.

»Wir sollten das Thema wechseln«, sagte Cynthia. »Und redet bitte nicht mehr über Flugzeuge.«

»Nun, ich möchte etwas über die Brandstiftung in Cedar Rapids hören, in die Dick Canidy anscheinend verwickelt war«, sagte Chesty.

Fine erzählte die Geschichte. Er war ein guter Erzähler, und seine Beschreibung des Mannes, dessen Studebaker in die Luft geflogen war, und die Schilderung seiner Enttäuschung als junger Anwalt, dem es nicht möglich gewesen war, Fulmar und Canidy zu rehabilitieren, rief bei den Zuhörern schallendes Gelächter hervor.

»Und als Beweis für die Ansicht meines Onkel Max, daß die Welt klein ist, ist Eric Fulmar der Grund, weshalb ich in Washington bin«, sagte Fine. »Eric ist in Marokko, und das beunruhigt das Studio.«

»Warum sollte dies das Studio beunruhigen?« fragte Canidy. »Oh, wegen seiner Mutter?«

Fine nickte. »Es wäre peinlich, wenn die Öffentlichkeit erführe, daß er überhaupt existiert, und es würde vermutlich das Ende ihrer Popularität sein, wenn herauskommt, daß er ein halber Deutscher ist.«

»Er ist kein Deutscher, er ist Amerikaner«, schnaubte Jim Whittaker.

»Er mag sich als Amerikaner betrachten, aber ich muß dies ein für allemal nachweisen, und das führt mich zu der nächsten Frage.«

»Und zwar?« fragte Canidy.

»Wie ist die juristische Lage für Leute mit doppelter

Staatsbürgerschaft bezüglich der Einberufung?« sagte Fine. »Und von Leuten wie Eric, die außer Landes sind? Verlangt das Gesetz, daß sich ein Ausgebürgerter zur Einberufung registrieren läßt? Wann wird das Gesetz wirksam? Wenn der Ausgebürgerte in die Vereinigten Staaten zurückkehrt? Kann ein Ausgebürgerter überhaupt eingezogen werden?«

»Interessante Fragen«, sagte Chesty Whittaker.

»Und dann stellt sich die Frage nach dem Drückeberger selbst«, sagte Canidy. »Wie man ihn schnappt, meine ich. Nachdem ihr Rechtsverdreher all eure juristischen Möglichkeiten geklärt habt, bleibt die Frage, wie man sie anwendet.«

Cynthia und Fine, die er als ›Rechtsverdreher‹ bezeichnet hatte, blickten ihn giftig an.

»Ich sehe es direkt vor mir«, sagte Jim Whittaker. »Ein Zug von Cynthias Juristenkollegen mit Zylinderhut und Anwaltsrobe kämpft sich durch die marokkanische Wüste ...«

»...mit einem Einberufungsbefehl in den Händen«, ergänzte Canidy.

»Und dort oben auf der Düne taucht unser Held auf ...«, spann Jim den Faden weiter.

»Auf einem weißen Hengst, gekleidet wie Rudolpho Valentino in *Der Wüstenscheich*. Er salutiert ...«

Jim Whittaker grüßte so nachlässig, als zeige er den Zuhörern einen Vogel.

Canidy lachte herzlich und fuhr fort: »Und mit dem Aufschrei ›Leckt mich, ihr Wichser, ich bin der kleine Junge, der nie existiert hat, ihr könnt mich nicht einziehen! Kämpft euren Scheißkrieg alleine!‹ galoppiert er in den Sonnenuntergang davon.«

»Mein Gott, du bist abscheulich«, sagte Cynthia.

»Ich glaube, du bekommst Probleme, Richard«, sagte Jim Whittaker zu Dick Canidy.

»Ich finde, ihr *beide* solltet alle wegen eurer Vulgarität um Entschuldigung bitten«, sagte Chesty Whittaker heftig.

»Es tut mir leid«, sagte Canidy.

»Hölle, mir nicht«, sagte Jim Whittaker. »Und ich werde nicht scheinheilig sein. Es war nicht böse gemeint.«

»Findest du nicht, daß du dich für dein Gerede bei Cynthia entschuldigen solltest?« fragte Chesty Whittaker ruhig und kühl.

»Weshalb?«

»Für deine Kraftausdrücke, deine Beleidigung der Juristen und die Verhöhnung des militärischen Grußes.«

»Meinst du das?« fragte Jim Whittaker und hielt wieder einen Finger an die Stirn, als zeige er Cynthia den Vogel. »Cynthia weiß nicht mal, was es bedeutet. Und ›leck mich‹ und ›Wichser‹ hat Canidy gesagt, nicht ich.«

Aus Chesty Whittakers Gesicht wich die gesunde Farbe.

»Stanley, Cynthia, *ich* entschuldige mich für meinen Neffen und seinen Freund. Ich kann nur sagen, daß sie offenbar zuviel Alkohol getrunken haben.«

»Ich habe noch gar nicht mit dem Trinken angefangen, wie ein Sailor zu dem anderen zu sagen pflegt«, meinte Whittaker.

»Ed«, sagte Chesty Whittaker zu Bitter, »kann ich mich darauf verlassen, daß Sie die beiden sicher heimbringen?«

»Jawohl, Sir«, sagte Bitter. »Und es tut mir leid.«

»Ihr beide zusammen seid viel zu übermütig«, sage Chesty Whittaker.

Dann folgte er Stanley S. Fine und Cynthia Chenowitch aus dem Speiseraum.

»Ich weiß, daß ich als Jims Gast nicht in der Position

bin, um das zu sagen, aber ich werde es. Ihr beide seid widerlich«, sagte Bitter.

»Geh mit den guten Leuten, Edwin«, sagte Canidy. »Mehr Selbstgerechtigkeit kann ich heute nicht ertragen.«

»Ich habe Mr. Whittaker versprochen, mich um euch zu kümmern, und das werde ich tun«, sagte Bitter.

Whittaker und Canidy tauschten einen Blick, und dann zeigten sie gleichzeitig Bitter den Mittelfinger.

»Leck mich am Arsch, Edwin!« sagten sie im Chor. Und sie lachten.

Bitter folgte schnell den anderen.

Whittaker machte den Kellner mit einer Geste auf sich aufmerksam, und als er an den Tisch kam, bestellte er eine Flasche Cognac.

»Keine Spitzenmarke, verstehen Sie, mein Freund und ich sind nur popelige Lieutenants, aber etwas *Anständiges*.«

»Da habe ich etwas für Sie, Mr. Whittaker, eine sehr gute, nicht so sehr bekannte Marke von den Leuten, die Grand Marnier erzeugen.«

»Das wäre prima«, sagte Whittaker.

Als der Cognac serviert wurde, unterbrach er das rituelle Einschenken des Kellners, indem er ihm die Flache abnahm und die Cognacschwenker persönlich füllte.

»Du wirst mir fehlen, Richard«, sagte er.

»Du mir auch, Jim«, erwiderte Canidy.

»Auf die Weltenbummler und Waisen«, sagte Whittaker und hob seinen Cognacschwenker. »Auf dich und mich und Fulmar, wo auch immer der gute alte Eric sein mag.«

Sie tranken einen Schluck Cognac.

»Auf die Tanten und Onkel, Neffen und Nichten«, sagte Whittaker.

»Wie du meinst«, sagte Canidy, und sie tranken einen zweiten großen Schluck.

»Auf die Drückeberger«, sagte Whittaker.

»Besonders auf den guten alten Eric, der offenbar raffinierter als wir ist«, fügte Canidy hinzu.

Beim dritten Toast tranken sie die Cognacschwenker leer. Whittaker nahm die Flasche und schenkte von neuem ein.

Ohne Canidy anzublicken, sagte er sehr leise: »Ich fragte mich lange Zeit, woher ich weiß, daß Chesty mit ihr schläft. Ich habe sie nie beim Vögeln erwischt, aber ich wußte es.«

Canidy schaute ihn an, sagte jedoch nichts.

»Dir ist natürlich klar, Richard, daß ich dich nur ins Vertrauen ziehe, weil ich darauf vertraue, daß dir in China der Arsch weggeschossen wird?«

Canidy nickte.

»Und dann wurde mir klar, warum ich Bescheid wußte«, sagte Jim. »Weil ich sie liebe. Und weil ich ihn liebe.«

Er gab Canidy den gefüllten Cognacschwenker und hob seinen eigenen an.

»Auf die Liebe, Lieutenant Canidy.«

»Auf die Liebe, Lieutenant Whittaker«, sagte Canidy.

4
Die Plantage
Bibb County, Alabama

17. Juni 1941

Ann Chambers wußte seit ihrem vierzehnten Lebensjahr, daß sie den Charakter und Verstand ihres Vaters geerbt hatte und daß ihre Brüder Mark und Charley von ihrer Mutter den Charme und die Neigung hatten, die Dinge nach ihren Wünschen zu sehen statt nach der Realität.

Man hielt sie für charmant und nett – und das waren sie. Ann wurde als anmaßend und aggressiv betrachtet – und das war sie. Eigentlich hatte sie eine maskuline Ader, wie sie fand. Sie zog die Gesellschaft von Männern der von Frauen vor. Und sie hatte das Gefühl, Männer zu verstehen, wie es bei ihren Freundinnen nicht der Fall war ...

Sarah zum Beispiel. Sarah hatte es im Höschen gejuckt, als sie Ed Bitter zum ersten Mal gesehen hatte, und sie hatte wie eine rossige Stute alles getan, um ihn herumzukriegen.

Ann bezweifelte, daß Sarah damit bei Eddie Bitter Erfolg gehabt hatte. Eddie war ein Pfadfinder-Typ, der von einem Mädchen, das sich ihm anbot, abgeschreckt wurde. Sarah hatte nur erreicht, daß er sich unbehaglich fühlte. Ann Chambers glaubte als Faustregel, je begehrenswerter ein Mann war, desto weniger reagierte er auf weibliche List.

Ihr hatte es beim Anblick von Dick Canidy im Höschen gejuckt, das gestand sie sich ein. Sie hatte es praktisch von dem Moment an erkannt, als sie ihn erblickt hatte. Ihr war sofort klargeworden, daß Canidy aus demselben Holz geschnitzt war wie ihr Vater. Und sie wußte, daß es nicht sehr viele dieser Art gab.

Selbst Sue-Ellen hatte dieses Besondere, was immer es war, in Dick Canidy erkannt. Ann hatte gesehen, wie Sue-Ellen ihn angeschaut hatte, und das war nicht mit den Augen einer ›braven‹ Ehefrau und Mutter gewesen. Ann hatte Gerüchte gehört, daß Sue-Ellen ihrem Ehemann Hörner aufsetzte, und Ann hatte sich gesagt, daß ihr blöder Bruder keine Frau hätte heiraten sollen, die gerissener und stärker war als er. Ann war ziemlich überzeugt, daß Sue-Ellen sich an Dick Canidy heranmachen würde, wenn sich die Gelegenheit bot.

Natürlich hatte sich keine Gelegenheit ergeben, davon war Ann überzeugt. Es waren zu viele Leute anwesend gewesen, und Sue-Ellen hatte keine Möglichkeit gehabt, mit ihm irgendwohin zu verschwinden.

Die Anwesenheit zu vieler Leute war auch Anns Problem gewesen. Canidy hätte nicht darauf reagiert, wenn sie ihn schmachtend angesehen hätte, wie Sarah Ed Bitter angestarrt hatte, und schmachtendes Starren war die einzige Karte, die Ann in einem Haus voller Leute hätte ausspielen können. Wenn sie ihn angehimmelt hätte, wäre sie in Canidys Augen ein College-Mädchen gewesen, das alles verspricht und nichts hält, nur eine dumme Göre, davon war Ann überzeugt.

Um sich Dick Canidy zu angeln, mußte sie ihn zu sich kommen lassen. Sie glaubte, bereits den ersten richtigen Schritt in diese Richtung unternommen zu haben: Sie hatte mit ihm übers Fliegen gesprochen. Und er war echt überrascht gewesen, als er erfahren hatte, daß sie ihn nicht anhimmelte wie ein Schulmädchen, das einfach elektrisiert von Piloten war, sondern daß sie einen Pilotenschein besaß, 250 Flugstunden absolviert hatte und die Beech im Alleinflug nach San Francisco geflogen hatte.

Wenn er Zeit hatte, sich das durch den Kopf gehen zu lassen, würde er in ihr etwas Besonderes sehen und sich für sie interessieren. Sie würde ihn umgarnen, bis er in der Falle saß. Erst würde sie seine Freundin werden und ihm dann den Sex geben, auf den alle Männer scharf waren. Was konnte er schon mehr verlangen?

Dick Canidy war der Mann, den sie heiraten wollte. Der Beweis, daß sie ihn richtig einschätzte, war die Tatsache, daß ihr Vater ihn wirklich mochte. Und ihr Vater hatte einen Lieblingsspruch drauf, wenn er unter Freunden war: ›Das beste an meinem Alter und meiner Position im Leben ist, daß ich nicht länger Dummköpfe ertragen muß‹.

Dick Canidy war der erste junge Mann, dem ihr Vater zugehört hatte, weil er wirklich interessiert an dem gewesen war, was er zu sagen gehabt hatte.

Es blieb nicht viel Zeit. Sie mußte schnell handeln, um ihren Köder auszuwerfen und Canidy zu angeln, bevor er in ferne Gewässer davonschwamm.

Sarah und Charity blieben fünf Tage, bis zum 17. Juni, und dann fuhren Ann und ihre Mutter sie nach Montgomery und setzten sie in den Zug nach Norden. Auf dem Rückweg zur Plantage fragte Ann ihre Mutter, ob sie damit einverstanden war, daß sie Eddie und Dick für ein weiteres Wochenende einlud.

»Selbstverständlich bin ich einverstanden«, sagte ihre Mutter. »Du magst Dick Canidy, nicht wahr?«

»Ich werde ihn heiraten«, sagte Ann.

»An diesem Wochenende oder nach seiner Rückkehr aus China?« fragte ihre Mutter trocken.

»Vielleicht werde ich mich an diesem Wochenende inoffiziell verloben«, sagte Ann, »aber wir warten mit der Hochzeit, bis er aus China zurück ist.«

»Du bist dir deiner Sache anscheinend sehr, sehr sicher«, sagte Jenny Chambers. »Was machst du, wenn er andere Pläne für das Wochenende hat?«

»Das wird er nicht wagen!« sagte Ann.

Im Haus rief sie sofort die Pensacola Naval Air Station an. Sie fragte nach Canidy, und als der Telefonist verband, meldete sich ein Kollege und erklärte, daß es keinen Anschluß mehr unter dieser Nummer gebe. Dann fragte Ann nach Ed Bitters Telefonnummer. Es war dieselbe, die man ihr von Dick Canidy genannt hatte.

»Lassen Sie mich mit dem Informations-Offizier reden«, sagte Ann. Ihre Mutter hörte es, als sie die Bibliothek betrat, und hob fragend die Augenbrauen.

»Abteilung für Öffentlichkeitsarbeit, Journalist Anderson am Apparat, Sir.«

»Ann Chambers«, sagte sie. »Nashville *Courier Gazette*.«

Jenny Chambers' Augenbrauen ruckten noch höher, und sie schüttelte den Kopf.

»Was kann die Navy für die *Courier Gazette* tun?«

»Ich versuche, zwei Matrosen aufzuspüren«, sagte Ann. »Lieutenant junior grades, einer heißt Bitter, Edwin, und der andere Canidy, Richard.«

»Ich bin überzeugt, daß dies kein Problem ist«, sagte Anderson. »Bleiben Sie bitte dran.«

Er meldete sich nicht wieder. Schließlich war ein Offizier am Apparat.

»Hier spricht Commander Kersey, Miss Chambers«, sagte er. »Wir haben leider keine Offiziere dieses Namens auf dem Stützpunkt. Darf ich fragen, weshalb Sie die Lieutenants aufspüren wollen?«

»Ja«, sagte Ann Chambers. »Ich recherchiere für eine Story, daß sie nach China fliegen, und ich möchte ihnen ein paar Fragen stellen.«

Es folgte eine Pause, »Würde es Ihnen etwas ausmachen, mir zu sagen, woher Sie davon gehört haben?« fragte Commander Kersey schließlich.

»Das ist in ganz Washington bekannt, Commander«, sagte Ann. »Ich werde es beim Marineministerium überprüfen.«

Sie legte den Hörer auf und schaute ihre Mutter an.

»Verdammt«, sagte sie, »sie sind bereits weg. Was mache ich jetzt?« Sie war wütend auf sich selbst, als sich ihre Augen mit Tränen füllten.

5
Rockefeller Center
New York City, New York

19. Juni 1941

Als Bitter und Canidy das CAMCO-Büro aufsuchten, wurden sie in einen kleinen, spartanisch eingerichteten Konferenzraum geführt und mit Kaffee und Gebäck bewirtet. Ein paar Minuten später betrat ein Mann in Zivilkleidung den Konferenzraum, stellte sich als Commander Ommark von der Navy vor und öffnete seine Aktentasche.

Die Aktentasche enthielt die notwendigen Formulare und andere Dokumente für die ehrenvolle Entlassung der Offiziere aus der Marine. Bei den Dokumenten befanden sich Schecks, ausgestellt vom Finanzministerium, für ihren Sold und die Zulagen bis zum 15. Juni 1941, einschließlich der Bezahlung für ungenutzten Urlaub, der ihnen zustand.

Es wurde ihnen nicht erklärt, warum sie ihre Entlassungspapiere nicht in Washington erhalten hatten, und Canidy sagte sich, daß es Zeitverschwendung sein würde, die Bürokraten danach zu fragen.

»Ich danke Ihnen, Gentlemen«, sagte Commander Ommark. Er schüttelte ihnen die Hand, wünschte ihnen viel Glück und ging.

Kurz nachdem er fort war, kam eine Sekretärin in den Konferenzraum und sagte ihnen, sie sollten ins Hotel zurückkehren und ihre Kleidung auswählen – militärische und zivile –, die sie mitnehmen wollten und die CAMCO lagern oder an jedes gewünschte Ziel schicken würde.

Canidy sah keinen Sinn darin, blaue oder weiße oder irgendwelche Galauniformen mitzunehmen. Khakiuniformen und grüne Köperuniformen würden wahrscheinlich im Fernen Osten nützlicher sein. Ed Bitter fragte, was mit den Pilotenabzeichen geschehen sollte. Die Sekretärin hatte keine Ahnung, versprach jedoch, sich zu erkundigen und es ihnen zu sagen, wenn sie um 14 Uhr 30 zurückkehren würden. Sie gab ihnen gefaltete Kartons und eine Rolle Klebeband, und damit kehrten sie zum Biltmore Hotel neben der Grand Central Station zurück und zogen Zivilkleidung an.

Bitter wollte seine Uniformen an Brandon Chambers schicken, damit er sie auf der Plantage aufbewahrte. Wenn ihr Jahr vorüber war, würden sie vermutlich ohnehin nach Pensacola zurückkehren.

Canidy fragte Bitter, ob es Brandon Chambers etwas ausmachen würde, auch seine Uniformen aufzubewahren. Bitter zögerte, bevor er antwortete, aber schließlich sagte er, sein Onkel wäre wohl dazu bereit. Canidy spürte, daß Bitters Verhalten kalt und fremd war wie schon seit einer Woche oder sogar zehn Tagen. Jetzt war es an der Zeit, darüber zu sprechen.

»Sagst du mir, was ich verbrochen habe? Oder willst du von nun an ewig mit mir schmollen?« fragte Canidy.

»Es ist eine Kombination von mehreren Dingen«, sagte Bitter nach langem Schweigen. »Du hast dich in Washington schändlich verhalten.«

»Ich war ein bißchen angesäuselt in Washington«, sagte Canidy. »Whittaker und ich haben 'ne Menge geschluckt.«

»Du warst an diesem Morgen in Commander Porters Büro sichtlich blau.«

»Über diesen Punkt will ich nicht debattieren«, sagte Canidy. »Wir hatten die ganze Nacht lang gesoffen und überhaupt nicht geschlafen. Aber das ist es nicht, was dir zu schaffen macht. Und ich finde, wir sollten offen sagen, welcher Furz dir quer sitzt und nicht heraus will.«

Bitter schaute ihn an. Einen Augenblick lang glaubte Canidy, Ed würde keine Antwort geben, doch dann sagte er: »Ich weiß, was auf dem Boot los war, Dick.«

»Auf welchem Boot?« fragte Canidy verwundert, und dann verstand er. »Oh.«

»Du Hurensohn, das war eine Sauerei von dir«, sagte Bitter ärgerlich.

»Hast du vielleicht zugeschaut?« fragte Canidy. Bitter erwiderte nichts, aber seiner Miene war deutlich anzusehen, daß er in der Tat zugeschaut hatte.

»Du verdammter *Voyeur*!« Canidy war belustigt.

Bitter mußte unfreiwillig lächeln.

»Sie ist die Frau meines Cousins, verdammt!« sagte er.

»Ich habe sie nicht vergewaltigt«, sagte Canidy.

»Sie ist die Frau meines Cousins«, wiederholte Bitter.

»Das ist sein Problem, Eddie«, sagte Canidy. »Nicht meins.«

»Du hast die Moral eines Straßenköters«, sagte Bitter.

Canidy grinste ihn an. »Und da wir das beide jetzt wissen, was kommt als nächstes?«

»Du *Bastard*!« sage Bitter. Aber jetzt grinste auch er.

»Was, zum Teufel, hast du gemacht?« fragte Canidy. »Bist du uns zum Boot gefolgt?«

»Ich bin zum Fluß runtergegangen, um nachzudenken«, sagte Bitter. »Und da habe ich das Licht gesehen.«

»Ein *Gentleman* hätte nicht hingesehen.« Canidy blickte Bitter vorwurfsvoll an.

»Oh, du Hurensohn!« stieß Bitter hervor. »O Mann, du bist unmöglich!«

»Geh ins Badezimmer und mach Toilettenpapier naß.«

»Was?«

»Um das Klebeband zu befeuchten«, erklärte Canidy. »Oder willst du am Klebstoff lecken? Wir müssen die Kartons zukleben. Dann können wir unsere Schecks einlösen und mit ein paar Schnäpsen unsere Freiheit feiern.«

»Wir sollten uns dort nicht mit einer Alkoholfahne melden«, wandte Bitter ein.

»Du bist nicht mehr in der Navy, Ed«, sagte Canidy.

Als sie um 14 Uhr 30 zu den CAMCO-Büros im Rockefeller zurückkehrten, wurden sie von einem gutgekleideten, gewählt sprechenden Zivilisten erwartet. Seine Aktentasche enthielt ihre Verträge und einige andere Formulare. Da war zum Beispiel die Frage zu klären, was mit ihrem Sold geschehen sollte. CAMCO war bereit, sie in US-Währung oder in China in Gold auszuzahlen oder ihre monatlichen Schecks an eine Bank ihrer Wahl in den Vereinigten Staaten zu überweisen. Wenn sie kein Bankkonto hatten, würde CAMCO Kontos bei der Riggs National Bank in Washington für sie eröffnen. Der Zivilist schlug vor, daß sie sich einen Teil des Solds, 150 Dollar oder 200, für ihre Ausgaben in China auszahlen und sich den Rest auf ihr Bankkonto gutschreiben ließen.

Als sie die Formulare ausgefüllt hatten, gab er ihnen Bahnfahrkarten. Sie teilten ein Abteil im 20th Century Limited nach Chicago, Abfahrt von der Grand Central Station um halb sechs in dieser Nacht, und von Chicago aus würden sie im Schlafwagen des Super Chief weiterfahren. Er überreichte ihnen auch Pässe. Canidy erkannte, daß er daran gar nicht gedacht hatte. Er war nie zuvor außerhalb der Vereinigten Staaten gewesen. Aber jemand hatte an dieses Detail gedacht, jemand mit Einfluß, der ihre Fotos von der Navy angefordert und in Pässe geklebt hatte, die sie nicht beantragt hatten.

»Wenn Sie in San Francisco sind«, sagte der Mann, »nehmen Sie ein Taxi zum Mark Hopkins Hotel und rufen über das Haustelefon Mr. Harry C. Claiborne an. Wenn es irgendeine Verspätung gibt und Sie es nicht bis zweiundzwanzig Uhr zum Mark Hopkins schaffen, fahren Sie direkt zu Pier siebzehn. Dort gehen Sie an Bord der *Jan Suvit* von der Java-Pazifik-Linie. Das Schiff fährt um Mitternacht des Tages ab, an dem Sie in Frisco eintreffen.«

Vier Tage später, um 16 Uhr, trafen sie mit dem Super Chief in San Francisco ein. Als sie sich durch das Gewimmel auf dem Bahnhof einen Weg zum Taxistand bahnten, ergriff Canidy Bitters Arm.

»Du weißt, was passieren wird, wenn wir zum Mark Hopkins fahren?«

Bitter verstand die Frage nicht.

»Nein, was?«

»Du hast gehört, was dieser Knabe bei CAMCO gesagt hat. Das Schiff läuft um Mitternacht aus. Wenn wir jetzt zum Hotel fahren, dann werden wir dort von jemand erwartet, und man führt uns am Händchen zu einem Taxi, das uns zum Pier bringt.«

»Worauf willst du hinaus?«

»Ich möchte nicht sechs oder acht Stunden in einem Hotelzimmer herumhocken und meiner sehr regen Phantasie freien Lauf lassen.«

»Phantasie?«

»In China zu fallen, Eddie. Hast du dir darüber noch keine Gedanken gemacht?«

»Klar habe ich das«, bekannte Bitter.

Aber es überraschte ihn, daß Canidy besorgt war, und noch überraschender war für ihn, daß er es zugab. Im nachhinein betrachtet, erklärte das vermutlich, warum Canidy soviel getrunken hatte.

»Ich habe viel über Fisherman's Wharf gehört«, sagte Canidy. »Was hältst du davon, wenn wir uns das mal ansehen?«

Bitter erkannte, daß das nur ein Vorwand war.

»Und was machen wir bezüglich des Hotels?«

»Das Schiff fährt um Mitternacht ab. Wir gehen gegen elf dorthin«, sagte Canidy.

Ed Bitter wollte tun, was ihm gesagt worden war: zum Hotel fahren. Aber die Aussicht, in einem Hotelzimmer herumzuhocken und Illustrierte zu lesen wie während der Wartezeit beim Zahnarzt fand er jetzt ebenfalls unangenehm.

Er fand einen vernünftigen Grund, Canidy zu begleiten. Es war zwar unwahrscheinlich, daß sich Canidy betrank, die Zeit vergaß und das Schiff verpaßte. Aber die Möglichkeit war nicht auszuschließen, besonders nicht, wenn er allein war. Es war seine Pflicht, ihn zu begleiten und auf ihn aufzupassen.

»Was soll's«, sagte Bitter schließlich.

Canidys Augen spiegelten Dankbarkeit wider. Bitter war gerührt. Dann kam ihm ein anderer Gedanke: Canidy war wirklich sein Freund. Er war verdammt froh, daß Canidy mit ihm nach China reiste. Allein wäre es für ihn viel schwieriger gewesen, weitaus beängstigender.

Um 23 Uhr 15 nahmen sie ein Taxi und fuhren zur *Jan Suvit*, dem Schiff, das sie nach Asien bringen würde.

6

Früh am Morgen kam der Steward mit einem Tablett mit Tee in ihre Kabine und kündigte an, daß das Frühstück in einer halben Stunde serviert werden würde. Canidy duschte vor Bitter, und als Bitter vom Duschen kam, sah er, daß Canidy eine Khakiuniform angezogen hatte, und so nahm auch er eine Khakiuniform aus seinem Koffer und zog sie an.

Sie gingen in den Speiseraum und setzten sich an einen Tisch unter einem Bullauge nahe bei der Tür. Das Bullauge war geöffnet, aber Bitter fiel auf, daß das Glas schwarz angestrichen war.

Zwei große Männer Anfang Vierzig mit schlecht sitzenden Straßenanzügen betraten den Speiseraum und blieben beklommen bei der Tür stehen. Canidy blickte zu ihnen auf, schaute fort und sah wieder hin. Er kannte einen der Männer von Pensacola her.

»Setzen Sie sich zu uns, Chief?« rief er.

Der schwerere der beiden Männer schaute zu ihnen, runzelte die Stirn und lächelte dann breit.

»Hey, Mr. Canidy«, sagte er. »Ich wußte gar nicht, daß Sie bei der chinesischen Navy angeheuert haben.« Er ging zu Canidy, gab ihm die Hand und setzte sich an den Tisch.

»Chief, erinnern Sie sich an Mr. Bitter?«

»Jawohl, Sir. Wie geht es Ihnen, Mr. Bitter?« Ex-Chief

Petty Officer John B. Dolan gab Bitter die Hand. »Ich bezweifle, daß Sie Chief Finley kennen. Er kommt soeben von der *Saratoga*.«

Sie schüttelten sich die Hände.

»Ich nehme an, es gibt keine Messe für Unteroffiziere an Bord, oder?« sagte der Chief, als ein Steward mit weißem Jackett Dolans Kaffeetasse füllte.

»Sie werden wohl mit dieser vorliebnehmen müssen«, sagte Canidy.

»Ich war vor Jahren ein China-Matrose«, sagte Chief Dolan. »Bevor ich zur Luftfahrt ging. Man kann sich schnell daran gewöhnen, so bedient zu werden.«

Bitter hatte inzwischen den Chief als Flugtechniker erkannt, der ebenfalls bei der NAS Pensacola stationiert gewesen war. Er war ein bißchen beschämt, weil er nicht daran gedacht hatte, daß sie Wartungs- und anderes Bodenpersonal brauchen würden und daß Unteroffiziere ebenso wie Offiziere rekrutiert werden würden. Es bereitete ihm ein wenig Unbehagen, mit Unteroffizieren an einem Tisch zu sitzen.

Der Steward kehrte mit einer handgeschriebenen Speisekarte zurück. Die Auswahl war beeindruckend, und das Essen später war köstlich.

Als sie zu Ende gegessen hatte, klopfte ein Mann, der Autorität ausstrahlte, mit dem Griff seines Messers gegen sein Wasserglas.

»Gentlemen«, sagte er. »Darf ich um Ihre Aufmerksamkeit bitten?«

Stühle wurden gerückt, als sich Leute so setzten, daß sie ihn sehen konnten.

»Mein Name ist Perry Crookshanks«, sagte der Mann. »Und ich habe mich als Staffelkommandant verpflichten lassen. Mit anderen Worten, ich bin der Skipper. Und ich habe einige schlechte Nachrichten – dies wird keine angenehme Reise. Wir werden lange auf See sein, und Ihre hervorragende körperliche Verfassung wird bei all dem Essen und dem Mangel an Bewegung zum Teufel gehen, und Sie werden Speck ansetzen. Deshalb wird es jeden Morgen eine halbe Stunde vor dem Frühstück Gymnastik geben, und noch mal um halb drei am Nachmittag, bevor Sie mit dem Trinken anfangen. Ich erwarte jeden in Shorts und mit einem Lächeln zu sehen.«

»Scheiße«, sagte Canidy, lauter als beabsichtigt. Der Chief lachte.

»Haben Sie etwas gesagt?« fragte Crookshanks ärgerlich.

»Ich habe ›Scheiße‹ gesagt«, antwortete Canidy.

»Ich sehe Sie, wenn wir hier fertig sind«, sagte Crookshanks eisig.

Bitter schoß das Blut in die Wangen; er schämte sich für Canidy.

»Wir werden P40-Bs fliegen, wie Sie wissen«, fuhr Crookshanks fort. »Man hat mir ›Strich-eins‹ und anderes Material versprochen, aber es ist noch nicht eingetrudelt.«

›Strich-eins‹ war das Handbuch des Piloten, ein technisches Handbuch für einen besonderen Flugzeugtyp. Zum Beispiel war TM-1-P40B-1 die Bedienungsvorschrift für die P40-B. TM-1-C47A-1 war die Bedienungsvorschrift für die Douglas DC-3, bekannt bei der Army als C-47 und bei der Navy als R4-D.

»Mein Gott!« sagte jemand klagend. »Ich hab' noch nie einen dieser Vögel aus der Nähe gesehen, und es gibt keine ›Strich-eins‹!«

»Glücklicherweise«, antwortete Crookshanks auf die Jammerei, »haben wir einige Leute bei uns, die das Flugzeug geflogen haben, und sie werden uns darüber erzählen. Wir fangen gleich mit diesem Programm an. Ich will, daß Sie alle sich um halb elf hier mit Notizblock und Bleistift einfinden ... Gott, ich hoffe, Sie haben Notizbücher und Bleistifte dabei. Der theoretische Unterricht findet eine Stunde lang am Vormittag und eine Stunde lang am Nachmittag statt. Irgendwelche Fragen?«

Keine Fragen.

»Wegtreten!« sagte Mr. Crookshanks. Dann fiel ihm ein, daß die Männer nicht angetreten waren, und er fügte weniger schneidig hinzu: »Das war's. Sie können gehen.«

Bitter war überrascht und ärgerlich, als Canidy aufstand und sich anschickte, den Speiseraum zu verlassen.

»Er hat gesagt, daß er mit dir sprechen will«, flüsterte er Canidy zu und hielt ihn am Arm fest.

»Er weiß, wo er mich finden kann«, erwiderte Canidy. Dann sah er Bitters besorgte Miene und fügte hinzu: »In der Kabine ist etwas, das er vermutlich haben will.«

»Ich verstehe dich überhaupt nicht«, sagte Bitter.

»Ich weiß, daß du nichts verstehst«, erwiderte Canidy und lächelte ihn an.

Perry Crookshanks tauchte fünf Minuten später in ihrer Kabine auf. Er war bleich und preßte die Lippen zusammen.

»Vielleicht haben Sie mich mißverstanden, Mr. Canidy«, sagte er mit mühsam unterdrücktem Zorn. »Ich habe Ihnen befohlen, im Speiseraum zurückzubleiben.«

»Ich habe Sie schon verstanden«, erwiderte Canidy. »Aber ich möchte ebenfalls ein kleines Mißverständnis zwischen uns aufklären.«

»Was?«

»Sie sind nicht mehr Commander der Navy, und – noch wichtiger – ich bin kein Lieutenant junior grade mehr. Ich arbeite vielleicht für Sie, aber ich werde nicht von Ihnen herumkommandiert. Das ist ein großer Unterschied.«

»Sie wurden belehrt, was man von Ihnen erwartet.«

»Ich habe mich zum Fliegen verpflichtet. Das ist alles. In der Luft. Da werde ich militärische Befehle befolgen. Aber nicht auf dem Boden. Das sollte zwischen uns ganz klar sein.«

»Sie befolgen Befehle, oder Sie werden nach Hause geschickt«, sagte Crookshanks.

»In Ketten? Na na, Crookshanks«, sagte Canidy. »Begreifen Sie endlich, daß keiner von uns mehr in der Navy ist.«

»Ich kann unkooperatives Verhalten nicht dulden – und das wissen Sie. Ich muß auf Disziplin achten.«

»Kooperation und Disziplin sind zwei verschiedene Dinge«, entgegnete Canidy. »Auf Grund von Kooperation bin ich in meine Kabine gegangen, weil ich wußte, daß Sie zu mir kommen, als wäre ich ein ungehorsamer Offizier.«

Canidy öffnete einen seiner Koffer und winkte Crookshanks heran.

»Im Geiste der Kooperation können Sie sich die *leihen*«, sagte er.

Crookshanks Augenbrauen ruckten hoch. Er griff in den Koffer und entnahm ihm ein militärisches Handbuch. Bitter schaute darauf. Auf den Einband war rot gestempelt EIGENTUM DER BÜCHEREI, direkt darunter stand gedruckt: TM-1-P40A-1.

»Da sind jeweils eine Ausgabe von ›Strich-eins‹ des A-Modells und zwei von den B- und C-Modellen«, sagte Canidy. »Außerdem gibt es drei Handbücher für die Allison 710-33-Maschine und zwei für die 710-39. Ich konnte nicht herausfinden, was in den Vögeln vorhanden ist, die wir bekommen werden. Sie können all die Duplikate haben und sich die Originale borgen, wenn Bitter und ich nicht darin lesen.«

»Der Himmel weiß, daß wir sie brauchen«, sagte Crookshanks. »Wo haben Sie die aufgetrieben?«

»Ich habe sie aus der Bücherei des Air Corps auf Maxwell Field geklaut«, sagte Canidy. »Ich dachte mir, wir brauchen sie nötiger als die Bücherei.«

Crookshanks schaute ihn lange an.

»Interessant, wie Sie das formuliert haben«, sagte er dann. »*Wir* brauchen sie nötiger, nicht *ich* brauche sie nötiger. Vielleicht sind Sie doch nicht so ein Klugscheißer, wie Sie sich verhalten.« Er nickte und nahm die Handbücher. »Danke, Canidy.«

»Gern geschehen, Crookshanks«, sagte Canidy.

Canidy kam zur ersten Unterrichtsstunde in den Speiseraum. Bei der Gymnastik ließ er sich nicht blicken. Bitter ging hin. Er tat, was man von ihm verlangte, und sagte sich, daß Canidy ein Dummkopf war. Er hätte die Spannungen, die er verursacht hatte, wiedergutmachen können. Die Handbücher waren Pluspunkte für ihn. Er hätte nur an der Gymnastikstunde mit den anderen teilzunehmen brauchen, und alles wäre ihm verziehen worden. Jetzt forderte er den Skipper von neuem heraus, und das konnte der gewiß nicht durchgehen lassen.

Aber Canidy wurde nicht zur Rechenschaft gezogen, und daraufhin gingen die anderen ebenfalls nicht mehr zur Gymnastik. Als das Schiff in Honolulu eintraf, traf sich nur noch ein halbes Dutzend Piloten, einschließlich Ed Bitter, auf Deck, um sich mit Gymnastik fit zu halten.

Früh morgens trafen sie in Pearl Harbor ein. Sie legten am Kai der Navy an, obwohl die *Jan Suvit* ein Handelsschiff war, das unter ausländischer Flagge fuhr. Bevor sie anlegten, gesellte sich Crookshanks zu Bitter und Canidy aufs Deck, wo sie beobachteten, wie der Schlepper der Marinewerft sie an den Kai manövrierte.

»Ich habe keine Befugnis, Canidy, Ihnen zu befehlen, während unseres Aufenthalts an Bord zu bleiben«, sagte Crookshanks. »Aber ich möchte, daß Sie und die anderen an Bord bleiben.«

»Feind hört mit?« erwiderte Canidy. »Oder befürchten Sie, daß wir mit der Syphilis zurückkommen?«

»Beides«, sagte Crookshanks und lachte.

»Ich weiß nicht, wie das mit dem Sexbesessenen hier ist, Crookshanks«, sagte Canidy und blickte zu Bitter, »aber ich kann es noch zwei Wochen aushalten, ohne zu pimpern. So werde ich an Bord bleiben. Ich finde, Sie haben recht.«

»Okay«, sagte Crookshanks. »Ich gehe an Land. Das muß sein. Während ich dort bin, werde ich meinen alten Truppenausweis benutzen, um bei der Verpflegungsstelle amerikanische Steaks zu organisieren.«

»Auch *Sie* sollten sich keine Syphilis einfangen«, sagte Canidy.

Sie blieben weniger als vierundzwanzig Stunden in Pearl Harbor, gerade lange genug, um zu tanken und von einer Kolonne Army-Trucks Kiste um Kiste an Bord zu verladen. Eine der Kisten platzte auf, als der Kranführer die Luke des Frachtraums verfehlte, und ein Strom brauner Metallbehälter ergoß sich in den Laderaum. Jeder war mit einem gelben Stempel versehen: MUNITION; BROWNING MG KALIBER .50 IN GURTEN ZU VIER PATRONEN UND EINEM LEUCHTSPURGESCHOSS 125.

Sie grillten die Steaks auf dem Achterdeck, als sie am Nachmittag Pearl Harbor verließen und gen Manila fuhren. Crookshanks hatte Schlitz-Bier mit an Bord gebracht. Er ging zu Canidy und gab ihm eine Dose Bier.

»Nur damit wir uns nicht mißverstehen, Canidy«, sagte er mit einem Lächeln. »Wenn Sie in Honolulu an Land gegangen wären, dann hätte ich Sie nicht mehr an Bord gelassen.«

Canidy schaute ihn eine Weile an. Dann lächelte er.

»Das sagen Sie mir jetzt«, sagte er. »*Jetzt!* Zehn Meilen auf See!«

V

1

Das Weiße Haus
Washington, D.C.

11. Juli 1941

»Guten Morgen, Mr. President, Colonel«, sagte General George C. Marshall, als er das Oval Office des Weißen Hauses betrat.

»General«, sagte der Präsident.

»George«, sagte der Colonel. Der Colonel kannte den ranghohen Offizier der U.S. Army nicht gut. ›Colonel‹ Henry L. Stimson stand als Verteidigungsminister in der Befehlskette zwischen Marshall und dem Oberbefehlshaber. Aber er war im Ersten Weltkrieg Colonel gewesen und wurde gern an diesen Rang erinnert.

»Ich hoffe, ich habe Sie nicht warten lassen ...«, begann Marshall.

»Überhaupt nicht«, sagte der Präsident. »Henry ist gerade erst eingetroffen.« Er blickte auf seine Armbanduhr. »Bill Donovan wird in einer halben Stunde hier sein.«

»So?«

»Ich möchte, daß Sie einen letzten Blick auf dies hier werfen, bevor ich ihm das Original gebe«, sagte der Präsident.

Er überreichte jedem von ihnen ein Blatt Papier, auf dem sauber getippt stand:

ERNENNUNG EINES KOORDINATORS VON INFORMATIONEN

Kraft meiner Befugnis als Präsident und als Oberbefehlshaber der Army und Navy der Vereinigten Staaten befehle ich folgendes:

1. Hiermit wird die Position eines Koordinators für Informationen (COI) eingeführt, der die Befugnis hat, alle Informationen und Daten zu sammeln, die möglicherweise die nationale Sicherheit betreffen; solche Informationen und Daten miteinander zu vergleichen, um sie dem Präsidenten und denjenigen Ministerien und Regierungsbeamten zur Verfügung zu stellen, die der Präsident nennen wird; und – wenn vom Präsidenten erwünscht – ergänzende Aktivitäten durchzuführen, um sicherzustellen, daß Informationen, die wichtig für die nationale Sicherheit sind und zur Zeit der Regierung nicht zur Verfügung stehen, weitergeleitet werden.
2. Die verschiedenen Abteilungen und Agenturen der Regierung werden dem Koordinator für Informationen alle Informationen und Daten bezüglich der nationalen Sicherheit zur Verfügung stellen, die der Koordinator mit der Billigung des Präsidenten von Zeit zu Zeit anfordern wird.
3. Der Koordinator von Informationen ernennt diejenigen Ausschüsse aus geeigneten Repräsentanten der verschiedenen Abteilungen und Agenturen der Regierung, die er für notwendig hält, um ihn in der Erfüllung seiner Funktionen zu unterstützen.

> 4. Die Pflichten und Verantwortlichkeiten des Koordinators von Informationen sollen in keiner Weise die Pflichten und Verantwortlichkeiten der regulären militärischen Berater des Präsidenten als Oberbefehlshaber von Army und Navy stören oder beeinträchtigen.
> 5. Im Rahmen der Gelder, die der Präsident dem Koordinator von Informationen genehmigen wird, kann der Koordinator notwendiges Personal einstellen und Material, Einrichtungen und Dienststellen beschaffen.
> 6. William J. Donovan ist hiermit zum Koordinator von Informationen ernannt.
>
> Franklin D. Roosevelt

»Mir fällt auf, Mr. President, daß die Ernennung bereits unterzeichnet ist«, sagte General Marshall.

»Ist dies das erste, das Ihnen in den Sinn kam, George?« fragte der Präsident.

»Eigentlich, Mr. President«, sagte Marshall, »kam mir als erstes in den Sinn, daß es klingt, als wäre es von den Briten diktiert worden. Von diesem Commander Fleming oder von diesem Stevenson, der anscheinend so dick befreundet mit Edgar Hoover ist.«

Der Präsident lächelte breit, was bedeuten konnte, daß er entweder belustigt oder wütend war.

»Als ich das las, George, dachte ich, daß es nach mir klingt«, sagte der Präsident. »Oder daß es von jemand geschrieben wurde, der sorgfältig auf der juristischen Fakultät der Columbia University unklare Formulierungen analysiert hat.«

Marshall und Stimson lächelten gezwungen. Franklin D. Roosevelt und William J. Donovan waren Kommilitonen der juristischen Fakultät der Columbia University gewesen.

»Aber ich habe dort auch gelernt, daß es keinen Vertrag gibt, den man nicht verbessern kann«, sagte der Präsident. »Ich stimme Ihnen beiden zu, daß Bill ein bißchen zuviel verlangt hat.«

»Sir?«

»In Donovans Originalentwurf gab es einen Paragraphen, der ein bißchen zu weit ging, wie ich meine. Ich wußte, daß er Sie ärgern würde. So habe ich ihn gestrichen.« Der Präsident lächelte. »Ich möchte nicht, daß man annimmt, ich übertreibe die Freundschaft zwischen ehemaligen Kommilitonen.«

Er reichte Stimson ein Blatt Papier, auf dem ein einziger Paragraph getippt stand.

> 4. Der Koordinator von Informationen soll die Pflichten und Verantwortlichkeiten, die diejenigen militärischen Charakters einschließen, unter der Leitung und Aufsicht des Präsidenten als Oberbefehlshaber der Army und Navy der Vereinigten Staaten ausüben.

Stimson las den Paragraphen und gab das Blatt kommentarlos an Marshall weiter.

»Geben Sie zu, George, daß Ihnen dieser Paragraph auf den Magen geschlagen ist?« sagte der Präsident freundlich.

»Wenn ich offen sein darf, Mr. President«, sagte General Marshall, »so ist mir die ganze Sache auf den Magen geschlagen. Der Nachrichtendienst von Army und Marine ist perfekt fähig, Informationen für die Nation zu beschaffen. Wir brauchen keine weitere Bürokratie – besonders keine, die offenbar mit den Briten gemeinsame Sache macht.«

»Darüber haben wir bereits diskutiert«, sagte Roosevelt. »Ich habe entschieden, daß wir brauchen, was ich veranlaßt habe. Wenn Sie sich dadurch besser fühlen, dann sage ich Ihnen, daß ich ernsthaft erwogen habe, die ganze Sache J. Edgar Hoover zu übergeben, der so wenig darüber erfreut sein wird, wie Sie es sind. Ich habe mich dagegen entschieden, weil Bill Donovan tun wird, was ich ihm sage, während Edgar manchmal dazu neigt, seine eigenen Ansichten durchzusetzen. Und Bill – *Colonel Donovan* – kommt mit wenigen Ausnahmen mit dem Militär zurecht und versteht dessen Probleme.«

»Wie Sie sagten, Mr. President, Sie haben Ihre Entscheidung getroffen«, sagte General Marshall.

»Wenn Sie nicht anderweitig verpflichtet sind, General«, sagte der Präsident, »dann hoffe ich, Sie haben Zeit, um hierzubleiben, bis Donovan eintrifft und ich dies offiziell mache. Ich möchte, daß Sie dabei sind.«

»Ich stehe zu Ihrer Verfügung, Mr. President«, sagte General Marshall.

»Gut.« Der Präsident lächelte wieder breit. »Der Marineminister, der Chef für Marineoperationen und der Direktor des FBI haben anscheinend sonstwo Termine. Oder sie behaupten es jedenfalls.«

2
Paris, Frankreich

12. August 1941

Bevor die Deutsche Wehrmacht vor vierzehn Monaten, am 14. Juni 1940, in Paris einmarschiert und triumphierend um den Arc de Triomphe, über den Place d'Etoile und die Champs-Élysées gezogen war, hatte Eldon C. Baker als Konsularbeamter in der amerikanischen Botschaft gearbeitet. Er war einer von einem Dutzend adrett gekleideter, freundlicher junger Männer der Botschaft gewesen. Baker war dem Büro zugeteilt gewesen, das Pässe ausstellte und verlängerte, Visa erteilte und ähnliche Verwaltungsaufgaben durchführte.

Obwohl allgemein innerhalb und außerhalb der Botschaft bekannt war, daß viele der Konsulatsbeamten einen großen Teil ihrer Zeit damit verbrachten, nachrichtendienstliche Informationen für die Übermittlung nach Washington zu sammeln, traute keiner Eldon C. Baker das zu. Jeder hielt ihn für das, als das er offiziell ausgegeben wurde. Die meisten seiner Kollegen sahen in ihm einen spießigen, langweiligen Beamten.

Als sich der Fall von Paris unausweichlich abzeichnete, zog die französische Regierung nach Vichy um, und die neutralen Botschaften, was natürlich die der Vereinigten Staaten einschloß, folgten ihr. Nur wenige Leute vom Botschaftspersonal waren überrascht, als Eldon C. Baker als Beamter vom Dienst in der verlassenen Botschaft zurückgelassen wurde. Für sie war Baker der Typ, den man für Verwaltungsaufgaben entbehren konnte, während seine fähigeren Kollegen das wichtige Geschäft der Diplomatie pflegten.

In Wirklichkeit war Eldon C. Baker ein Nachrichtenoffizier. Er war zurückgelassen worden, weil er in außergewöhnlichem Maße das Vertrauen seiner Vorgesetzten genoß, sowohl auf der oberen Ebene der Hierarchie in der Botschaft (wo nur zwei Personen außer dem Botschafter von seiner Rolle als Nachrichtenoffizier wußten) als auch im Nachrichtendienst des Außenministeriums selbst.

Eldon C. Baker sah Eric Fulmar zum ersten Mal im Restaurant Fouquet auf den Champs-Élysées. Baker hatte dort mit einem liebenswürdigen deutschen Kollegen zu Abend gegessen, mit Friedrich Ferdinand ›Freddie‹ Dietz, einem jungen Beamten des Außenministeriums, der dem Büro des Militärgouverneurs von Paris zugeteilt war.

Fulmar war in Begleitung zweier hübscher Mädchen und eines dunkelhäutigen jungen Arabers. Bakers Aufmerksamkeit galt abwechselnd den hübschen Mädchen und dem Araber, wurde geteilt von persönlicher und beruflicher Neugier. An einem Tisch jenseits des Tisches mit den beiden Mädchen und dem Araber saßen drei Männer und tranken Kaffee. Einer davon war ein schwarzer Hüne, dessen Doppelkinn über seinen Hemdkragen ragte und dessen dicker Bauch gegen den Tisch drückte. Baker sagte sich, daß der Mann Senegalese war und gewiß nicht zur Gesellschaftsschicht zählte, die im Restaurant Fouquet verkehrte. Nicht, wenn die beiden Franzosen, mit denen er zusammensaß, das waren, was er annahm.

Baker kannte einen davon vom Sehen, nicht mit Namen. Es war ein Mitglied der ›Sûreté‹, des französischen Sicherheitsdienstes, und er war normalerweise dem Kolonialministerium zugeteilt. Alle drei hatten ziemlich offenkundig die Aufgabe, den Marokkaner oder Algerier oder Tunesier – was immer er war – zu beschützen, der mit den beiden hübschen Mädchen zusammen am Tisch saß.

»Das ist aber ein schönes Paar«, sagte Baker zu seinem Begleiter.

»Welches Paar?« scherzte Freddie Dietz. »Meinen Sie das von der linken oder der rechten Puppe? Oder meinen Sie gar *beide* Holden?«

»Ja, ich meine beide.«

»Die links ist die Tochter von Generalmajor von Handelmann-Bitburg. Sie weilt mit ihrer Mutter für einen Kurzurlaub mit ihrem Vater in der Stadt.«

»Und die andere?«

»Keine Ahnung. Ich wünschte, ich wüßte, wer das ist.«

»Wer ist der Araber?«

Als Baker zu dem Araber blickte, kam ihm als erstes ›arrogant‹ in den Sinn. Der Araber war groß, dünn und elegant gekleidet mit einem Smoking mit altmodischem hohem Kragen. Er hatte scharfe Gesichtszüge, Falkenaugen und langgliedrige Künstlerhände. Als er seine Manschetten schüttelte, sah Baker mit Juwelen besetzte goldene Manschettenknöpfe, ein goldenes Armband und eine schwere goldene Uhrkette. An der rechten Hand trug er einen Ring mit einem Edelstein, den Baker nicht identifizieren konnte, und ein großer Brillantring, der ein Vermögen gekostet haben mußte, wenn er echt war, zierte seinen Ringfinger.

Während Baker hinschaute, schnippte der Araber ungeduldig mit den Fingern, damit ihm jemand Wein einschenkte, und einen Augenblick später steckte er sich eine Zigarette zwischen die Lippen und wirkte ärgerlich, weil niemand sofort herbeieilte, um ihm Feuer zu geben.

»Ich habe nicht die geringste Ahnung, wer das ist, aber der andere ist Eric Fulmar.«

Eric Fulmar war blond, blauäugig, schlank und sonnengebräunt. Er trug einen Smoking, der nicht annähernd so gut saß wie der maßgeschneiderte des Arabers, und dazu ein modernes Hemd mit Rollkragen. Baker spürte, daß dieser gutaussehende junge Mann enorme Energie ausstrahlte. Kraft und Ruhe. Seine Gesten verrieten eine Selbstsicherheit, die Baker nur selten bei einem so jungen Mann gesehen hatte.

»Wer ist das?«

»›Fulmar Elektrische Gesellschaft‹«, sagte Freddie Dietz. »Er war mit meinem Bruder in Marburg.«

›Fulmar Elektrische Gesellschaft‹, FEG, war eine mittelgroße Elektrofabrik in Frankfurt am Main. Das erklärte, warum der junge Deutsche, der wie auf einem Rekrutierungsplakat der Waffen-SS aussah, nicht uniformiert war. Die Deutschen befreiten die Söhne von Industriellen, besonders von denjenigen, die früh den Nationalsozialismus unterstützt hatten, vom Wehrdienst.

Bevor sie das Restaurant verließen, passierten sie den anderen Tisch. Dietz sprach mit Fulmar, und es wurde vorgestellt. Fulmar stellte den Araber als ›Seine Exzellenz, Scheich Sidi Hassan el Ferruch‹ und das unbekannte Mädchen als Fräulein Sowieso vor.

Im Taxi identifizierte Freddie Dietz den Araber weiter.

»Ich habe ihn wiedererkannt«, sagte er. »Er ist der Sohn eines marokkanischen Paschas. Er war mit meinem Bruder und Fulmar in Marburg.«

»Was macht er in Paris?«

»Probleme.« Dietz lachte.

»Welche?«

»Er kauft Rennpferde, in direkter Konkurrenz zu einigen sehr hohen Persönlichkeiten. Es gibt, wie Sie wissen, einige Leute, die gehofft hatten, Kapital aus der

... wie soll ich es formulieren ›angespannten Marktlage‹? ... zu schlagen und ihre Ställe zu bereichern. Fulmars Freund hat viele Träume zerstört. Er hat einige sehr prominente Leute verärgert, besonders einen sehr bedeutenden Ungarn, aber hauptsächlich deutsche. Ich habe auch gehört, daß er bei anderen Geschäften mitmischt – bei Geschäften von zweifelhafter Legalität. Aber es heißt, er soll in Ruhe gelassen werden. Der Außenminister will keinen Ärger mit seinem Vater bekommen.«

Baker konnte sich vorstellen, was diese Aktivitäten von ›zweifelhafter Legalität‹ waren. Er hatte einige interessante Geschichten gehört, daß die Deutschen nicht den Strom stoppen konnten, mit dem Gold aus Privatbesitz, Schweizer Franken und amerikanische Dollars, Edelsteine und Kunstgegenstände aus dem besetzten Frankreich und dem Vichy-Frankreich abfloß. Es war angeordnet worden, daß Gold und ausländisches Geld in Banken eingezahlt und in französische Francs eingetauscht werden mußten. Die Ausfuhr von Edelsteinen und Kunstgegenständen ohne Genehmigung, die selten erteilt wurde, war verboten.

Ohne daß Frankreich praktisch von Haus zu Haus durchsucht wurde, gab es keine Möglichkeit, die Franzosen zu zwingen, ihr Gold und harte Währung bei der Bank umzutauschen. Und viele reiche Franzosen, die hofften, eines Tages das von Deutschland besetzte Frankreich zu verlassen, schöpften alle Möglichkeiten aus, um ihre Reichtümer, zu denen oftmals Gemälde und Kunstgegenstände zählten, voraus außer Landes zu schicken.

Ein hochrangiger Marokkaner, der mit einem offiziellen Paß frei in Frankreich ein- und ausreisen konnte, war in der Lage, Reichtümer in seinem Gepäck zu transportieren, wenn er das wollte.

»In diesem Fall war es wohl gut, daß wir nicht versucht haben, uns an die Mädchen heranzumachen«, sagte Baker.

»Ein Jammer«, meinte Freddie Dietz, »aber es wäre äußerst unklug gewesen.«

Baker fand den Marokkaner und seinen amerikanischen Freund faszinierend, und seine Faszination wuchs, als er seine *Liste der Amerikaner, die offiziell im von Deutschland besetzten Frankreich leben*, zu Rate zog und keinen Fulmar darin fand.

In derselben Nacht verschickte Baker einen Bericht über die Begegnung. Punkt 1 des Berichts war der wichtigste. Wenn Generalmajor von Handelmann-Bitburg mit Frau und Tochter in Paris weilte, dann war es unwahrscheinlich, daß seine Division ihre Zelte abbrach und auf Züge verlud, um sie an die Ostfront zu verlegen. Als Punkt 2 teilte er mit, daß wahrscheinlich ein Deutsch-Amerikaner namens Eric Fulmar erfolgreich Wertsachen aus dem besetzten Frankreich schmuggelte, gemeinsam mit Sidi Hassan el Ferruch, dem älteren Sohn des Paschas von Ksar es Souk, was offenbar bedeutungslos war. Aber es war ein Thema, das irgendwo aktenkundig werden sollte.

Baker kam natürlich sofort auf die Idee, Fulmar als Agent zu rekrutieren. Er war Amerikaner mit Kontakten zu deutschen Freunden und hohen Stellen. Seine Freundschaft mit dem Marokkaner konnte sich als wertvoll erweisen. Das Problem war, daß Fulmar vermutlich kein Interesse daran hatte, sich rekrutieren zu lassen. Agenten haben oftmals ein kürzeres Leben als andere Leute. Und Fulmar wirkte auf Baker nicht wie der Typ, der begierig auf ein kürzeres Leben war.

Er würde natürlich versuchen, seine Fühler nach ihm auszustrecken, aber er war überhaupt nicht optimistisch. Und wenn er zu weit ging, konnte Fulmar durchaus seinen deutschen Freunden erzählen, daß Baker mehr als der Verwalter der leeren US-Botschaft war.

Zwei Tage später begegnete er Fulmar – nicht ganz zufällig – auf der Männertoilette der Bar im Hotel Crillon.

»Hallo, Fulmar, wie geht es Ihnen?« fragte er auf englisch. Die Unterhaltung im Restaurant Fouquet war ganz auf deutsch geführt worden.

»Prima«, sagte Fulmar. »Und Ihnen?«

Er schaute Baker beunruhigt an. Aber die Anspannung verschwand augenblicklich, und ein Lächeln wie das einer Madonna von Raffael breitete sich auf seinem Gesicht aus. Fulmar wirkte nun so offen und herzlich, daß sich Baker unwillkürlich vergewisserte, ob seine Brieftasche noch da war.

»Wenn ich gewußt hätte, daß Sie Amerikaner sind, dann hätte ich mit Ihnen im Restaurant Englisch gesprochen«, sagte Baker.

»Es hat nichts ausgemacht, wir haben uns auch auf deutsch verstanden, nicht wahr?«

»Ich bin neugierig auf Sie geworden.«

»Tatsächlich?« Fulmar lächelte. »Wie aufregend, daß so viele Leute, die ich kaum kenne, soviel Neugier zeigen.«

»Sie stehen nicht auf meiner Liste«, sagte Baker.

»Auf welcher Liste?« fragte Fulmar und wusch sich die Hände.

»Meine Liste von Amerikanern im besetzten Frankreich«, erwiderte Baker.

»Ich lebe nicht im besetzten Frankreich«, sagte Fulmar.

»Nun, das ist die Erklärung, nicht wahr?« Baker entschloß sich, ihm ein wenig zuzusetzen. »Sie wissen natürlich, daß auf Ihren Paß ›Nicht gültig für Reisen ins besetzte Frankreich‹ gestempelt werden wird, wenn er erneuert werden muß? Es sei denn natürlich, Sie haben einen Grund, hier zu sein.«

»Ich werde Frankreich verlassen haben, bevor mein Paß abläuft«, sagte Fulmar.

»Was machen Sie hier?« fragte Baker.

»Was soll die Fragerei?«

»Nichts. Ich war nur neugierig. Heutzutage sieht man nicht viele Amerikaner in Paris.«

»Da haben Sie recht«, pflichtete Fulmar ihm bei.

»Darf ich Ihnen etwas zu trinken ausgeben?«

Fulmar zögerte. Dann nickte er.

Sie gingen in die Bar und setzten sich an einen Tisch an der Wand.

Fulmar kannte mehrere der jungen deutschen Offiziere und sprach mit ihnen auf deutsch. Es war ein Dialekt, den Baker nicht kannte. Fulmar sprach diese Sprache perfekt, so daß man ihn leicht für einen Deutschen halten konnte. Sein Französisch war ebenfalls tadellos.

»Ich glaube, hier gibt es kaum noch amerikanischen Whisky«, sagte Baker.

»Ich trinke Cognac, mit Wasser und etwas Eis«, sagte Fulmar auf englisch. »Ich mag das französische Bier nicht.«

»Bringen Sie uns einen Siphon und Eis«, bestellte Baker. »Und eine Flasche Cognac.«

Als der Kellner serviert hatte, hob Baker seinen Cognacschwenker.

»*Mud in your eye*!« prostete er Fulmar zu.

Fulmar lachte. »Dieses Prost habe ich lange nicht mehr gehört.«

»Wie lange sind Sie hier?« fragte Baker.

»Ich bin für meine letzten beiden Jahre auf dem Gymnasium hergekommen«, sagte Fulmar. »Und dann habe ich hier studiert. Insgesamt sind es acht Jahre.«

»Waren Sie nie wieder in den Staaten?«

Fulmar bestätigte das. Dann nahm er die Cognacflasche, schenkte die leere Kaffeetasse halb voll Cognac und fügte einen Eiswürfel und einen guten Spritzer mit dem Siphon hinzu.

»Sie sagten, Sie leben nicht in Frankreich?« fragte Baker.

»Wollen Sie nur plaudern, oder ist dies ein Verhör?«

»Vergessen Sie meine Frage«, sagte Baker schnell. »Ich wollte nicht meine Nase in Ihre Angelegenheiten stecken.«

»Ich weiß, daß die Neugier Sie auffrißt, Mr. Baker, aber vielleicht ist das Ihr Job, und so werde ich versuchen, sie zu befriedigen. Ich lebe in Marokko. Ich habe eine ständige Aufenthaltsgenehmigung von der marokkanischen Regierung erhalten. Ich nehme an, der Generalkonsul in Rabat hat all die Einzelheiten.«

»Ich glaube, meine Neugier ist mit mir durchgegangen«, sagte Baker entschuldigend. »Es war nicht aufdringlich gemeint.«

»So habe ich das auch nicht empfunden«, erwiderte Fulmar trocken und zeigte wieder sein offenes, sympathisches Lächeln.

»Man erzählte mir, Sie seien Deutscher«, sagte Baker lächelnd. »Das machte mich ebenfalls neugierig.«

»Mein Vater ist Deutscher.« Fulmar sah jetzt Baker in die Augen. »Das macht mich zu einem Deutschen. Wenn ich *in* Deutschland wäre, würde man mich in die Wehrmacht stecken, amerikanischer Paß oder nicht. Ich will kein deutscher Soldat sein.«

»Vielleicht sollten Sie in die Staaten zurückkehren«, sagte Baker.

»Und mich von der amerikanischen Army einziehen lassen? Nein, danke.«

»Vielleicht müssen Sie nach Amerika heimkehren«,

meinte Baker. »Was wird, wenn das Konsulat Ihren Paß nicht erneuert?«

»Dann werde ich marokkanischer Bürger sein«, sagte Fulmar.

»Können Sie das? Müssen Sie dazu nicht Moslem sein?«

»Woher wollen Sie wissen, daß ich keiner bin?« fragte Fulmar. »Und außerdem habe ich dort Freunde.«

»Freunde?«

»Hm.«

»Das wäre Sidi el Ferruch?« fragte Baker, und Fulmar nickte.

»Ihr beide seid eng befreundet?« Baker sah Fulmar fragend an.

»Mein Gott, sind Sie neugierig!« sagte Fulmar, aber er lächelte dabei. Er mochte Baker trotz seiner Neugier. Baker war geschliffener und intelligenter, als er wirkte. »Wir waren in der Schweiz zusammen auf dem Gymnasium. Und dann auf der Uni. Wir sind eng befreundet. Ich stehe in seiner Schuld.«

»Tatsächlich?«

»Er wies mich darauf hin, daß ich ein Idiot wäre, wenn ich zur deutschen oder amerikanischen Armee ginge«, erklärte Fulmar. »Und dann machte er sein Geld und seinen Einfluß geltend, damit ich nicht dienen mußte. Und er erträgt heute abend unsere Gegenwart, wenn ich mit Ihnen zum Essen gehe.«

»Ich fühle mich geschmeichelt«, sagt Baker. »Und ich bin überrascht.«

»Das sollten Sie auch sein«, sagte Fulmar und lachte. »Man hat nicht oft Gelegenheit, mit einem direkten Nachkommen des Wahren Propheten zu speisen. Und außerdem habe ich in der letzten Zeit selten mit einem smarten Amerikaner gesprochen.«

»Ich fühle mich sogar noch geschmeichelter«, sagte

Baker. »Ich würde liebend gern mit einem Nachkommen des Wahren Propheten speisen – und das Gespräch mit einem anderen smarten Amerikaner fortsetzen.« Er schwieg einen Moment lang und fügte dann beiläufig hinzu: »Oh, übrigens, wenn Sie nicht mit einem Nachkommen des Wahren Propheten speisen, wie verbringen Sie dann Ihre Zeit in Marokko?«

»Ich bemühe mich sehr, nicht länger zu bleiben, als man erwünscht ist«, sagte Fulmar und lachte. »Es gibt nicht viele Arabisch sprechende Europäer, denen sie vertrauen. In gewissem Maße vertrauen sie mir.«

Baker nickte. Fulmar sprach weiter. »Die Marokkaner schlafen nicht alle in Zelten in der Wüste und halten Kamele, wissen Sie. Sie sind Geschäftsleute. Und nur weil Frankreich den Krieg verloren hat, heißt das nicht, daß Frankreich aufgehört hat, sie zu bevormunden und auszubeuten.«

»Es muß interessant sein«, meinte Baker.

»Manchmal«, sagte Fulmar.

Als Sidi Hassan el Ferruch mit seinem gewaltigen senegalesischen Leibwächter N'Jibba die Bar betrat, gesellten sich Fulmar und Baker zu ihm. Ein Delahaye und dahinter eine Peugeot-Limousine warteten vor dem Hotel Crillon.

Das Restaurant war klein, der Hummer war köstlich frisch, und Sidi el Ferruch erzählte Eldon C. Baker mehr über den beklagenswerten Zustand französischer Rennställe unter der deutschen Besatzung, als ihn wirklich interessierte – und absolut nichts anderes Interessantes.

In der Grundausbildung als Nachrichtenoffizier hatte Baker gelernt, daß die meisten Männer im Außendienst oftmals den Fehler begingen, nicht zu übermitteln, was scheinbar unbedeutend war, weil sie keinen Nutzen darin sahen. Kuriose und scheinbar bedeutungslose Fakten aus verschiedenen Quellen können oftmals im Zusammenhang wertvolle Daten liefern.

Deshalb schrieb Baker nach seiner Rückkehr ins Hotel Crillon einen weiteren Bericht über *Fulmar, Eric*, in dem er den Verdacht äußerte, daß in Fulmar mehr steckte, als es auf den ersten Blick den Anschein hatte. Mit anderen Worten, hinter seinem Image des Salonlöwen, der auf Kosten des Paschas von Ksar es Souk lebte, steckte mehr – etwas, das zu gegebener Zeit sehr wahrscheinlich von Nutzen für ›unser Team‹ sein konnte.

3

New York City, New York

21. August 1941

Der Präsident der Vereinigten Staaten war in witziger Stimmung, das sah Colonel William B. Donovan am Glanz seiner Augen. Aber Roosevelt kaute gerade einen Cracker mit Käse, und so mußte er mit seiner witzigen Bemerkung warten, bis er zu Ende gegessen hatte.

»Während Eleanor fort ist und die Saat des guten Willens verbreitet«, sagte Franklin D. Roosevelt, »werden wir nicht Bridge spielen müssen, bevor wir ernsthaft mit dem Trinken anfangen. Darf ich vorschlagen, daß wir uns alle in die Bibliothek begeben?«

Die drei anderen Männer am Tisch lachten anerkennend. Keiner von Roosevelts politischen Spezis war anwesend. Das und die Anwesenheit von William B.

Donovan und eines Navy-Commanders namens Douglass überzeugte J. Edgar Hoover, daß Roosevelt mehr von ihm wollte als das Vergnügen seiner Gesellschaft beim Abendessen.

Roosevelts Diener, ein großer Schwarzer mit weißem Jackett, eilte zu dem Präsidenten, um seinen Rollstuhl zu schieben.

»Ich komme allein zurecht«, sagte Roosevelt. »Das wäre alles, danke. Wir erzählen uns jetzt schmutzige Geschichten unter Ausschluß der Öffentlichkeit.«

Wiederum erntete er Gelächter.

Sie folgen ihm über den Korridor in die Bibliothek, wo Karaffen mit Whisky, eine Flasche Rémy Martin und ein silberner Eiskübel auf einem Tisch standen, damit Roosevelt als Gastgeber einschenken konnte.

»Als Ihr Oberbefehlshaber befreie ich Sie von der Einhaltung der Vorschriften, die das Trinken im Dienst verbieten, Commander Douglass«, sagte Roosevelt.

»Ist der Commander im Dienst?« fragte Hoover.

»Ja«, sagte Roosevelt. »Und ich finde wirklich, er braucht etwas Scharfes, bevor er den Mut findet, Ihnen zu sagen, was er zu sagen hat.«

»Ich dachte immer, Edgar sei so wenig zu schockieren wie ein Beichtvater«, sagte Donovan.

Hoover ignorierte die Bemerkung.

»Sie sind vom ONI (Office of Naval Intelligence – Marinenachrichtendienst), Commander?« fragte er.

Hoover war stolz auf sein Wissen, wer im Nachrichtendienst arbeitete, und er wollte wieder einmal den Präsidenten und vor allem Donovan wissen lassen, daß sehr wenig seiner beruflichen Aufmerksamkeit entging.

»Nein, Sir«, sagte Commander Douglass. »Ich bin beim COI.«

Hoover konnte seine Überraschung nicht verbergen,

als er erfuhr, daß Douglass beim Büro des ›Coordinators of Information‹ war.

Commander Peter Stuart Douglass, U.S. Navy, war ein sympathisch aussehender Zweiundvierzigjähriger mit sandfarbenem Haar und Sommersprossen. Er hatte seine Laufbahn bei der Navy mit Dienst auf See (bei der letzten Verwendung war er befehlshabender Offizier eines Zerstörer-Geschwaders gewesen) und im Nachrichtendienst verbracht.

»Nehmen Sie sich einen steifen Drink, Commander«, sagte Roosevelt. »Lassen Sie sich einen Moment davon erwärmen und schießen Sie dann los.«

»Jawohl, Sir«, sagte Douglass.

»Lassen Sie mich den Grundstein legen«, sagte Roosevelt, der sich anders besonnen hatte. »Vor einigen Monaten kam Alex Sachs mit einem Brief von Albert Einstein und einigen anderen Eierköpfen auf dieser Ebene zu mir. Sie halten es für möglich, das Atom zu spalten.«

Hoover schaute den Präsidenten verständnislos an.

»Was heißt das, Mr. President?« fragte er.

Roosevelt forderte Douglass mit einer Geste auf, das Wort zu ergreifen.

»Es bedeutet die mögliche Freisetzung von Energie, die tausendmal größer ist als bei den gegenwärtigen Methoden«, sagte Douglass.

»Das verstehe ich ebenfalls nicht«, bekannte Hoover.

»Ich möchte nicht Ihren Nachrichtendienst beleidigen, Sir, indem ...«, begann Douglass.

»Nur zu, beleidigen Sie meinen Nachrichtendienst, Commander«, forderte Hoover ihn auf.

»Sir, Sie verstehen, daß Sprengstoffe nicht wirklich explodieren? Daß eine Explosion in Wirklichkeit ein Verbrennungsprozeß ist? Daß ›explosives‹ Material verbrennt?«

Hoover nickte.

»Wenn das Atom gespalten werden kann«, sagte Douglass, »dann könnte es möglich sein, daraus tausendmal mehr Energie zu gewinnen als durch Verbrennung.«

»Eine Superbombe?« fragte Hoover.

»Jawohl, Sir«, antwortete Douglass.

»Das wissen wir noch nicht«, sagte Roosevelt. »Nach meinem ersten Besuch mit Commander Douglass aß ich mit Jim Conant zu Abend und diskutierte das Thema mit ihm.«

Es überraschte Hoover nicht, daß Roosevelt James B. Conant, den Präsidenten der Harvard University, aufgesucht und zu Rate gezogen hatte. Die Roosevelt-Administration war stark durchsetzt – viel zu stark nach Hoovers Meinung – mit Mitgliedern von Harvard. Roosevelt hatte in Harvard promoviert.

»Und was hat er gesagt?« fragte Hoover.

»Ja«, antwortete Roosevelt, »und nein.«

Er wartete vergebens darauf, daß jemand lachte.

»Ja, es ist möglich«, fuhr der Präsident fort, »Nein, jetzt nicht. Vielleicht in fünfzig oder hundert Jahren.«

»Und Sie meinen, er irrt sich?« fragte Hoover.

»Ich meine, er unterschätzt sowohl die Wissenschaft als auch die amerikanische Industrie«, schaltete sich Donovan ein.

»Mit anderen Worten, *Sie* halten die Entwicklung einer Superbombe für möglich?« fragte Hoover. »Das klingt nach Science-fiction im fünfundzwanzigsten Jahrhundert.«

»Auch ich finde das utopisch«, sagte der Präsident. »Aber ich glaube, es ist einen Versuch wert, herauszufinden, ob etwas dran ist. Wenn die Entwicklung einer solchen Waffe möglich ist, würde das die Möglichkeit einschränken, einen Krieg zu verlieren, sofern er denn zu uns kommt – und ich glaube, er wird kommen.«

»Die Wissenschaftler haben bereits Kernspaltung durchgeführt«, sagte Donovan. »Sie müssen nur noch lernen, einen ständigen Prozeß daraus zu machen, das, was die Wissenschaftler als Kettenreaktion bezeichnen.«

»Ein italienischer Physiker namens Fermi lehrt an der ›University of Chicago‹«, sagte Roosevelt. »Er hofft, Anfang nächsten Jahres mit positiven Resultaten aufwarten zu können.«

»Wer weiß davon?« fragte Hoover.

Der denkt nur an Geheimhaltung, dachte Donovan etwas ärgerlich.

»Eine Handvoll Wissenschaftler«, sagte Roosevelt. »Der Chef des Marinenachrichtendienstes, Bill, Commander Douglass, ein Army-Colonel namens Leslie Groves, und jetzt Sie.«

»Was wird vom FBI verlangt?« fragte Hoover förmlich.

»Geheimhaltung«, sagte Roosevelt. »Absolute Geheimhaltung. Diese Sache könnte den Krieg entscheiden, wenn sie funktioniert. Wir müssen eine Mauer des Schweigens ringsherum errichten.«

»Das FBI kann dafür sorgen, Mr. President«, sagte Hoover, und es klang wie eine feierliche Verkündigung.

»Ich bin überzeugt davon, daß das FBI wie immer für die Nation tut, was sie verlangt«, sagte Roosevelt feierlich.

»Das wird es, Mr. President«, sagte Hoover im gleichen feierlichen Tonfall.

Donovan nahm an, daß der Präsident die Schau mit Hoover zu seiner, Donovans, Belustigung abzog, aber Hoover bemerkte es nicht.

»Das FBI wird natürlich eine bedeutende und ständige Rolle bei diesem Projekt spielen«, sagte Roosevelt,

»aber das wird irgendwann in der Zukunft sein. Was mich jedoch im Augenblick beschäftigt, und aus diesem Grund habe ich Sie hergebeten, Edgar, ist etwas, das unverzüglich geschehen wird.«

»Ja, Sir, Mr. President?« Hoover blickte Roosevelt fragend an. *Wenn Hoover ein Soldat wäre, würde er jetzt strammstehen,* dachte Donovan.

»Die Briten und die Deutschen haben ebenfalls an der Kernspaltung gearbeitet«, sagte Roosevelt.

»Die Deutschen?« fragte Hoover.

Roosevelt nickte.

»Dr. Conant hat arrangiert, zwei seiner Kollegen, Männer namens Urey und Pegram, nach England zu schicken, um festzustellen, wie weit die Engländer sind«, sagte Roosevelt. »Und um zu versuchen, herauszufinden, was die Deutschen erreicht haben. Sie werden sehr bald nach England reisen.«

»Wäre es möglich, Mr. President, ein paar meiner Agenten mit ihnen zu schicken?« fragte Hoover.

»Bill hat so etwas im Sinn, Edgar«, sagte Roosevelt.

»›So etwas‹?« wiederholte Hoover. »Sehe ich da einen Haken bei der Sache?«

»Bill denkt daran, Commander Douglass zu schicken. Oder von Douglass einige Leute beim ONI rekrutieren zu lassen und zu schicken.«

»Das fällt ganz eindeutig unter die Zuständigkeit des FBI«, sagte Hoover ärgerlich.

»Ich habe mir gedacht, daß Sie so etwas sagen werden, Edgar.« Der Präsident lächelte Hoover an.

»Es ist die Feststellung einer Tatsache«, erwiderte Hoover. »Nichts Persönliches gegen Sie, Bill, das verstehen Sie hoffentlich.«

»Bevor ich dies sage, Edgar ... und schmollen Sie, wenn Sie wollen«, sagte Roosevelt, »möchte ich Sie erinnern, daß Sie die Leitung des FBI zu einem großen

Maße erhalten haben, weil Bill Donovan sich dafür eingesetzt hat.«

»Bill weiß, daß ich dankbar bin«, sagte Hoover. »Aber bei allem Respekt vor dem Marinenachrichtendienst ...«

»Ich habe noch nicht ausgesprochen, Edgar«, schnitt ihm Roosevelt das Wort ab. »Was ich entschieden habe, und ›entschieden‹ ist das Wort, auf das es ankommt, ist etwas völlig anderes.«

Er legte eine Pause ein. Dann setzte er wieder sein Lächeln auf.

»Sie werden dies natürlich als ein weiteres Beispiel meiner salomonischen Weisheit erkennen«, sagte er.

Er erntete das erwartete Lachen.

»Mir kam in den Sinn«, fuhr der Präsident fort, »wenn wir an diesem Krieg teilnehmen, werden wir zwangsläufig gewisse Dinge von zweifelhafter Legalität tun müssen. Dinge, mit denen weder das FBI noch einer der Nachrichtendienste in Zusammenhang gebracht werden möchten.«

»Das FBI wird tun, was auch immer erforderlich ist, Mr. President«, sagte Hoover.

»Edgar«, erwiderte der Präsident, »das FBI ist unter Ihrer Leitung die angesehenste Agentur der Regierung geworden. Ich möchte nicht – ich werde nicht zulassen –, daß die weiße Weste einen Fleck bekommt.«

Okay, Edgar, dachte Donovan, *winde dich da heraus, wenn du kannst.*

»Es ist sehr freundlich von Ihnen, dies zu sagen, Mr. President«, sagte Hoover. »Es ist jedoch im nationalen Interesse ...«

Roosevelt brachte ihn mit einer Geste zum Schweigen.

»Edgar«, sagte der Präsident mit einem breiten Lächeln, »ich habe vor langer Zeit gelernt, daß man sich als erstes einen guten Anwalt suchen sollte, bevor man etwas von zweifelhafter Legalität tun wird.«

Hoover lachte, doch es klang gezwungen. Er nahm das Gesetz ernst und mochte keine Scherze darüber.

»So werde ich diese nötigen – aber vielleicht ein wenig heimlichen – Missionen an Bill geben, den besten Anwalt, den ich kenne«, sagte Roosevelt.

»Ich verstehe nicht ganz, Mr. President«, sagte Hoover.

»Unter anderem, Edgar, werden Sie nicht nur wegblicken müssen, wenn der Koordinator von Informationen etwas Unerlaubtes tut, sondern auch – und dies ist sehr wichtig – andere Leute ablenken müssen, die vielleicht Fragen stellen.«

»Ist das nicht gleichbedeutend mit einer Lizenz zum Gesetzesbruch für den Koordinator von Informationen?« fragte Hoover.

»Es ist eine Lizenz für ihn, *zu tun, was auch immer ich ihm sage*, und zwar in der wirkungsvollsten Weise«, sagte der Präsident.

»Wenn dies herauskommt, Mr. President, wäre das politisch sehr schädlich«, sagte Hoover. »Ich schlage respektvoll vor, Mr. President, daß das FBI diese Art Geschäfte erledigt, wenn nötig. Das FBI kann das besser als jeder sonst.«

Es überraschte Donovan, daß Hoover dem Präsidenten für illegale Dinge das FBI andiente. Roosevelt tat, als hätte er es nicht gehört.

»Gestern nachmittag habe ich dem Senat den Namen von Commander Douglass zur Beförderung zum Captain geschickt«, sagte Roosevelt. »Und ich habe den Marineminister angewiesen, Captain Douglass auf unbestimmte Zeit zum Dienst im Büro des Koordinators von Informationen zu verwenden. Wenn Bill abwesend ist, werden Sie sich also mit ihm als Stellvertreter begnügen müssen. Außerdem habe ich den Chef des Marinenachrichtendienstes angewiesen, jedwedes Personal zum Koordinator für Informationen abzukommandieren, das Captain Douglass verlangt. Und ich will, daß Sie, Edgar, sechs Ihrer besten Leute zu Douglass schicken. Ihre allerbesten Leute.«

»Jawohl, Mr. President«, sagte Hoover.

Er wird diejenigen Leute schicken, dachte Douglass, *die uns am besten ausspionieren können.*

»Von diesem Personal wird Captain Douglass diejenigen auswählen, die die Wissenschaftler nach England begleiten. Ihre Aufgabe wird es sein, die Wissenschaftler zu beschützen und Informationen zu sammeln.«

»Ich weise respektvoll darauf hin ...«, begann Hoover.

»Ich habe Ihnen schon einmal gesagt, Edgar, daß diese Entscheidung nicht zur Debatte steht.«

»Jawohl, Mr. President«, sagte Hoover. Der zweitgeschickteste Politiker in Washington wußte, wann ein Einwand sinnlos war.

»Ist das alles, Bill?« fragte der Präsident.

»Nur noch eines«, sagte Donovan. »Edgar, wenn wir unsere Leute bewaffnen wollen, wie stellen wir das am unauffälligsten an?«

»Verlangen Sie von mir, daß ich Ihren Leuten Ausweispapiere des FBI gebe?« fragte Hoover mit gerötetem Gesicht.

»Edgar«, sagte der Präsident, »Sie haben das Wesentliche nicht begriffen. Wenn Bill von Ihnen FBI-Ausweise verlangt, geben Sie ihm die entweder oder erklären mir, warum Sie das nicht tun können.«

»Ich will keine FBI-Ausweise«, sagte Donovan. »Ich will etwas, das keine Aufmerksamkeit auf unsere Leute lenkt. Das FBI ist berühmt. Wir wollen anonym sein.«

»Sagten Sie ›berühmt‹ oder ›berüchtigt‹?« fragte der Präsident.

Donovan lächelte. »Berühmt.«

Hoover überlegte kurz. »Das Büro des Deputy U.S. Marshals. Die sind bewaffnet und reisen viel. Wann werden Sie die Waffen brauchen?«

»Sobald Sie und die Navy das Personal schicken«, antwortete Douglass.

»Ich werde mich darum kümmern«, sagte Hoover.

»Ich habe vom ›National Institute of Health‹ etwas über Sie gehört, Bill«, sagte der Präsident.

»Vom ›National Institute of Health‹?«

»Es wird Sie begeistern, zu hören, daß Sie jetzt Büros haben. Im ›National Institute of Health‹.«

»Im NIH?« fragte Hoover amüsiert.

»Eine Zeitlang habe ich St. Elisabeth's in Erwägung gezogen, bevor ich mich für das NIH entschieden habe. Es liegt jedenfalls nahe bei Ihrem Haus in Georgetown.«

»Ihre Freundlichkeit überwältigt mich, Franklin«, sagte Donovan.

»Ich wünschte, Sie würden mich ›Mr. President‹ nennen«, erwiderte Roosevelt.

Donovan hob die Augenbrauen, sagte jedoch nichts.

»Ich möchte als Präsident noch etwas bemerken«, sagte Roosevelt. »Ich betrachte diese Atombomben-Sache als bedeutendste Einzelaktion, mit der wir uns befassen. Nach dieser Feststellung, Gentlemen, sollten wir endlich zum feuchtfröhlichen Teil des Abends übergehen.«

»Jawohl, Mr. President«, sagte Donovan sofort.

Roosevelt schaute Hoover an.

»Mr. President«, sagte Hoover, »das FBI und ich stehen zu Ihrer völligen Verfügung.«

»Das ist nett von Ihnen, Edgar«, sagte Roosevelt. »Ich habe nichts anderes erwartet.«

Hoover weiß wirklich nicht, ob Roosevelt es sarkastisch meint oder nicht, dachte Donovan.

»Ich finde, unseren ersten kleinen Schluck sollten wir auf das Wohl des frisch beförderten Captain Douglass trinken«, sagte der Präsident.

4
Rangun, Burma

18. September 1941

Ed Bitter hatte angenommen, die Munition Kaliber .50, die sich in Pearl Harbor in den Laderaum ergossen hatte, wäre für die Bordwaffen der Amerikanischen Freiwilligengruppe bestimmt. Die P40-B war mit zwei Brownings Kaliber .50 in der Nase und zwei Brownings Kaliber .30 in den Tragflächen bewaffnet. Aber als die *Jan Suvit* in Manila anlegte, wurde die Munition ausgeladen.

Nach anderthalb Tagen in Manila liefen sie aus dem Hafen aus, vorbei an der Festung Corregidor, und fuhren nach Batavia, Indonesien. Von Batavia aus ging es auf eine weitere lange Etappe der Reise, die letzte, in den Golf von Martaban, und dann ungefähr dreißig Kilometer den Rangun-Fluß hinauf nach Rangun. Seit der Abfahrt aus San Francisco waren sie fast neunzig Tage unterwegs gewesen.

Ein Repräsentant der ›Amerikanischen Freiwilligengruppe‹, ein alter Flieger, dessen Naturell an das von Chennault erinnerte, kam mit dem Flußlotsen an Bord, und die 106 Amerikaner auf der *Jan Suvit* mußten, in zwei Gruppen geteilt, antreten. Eine Gruppe bestand hauptsächlich aus Piloten, erklärte Crookshanks, mit einigem Wartungs- und Verwaltungspersonal. Die andere Gruppe setzte sich aus dem Gros des Wartungspersonals, ein paar Verwaltungsleuten und den beiden Piloten Bitter und Canidy zusammen.

Canidys Aufmüpfigkeit bei Crookshanks hatte offenbar dazu geführt, daß er als Klugscheißer zurückgelassen wurde, zusammen mit seinem Kameraden, während der Rest mit der Ausbildung anfing.

Bitter hielt den Mund, bis sie in einem klapprigen Taxi in die Innenstadt von Rangun fuhren.

»Dir ist hoffentlich klar, daß du der Grund bist, weshalb ich hier mit dir herumfahre«, sagte er.

»Na klar ist mir das klar, Eddie«, erwiderte Canidy spöttisch. »Du kannst mir zu Weihnachten ein zusätzliches Geschenk geben.«

»Die Versager und Nieten werden wie üblich zurückgelassen«, sagte Ed. »Dabei habe ich gar nichts vermasselt.«

»Dazu bist du auch nicht helle genug«, sagte Canidy. »Die anderen Jungs fahren mit dem Zug zu alten Kasernen der Englischen Armee, und General Chennault liest ihnen laut aus seinem Handbuch vor, bis die Flugzeuge eintreffen.«

»Und was machen wir?«

»Wir liegen im Bett eines Hotelzimmers – mit ein wenig Glück nicht allein –, bis die CAMCO die Flugzeuge zusammen hat. Und dann machen wir damit Testflüge. Wenn sie fertig sind, fliegen wir sie nach Fongoo ...«

»*Toungoo*«, korrigierte Bitter ihn.

»Wo auch immer die anderen Dummköpfe sind«, fuhr Canidy fort, »und dann holen wir weitere Flugzeuge. Wir werden mehr Zeit in diesen Maschinen verbringen als jeder sonst. Ich habe vor, sie sehr, sehr sorgfältig zu testen.«

Bitter erkannte, daß Canidy mal wieder clever gewesen war.

»Wie hast du das mal wieder geschaukelt?«

»Der Chief ist zu Crookshanks gegangen und hat ihm erzählt, er wüßte zufällig, daß wir beide verdammt gute Testpiloten sind.«

»Um Gottes willen, wir sind keine!«

»Keiner, den ich auf dem Schiff kennengelernt habe, ist besser, oder?« sagte Canidy grinsend.

5

Als sie am nächsten Morgen im Speiseraum des Hotels frühstückten, kam John B. Dolan zu ihnen und setzte sich zu ihnen. Er hatte keine ölverschmierten Rangabzeichen auf den Kragenspitzen seines Khakihemdes, und keine Schirmmütze thronte verwegen schief auf seinem Kopf, aber er sah nicht minder wie ein Chief Petty Officer der U.S. Navy aus als auf der Naval Air Station Pensacola.

Dolan bat mit einer Geste um eine Tasse Kaffee und nahm sich ein Rosinenbrötchen aus dem Körbchen auf dem Tisch.

»CAMCO hat ein Haus zur Verfügung, mit eigener Messe und Wäscherei. Im Augenblick sind nur Finley und ich und ein Ex-Chief Radioman namens Lopp darin. Ihr würdet euch darin vielleicht behaglicher fühlen als hier. Interessiert?«

»Fasziniert«, sagte Canidy sofort.

Bitter fühlte sich unbehaglich bei der Vorstellung,

das Quartier mit Ex-Unteroffizieren zu teilen, auch wenn sie jetzt als Zivilisten praktisch gesellschaftlich auf gleicher Stufe standen. Dolan und Canidy verstärkten sofort noch sein Unbehagen.

»Da ist noch mehr«, sage Dolan. »Man hat mich runter zu den Kais geschickt, um einen Wagen abzuholen. Da ist eine Lagerhalle voller neuer Studebaker Commanders. Man braucht nur hineinzuspazieren, eine Empfangsbestätigung zu unterschreiben und davonzufahren, wie ich es gemacht habe.«

»Sie können einen nur auffordern, den Wagen zurückzugeben, richtig?« sagte Canidy.

»Wem gehören die Wagen?« fragte Bitter.

»CAMCO«, sagte John Dolan. »Wir brauchen Ersatzteile und Werkzeug zum Montieren statt Studebakers, aber was soll's, man soll nehmen, was man kriegen kann. Warum sollen wir sie in einem Lagerhaus vergammeln lassen?«

»Werden die Wagen denn nicht von der Gruppe gebraucht?« fragte Bitter.

Dolan bedachte ihn mit einem geduldigen Blick.

»Wie es aussieht, Mr. Bitter«, sagte er, als versuche er einem kleinen Kind etwas klarzumachen, »brauchen wir all dieses Zeug in China, das am *anderen* Ende der Straße von Burma liegt. Und wir können es dort nicht hinbringen, jedenfalls nicht im Augenblick, verstehen Sie das?«

»Ja, natürlich«, sagte Bitter. Er ärgerte sich, weil er wie ein Dummkopf behandelt wurde.

»Ich ziehe mich um«, sagte Canidy, stand auf und verließ den Speiseraum.

»Es überrascht mich ein bißchen, daß ein alter Seebär wie Sie und Mr. Canidy Freunde sein können«, sagte Bitter.

Dolan blickte Bitter mit mitleidiger Verachtung an.

»Lassen Sie es mich so erklären, Mr. Bitter«, sagte

Dolan. »Es gibt drei Arten von Offizieren. Unten sind die wirklich blöden. Das sind vielleicht zwei Prozent. Dann folgen die meisten, sagen wir sechsundneunzig Prozent. Sie erledigen ihren Job, und die meiste Zeit machen sie keinem Probleme. Und dann sind da die letzten zwei Prozent. Man lernt, sie zu erkennen, und wenn man klug ist, kümmert man sich wirklich um solche Offiziere, weil man weiß, daß sie sich dafür revanchieren. Nicht nur, wenn es leicht für sie ist, sondern auch wenn man sie wirklich braucht und die Hilfe sie etwas kostet.«

»Und Sie meinen, Mr. Canidy zählt zu der Elite von zwei Prozent?«

»O ja«, sagte Dolan. »Das habe ich gleich erkannt, als ich zum ersten Mal mit ihm geflogen bin. Und ich bin mit vielen geflogen, Mr. Bitter. Ich war Chief Aviation Pilot mit goldenen Streifen.«

»Das wußte ich nicht«, sagte Bitter. Die Navy hatte ein kleines Korps von Piloten im Unteroffiziersrang. Die Elite dieser Unteroffizier-Piloten waren die Chief Petty Officer Piloten, und die Elite dieser Besten waren die Chief Aviation Piloten. Ihre Rangabzeichen waren mit goldenen Fäden gestickt.

»Ich sagte mir, wenn man nicht fliegt, sollte man auch kein Pilotenabzeichen tragen«, sagte Dolan. »Deshalb habe ich es abgenommen.«

»Und als Pilot haben Sie Mr. Canidy als Testpilot empfohlen?«

»Zum Teil deshalb«, sagte Dolan. »Und zum Teil, weil Chennault in Toungoo jeden auf die Art der Army als Jagdflieger ausbildet. Mr. Canidy braucht diese Ausbildung nicht, besonders nicht, wenn er deshalb in irgendeiner alten englischen Kaserne mit den Wanzen schlafen muß.«

»Sie meinen, er braucht keine Ausbildung als Jagdflieger?«

»Sie kennen den Unterschied zwischen der normalen Flugausbildung und der Ausbildung zum Jagdflieger?« fragte Dolan.

»Sagen Sie ihn mir«, forderte Bitter ihn auf.

»Bei der Ausbildung zum Jagdflieger müssen die Schüler vergessen, was man ihnen bisher verboten hat. Man versucht ihnen beizubringen, wie weit sie gehen können, ohne abzustürzen. Ich meine, Mr. Canidy beherrscht das bereits ziemlich gut.«

»Und Sie meinen, ich ebenfalls?« fragte Bitter. »Wie ich hörte, haben Sie uns beide als Testpiloten empfohlen.«

Dolan zögerte eine Weile mit der Antwort. Dann drehte er sich auf seinem Stuhl und schaute Bitter in die Augen.

»Bei Ihnen kommt einiges zusammen«, sagte Dolan. »Zum einen haben Sie die Akademie besucht. Zum anderen hat mir Mr. Canidy erzählt, daß bei Ihrer Maschine der Motor streikte, als Sie mitten in einer Rolle waren. Aber ich glaube, das wichtigste ist folgendes: Ganz gleich, was manche Leute vielleicht glauben, ich weiß, daß Mr. Canidy kein *völliges* Arschloch als Freund haben würde.«

Einen Moment lang war Bitter sprachlos. Schließlich fand er Worte. »Danke, Dolan.«

»Schon gut, Mr. Bitter«, sagte der alte Chief.

6

Das Haus, das die CAMCO für die Unterbringung des Wartungspersonals, der Kommunikationstechniker und der beiden Piloten gemietet hatte, war ein großes

Gebäude in viktorianischem Stil im Vorort Kemmendine. Aus den Fenstern in ihren Zimmern konnten sie in der Ferne die Shwe Dagon Pagode mit ihrem goldenen Dach sehen.

Eine Stunde nach dem Einzug in dieses Haus schaute Canidy in Bitters Zimmer und sah, daß Bitter in einem Sessel saß und das Handbuch P40-B-1 las.

»Willst du mit zum Flugplatz fahren, um zu sehen, was läuft?« fragte Canidy.

Der Studebaker, für den Canidy bei der Lagerhalle der CAMCO unterzeichnet hatte, war erst ein paar hundert Meilen gelaufen, und er roch noch nach Farbe, obwohl er mindestens ein Jahr alt war und Tausende Meilen weit zu den Docks von Rangun gereist war.

Canidy fand den Flugplatz Mingaladon und dann die CAMCO-Hangars ohne Mühe. Davor standen vier Curtiss P40-Maschinen. Drei davon sahen flugbereit aus, und eine Gruppe von Mechanikern hockte unter der Tragfläche der vierten und spähte in den rechten Radschacht. Die rechte Tragfläche des Flugzeugs war am Boden aufgebockt.

Canidy parkte den Studebaker neben der Maschine, die am nächsten stand, und stieg aus. Gefolgt von Bitter umrundete er das Flugzeug und betrachtete es genau. Dann kletterte er auf die Tragfläche und schaute ins Cockpit. Ein Mann in mittlerem Alter löste sich von der Gruppe bei der letzten P40-B und schlenderte zu ihnen.

Canidy sprang von der Tragfläche.

»Canidy?« fragte der Mann, und als Canidy nickte, stellte er sich als Richard Aldwood, CAMCO, vor. »Dolan hat mir von Ihnen erzählt«, sagte er.

»Sie sind mehr als nur ›von‹ CAMCO, nicht wahr?« fragte Canidy und schüttelte die Hand, die Aldwood ihm hinhielt. »Vizepräsident, richtig?«

»Ja, und im Augenblick verantwortlich dafür, herauszufinden, warum sich dieses gottverdammte Rad nicht einziehen läßt«, sagte Aldwood bescheiden und wies zu dem Flugzeug, bei dem sich die Mechaniker aufhielten.

»Ed Bitter«, sagte Bitter, und er und Aldwood schüttelten sich die Hände.

»Wieviel Flugzeit haben Sie mit diesem Maschinentyp geflogen?« fragte Aldwood fast beiläufig.

»Ich habe Strich-eins wirklich sorgfältig gelesen«, sagte Canidy trocken.

»Das dachte ich mir.« Aldwood sah Bitter an.

»Ich habe nie zuvor eine gesehen, Sir«, sagte Ed Bitter.

»Nun, dann sind Sie beide ungefähr acht Stunden hinter mir zurück«, sage Aldwood. »Und mir mehr als ein wenig voraus. Sie sind viel jünger, und Dolan hält große Stücke auf Sie.«

»Und von Ihnen hält er nicht viel?« fragte Canidy.

»Nicht mehr, seit ich ihm gesagt habe, daß ich ihn nicht fliegen lassen kann.«

»Warum nicht?« fragte Canidy. »Ich hörte, daß er verdammt viele Flugstunden absolviert hat.«

»Ja, und er hat mit seinen Herzanfällen auch ein paar harte Stunden überlebt«, sagte Aldwood. »Warum hat man ihn wohl für fluguntauglich erklärt? Es überrascht mich, daß die Navy ihn nicht schon vor Jahren in den Ruhestand versetzt hat.«

»Ich nehme an, bevor wir die ersten Testflüge mit diesen Vögeln absolvieren, wird uns jemand damit vertraut machen müssen.«

»Ich werde Ihnen das Cockpit zeigen«, sagte Aldwood. »Und da Sie bereits Strich-eins gelesen haben, ist das alles, befürchte ich. Es gibt keine Grundausbildung, es sei denn Claire ... Chennault ... fängt eine in Toungoo an.«

»Und wenn ich den Vogel verbiege?« fragte Canidy.

»Tun Sie das bitte nicht«, sagte Aldwood. »Wir haben bereits zwei zu Schrott geflogen, und wir werden nicht mehr als genau hundert bekommen.«

»Sind sie alle hier?«

»Zweiundsechzig. Gott allein weiß, wann wir die restlichen bekommen werden. Wir haben sie in jeweils anderthalb Tagen zusammenmontiert. Wir hoffen, daß wir die Rate auf zwei pro Tag, vielleicht drei steigern können«, sagte Aldwood. Er kletterte auf die Tragfläche und winkte Canidy und Bitter herauf.

Aldwood gab ihnen eine detaillierte Einweisung in die Instrumente und Kontrollen der Maschine und sagte ihnen alles, was er über ihre Besonderheiten beim Flug wußte. Er beeilte sich nicht, doch er war nach fünfunddreißig Minuten mit der Einweisung fertig.

»Wollen Sie nach der langen Schiffsreise noch einen Tag bis zum ersten Flug warten?« fragte er schließlich. »Oder ...?«

»Morgen wird es mir nicht viel besser gehen«, sagte Canidy.

Zehn Minuten später trug Canidy einen Lederhelm des Army Air Corps, Schutzbrille und einen Switlick-Fallschirm mit dem Stempel EIGENTUM USN, blickte auf beiden Seiten aus dem Cockpit, rief »Clear!« und betätigte den Starterhebel. Es dauerte lange, bis er den Motor auch nur zum Husten brachte, und als er lief, stotterte er, und Canidy nahm einen besonderen Ölgeruch wahr, den er nie zuvor gerochen hatte. Hellgrauer Rauch quoll aus dem Motor, kaum sichtbar im Propellerwind, offenbar nicht der blaue Rauch einer zu fetten Mischung und auch nicht der fast schwarze Rauch von einem Ölleck.

Der hellgraue Rauch verschwand, kurz nachdem die Nadeln der Instrumente in die grüne Zone krochen, den sicheren Betriebsbereich für Druck und Temperaturen. Dann wurde ihm klar, was den Rauch verursacht hatte: Öl und Schmiermittel zur Konservierung des fast neuen Motors waren verbrannt.

Canidy schaute zu Aldwood, wies auf das Instrumentenbrett und machte ein Okay-Zeichen. Aldwood nickte und reckte einen Daumen empor.

Canidy schob das Mikrofon vor seine Lippen. »Mingaladon Tower. CAMCO sechzehn bei den CAMCO Hangars. Erbitte Roll- und Starterlaubnis.«

Der Tower antwortete sofort. Eine britische Stimme nannte ihm die Zeit, Höhe, Temperatur, Windverhältnisse und erteilte ihm die Erlaubnis, als Nummer eins zur Startbahn zu rollen und zu starten.

Canidy löste die Bremse und schob den Steuerknüppel nach vorne. Zuviel. Er hatte über tausend PS unter der Hand. Als er zum letzten Mal geflogen war, hatte er weniger PS in einem viel schwereren Flugzeug gehabt. Und seit seinem letzten Flug waren über drei Monate vergangen.

Es war schwierig, mit der P40-B zu rollen. Der Pilotensitz war in der niedrigsten Position, und er saß tief im Cockpit. Und die Nase der P40-B war hoch, so daß es schwierig war, hinauszublicken. Weil er beim Rollen zu beiden Seiten des Cockpits hinaus nach der Rollbahn blicken mußte, erkannte er sofort, daß die Kontrolle des Flugzeugs auf dem Boden durch die Benutzung des Ruders ein Geschick erforderte, das er sich durch viel Übung würde aneignen müssen.

Canidy erreichte den Beginn der Startbahn und stoppte. Er trieb den Motor auf Touren, überprüfte die Dynamos und betätigte den Steuerknüppel und die Ruderpedale. Dann zog er die Schutzbrille über die Augen und schob das Mikrofon an die Lippen.

»Mingaladon Tower, CAMCO sechzehn rollt«, sagte

er und schob den Steuerknüppel nach vorne. Das Flugzeug setzte sich in Bewegung. Er spürte, daß er zurück gegen seinen Fallschirm gepreßt wurde. Die P40-B hob sich vorne ohne irgendeine Aktion von ihm. Der Luftschraubenstrahl heulte an seinen Ohren vorbei, und er erinnerte sich nun, daß er die Cockpitkanzel nicht nach vorne geschoben hatte, um sie ganz zu schließen. Zum Teufel damit.

Sehr vorsichtig lenkte er die Maschine in die Mitte der Startbahn und wartete, bis Leben in den Steuerknüppel kam. Das war ganz plötzlich der Fall. Er zog ihn ganz langsam zurück, und die Maschine hob ab. Sofort, als er die Hand zum Hebel zum Einziehen des Fahrwerks ausstreckte, neigte sich die rechte Tragfläche, und die Maschine flog nach rechts. Er korrigierte den Kurs und fragte sich, ob es eine Frage des Drehmoments oder eine gyroskopische Prozedur war, und er wußte – als er spürte, daß ihm Schweiß ausbrach –, daß er nie vergessen würde, darauf vorbereitet zu sein.

Die Räder wurden eingezogen, langsamer, als er erwartet hatte, und nicht so gleichmäßig. Er korrigierte den Unterschied, bis beide Räder in ihren Schächten waren. Er hatte die gleiche Position des Höhenruders beibehalten, und der Winkel des Steigflugs nahm zu, obwohl die Geschwindigkeit konstant blieb.

Er dachte erfreut: *Diese Kiste steigt wie eine verdammte Rakete!*

Er stieg bis auf dreitausend Fuß, und dann zog er den Steuerknüppel zurück und flog mit Reisegeschwindigkeit. Er brachte die Maschine in Trimmlage und flog ein paar Sekunden lang, ohne Hände und Füße an den Instrumenten zu halten. Danach ging er in sanften Steigflug.

Er spielte, bewegte den Steuerknüppel von Seite zu Seite und betätigte die Ruderpedale, um ein Gefühl für das Flugverhalten der Maschine zu bekommen, bis er auf fünftausend Fuß war. Dort fing er das Flugzeug ab und schob schließlich das Cockpitdach zu. Das schrille Pfeifen des Luftschraubenstrahls verschwand, und das Cockpit war jetzt erfüllt vom dumpfen Röhren der über tausend PS, die den dreiflügeligen Propeller vor ihm antrieben.

Etwas später zog er den Steuerknüppel zurück und ging in den Steigflug, bis er überzog. Die Maschine erbebte tatsächlich beim Überziehen. Er schob den Steuerknüppel nach vorne und wartete, bis wieder Leben hineinkam. Die Nadel der Geschwindigkeitsanzeige wies auf 300, dann auf 320 und 330 und kletterte bis an die rote Linie bei 340. Er zog den Steuerknüppel zurück und hatte das Gefühl, sein Magen würde bis zu den Knien sinken. Einen Augenblick lang befürchtete er, alle Anzeigen würden ins Rot gehen, und dann ging das vorüber, und er sah, daß im Geradeausflug die Nadel soeben auf der roten Linie war.

»Verdammt!« stieß er entzückt hervor. Er überprüfte schnell die Anzeigen, um sich zu vergewissern, daß alles im richtigen Bereich war, und dann drehte er erst einen Looping und flog danach eine Rolle und – als er immer noch die nötige Geschwindigkeit hatte – eine Immelmann-Kurve.

Als er nach seiner Schätzung ungefähr zehn Minuten geflogen war, entschloß er sich widerstrebend, zum Boden zurückzukehren. Es war ein Sichtflug gewesen, bei dem er sich an dem glänzenden, mit Gold überzogenen Dach der ›Shwe Dagon Pagode‹ orientiert hatte. Wenn er das Dach der Pagode sehen konnte, war er leicht in der Lage, die Landebahn zu finden.

Er fand sie, nahm sie auf sechstausend Fuß Höhe unter die linke Spitze der Tragfläche und flog in einer sanften Kurve im Sinkflug bis auf dreitausend Fuß.

Zum ersten Mal sah er sich den Boden mit mehr als flüchtigem Interesse an. Er sah Rangun, das sich südlich der Pagode erstreckte, den Fluß, der zum Golf von Martaban floß, und den üppigen grünen Dschungel.

Es war ein herrlicher Anblick. Burma war wunderbar. Der Tag war wunderbar. Die P40-B war wunderbar. Es war einer der besten Tage seines Lebens, davon war er überzeugt.

Er rief den Tower und erhielt Landeerlaubnis.

Die Kiste kam viel schneller runter, als er gedacht hatte, sogar mit aufgestellten Landeklappen und ausgefahrenem Fahrwerk, und er war viel weiter auf der Landebahn, als er gewollt hatte, bevor er mit den Vorderrädern aufsetzte. Und es dauerte länger, als er gedacht hatte, als das Heckrad ebenfalls aufsetzte. Der Vogel wollte anscheinend auf der Nase stehen. Auch das mußte er sich merken.

Bitter schlenderte zu dem Flugzeug, als Canidy damit zu der Reihe der anderen Maschinen rollte und parkte.

»Was ist passiert?« fragte Bitter besorgt. »Wir wollten dich schon suchen lassen.«

»Ich war nur zehn, fünfzehn Minuten in der Luft«, sagte Canidy.

»Du bist eine Stunde und zwanzig Minuten geflogen«, korrigierte Bitter.

»Das ist ein höllisch gutes Flugzeug, Eddie«, sagte Canidy.

VI

1

Atlanta, Georgia

15. Oktober 1941

Brandon Chambers' Sekretärin steckte ihren Kopf ins Büro im *Atlanta-Courier-Journal*-Gebäude und hielt die Hand mit der Handfläche nach oben hoch, ihr Signal, daß wichtig war, was sie zu sagen hatte.

»Warten Sie eine Minute«, sagte Brandon Chambers zum Chefredakteur des *Atlanta Courier Journal*.

»Man rief soeben aus der Halle an«, sagte die Sekretärin. »Ann ist auf dem Weg nach oben.«

Branon Chambers kratzte sich am Kinn. »Ich frage mich, was meine süße, impulsive, eigensinnige kleine Tochter jetzt schon wieder will.« Dann wies er die Sekretärin an, Ann hereinzuführen, wenn sie eintraf, und setzte sein Gespräch mit dem Chefredakteur fort.

Ann Chambers trug ein blaues Kleid mit Punktmuster und Stöckelschuhe. Ein Hütchen thronte keck auf ihrem Kopf. Das Hütchen hatte einen Schleier, und ihr Gesicht war gepudert, die Wangen mit Rouge belegt und die Lippen knallrot geschminkt.

Brandon Chambers interessierte sich nicht sonderlich dafür, was Frauen anhatten, es sei denn, es war ungewöhnlich enthüllend, aber er bemerkte, wie seine Tochter gekleidet war. Sie trug sonst fast nie etwas Modischeres als einen Faltenrock, Pullover und Freizeitschuhe mit flacher Sohle.

»Was verschafft mir die Ehre?« fragte er anzüglich und erwartete das Schlimmste.

»Kann ich Ihnen etwas anbieten, Ann?« fragte die Sekretärin.

»Ich hätte liebend gern eine Tasse Kaffee, Mrs. Gregg«, sagte Ann, »wenn es Ihnen nicht zuviel Umstände macht.«

»Stimmt was nicht?« fragte Brandon Chambers.

»Nein. Mit mir ist alles in Ordnung. Ich habe gehofft, dich mit meiner Aufmachung zu verblüffen. Kein Kommentar?«

»Es ist eine höllische Verbesserung, das kann ich dir erfreut sagen.«

»Da war ein Artikel in *College Woman,* in dem stand, daß Frauen sich bei einer Bewerbung um einen Job geschäftsmäßig kleiden sollten. Ich habe mir lange überlegt, was ich anziehe. Ich bin hier, um mich um eine Stelle zu bewerben. Ich nehme klaglos jeden Job an, der mir angeboten wird.«

»Tatsächlich?« sagte Brandon Chambers lächelnd.

»Tatsächlich«, erwiderte Ann. »Und jetzt, da du von meiner geschäftsmäßigen Erscheinung verblüfft bist, laß uns gleich zur Sache kommen. Ich suche eine Stelle beim Memphis *Daily Advocate.* Alles außer den Frauenseiten.«

»Wie wäre es mit der Chefredaktion?«

»Ich meine es ernst, Daddy«, sagte Ann.

»Das habe ich befürchtet«, bemerkte ihr Vater. »Was ist mit dem College?«

»Ich habe das College satt«, sagte sie. »Das ist für mich zu Ende.«

»Du hast noch drei Jahre, dieses Jahr mitgerechnet.«

»Ich habe mich bereits abgemeldet«, sagte Ann.

»Das kannst du nicht ohne meine Erlaubnis«, wandte er ein.

»So, das kann ich nicht?« fragte Ann. »Was willst du machen, mich in Handschellen zurückschleppen?«

»Weiß deine Mutter von dieser Sache?« fragte er.

»Ich nehme an, sie wird es am späten Nachmittag wissen.«

»Und sie wird gekränkt und wütend sein«, gab er zu bedenken.

»Dessen bin ich mir nicht sicher«, widersprach Ann. »Und du wirst das ebensowenig sein.«

»Ist etwas Besonderes auf Bryn Mawr vorgefallen? Oder war es nur allgemein Langeweile?«

Ann antwortete nicht auf die Frage. Sie stellte selber eine. »Fragst du nicht, warum ich zum *Daily Advocate* will? Anstatt hierhin?«

»Okay«, sagte er, »ich frage.«

»Weil du die meiste Zeit hier verbringst, und das wäre peinlich für uns beide.«

»Das ist eine Antwort auf die Frage ›warum nicht hier?‹«, sagte er, »und nicht ›warum beim *Advocate*?‹«

»Weil der *Advocate* eine mittelgroße Zeitung ist und ich dort bereits einige Freunde habe. Ich habe schon mal dort gearbeitet.«

»Gerade ein paar Monate«, sagte er.

»Ich habe dort im vergangenen Sommer vier Wochen gejobbt«, entgegnete Ann. »Und zwei Monate, nachdem ich meinen Abschluß in St. Margaret's hatte.«

»Das sind insgesamt drei Monate«, sagte er.

»Ich würde das Journal für die Frau hassen«, zeigte sich Ann verhandlungsbereit, »aber selbst diesen Job würde ich nehmen. *Vorübergehend.*«

»Ich nehme an, du hast dir bereits vor Augen gehalten, daß du die Chance auf eine gute Bildung wegschmeißt?«

»Du glaubst diesen Blödsinn ebensowenig wie ich«, sagte Ann. »Frauen werden nur aufs College geschickt, um sie von den Straßen fernzuhalten, bis sie einen Mann finden.«

»Das glaube ich ebensowenig«, sagte er. »Und wenn ich nein sage, Annie? Was machst du dann?«

»Das weiß ich nicht«, bekannte sie. »Ich weiß aber, daß ich nicht nach Bryn Mawr oder auf irgendein anderes College zurückgehe, basta.«

»Ich werde hören, was Orrin Fox zu sagen hat«, erklärte Brandon Chambers.

Ann ging zu seinem Schreibtisch und drückte auf die Sprechtaste der Gegensprechanlage. »Mrs. Gregg, würden Sie bitte Mr. Fox vom *Advocate* für Daddy anrufen?« sagte sie.

Als ihr Vater keinen Einwand erhob, wußte Ann, daß sie ihren Willen durchgesetzt hatte. Orrin Fox, der Chefredakteur von *Advocate*, würde ihr vermutlich auch einen Job geben, wenn ihr Vater nicht der Besitzer der Zeitung wäre. Und sie hatte recht. Orrin war bereit, sie bei den Regionalseiten, auf denen überwiegend über Krankenhäuser und Beerdigungen berichtet wurde, mitarbeiten zu lassen, was mehr war, als sie erhofft hatte.

»Danke, Daddy«, sagte Ann, strahlte und küßte ihn auf die Wangen.

»Grinse nicht so selbstgefällig«, sagte Brandon Chambers. Er bemühte sich, es streng klingen zu lassen – doch ihr entging nicht, daß in seiner Stimme Anerkennung und Stolz mitklangen. »Du mußt noch abwarten, was deine Mutter dazu sagt. Sie weiß noch nicht, daß du das Studium abbrichst, ganz zu schweigen davon, daß du allein in Memphis wohnen willst.«

»Mit Mutter komme ich schon zurecht«, sagte Ann Chambers zuversichtlich. »Und mit ein bißchen Hilfe von meinem großzügigen Daddy kann ich ein schönes kleines Apartment finden. Bis die Zeitung mir genug zahlt und ich selbst über die Runden kommen kann.«

»Ich meine es ernst, Annie«, sagt Brandon Chambers. »Deiner Mutter wird es gar nicht gefallen, daß du allein in Memphis wohnst.«

»Ich werde nicht allein wohnen«, sagte Ann. »Sarah Child wird eine Wohnung mit mir teilen.«

Damit wußte er nichts anzufangen.

»Und warum«, fragte er schließlich, »würde Sarah Child das Studium abbrechen, um mit dir in Memphis, Tennessee, zu wohnen?«

»Weil sie schwanger ist«, sagte Ann. »Und nicht verheiratet.«

»Mein Gott!« sagte Brandon Chambers mit seiner dröhnenden Stimme. »Hat dieses verrückte kleine Ding sich pimpern lassen!«

»Daddy!« rief Ann vorwurfsvoll.

»Das hätte ich ihr nicht zugetraut.«

»*Daddy!*« schrie Ann. »Was du sagst, ist grausam! Und gemein! Und unfair! Und Sarah ist meine Freundin. Sie braucht Hilfe, und sie braucht mich.«

»Das ist es also. *Sie* ist der Grund«, sagte er ärgerlich. »Deshalb willst du das Studium abbrechen.«

»Ich wollte ohnehin nicht mehr studieren«, sagte Ann. »Aber ich muß ihr helfen. Sie wird vielleicht keine Familie haben. Ihr Vater ist zu beschäftigt mit seiner Bank, um sich um seine Tochter zu kümmern. Und ihre Mutter ist verrückt, das weißt du. Für geisteskrank erklärt.«

»Und Sarah kann nicht selbst für sich sorgen?« Er legte eine Pause ein, um das einwirken zu lassen. »Du weißt vielleicht – so jungfräulich du auch bist –, daß solche Dinge schon erfolgreich mit Hilfe dessen gemeistert worden sind, was man inzwischen allgemein als Ehe bezeichnet.«

»Sei nicht sarkastisch, Daddy.« Sie weinte. So wurde er weicher und ließ sie in Ruhe.

»Es tut mir leid, Schatz. Aber ich bin auch aufgeregt. Ich will einfach nicht, daß mein geliebtes Kind die Ausbildung wegschmeißt, damit es ein geschwängertes kleines Mädchen bemuttern kann. Und außerdem, was ist mit dem Vater?«

Ann hielt im Schluchzen inne. »Der ist in China.«

»China? Wen kennt die kleine Sarah in China?« Dann kapierte er. »O Gott, o Gott! Meinst du, es ist im Frühling passiert, als ihr alle auf der Plantage wart?«

Ann nickte.

»Canidy!« brüllte er. »Dieser Hurensohn!«

»Falsch«, sagte Ann. »Es war Cousin Eddie.«

»Ed? Soll das ein Witz sein?«

»Es *war* Cousin Eddie, aber wenn du das jemand erzählst, werde ich dir nie verzeihen. Ich habe ihr mein Wort gegeben, und du bist die einzige Person außer uns, die davon weiß.«

Brandon Chambers schüttelte den wuchtigen Kopf und atmete tief durch. Ann wußte, daß sie gewinnen würde. Er würde das Unabänderliche hinnehmen. Sie würde nach Memphis umziehen und sich um das kleine Mädchen kümmern. Das war also erledigt.

»Und was hat Ed dazu zu sagen?«

»Eddie weiß es noch nicht«, sagte Ann. »Sie will es ihm nicht sagen, und ich habe ihr mein Wort gegeben, daß er es von mir ebenfalls nicht erfährt.«

»Warum soll er nichts erfahren?«

»Sie sagte, weil sie glaubt, daß es durch ihre Schuld geschehen ist, nicht durch seine.«

»Zum Vögeln gehören zwei!« brauste er auf, aber nur halbherzig.

»Aber ich glaube, der wahre Grund ist, daß sie Jüdin ist.«

»Das würde für Ed nichts ändern«, sagte Brandon Chambers.

»Nicht?« fragt Ann spitz. »Würdest du viel Geld darauf wetten, Daddy? Was würde Tante Helen denken?«

»Was sagen wir deiner Mutter?« fragte er.

»Daß Sarah schwanger ist, und das ist alles«, erwiderte Ann.

2
Berlin

10. November 1941

Helmut Maximilian Ernst von Huerten-Mitnitz mochte Amerika. Er hatte 1927 in Harvard promoviert und war, in den Fußstapfen von vier Generationen von Huerten-Mitnitz' jüngeren Söhnen, zum Außenministerium gegangen und schließlich in der deutschen Botschaft in Washington gelandet. Zwei Jahre später hatte er als Generalkonsul in New Orleans fungiert, und er hatte besonders liebevolle Erinnerungen an diese Stadt. Er dachte oft an *Kolb's*, ein deutsches Restaurant in einer Seitenstraße der Canal Street, wo er mit besonderer Herzlichkeit und mit gutem Essen verwöhnt worden war. Und bei zwei Umzügen an ›Mardi Gras‹, dem Fastnachtsdienstag, war er in einem phantastischen Kostüm auf einem Festwagen mitgefahren und hatte den Leuten Bonbons und Glasperlen zugeworfen, die sich in den engen Straßen des Französischen Quartiers gedrängt hatten.

Bei seiner Rückkehr nach Berlin im Jahre 1938 stellte Max fest, daß sein älterer Bruder, Karl-Friedrich, der Nationalsozialistischen Deutschen Arbeiterpartei den guten Ruf des Namens von Huerten-Mitnitz und eine große Geldsumme geliehen hatte. Insgeheim verabscheuten Max und Karl-Friedrich die meisten der höheren Nazis, aber für ihn war klar, daß die Nazipartei Deutschland vor dem Schicksal des kommunistischen Rußlands bewahrt hatte. Und es war unbestreitbar, daß das Leben unter dem Naziregime besser war als zuvor.

Aber Max wollte nicht in den Kriegen der Nazis kämpfen. Er hatte seine Freistellung vom Wehrdienst als Mitarbeiter des Auswärtigen Dienstes, aber die Darlehen seines Bruders hatten das Interesse auf seine Familie gelenkt. Es war nur zu wahrscheinlich, daß jemand in ihm einen feinen Offizier sah, dessen Bestimmung es war, an der Ostfront zu kämpfen. Er brauchte eine wichtige Verwendung, die seine Karriere förderte und ihm zugleich das Schicksal ersparte, das ihm blühen würde, wenn er blieb, wo er war. Er mußte aus Berlin heraus.

Johann Müller war eines der ersten hunderttausend Mitglieder der Nationalsozialistischen Deutschen Arbeiterpartei und deshalb berechtigt, das goldene Parteiabzeichen zu tragen. Er hatte sich sehr früh den Nazis angeschlossen, weil er erkannt hatte, wie nützlich eine Mitgliedschaft für einen Polizisten sein würde. Müller hatte keinen Augenblick lang geglaubt, daß die Partei und Adolf Hitler die Rettung für Deutschland waren. Es hatte Polizisten unter dem Kaiser und in der Weimarer Republik gegeben, und es würde Polizisten unter dem geben, wer auch immer das Tausendjährige Reich ablöste.

Müller war seit zwei Jahren Wachtmeister im Kreis Marburg, als er erfuhr, daß Hermann Göring als Polizeipräsident von Preußen in aller Stille eine Geheimpolizei aufstellte. Müller meldete sich und wurde von der preußischen Staatspolizei zum Kriminalinspektor dritten Grades ernannt. Er traf sofort nach Hitler in Berlin ein als Chef dessen, was bald die Gestapo werden sollte, und Hitler ersetzte Göring durch den vertrauenswürdigeren Heinrich Himmler.

Obwohl Himmler sofort die meisten der Leute entließ, die Göring eingestellt hatte, blieb Müller. Er war noch nicht lange genug bei der Staatspolizei, um korrupt zu sein. Außerdem war ein Polizist, der das goldene Parteiabzeichen trug und sich aus einer Kreisstadt in Hessen hochgearbeitet hatte, genau der Mann, den man suchte. Himmler brauchte normale Polizisten, die sich mit der Aufklärung ›normaler‹ Verbrechen befaßten.

Als der Krieg ausbrach, blieb Müller zwar Polizist, erhielt jedoch den Befehl, Uniform zu tragen. Einige seiner Aufgaben erforderten jedoch immer noch Zivilkleidung. Ohne besondere Planung war Müller zu einem Spezialisten der Verbrechensbekämpfung geworden – von Veruntreuung über Devisenverstöße bis zu Sittenverbrechen, begangen durch Offiziere oder ranghohe und einflußreiche Angestellte der Regierung und Parteifunktionäre. Müller wurde der Mann in Berlin, der entschied, ob Anklage erhoben wurde oder nicht. Manchmal entschied er auf Untersuchungshaft; bisweilen drohte er nur den Tätern – um zu sehen, was geschehen würde. Und andere Male entschied er, daß das Beweismaterial für eine Anklage nicht ausreiche.

Und bei manchen Fällen hielt er die Hand über Leute, um sie entweder als Informanten zu nutzen oder in Positionen zu halten, in denen sie ihm vielleicht etwas Gutes tun konnten, während er überlegte, was er mit ihnen anfangen sollte.

Seine Spezialität war die Ermittlung in Fällen von Bestechung und der Zahlung von Schmiergeldern, was bedeutete, daß er Geld ausgrub, für dessen Vergraben Leute beträchtliche Zeit und Phantasie gebraucht hatten. Er war gut darin.

Er traf Helmut Maximilian von Huerten-Mitnitz, als ein Schwede mit Diplomatenpaß und ein Beamter des Außenministeriums in einem Hotel in Lichterfelde zusammen im Bett erwischt worden waren, ein Zwischenfall, der über einen Verstoß gegen die Staatsmoral hinausging. Der Verbindungsoffizier, mit dem es Müller bisher beim Außenministerium zu tun gehabt hatte, war durch von Huerten-Mitnitz abgelöst worden. Als Müller zur Bendlerstraße fuhr, überraschte es ihn nicht, den Diplomaten so elegant anzutreffen, wie er am Telefon geklungen hatte. Es war ein großer, blonder Ostpreuße mit scharfen Gesichtszügen, dessen Alter er auf Mitte Dreißig schätzte. Von Huerten-Mitnitz trug einen gutgeschnittenen britischen Anzug, der gewiß soviel gekostet hatte, wie Müller im Monat verdiente.

Fünf Minuten mit von Huerten-Mitnitz reichten für Müller, um festzustellen, daß der Diplomat weitaus patenter war, als sein Verhalten und die elegante Kleidung vermuten ließen. Zugleich hatte Max von Huerten-Mitnitz genug von Müller gesehen, um überzeugt zu sein, daß der Polizist nicht der einfache hessische Bauer war, als der er sich ausgab.

Danach (der Fall des Schweden und des Beamten des Außenministeriums war schnell und zufriedenstellend gelöst worden), wußte von Huerten-Mitnitz, wer wen für welche geheime Information bezahlte. Als Gegenleistung wurde Müller unerwartet zum Sturmbannführer (SS-SD) befördert, kurz nach der Invasion der Niederlande. Ihre Beziehung war sehr zufriedenstellend.

Max betrachtete seine Berufung nach Marokko als eine seiner diplomatischen Großtaten. Als Repräsentant des Außenministeriums bei der Franko-Deutschen Waffenstillstandskommission für Marokko würde Max in der Tat sehr wenig mit dem Waffenstillstand mit Frankreich zu tun haben. Die Kommission (neun hohe Beamte des Außenministeriums und ihr Stab) war der beschönigende Titel für den Verwaltungskörper, mit dem das französische Protektorat Marokko regiert wurde. Noch wichtiger, er würde in Marokko sein und fort von Berlin.

Zu seiner neuen Position zählten offenbar gewisse Sicherheits- und nachrichtendienstliche Funktionen, was die Zusammenarbeit mit einem Offizier des Schutzstaffel-Sicherheitsdienstes (SS-SD) bedeutete. Da nicht wenige der SS-SD-Mitglieder sehr gefährlich waren, wünschte Max als seinen Verbindungsmann zu der französischen Gendarmerie einen Offizier, mit dem es ein gewisses Maß an gegenseitigem Verständnis gab. Binnen einer Stunde hatte er Müller am Telefon.

»Herr Sturmbannführer, haben Sie vielleicht ein paar Minuten Zeit für mich, wenn es Ihr voller Terminkalender erlaubt?« fragte von Huerten-Mitnitz.

»Wann?«

»Haben Sie jetzt Zeit?« fragte von Huerten-Mitnitz.

»Im Augenblick bin ich beschäftigt.«

»Schade. Haben Sie zum Abendessen Zeit?«

»Ja.«

»Um neunzehn Uhr im Kempinski?«

»Ich werde dort sein.«

3
Hotel Kempinski
Berlin

10. November 1941, 19 Uhr 30

Max von Huerten-Mitnitz und Johann Müller speisten Schweinelende mit Röstkartoffeln und grünem Salat und tranken dazu ein Berliner Bier. Zu Schweinelende paßte einfach nichts besser als ein Pils.

Von Huerten-Mitnitz erklärte Müller, daß man ihm einen Monat Zeit lasse, um seine persönlichen Dinge abzuwickeln, bevor er nach Marokko ging, aber er könne wahrscheinlich viel früher die Reise nach Marokko antreten. »Wieviel Zeit werden Sie brauchen?« fragte er.

»Ich werde bereit sein, wenn Sie das sind«, antwortete Müller.

Es blieb unausgesprochen, was beide ein bißchen befürchteten: Die Verwendung konnte geändert werden, solange sie in Berlin waren.

»Wir werden fliegen«, sagte von Huerten-Mitnitz.

Müller nickte, machte den Kellner auf sich aufmerksam und bestellte zwei Pils.

»Sollte ich irgend etwas erledigen, bevor wir abfliegen?«

»Eine kleine Sache«, sagte von Huerten-Mitnitz. »Kurz bevor ich das Büro verließ, erhielt ich einen Anruf von Richard Schnorr.« Er musterte Müller, um zu ergründen, ob er den Namen kannte oder nicht. Als er sah, daß Müller völlig darüber im Bilde war, daß Richard Schnorr ein hoher Funktionär im Hauptquartier der NSDAP war, fuhr er fort: »Sagt Ihnen der Name Fulmar etwas?«

»Die Elektrofirma?«

Von Huerten-Mitnitz nickte.

»Da gibt es einen Sohn namens Eric, der in Marokko ist«, sagte er.

»Was macht er in Marokko?«

»Er ist befreundet mit dem Sohn des Paschas von Ksar es Souk, von dem man annimmt, daß er Geld und Edelsteine aus Frankreich nach Marokko schmuggelt.«

»Interessant«, sagte Müller.

»Und es gibt Leute, die glauben, daß er sich vor dem Wehrdienst drückt«, sagte von Huerten-Mitnitz.

»Wie kommt er damit durch?« fragte Müller.

»Er hat einen amerikanischen Paß.«

»Legal?«

»Seine Mutter ist Amerikanerin. Er ist dort geboren worden, und wir sind sehr vorsichtig im Umgang mit den Amerikanern.«

»Hat er auch einen deutschen Paß?«

»Nein.«

»Warum nicht?«

»Er ist ein sehr schlauer junger Mann«, sagte von Huerten-Mitnitz. »Es ist ihm klar, daß er die deutsche Nationalität akzeptiert, wenn er einen deutschen Paß annimmt, und daß Deutschstämmige ihrem Vaterland in Uniform dienen müssen.«

»Hat er in Deutschland gelebt?«

»O ja.« Von Huerten-Mitnitz lachte. »Und ob. Er hat vier Jahre auf der Universität in Marburg Elektroingenieur studiert. Er spricht fließend Deutsch. Und er ist groß, sieht gut aus und ähnelt sehr dem jungen Mann auf den Rekrutierungsplakaten der Waffen-SS.«

Müller lachte. »Ich sehe das Problem«, sagte er. »Und die Lösung. Lassen Sie ihn wegen Devisenschmuggels festnehmen, bringen Sie ihn zu den Deutschen und lassen Sie ihn in eine Uniform stecken.«

»Das ist leider nicht so leicht. Anscheinend kann ihm niemand beweisen, daß er schmuggelt. Und wenn er festgenommen wird, würde das seinen Vater im besonderen und die Partei im allgemeinen verärgern.«

»Hm.« Müller nickte beipflichtend vor sich hin.

»Aber die Geschichte geht noch weiter«, sagte von Huerten-Mitnitz. »Er war im August mit dem Sohn des Paschas von Ksar es Souk in Paris – und reiste mit Papieren, die vom Königreich Marokko ausgestellt sind.«

»Wie kommt er an marokkanische Reisepapiere?«

»Durch Sidi Hassan el Ferruch«, sagte von Huerten-Mitnitz.

»Ist das der Sohn vom Pascha?«

Von Huerten-Mitnitz nickte. »Sie waren in der Schweiz Schulkameraden und haben dann gemeinsam in Marburg studiert.«

»Wer ist der Pascha? Jemand Wichtiges?«

»Es gibt zwei Splittergruppen in Marokko«, sagte von Huerten-Mitnitz. »Die des Königs und die des Paschas von Marrakesch. Die Loyalität des Paschas zum König ist fraglich, und ...«

»Wie mächtig ist ein Pascha?« unterbrach ihn Müller.

»Das hängt von dem Pascha ab«, sagte von Huerten-Mitnitz. »Der Pascha von Marrakesch, Thami el Glaoui, ist fast so mächtig wie der König. Er ist das Oberhaupt von ein paar hunderttausend Stammesangehörigen – von *bewaffneten* Stammesangehörigen. Andere Paschas haben nur eine Handvoll.«

»Und der Vater des Schmugglers?« fragte Müller.

»Der Pascha von Ksar es Souk befehligt fast so viele Stammesangehörige wie der Pascha von Marrakesch«, erklärte von Huerten-Mitnitz. »Zusammen haben sie ungefähr so viele wie der König. Und sie sind enge Verbündete.«

»Und sein Sohn ist ein Schmuggler? Warum?«

»Wenn man hört, um wieviel Geld es geht, wird einem schwindlig«, sagte von Huerten-Mitnitz. »In Kriegszeiten sind reiche Leute – Amerikaner, Südamerikaner und wir Deutschen, Müller – anscheinend bereit, enorme Preise für Kunstgegenstände zu bezahlen. Das Verschieben von soviel Geld ist in Wirklichkeit ein Problem für den Staat, nicht nur laut Gesetz eine Straftat.«

»Und Sie sollen das stoppen, richtig?« fragte Müller.

»Die Amerikaner haben eine Bezeichnung dafür«, sagte Max von Huerten-Mitnitz, »und zwar ›kämpfen mit auf dem Rücken gefesselter Hand‹. Aber in diesem Fall sind mir beide Hände gebunden. Mit einer Hand darf ich nicht die Partei wegen Baron Fulmars Sohn verärgern, und mit der anderen bin ich gebunden, weil es möglich ist, daß der König von Marokko abgelöst wird, wenn er weiterhin nicht zur Zusammenarbeit bereit ist. Wenn eine Ablösung nötig ist, will man ihn durch den Pascha von Marrakesch ersetzen. Wie kooperativ wäre der, wenn wir den Sohn seines Verbündeten ins Gefängnis stecken? Oder ihn hinrichten lassen?«

»Warum suchen wir uns dann nicht einfach einen anderen passenden Pascha?« fragte Müller.

»Ich bezweifle, daß Sie die Marokkaner verstehen«, sagte von Huerten-Mitnitz. »Sie würden Amok laufen. Es würde für sie ein heiliger Krieg werden.«

»Dann müssen Sie diesen el Ferruch in Frieden lassen.«

»Ich habe den Befehl, den Strom von Gold, Geld, Juwelen und Kunstwerken durch Marokko zu stoppen«, sagte von Huerten-Mitnitz. »Diesen Befehl haben mir Vorgesetzte erteilt, die glauben, ich werde es mit Typen zu tun haben, die mit lustigen Bademänteln kostümiert sind.«

Müller lachte. »Und ich war so glücklich, als ich erfuhr, daß ich von Berlin fortkomme.«

»Die Amerikaner haben eine andere interessante Redensart«, sagte von Huerten-Mitnitz. »›Es geht nichts über ein kostenloses Mittagessen‹.«

Müller dachte darüber nach und lachte dann.

»Es bietet sich eine Lösung der Probleme an«, sagte er. »Wir könnten einige Unfälle arrangieren.«

Von Huerten-Mitnitz überhörte das anscheinend.

»Es gibt eine Alternative«, sagte er. »Eine, die möglicherweise nicht nur unser Problem mit dem jungen Fulmar lösen, sondern auch wertvoll für das Vaterland sein würde.«

»Sie meinen, ihn zu einem Agenten zu machen?« fragte Müller.

Von Huerten-Mitnitz nickte.

»Wenn wir ihn benutzen könnten, um Zugang zum Pascha von Ksar es Souk zu bekommen und durch den zum Pascha von Marrakesch ...«

»Ja«, murmelte Müller nachdenklich.

»Ich bezweifle, daß es klappt, wenn wir an seinen Patriotismus appellieren«, sagte von Huerten-Mitnitz. »Und er wird sich auch nicht leicht Angst einjagen lassen. Wir werden uns etwas anderes ausdenken müssen.«

»Ich werde etwas ausarbeiten«, sagte Müller zuversichtlich. »Diese Probleme lassen sich fast immer lösen, wenn man hart genug daran arbeitet.«

»Und tun Sie nichts Dummes«, fügte von Huerten-Mitnitz hinzu. »Es wäre folglich hilfreich, wenn Sie sich eine Kopie von Fulmars Dossier besorgen könnten. Vielleicht ist ihm etwas Interessantes widerfahren, als er in Marburg war.«

Müller nickte. »Ich hatte vorgehabt, meine Familie zu besuchen. Dies gibt mir einen offiziellen Vorwand, nach Marburg zu reisen. Mal sehen, was ich ausgraben kann. Aber wenn alles sonst mißlingt, wird Fulmar in ein Flugzeug gesetzt werden, und Sie erfahren erst davon, wenn Sie hören, daß er in sein Vaterland zurückgekehrt ist.«

»Ich muß Sie bitten, nichts zu unternehmen, ohne es vorher mit mir zu besprechen«, sagte von Huerten-Mitnitz hastig. »Wir können es uns nicht erlauben, heimgeschickt zu werden, weil wir von unseren marokkanischen Freunden zu unerwünschten Personen erklärt werden.«

4
Casablanca, Marokko
28. November 1941

Es gab nicht den geringsten Zweifel für die beiden Agenten der Sûreté und für ihren Berater, einen Sturmführer des Sicherheitsdienstes der SS, daß sie fast dreihunderttausend Dollar in US- und Schweizer Währung im Besitz der Insassen des Cadillacs mit amerikanischen Nummernschildern finden würden, wenn sie ihn stoppten. Zusätzlich gab es einen Lederbeutel voller Diamanten und Smaragden und vergleichbaren Edelsteinen in Anlage-Qualität (das heißt mehr als drei Karat). Auf dem freien Markt waren diese Edelsteine ungefähr soviel wert wie die Geldsumme in US- und Schweizer Währung.

Das Problem war, daß der Besitz ausländischer Zahlungsmittel gesetzlich nicht verboten war. Ebensowenig illegal war der Besitz von Juwelen. Ein gesetzliches Verbot wäre unmöglich durchzusetzen.

Das andere Problem der Sûreté und des Sicherheitsdienstes war, daß die beiden jungen Männer im Cadillac Sidi Hassan el Ferruch, der Sohn des Paschas von Ksar es Souk, und der Amerikaner Eric Fulmar waren, der mit einem amerikanischen Paß reiste. Das Außenministerium in der Bendlerstraße hatte angeordnet, daß Konfrontationen mit Personen amerikanischer Nationalität zu vermeiden waren oder – wenn das nicht ging – mit äußerster Diskretion abzuwickeln waren. Frei übersetzt hieß das ›Finger weg von Amerikanern, es sei denn, sie werden mit Blut an den Händen erwischt‹.

Die Agenten der Sûreté und der Mann vom Sicherheitsdienst wollten die beiden auf frischer Tat ertappen, wenn sie Geld und Juwelen aus dem Land schmuggelten. Wenn es nicht gerechtfertigt war, den Amerikaner auf der Flucht zu erschießen, konnte er wenigstens festgenommen und ins Gefängnis gesteckt werden, zur Abschreckung der anderen, und Sidi el Ferruch konnte zu einem viel wertvolleren Trumpf in dem nie endenden Spiel werden, das die Franzosen mit seinem Vater spielten.

Das Entscheidende war also, sie zu schnappen.

Keiner der Agenten glaubte, daß dies heute nacht geschehen würde. Erstens wußte el Ferruch, daß die Agenten auf seiner Fährte waren, und zweitens – wenn sie nicht völlig danebenlagen – war das Ziel der beiden (und el Ferruchs Berbern, der Leibwächter, die dem Cadillac in einem Citroen folgten) offensichtlich ein Restaurant an der Küstenstraße zwischen Casablanca und El Jadida.

Das Restaurant, *Le Relais de Pointe Noire*, stand allein auf einem Felsen, zwanzig oder mehr Meter über der tosenden Brandung des Atlantik. Es gab nur einen Eingang zum Restaurant, und es war unmöglich, vom Restaurant zum Strand hinunter zu gelangen, ohne diesen Eingang zu passieren.

Die beiden würden das Geld oder die Juwelen keinem im Restaurant übergeben, weil es für den Empfänger zu riskant war, damit geschnappt zu werden. Folglich würden sie einige Zeit in den *chambres séparées* mit Blick auf die tosende Brandung verbringen wollen. Sie würden dort zu Abend essen und dann die Gesellschaft marokkanischer Schönheiten mit knackigen Brüsten und schwarzen Glutaugen suchen. Das *Relais de Pointe Noire* hatte die attraktivsten Huren von Marokko.

Es regnete, und die beiden Agenten, die sich so postiert hatten, daß sie den Felsen beobachten konnten, auf dem *Le Relais de Pointe Noire* erbaut war, würden eine nasse und unbehagliche Zeit verbringen. Es war unmöglich, mit einem Wagen ungesehen dorthin zu gelangen, und der Felsen mußte beobachtet werden, weil die – wenn auch entfernte – Möglichkeit bestand, daß el Ferruch und/oder der Amerikaner dumm genug waren, sich zum Strand hinunterzuschleichen. Der dritte Agent würde ins Restaurant gehen und die Lage peilen.

Der Mann, der ins Restaurant ging, war der ranghöhere Agent der Sûreté, denn der Deutsche würde zuviel Aufmerksamkeit erregen. Der Sûreté-Agent mit der längsten Dienstzeit zog es vor, trocken zu bleiben.

Er postierte sich an der oberen Bar, von wo aus er den Flur überblicken konnte, der zu den *chambres séparées führte*. Er bestellte ein Glas Wein und notierte sich sorgfältig den Preis für seine Spesenabrechnung.

El Ferruch und der Amerikaner tranken in der unteren Bar einen Aperitif und kamen dann unternehmungslustig die breite Treppe hinauf. Sie scherzten und lachten miteinander. Es folgte ihnen der Maître d'Hôtel, der sie unter Verneigungen in den privaten Speiseraum führte. Zwei von el Ferruchs Leibwächtern postierten sich links und rechts von der Tür.

Die Weinkellner nahmen die Bestellungen auf, und die Kellner begannen das Abendessen zu servieren. Gegen Ende des Essens tauchten zwei marokkanische Frauen auf, verhüllt mit wallenden Gewändern und mit Masken, die ihre Gesichter verbargen. Sie betraten das *chambre séparée*. Der Sûreté-Agent fragte sich, ob sie tatsächlich so schön und erfahren in geheimnisvollen erotischen Techniken waren, wie es hieß. Er wußte als Tatsache, daß sie ihre Schamhaare abrasierten. Marokkanische Männer fanden Schamhaare abstoßend.

Sidi El Ferruch und der Amerikaner verschwanden nach den beiden marokkanischen Frauen im *chambre séparée*, und der Agent malte sich aus, was sie jetzt dort trieben.

Unterdessen waren Sidi el Ferruch und der blonde Amerikaner jetzt fast nackt. Ferruchs riesiger Senegalese nahm die Frauen zur Seite und packte sie dabei so grob, daß sie noch wochenlang blaue Flecke haben würden. Er drohte, ihnen die Brüste abzuschneiden und ihren Angehörigen zu schicken, wenn sie ein Sterbenswörtchen erzählten, was sie im *chambre séparée* gesehen hatten.

Seile wurden hervorgeholt, an Heizkörpern befestigt und dann aus den offenen Fenstern hinuntergelassen. Es gab Seile für jeden der Männer und einen für das schwere, in Ölhaut eingehüllte Paket mit dem Geld. Wenn sie erst im Wasser waren, würde der Amerikaner das Geldpaket hinter sich herziehen, während die Juwelen an den muskulösen und praktisch unbehaarten Körper von Sidi Hassan el Ferruch geschnallt waren. Keiner von beiden trug einen Badeanzug.

Fulmar war ein besserer Schwimmer als el Ferruch und hätte sowohl das Geld als auch die Juwelen allein transportieren können, aber Sidi Hassan el Ferruch bestand darauf, ihn zu begleiten. Das war nicht nur sicherer, sondern die Bootsführer, mit denen sie verabredet waren, würden bei ihrer Rückkehr nach Safi (ihrem Heimatdorf) berichten, daß Scheich Sidi Hassan el Ferruch durch die brodelnde Brandung von Pointe Noire geschwommen war. Das würde Scheich Sidi Hassan el Ferruchs Ansehen steigern. Und im Laufe der Zeit andere Legenden von heroischen Taten glaubwürdiger machen. Mit anderen Worten – die Belohnung, die Sidi für die Eskapaden der heutigen Nacht erwartete, hatte wenig mit einer Vergrößerung seines Reichtums zu tun.

Im Gegensatz zu seinem Freund war Eric jedoch auf Geld scharf – auf jede Menge davon. Aber er grinste ebenfalls wie Errol Flynn, als sie sich abseilten. Die Anstrengung war nötig, um das Geld zu kassieren, aber das Abenteuer vorher war köstlich.

Das schwierigste war, ins Wasser zu gelangen. Wenn sie sich in die Brandung fallen ließen, gingen sie das Risiko ein, von einer Woge erfaßt und gegen die Felsen geschmettert zu werden. Der Trick, den sie unten an der Küste geübt hatten, bestand darin, sich auf den Felsen abzuseilen, wenn eine Welle zurückschwappte, und dann sofort in die nächste Welle zu tauchen. Wenn das richtig geschah, hatte der Taucher genügend Schwung, um weit genug vom Felsen fortgetragen und nicht dagegen geschmettert zu werden.

Der Rückweg war leichter. Man wartete einfach, bis eine Woge zurückwich, schwamm schnell zum Felsen, bevor eine weitere Welle dagegen brandete, und kletterte am Seil hinauf, um der nächsten Welle auszuweichen.

Jenseits der Brandung gab es nur eine Gefahr: die Boote zu verfehlen, die etwa dreihundert Meter vor der Küste warteten. Wenn keine Boote da waren, hatte Fulmar während des Essens im Restaurant Le Relais de Pointe Noire gescherzt, würde irgendeine Frau eines Fischers, die am nächsten Morgen am Strand spazierte, ein überraschendes Geschenk von Allah finden.

Zwanzig Minuten nach dem Eintauchen ins Wasser hörten Fulmar und dann el Ferruch das stetige Klatschen eines Ruders aufs Wasser. Sie schwammen darauf zu. Fulmar fand das Boot als erster. Er wurde an Bord des schwarzen, tiefliegenden Fischerboots gezogen und in Decken gehüllt, bevor el Ferruchs Hand an der Reling auftauchte und er ebenfalls an Bord gehievt wurde.

Es dauerte fast zehn Minuten – länger als erwartet –, bis ihr Zittern aufhörte und sie in der Lage waren, wieder ins Wasser zu gehen. Der Rückweg war leichter, denn die Lichter von Le Relais de Pointe Noire waren ein Orientierungspunkt, und sie wurden nun von der sehr starken Strömung getragen.

Eine Stunde nach ihrem ersten Eintauchen ins Wasser waren sie wieder auf dem Felsen, und das Fischerboot war fast bei seinem Mutterboot, einem vierzehn Meter langen Fischerboot mit einem einzelnen Segel. Das Segelboot würde fünfzehn Seemeilen westwärts in den Atlantik segeln und sich mit einem argentinischen Dampfer treffen, dessen Ziel Buenos Aires war. Dann würde das Segelboot für den Rest der Nacht auf dem Rückweg seine Netze auswerfen und nach Safi zurückkehren, wo sich die Crew zu ihren Freunden gesellen und lachen und scherzen und die Geschichte erzählen würde, wie Scheich Sidi Hassan el Ferruch bei Pointe Noire durch die Brandung geschwommen war und wieder einmal die Franzosen und Deutschen zum Narren gehalten hatte.

Als die beiden nackten, vor Kälte zitternden Männer durch das Fenster in das *chambre séparée* stiegen, rollte der hünenhafte Senegalese sofort die Seile auf, und die marokkanischen Frauen hüllten die beiden Frierenden in Decken ein. Später trank der sehr aufregend aussehende Blonde aus einer Flasche Cognac und legte sich auf eine Chaiselongue. Eine der Frauen rubbelte ihm die Beine und den Rücken mit Handtüchern ab und dann seine Vorderseite. Sein Zittern hörte auf, er setzte sich auf, blickte an sich hinab, schloß die Augen und lachte.

Sie lachte ebenfalls, und sanft – und sehr behutsam – streichelte sie über das Vlies seiner goldenen Schamhaare. Sie war es nicht gewohnt, so helles Haar zu sehen.

Und als er bald darauf ihren Körper mit den Händen zu erkunden begann, stellte er fest, daß ihr Haar fülliger, dichter und dunkler war als das, an das er gewohnt war ... mit Ausnahme der Stelle, an der sie sich sorgfältig glattrasiert hatte.

5
National Institute of Health
Washington, D.C.

30. November 1941

Captain Peter Douglass gab Eldon C. Baker eine Tasse Kaffee, schenkte sich selbst Kaffee in eine Tasse ein und setzte sich damit hinter seinen Schreibtisch.

»Ich habe soeben Ihre Personalakte gelesen«, sagte er. »Von neuem.«

»Das überrascht mich ein bißchen«, bekannte Baker. Er fragte sich, wie es der Navy-Captain geschafft hatte, an seine Personalakte heranzukommen.

»Der Psychiater meint, Sie hätten eine Neigung, Ihrer Phantasie freien Lauf zu lassen«, sagte Douglass. Er blätterte in der Akte. »Würden Sie das bestätigen, Mr. Baker?«

Jetzt war Baker noch überraschter. Es verstieß gegen die Vorschriften, die Akten von psychiatrischen Untersuchungen außerhalb der Nachrichtenabteilung des Außenministeriums zu verbreiten, und es war völlig undenkbar, sie an eine Abteilung für Öffentlichkeitsarbeit weiterzuleiten, die im Gebäude des National Institute of Health untergebracht war.

»Darf ich das sehen?« fragte Baker.

»Bitte sehr«, sagte Douglass.

Baker stand auf und ging zu Douglass' Schreibtisch.

»Man war ziemlich aufgeregt, als ich rüberging und mir die Akte holte«, sagte Douglass. »Und man hat sie mir nur äußerst widerstrebend ausgehändigt.«

»Sie sollten keinen Zugang zu diesen Akten haben«, sagte Baker.

»Ebensowenig zu diesen, glaube ich.« Douglass schob Baker einen Stapel Aktenhefter zu. Sie trugen alle den Stempel SECRET. Es waren seine kompletten Akten – Kopien von allem, das er dem Außenministerium übersandt hatte, seit er seine nachrichtendienstliche Verwendung in Frankreich angefangen hatte.

»Wenn Sie mich überraschen wollten, Captain, dann ist Ihnen das gelungen«, sagte er. »Darf ich fragen, was hier los ist?«

»Was haben Sie denn so gehört?« fragte Douglass.

»Daß Sie für die nationale Propaganda zuständig sind, wenn wir in den Krieg eintreten sollten.«

»Das auch«, sagte Douglass.

»Was wollen Sie von mir?« fragte Baker.

»Nun«, sagte Douglass. »Sie haben eine schöne Sprechstimme, und ich hörte, daß Sie fließend Französisch und Deutsch beherrschen. Vielleicht könnten wir Sie für den Auslands-Rundfunk einsetzen.«

»Sie verspotten mich«, sagte Baker ohne Ärger. »Warum?«

»Ich möchte feststellen, ob der Psychiater recht hat«, sagte Douglass. »Ich will wissen, was Ihre Phantasie aus alldem macht.«

»Ist das Ihr Ernst?«

»Mein völliger.«

»Jeder, der genug Befugnis hat, an meine Akten heranzukommen, muß in irgendeiner Art Nachrichtendienst sein.«

»Sehr gut«, sagte Douglass. »Aber ich bin mir nicht sicher, ob das Ihrer Phantasie entspringt oder ob Untersekretär Quinn Ihnen geflüstert hat, daß dies eine Art nachrichtendienstliche Operation ist und Sie während Ihres Aufenthalts hier soviel darüber herausfinden sollen, wie Sie können.«

»Halb und halb«, sagte Baker. »Als Mr. Quinn erfuhr, daß ich rüberkomme, erzählte er, was er gehört hat. Aber ich verstehe nicht, woher Sie die Möglichkeiten haben, sich meine Akten zu besorgen. Mein unbeeinflußter Verstand sagt mir, daß Sie große Befugnis haben müssen.«

»Ich unterstehe Colonel William J. Donovan. Und Donovan untersteht direkt dem Präsidenten.«

»Und was wollen Sie von mir?«

»Wir möchten, daß Sie leiten, was im Außenministerium die französische Abteilung genannt werden wird.«

Baker schaute ihn nur an.

»Wir sind noch im Aufbaustadium«, fuhr Douglass fort. »Die französische Abteilung schließt Französisch-Nordwestafrika ein – jedenfalls für die nahe Zukunft.«

»Warum soll ich die Abteilung leiten?«

»Nun, Robert Murphy hält sehr große Stücke auf Sie«, sagte Douglass. »Er war wütend, als er Sie nicht als einen seiner Kontrollbeamten bekommen konnte.«

»Ich habe keine Ahnung, wovon Sie reden«, sagte Baker.

Douglass lachte freundlich.

»Die Weygand-Murphy-Abkommen sind nur als geheim erklärt, nicht als streng geheim«, sagte er. »Wenn ich mir Ihr Dossier und Ihre Akten besorgen kann, überrascht es Sie dann wirklich, daß ich darüber Bescheid weiß?«

»Über etwas Bescheid zu wissen und darüber zu reden sind zwei verschiedene Dinge«, sagte Baker.

»Wir sind berechtigt, jedermanns Geheimnisse zu erfahren«, sagte Douglass. »Wenn Sie etwas Gegenteiliges gehört haben, so stimmt es nicht.«

»Mit Verlaub, Captain, ist das nicht ein bißchen melodramatisch?«

»Vielleicht«, sagte Douglass.

»Was genau würde ich in Ihrer französischen Abteilung tun?«

»Was auch immer getan werden muß, wenn Colonel Donovan entscheidet, daß es im Interesse der Vereinigten Staaten ist«, sagte Douglass. »Einige der Dinge, die man vielleicht von Ihnen verlangt, könnten gegen das Gesetz verstoßen und werden ganz sicher gegen das verstoßen, was man allgemein für anständig und moralisch hält. Würde Sie das stören?«

»Ich kann Sie nicht ganz ernst nehmen«, sagte Baker.

»Oh, ich hatte gehofft, die Akten würden Sie beeindrucken«, sagte Douglass. »Ist das nicht der Fall?«

»Ja, sie beeindrucken mich«, sagte Baker. »Aber Sie werfen mir das schrecklich schnell an den Kopf.«

»Ich weiß«, sagte Douglass. »Aber schließen Sie daraus nicht, daß ich impulsiv handle. Bevor wir Sie herbestellt haben, wurden Sie sehr sorgfältig überprüft. Die Entscheidung, Sie zu holen, wurde von Colonel Donovan persönlich getroffen.«

»Was würde ich tun?« fragte Baker.

Douglass ignorierte die Frage. »Sie standen im Außenministerium vor einer Beförderung«, sagte er. »Was einer der Gründe war, weshalb Mr. Murphy Sie nicht als Kontrollbeamten haben konnte. Das Außenministerium hatte große Pläne von hoher Priorität mit Ihnen vor. Unsere Priorität ist noch höher.«

Douglass wartete einen Moment, um das einwirken zu lassen. Dann fuhr er fort: »Sie werden in jedem Fall befördert. Wenn Sie herkommen, wird in den Akten des Außenministeriums stehen, daß Sie Spezialassistent des Untersekretärs für europäische Angelegenheiten sind. Bis auf weiteres werden Sie auf der Lohnliste des Außenministeriums bleiben. Aber Sie sind mir unterstellt, keinem im Außenministerium. Wenn ich jemals herausfinden sollte, daß Sie jemand im Außenministerium irgend etwas erzählen, das Sie hier erfahren haben – und ich würde es herausfinden, Mr. Baker –, werden Sie den Rest Ihrer Laufbahn mit dem Stempeln von Visa verbringen. Ist das klar?«

»Wir sind wieder beim Melodrama«, bemerkte Baker.

»Es tut mir leid, daß Sie es so empfinden«, sagte Douglass.

»Wieviel Zeit habe ich, um mir das durch den Kopf gehen zu lassen?« fragte Baker.

»Bis Sie dieses Büro verlassen«, sagte Douglass.

»Würden Sie mich für einen Dummkopf halten, wenn ich mich impulsiv entscheide?«

»Ich habe Ihre Akten gelesen – Sie sind kein Dummkopf. Jetzt stellt sich die Frage, wie entscheidungsfreudig Sie sind.«

»Sie zwingen mich zu einer sofortigen Entscheidung.«

»Ich zwinge Sie nicht«, sagte Douglass.

»Wie ich Ihr Angebot verstehe, behalte ich meinen Status als Beamter des Außenministeriums ...«

»Fürs erste. Sie werden vielleicht später aufgefordert, sich zu uns versetzen zu lassen«, bestätigte Douglass.

»Und ich bin Ihnen unterstellt als Leiter einer französisch/französisch-nordwestafrikanischen Abteilung, die irgendwie nachrichtendienstlich tätig ist?«

»Ja.«

»In Ordnung, ich nehme das Angebot an«, sagte Baker.

»Wären Sie beleidigt, wenn ich sagte, daß ich nicht überrascht bin? Daß ich Ihnen bereits ein Büro besorgt habe?« fragte Douglass.

Baker dachte darüber nach.

»Nein«, sagte er dann.

»Was ist die höchste Geheimhaltungsstufe, mit der Sie vertraut sind, abgesehen von ›Presidential Eyes Only‹?«

»Nur für den Minister«, antwortete Baker.

»Bis wir Sie durch die Verwaltungsprozedur hier geschleust haben, befürchte ich, ich kann Sie dies nicht aus dem Büro tragen lassen«, sagte Douglass. »Aber ich will, daß Sie es vergessen haben, wenn Sie heute nachmittag im Außenministerium Ihren Schreibtisch ausräumen.«

»Schon heute nachmittag?«

Douglass ignorierte die Frage. »Die Geheimhaltungsstufe hier – wir haben noch keine zufriedenstellende Geheimhaltungseinstufung gefunden –, liegt irgendwo zwischen ›Nur für den Präsidenten‹ und irgendwo über ›Nur für den Minister‹. Nur für diejenigen Kabinettsmitglieder, die das Recht auf Zugang dazu haben.«

Er überreichte Baker eine Akte.

»Darin sind so viele Informationen über einen Mann namens Louis Albert Grunier, wie wir haben«, sagte Douglass. »Als erstes müssen wir ihn finden, und als zweites müssen wir uns ausdenken, wie wir ihn herschaffen, ohne den Verdacht der Deutschen zu erregen.«

Ein schneller Blick auf die ersten Zeilen zeigte Baker, daß Louis Albert Grunier ein Mann mit französischer Nationalität war, der Angestellter der Union Minière in der Provinz Katanga von Belgisch Kongo gewesen war. Sein derzeitiger Aufenthaltsort war unbekannt.

»Darf ich fragen, warum dieser Mann wertvoll ist?« erkundigte sich Baker.

»Grunier kennt die Lage eines gewissen Rohstoffs, dem man große Bedeutung beimißt. Wir sind der Meinung, er kann uns helfen, diesen Rohstoff in die Hände zu bekommen.«

»Sie werden mir nicht sagen, um welchen Rohstoff es sich handelt? Oder wofür er benutzt wird?«

»So ist es«, sagte Captain Douglass. »Aber ich werde Ihnen sagen, was Sie tun sollen: Ihrer Phantasie freien Lauf lassen und raten. Kommen Sie morgen früh um neun her und sagen Sie mir, was Ihnen eingefallen ist.«

VII

1

Summer Place
Deal, New Jersey

7. Dezember 1941, 10 Uhr 30

Chesley Haywood Whittaker senior hatte ›Summer Place‹ in New Jersey 1889 erbauen lassen, weil er Long Island oder Connecticut oder Rhode Island, wo die meisten Leute seinesgleichen ihre Sommerhäuser hatten, nicht leiden konnte. Er war weder ein Vanderbilt noch ein Morgan, erklärte er seiner Frau, sondern ein einfacher Bauherr von Brücken und Dämmen; er konnte sich keine Kopie eines florentinischen Palastes in Newport oder Stockbridge erlauben. So würde sie sich einfach mit Deal zufriedengeben müssen.

Die Namen, die seine Frau für das neue Sommerhaus vorschlug (26 Räume in drei Geschossen auf zehn Morgen Land, das zum Strand des Atlantischen Ozeans hin abfiel) amüsierten ihn. Sie schlug ›Seeblick‹ und ›Seebrise‹ und ›Die Brandung‹ und ›Ozeangipfel‹ und ›Sans Souci‹ (und dessen Übersetzung ›Ohne Sorge‹) vor.

»›Ohne Sorge‹ wäre in Ordnung, Mitzi«, sagte Chesley Haywood Whittaker zu seiner Frau. »Es würde an meine Weitsicht erinnern, Carlucci anzuheuern.«

Die Baufirma Antonio Carlucci & Sons hatte das Haus erbaut, die Dünen planiert, Rasen, Zufahrtswege und ein Sechs-Loch-Putting green zum Preis von 97.000

Dollar angelegt, den Whittaker senior ungeheuerlich fand.

Esther Graham ›Mitzi‹ Whittaker war allein mit dem Vater ihrer drei Söhne in der Intimsphäre des Schlafzimmers in ihrem Brownstone-Haus auf dem Murray Hill in New York City. Es waren weder Kinder noch Bedienstete in Hörweite.

»Nenn es gottverdammt, wie du willst, du Arschloch!« fuhr Mitzi ihren Mann an. »Aber du solltest verdammt dafür sorgen, daß bis nächste Woche ein Namensschild aufgestellt wird!«

Das Haus, knapp drei Kilometer von der Eisenbahnstation Asbury Park entfernt, war von der Straße aus nicht zu sehen. Mitzis Schwester und Schwager waren in einem Taxi zwei Stunden lang die Straße hinauf und hinuntergefahren, bis sie es endlich gefunden hatten. Mitzi wies ihren Mann darauf hin, daß es nur eines von zwei Dutzend Sommerhäusern in dieser Gegend war und weder beschildert war noch ein Pförtnerhaus hatte.

Als Mr. Whittaker das nächste Mal nach Deal fuhr, war ein Schild aufgestellt worden. Whittaker senior hatte am Straßenrand eine zwei Meter hohe und drei Meter breite Mauer errichten lassen. Darauf war ein Bronzeschild befestigt, als Eilbestellung gegossen:

SUMMER PLACE
WHITTAKER

»Es ist von sechs Männern hertransportiert worden und hat ein Heidengeld gekostet, und euer Vater hat es trotzdem bezahlt«, hatte Mitzi Whittaker oftmals ihren Söhnen erzählt. Es war eine ihrer Lieblingsgeschichten, und jedesmal, wenn Chesley Haywood Whittaker junior an dem Schild vorbeifuhr, dachte er an die Erzählung seiner Mutter.

Er erinnerte sich an das Schild, das zunächst nur mit der Mauer als Sockel auf dem Sand gestanden hatte. Jetzt gab es einen Zaun um das Grundstück, Pfeiler alle acht Meter und oben spitz zulaufende Eisenstangen dazwischen. Die Straße war seit langem mit Ziegelsteinen gepflastert, und ›Summer Place‹ war die ganzjährige Residenz von Chesley Haywood Whittaker junior geworden.

Nach dem Tod des Vaters und ein halbes Jahr später der Mutter hatte Mitchell Graham Whittaker, der ältere Bruder, das Brownstone-Haus in Manhattan übernommen und darin bis zu seinem Tod gewohnt. Unverheiratet, aber – wie böse Zungen zu Recht behaupteten – selten ohne weibliche Gesellschaft.

Und das Haus in der Q Street war an James Graham Whittaker, den jüngeren Bruder, gefallen, der mit Pershing in Frankreich gefallen war, vier Monate bevor seine Frau ihr einziges Kind geboren hatte. Chesley Haywood Whittaker dachte oftmals, daß der junge Jim Whittaker die einzige Chance für die Familie war, seinen Namen und Reichtum fortbestehen zu lassen. Denn Chesty und seine Frau waren – zu ihrem tiefen Bedauern – kinderlos.

James' Frau, ein Mädchen aus Scarsdale, hatte ein paar Jahre nach seinem Tod wieder geheiratet; aber sie war außergewöhnlich großzügig zu Chesty und seiner Frau bezüglich des Jungen gewesen, der als James Mitchell Chesley Whittaker in der Saint Bartholomew's Church in der Park Avenue mit seinem Onkel und Barbara als Paten getauft worden war. Sie hatte den Jungen mit ihnen mehr geteilt, als sie nach dem Gesetz hatten erwarten können.

Ihr zweiter Mann, ein Anwalt der Wall Street, war ein Yale-Absolvent. Der kleine Jimmy war den Whittakers durch die St. Mark's School und Harvard gefolgt. Jedes Neujahr hatten sie eine Art verspätetes Weihnachtsfest für ihn in ›Summer Place‹ gefeiert, und Jimmys Mutter und ihr Mann und deren Kinder gaben ihnen den Jungen für einen Monat im Sommer in Obhut.

Es war geplant gewesen, Jimmy nach dem Studium in die Firma zu nehmen, aber er hatte sich dafür entschieden, zum Army Air Corps zu gehen und das Fliegen zu lernen. Zu diesem Zeitpunkt war das scheinbar eine gute Idee gewesen. Sollte er sich ruhig noch ein bißchen austoben, bevor er gesetzter wurde. Aber jetzt, da Roosevelt Jimmys Dienstzeit um ein Jahr verlängert und man ihn auf die Philippinen geschickt hatte, fanden Jimmy und seine Eltern die Idee gar nicht mehr gut.

Chesty Whittaker und auch Barbara vermißten Jimmy sehr, und Chesty fragte sich außerdem besorgt, was der Krieg, der anscheinend bevorstand, für Jimmy bedeuten würde. Heute würde er einige Antworten erhalten. Das dachte er jedenfalls. Er traf sich mit seinem Freund, dem Anwalt Bill Donovan, sah sich mit ihm das Footballspiel der Giants an und fuhr dann nach Washington. Donovan erledigte bereits einige sehr ›Pst-pst-Dinge‹ für Roosevelt – so pst-pst, daß der normalerweise fröhliche und mitteilsame Donovan jedesmal das Thema wechselte, wenn Chesty ihm entlocken wollte, was er für Franklin erledigte, obwohl es offenkundig in Beziehung zu dem stand, was er und Commander Ian Fleming im vergangenen Sommer ausgebrütet hatten.

Trotzdem hatte Donovan besseren Zugang zu dem, was die Zukunft für ihn und Jimmy auf Lager hatte, als Chesty selbst, und Chesty wußte, daß Donovan ihm außer auf Fragen nach geheimen Dingen offenere Antworten geben würde, als er von Franklin D. Roosevelt an dem Abend erhalten hatte, an dem er und Jimmy im Weißen Haus mit ihm gegessen hatten.

Chesty Whittaker wollte verdammt sein, wenn er sich kurz vor dem Krieg Roosevelts ›Team‹ anschließen würde. Wenn der Mann kein Sozialist war, dann aber nahe daran.

Als Chesty ins Frühstückszimmer ging, um sich von Barbara zu verabschieden, fragte sie ihn, ob er Geld eingesteckt hatte. Als er nachschaute, stellte er fest, daß er keinen einzigen Dollar bei sich hatte, und Barbara nahm kopfschüttelnd zweihundert Dollar in Zwanzigern aus ihrer Handtasche und gab sie ihm.

Barbara war seine beste Freundin, weitaus mehr als eine Ehefrau. Und immer wenn sie freundlich zu ihm war, was oft der Fall war, schämte er sich noch mehr über sein Verhältnis mit Cynthia. Wenn Barbara das jemals herausfand, würde sie tief gekränkt sein. Chesty Whittaker würde lieber einen Arm verlieren, als Barbara zu kränken. Mutter Natur war ein Miststück, fand er. Wenn sie dafür gesorgt hatte, daß Barbara das Interesse an der sexuellen Seite des Lebens verlor, dann war es anscheinend nur fair, daß sie auch sein Verlangen dämpfte. Und das hatte die verdammte Mutter Natur nicht getan. Cynthia hielt ihn so geil, wie er das als junger Mann gewesen war.

Chesty verließ das Haus durch die Küchentür. Er blinzelte gegen den Sonnenschein an, der so grell war, daß er in den Augen schmerzte. Das letzte, was er gebrauchen konnte, waren Kopfschmerzen – genauer gesagt, *weitere* Kopfschmerzen. Denn er hatte in jüngster Zeit ein paarmal starke Kopfschmerzen gehabt. Und das überraschte ihn, den er war sonst perfekt gesund.

Mit dreiundfünfzig Jahren hatte Chesley Haywood Whittaker junior nur zwanzig Pfund mehr Gewicht als die 128, die er als Football-Halbstürmer in Harvard gehabt hatte. Er spielte mindestens einmal pro Woche Golf, jeden Donnerstagnachmittag Squash im New York Athletic Club, und er hatte das Rudern erst mit fünfzig aufgegeben. Sein Arzt hatte ihm gesagt, daß seine körperliche Verfassung so gut war, wie sie mit einundzwanzig gewesen war.

Edward, der Chauffeur, hatte den Packard vorgefahren. Edward setzte sich hinters Steuer, ließ den Motor an, legte den ersten Gang ein und fuhr los.

Chesty sah, daß Barbara ihm aus dem Fenster des Frühstückszimmers winkte. Er winkte zurück, und er dachte wieder einmal: *Vermutlich spürt sie, daß ich irgendwo eine andere habe.* Aber wenn sie von dem Verhältnis mit Cynthia wußte, hatte sie nichts gesagt oder getan, was darauf schließen ließ. Sie hatte weder irgendeine Andeutung noch eine spitze Bemerkung gemacht.

Er verbannte diese Gedanken wieder einmal. Edward fuhr an dem Schild vorbei, das Chestys Vater hatte aufstellen lassen, und benutzte Route 35 nach New York. Sie fuhren durch Perth Amboy und nach Elizabeth, dann um den Newark Airport herum und über den Pulaski Skyway. Chesty grollte wie immer bei dem Gedanken, daß nicht er die Hochstraße gebaut hatte. Seine Firma hatte bei der Ausschreibung ein Angebot gemacht (Der Pulaski Skyway war im Grunde nichts anderes als eine hohe, asphaltierte Autobahnbrücke; Brücken sind Brücken) und war um lausige elf Millionen Dollar unterboten worden.

Da gab es irgendeinen Stau im Holland Tunnel – diese verdammten Sonntagsfahrer waren unterwegs. Aber Edward schaffte es in guter Zeit zum Eingang der VIP-Logen. Chesty bat die Polizisten vom Wachdienst, Edward hereinzulassen, nachdem er den Wagen geparkt hatte.

Das Dumme mit charmanten Iren ist, daß sie selten allein sind. Bei Bill Donovan in der Loge waren sieben Personen. Wenn er, Chesty, mit Donovan sprechen wollte, mußte er warten, bis sie mit dem Zug nach Washington fuhren.

»Einen kleinen Scotch, Chesty?« fragte Donovan.

»Gibt es irgendwelchen Brandy?« fragte Chesty. Er hatte eine Magenverstimmung oder sonst etwas. Und diese verdammten Kopfschmerzen begannen – vermutlich ausgelöst durch die Abgase im Tunnel. Brandy erwies sich für ihn meistens wirkungsvoller als Aspirin.

»Wir werden ein bißchen etepetete im Alter, nicht wahr?« scherzte Donovan.

»Man hat mich im Tunnel fast vergast«, erwiderte Chesty. »Ich bekomme Kopfschmerzen.«

»Ich habe immer etwas Brandy für die Ladys«, fuhr Donovan fort und suchte in seiner Minibar. »Ah, da ist er. ›Zum Inhalieren für Ladys‹ steht auf dem Etikett.«

»Geh zum Teufel, Bill«, sagte Chesty und nahm die Flasche entgegen.

Er kippte den Inhalt eines Schnapsglases und schenkte dann noch einmal ein, um daran zu nippen.

Donovan stellte ihn den Männern vor, die Chesty nicht kannte. Ein Chicagoer Bankier, irgendein Schwager von Jack und Charlie Kriendler, die den ›Club 21‹ in der 53. Straße führten, ein Senator aus Oswego (ein weiterer Republikaner, der wie Bill Donovan aktiv bei Tom Deweys gescheitertem Versuch für die 1940er Nominierung des Präsidentschaftskandidaten gewesen war) und ein Bostoner Chirurg. Der letzte, Charley MacArthur, war ein Schriftsteller.

»Ich möchte später ernsthaft mit dir reden«, sagte Donovan, »und dich um einen Gefallen bitten.«

»Sag nur, was du auf dem Herzen hast, Bill«, forderte Chesty ihn auf.

»Im Zug«, entgegnete Bill Donovan.

Er konnte kaum im Beisein der anderen sagen, daß der Präsident der Firma Whittaker Constructions auf die schnelle ein Multibillionen-Dollar-Projekt durchziehen sollte, das zur Gewinnung eines Elements diente, von dem es nie größere Mengen gegeben hatte, als man mit einer Stecknadel hätte aufspießen können.

Das Projekt war jetzt offiziell. Seit gestern, Samstag, dem 6. Dezember, hatte das Ministerium für Wissenschaftliche Forschung und Entwicklung ein paar Millionen Dollar erhalten, um die Dinge in Gang zu bringen. Und man arbeitete auf der University of Chicago noch an der Erforschung der Kettenreaktion.

Sicher war nur, wenn dies funktionierte, würden sie große Mengen eines Isotops namens U 235 brauchen. Derzeit gab es auf der ganzen Welt – einschließlich dessen, was laut Nachrichtendienst die Deutschen zur Verfügung hatten – 0,000001 Pfund Uran 235.

Um 14 Uhr 01 ertönte aus der Lautsprecheranlage eine Durchsage. Colonel William Donovan wurde dringend gebeten, Operator 19 in Washington wegen einer wichtigen Angelegenheit anzurufen.

»Gott, muß es schön sein, der Vertraute dieses Mannes zu sein«, sagte Chesty, bevor sich Donovan auf die Suche nach einem Telefon machte.

»Ich habe ihn nie gewählt«, erwiderte Donovan. »Es liegt nur daran, daß ich diesen gewaltigen Respekt vor Harvard-Absolventen habe.«

Zwei Minuten später wurde die Tür zur Loge wieder geöffnet, und Donovan winkte Chesty heraus. Chesty bemerkte, daß Donovans Gesicht ernst war, und der Ausdruck in Donovans Augen gefiel ihm gar nicht.

»Der Anruf war von John Roosevelt«, sagte er. »Die Japaner haben Pearl Harbor bombardiert.«

»O Gott!« sagte Chesty.

»Ich werde in Washington gewünscht«, sagte Donovan. »Kann mich dein Chauffeur zum Bahnhof bringen?«

»Na klar«, sagte Chesty.

»Oder zum La Guardia«, sagte Donovan. »John versucht, mir einen Platz für den 15 Uhr 15-Flug der Eastern zu besorgen. Er ruft gleich zurück.«

Chesty Whittaker kehrte in die Loge zurück und winkte seinen Chauffeur Edward zu sich. Donovan wurde zum Telefon gerufen, als Chesty Edward anwies, Mr. Donovan zur Pennsylvania Station zu fahren und dann zurückzukehren und ihn abzuholen.

Als Donovan zurückkehrte, sagte er: »Ich fliege von La Guardia aus.«

»Hat man tatsächlich einen Platz für dich gefunden?« fragte Chesty.

Donovans Augenbrauen ruckten hoch.

»Der junge Roosevelt hat mir soeben gesagt, daß ein Flugzeug des Army Air Corps auf La Guardia auf mich wartet, wenn ich dort eintreffe.«

»Oh.«

»Wenn du immer noch nach Washington reisen willst, Chesty«, sagte Donovan, »dann komm mit mir.«

»Wann würde ich zurück sein?«

»Ich nehme an, daß es in der nächsten Zukunft keine Reisebeschränkungen geben wird«, sagte Donovan. »Ich werde ihnen Zeit lassen, um so etwas auszuarbeiten.«

Chesty Whittaker traf zwei schnelle Entscheidungen. Er würde nach Washington fliegen. Aus irgendeinem Grund (und er dachte nicht, daß es nur wegen Cynthia war, aber er gab zu, daß sie bei dieser Entscheidung eine Rolle spielte), war es wichtig, dorthin zu fliegen. Und in Washington war kein Wagen.

»Edward«, sagte er. »Ich fliege mit Colonel Donovan

nach Washington. Wenn Sie uns auf La Guardia abgesetzt haben, fahren Sie den Packard nach Washington. Bringen Sie ihn zum Haus in der Q Street. Wenn ich nicht dort bin, werde ich eine Nachricht hinterlassen, was Sie als nächstes tun sollen.«

»Ist etwas passiert, Mr. Whittaker?« fragte Edward.

Chesty blickte zu Bill Donovan, der nickte, bevor er die Frage beantwortete.

»Die Japaner haben Pearl Harbor auf Hawaii bombardiert, Edward. Es sieht nach Krieg aus.«

2
Rangun, Burma

8 Dezember 1941, 9 Uhr 30

Als Dick Canidy in der Villa in Kemmendine zum Frühstück nach unten ging, gab ihm der Boy zuerst eine Tasse Kaffee und hielt ihm dann ein Tablett hin, auf dem ein kleines Päckchen lag, das in Wachspapier eingehüllt und mit einer Kordel verschnürt war.

»Dies traf heute morgen ein, Sir.«

Canidy nickte, nahm ein Messer und schnitt die Kordel auf. Das Päckchen enthielt Post: einen dicken Stapel für Ed Bitter und einen kleinen für Canidy.

»Ich möchte Spiegeleier«, bestellte Canidy. »Saft. Toast. Ist irgendwelcher Schinken da?«

»Nein, Sir, aber ein kleines Steak.«

»Bitte«, sagte Canidy. Er gab ihm Bitters Post und fügte hinzu: »Dies ist für Mr. Bitter. Wecken Sie ihn damit.«

»Jawohl, Sir.«

Fünf von Canidys neun Poststücken waren Rechnungen. Außerdem gab es drei Briefe von seinem Vater, und einen Brief, der ihn überraschte. Er trug den Absender von Ann Chambers, Bryn Mawr College.

Er riß das Kuvert auf und dachte laut: »Mein Gott, hat der Brief lange bis hierher gebraucht.«

P.O.Box 235
College Station
Bryn Mawr, Pa.
4. Sept. 1941

Lieber einsamer Junge, fern der Heimat und der Lieben!

Ich nenne Dich so, weil eine Rote-Kreuz-Helferin – eine Frau mit einer so prächtigen Uniform, daß ich wirklich enttäuscht war, als ich erfuhr, daß sie kein weiblicher Feldmarschall ist – erzählte, daß ihr Jungs das seid. Sie sagte ebenfalls, daß es eindeutig meine patriotische Pflicht sei, Deine Brieffreundin zu werden.

Und sie erzählte uns (wir waren zu diesem Zeitpunkt in der Kirche), daß es fern der Heimat & der Lieben (ich nehme an, sie meinte so entlegene Orte wie Fort Dix, N.J., und San Diego, Cal., anstatt den Ort, an dem Dich dieser Brief erreicht, wenn er jemals eintrifft) einsame Jungs gibt, die einen Beweis der Sorge von jungen Ladys daheim erwarten, während sie fort sind und verteidigen, was uns lieb und teuer ist.

Durch einen erfreulichen Zufall hatte sie eine Liste von Adressen solcher einsamer etc.

> Jungs, die sie gern verteilte, nicht mehr als zwei Adressen pro Empfänger.
> Ich bin zwar so interessiert wie jeder daran, die Barbaren von Bryn Mawr fernzuhalten, aber ich ziehe eine Grenze, wenn es darum geht, an völlig Fremde zu schreiben. Deshalb schreibe ich Dir. Ich habe die Adresse von meinem Vater, der seine besten Grüße schickt und Dich bittet, ein Auge auf meinen idiotischen Cousin zu halten.
> Wenn Du bist, wo Du angekündigt hast, und mir zurückschreibst, kann ich vermutlich den Preis gewinnen, der für das Schreiben an den am weitesten entfernten einsamen Jungen etc. ausgesetzt ist. Ich werde auch einen goldenen Stern auf meiner Fleißkarte erhalten, den ich meiner Mami zeigen kann.
> Außerdem bin ich ziemlich neugierig, ob stimmt, daß die Flugzeuge, die Du fliegen wirst, wie Daddy gehört hat (P40-Bs?), diejenigen sind, die von den Engländern als veraltet abgelehnt worden sind. Wenn das ein militärisches Geheimnis ist, ignoriere die Frage.
> Paß auf Dich auf, Canidy.
> Mit herzlichen Grüßen
> Ann Chambers

Bitter kam in das Eßzimmer, als Canidy einer der Briefe seines Vaters zum zweiten Mal las.

Er blickte ihn durchdringend an und starrte weiter, bis Bitter schließlich regierte.

»Warum glotzt du mich so an?«

»Das nennt man ein Auge auf einen idiotischen Cousin halten«, sagte Canidy, erfreut über sich selbst.

Er gab Bitter Ann Chambers Brief. Er fragte sich, wie

ihr Vater die Nachsendeadresse über die CAMCO herausgefunden hatte.

Bitter las den Brief und gab ihn zurück.

»Sie schreibt einen lustigen Brief«, sagte er. »Ich habe auch einen bekommen. Ich meine, zur moralischen Aufmunterung. Von Anns Freundin.«

»Welche Freundin?«

»Sarah Child«, sagte Bitter und reichte ihm den Brief.

»Ah, die mit dem knackigen Hintern«, sagte Canidy. Er las.

> P.O.Box 135
> College Station
> Bryn Mawr, Pa.
> 4. Sept. 1941
>
> Lieber Ed,
> ich nehme an, es überrascht Dich, von mir zu hören, wie es mich überrascht, daß ich schreibe. Da war eine Frau vom Roten Kreuz hier, um die Mädchen zu ermuntern, den Männern im Militärdienst zu schreiben. Ich habe einfach nicht die Courage, einem völlig Fremden zu schreiben, und Ann hat wie üblich eine Lösung gefunden. Sie schreibt Dick Canidy (sie hat die Adresse von ihrem Vater), und ich schreibe Dir.
>
> Ich bin sicher, daß Du absolut kein Interesse daran hast, zu erfahren, was geschehen ist, seit wir auf der Plantage waren, aber ich will doch darüber schreiben, weil es sonst nichts Interessantes gibt. Ich habe den größten Teil des Sommers in New York verbracht, mit Ausnahme von zwei Wochen, als wir nach

> Mackinac Island reisten, wo ein uraltes Hotel
> steht und es keine Autos gibt. Es war dort
> sehr schön, vermutlich so, wie es 1890 war.
>
> Charity kam herein und sagte, sie hält für
> unfair, was wir tun. Sie wollte dem einen oder
> anderen von euch schreiben, aber wir mach-
> ten ihr klar, daß es euch gegenüber unfair
> wäre, daß ihr Wichtigeres mit eurer Zeit
> anfangen könnt, als ein Problem zu lösen, das
> wir für albern halten.
>
> Es war sehr nett, Dich und Dick Canidy in
> Alabama kennenzulernen, und ich hoffe, ihr
> seid glücklich und gesund. Wenn Du irgend-
> wann mal einen Moment Freizeit hast, wäre
> es schön, eine Postkarte von Dir zu erhalten.
> Oder gibt es keine Postkarten in China?
> Mit freundlichem Gruß
> Sarah Child

»Verdammte Scheiße!« rief Bitter aufgeregt. Canidy schaute ihn an. Bitter wies auf ein großes Insekt, das über eine alte Ausgabe der *Times of India* auf dem Tisch neben Canidy kroch. »Schlag das verdammte Biest tot!«

»Mein Gott, du lernst fluchen und alles.« Canidy lachte. »*Du* schlägst es tot. Ich kann keiner Fliege etwas zuleide tun.«

»Leck mich!« sagte Ed Bitter. Er warf das Insekt auf den Boden, indem er die Zeitung umdrehte, und dann zertrat er es.

Canidy gab ihm Sarah Childs Brief zurück.

»Clever«, sagte er. »nicht ganz so clever wie Ann, aber auch nicht dumm.«

»Wirst du darauf antworten?« fragte Bitter.

»Klar«, sagte Canidy. »Warum nicht?«

»Sie ist ein bißchen jung für dich, nicht wahr? Nicht ganz dein Typ? Du stehst doch auf anderem, oder?«

Er bezog sich eindeutig auf das, was sich zwischen Canidy und Sue-Ellen abgespielt hatte.

»Ich habe nicht vor, ihr jugendgefährdende Fotos zu schicken, Eddie«, erwiderte Canidy. »Ich will ihr nur helfen, damit sie ihrer Mami den goldenen Stern auf dem Fleißkärtchen zeigen kann.«

Ex-Chief Radioman Edgar Lopp eilte in das Eßzimmer.

»Die Japse haben soeben Pearl Harbor bombardiert.«
»O Scheiße!« stieß Canidy hervor.
»O Gott«, sagte Bitter.

Lopp schaltete den Hallicrafter-Empfänger ein, den sie sich aus dem CAMCO-Lagerhaus ›geliehen‹ hatten, und sie hörten Sondermeldungen auf allen Sendern.

Um elf Uhr brachte ein Bote ein Funktelegramm aus Toungoo:

FLUGZEUGE DER AVG WERDEN OHNE BESONDERE GENEHMIGUNG DES UNTERZEICHNERS AN KEINER WIEDERHOLUNG KEINER OPERATION TEILNEHMEN. CHENNAULT.

Da Canidy und Bitter die einzigen AVG-Piloten in Rangun waren, galt die Botschaft offenbar ihnen. Bitter war zutiefst enttäuscht. Für ihn war der japanische Angriff eine persönliche Beleidigung, und am liebsten wäre er zum Flugplatz nach Mingaladon geeilt, in eine P40-B gesprungen und in den Himmel gerast, um Rache zu nehmen und jedes japanische Flugzeug abzuschießen, das zufällig in Reichweite war.

Canidy hingegen empfand etwas, das näher an Furcht grenzte. Die Japaner hatten Pearl Harbor nicht aus Dummheit angegriffen. Sie hatten sich gedacht und jetzt bewiesen, daß sie damit durchkommen könnten. Und wenn sie, wie im Radio gemeldet wurde, den größten Teil der Pazifikflotte vernichtet hatten, dann wurden die Dinge im Pazifikraum sehr schlimm für die Vereinigten Staaten und ihre Verbündeten.

Canidy hielt es für das klügste, zu versuchen, Kontakt mit Crookshanks in Toungoo aufzunehmen. Zu seiner Überraschung kam das Telefonat sofort zustande.

»Hier spricht Canidy, Commander«, sagte er. »Zu Ihrer Information, wir können zwei Maschinen sofort dort raufliegen, wenn Sie das für das beste halten.«

»Stehen die Vögel in Splitterschutzwänden?« fragte Crookshanks.

»Jawohl, Sir«, sagte Canidy. »Ich finde, sie sind sicher, es sei denn, die bekommen einen direkten Treffer ab.«

»Ich meine, wir sollten sie dort lassen, bis sich die Dinge etwas beruhigen. Haben Sie das Funktelegramm des Generals erhalten?«

»Jawohl, Sir. Gerade vor ein paar Minuten.«

»Unsere Priorität ist offenbar, die Flugzeuge nach China zu bringen«, sagte Crookshanks. »Wenn Sie nichts Gegenteiliges hören, fliegen Sie die Vögel als erstes morgen früh her.«

»Jawohl, Sir.«

»Du meine Güte, sind wir heute höflich«, sagte Crookshanks trocken und hängte ein.

»Was hat er gesagt?« fragte Bitter, als Canidy den Hörer aufgelegt hatte.

»Morgen früh fliegen wir die beiden flugtauglichen Vögel nach Toungoo.«

»Und was sollen wir heute machen?«

»Wir sind zum Essen eingeladen«, sagte Canidy. »In Commander Hepples Haus. Mit etwas Glück wird diese rothaarige schottische Puppe dort sein. Vielleicht hat sie sogar eine Freundin für dich.«

»Um Himmels willen, wir sind im Krieg«, sagte Bitter.

»Was, Old Chap, hat denn das mit einem Essen zu tun?« gab Canidy mit britischem Akzent zurück. »Haltung bewahren! Cheerio!«

»Geh nur hin, wenn du willst«, sagte Bitter. »Ich bleibe beim Radio.«

»Wie du willst«, sagte Canidy. »Wenn die Japse über die Mauer des Rosengartens klettern, ruf mich, und ich werde kommen und dir helfen, sie zurückzuschlagen.«

Als Canidy um 14 Uhr 30 aus seinem Zimmer herunterkam, saß Bitter auf dem Beifahrersitz des Studebakers. Canidy sagte nichts dazu, daß er sich anders besonnen hatte. Es war für Eddie anscheinend ein wenig unpassend, daß er ausging und eine Nummer machen wollte, während fast die gesamte Pazifikflotte in Pearl Harbor vernichtet worden war.

3

Gravelly Point Airport Washington, D.C.

7. Dezember 1941, 16 Uhr 45

Die Douglas C-47, die auf La Guardia auf Colonel William Donovan wartete, war mit dem Olivgrün des Army Air Corps angestrichen. Sie trug auch das Abzeichen des Army Air Corps – ein roter Kreis in einem weißen Stern –, und sie wurde von Männern in Uniformen des Air Corps geflogen. Aber als Donovan und Chesley Haywood Whittaker an Bord gingen, stellten sie fest, daß die Innenausstattung zivil war. Es steckte sogar eine Broschüre im Netz am Rücken des Sitzes vor Chesty Whittaker. Ein Foto von Captain Eddie Rickenbacher hieß Reisende an Bord der Eastern Airlines willkommen.

Es gab keine Stewardessen, aber zehn Minuten nach dem Start, als der weiße Strand der Atlantikküste von New Jersey unter der linken Tragfläche zu sehen war, kam ein junger Offizier mit Pilotenabzeichen auf dem Uniformrock aus dem Cockpit und brachte eine Thermosflasche mit Kaffee und zwei Becher und sagte ihnen, daß sie in ungefähr neunzig Minuten landen würden.

»Ich sehe, das Flugzeug ist soeben eingezogen worden«, sagte Donovan, als er den Kaffee entgegennahm.

»Jawohl, Sir.« Der junge Offizier lachte. »Wir haben es der Eastern Airlines weggenommen. Morgen werden wir die Innenausstattung auch noch demontieren ... wir werden die Eastern Airlines noch mehr verärgern, indem wir verlangen, die Arbeit von ihrem Personal ausführen zu lassen. Ich weiß nicht, ob die Eastern das tun wird.«

»Ich meine, wir können davon ausgehen, daß sie alles gründlich demontieren, schon weil sie dem Militär keine Bequemlichkeit gönnen«, sagte Donovan.

»Wenn die Gentlemen etwas brauchen, kommen Sie nur nach vorne«, sagte der junge Pilot. »Ich helfe jetzt besser wieder im Cockpit.«

Als er fort war, stellte Chesty Whittaker die Frage, die ihn beschäftigte.

»Werden alle zivilen Flugzeuge requiriert?«

»Alle, die sofort gebraucht werden«, antwortete Donovan, »und dann werden sie den Fluggesellschaften ersetzt, sobald genügend aus der Produktion kommen. Die Bestellungen bei Don Douglas werden ihn reich machen: ›Bauen Sie so viele Flugzeuge, so schnell wie Sie können, zu den normalen Kosten plus zehn Prozent‹.«

»Das könnte keinem netteren Kerl passieren«, sagte Chesty Whittaker.

»Da wir vom Requirieren sprechen, Chesty«, sagte Donovan, »wie verbunden bist du mit dem Haus in der Q Street?«

»Die Frage gefällt mir kein bißchen«, erwiderte Chesty.

»Ich werde ein solches Haus brauchen«, sagte Donovan.

»Du hast doch ein Apartment im Hotel Washington«, sagte Whittaker, »und ein Haus in Georgetown.«

»Ich denke nicht an mich persönlich«, sagte Donovan und wählte seine Worte vorsichtig. »Die Organisation, die ich aufstelle, wird ein Quartier brauchen, wo ich Leute zusammenbringen und sie übernachten lassen kann. Oder ein Haus – vielleicht für ein paar Wochen –, in dem sie nicht gesehen werden und keine Aufmerksamkeit erregen. Offen gesagt, ein Versteck, in dem Leute beschützt werden können. Ein Haus mit einer Mauer um das Grundstück, mit einer guten Küche und einem halben Dutzend Schlafzimmern. Ein Haus wie das von Jimmy in der Q Street, Chesty.«

»Worauf genau willst du hinaus, Bill?« fragte Whittaker, und dann zitierte er: »Ein Versteck, in dem Leute beschützt werden können?«

»Ich kann dir nicht genau sagen, woran ich arbeite, Chesty«, erwiderte Donovan.

»Ich verstehe.« Whittaker überlegte. »Jimmy wird das Haus in der Q Street ja eine Zeitlang nicht benutzen«, sagte er dann. »Wenn die Regierung es wirklich braucht, Bill, kannst du es natürlich haben.«

»Ich werde jemanden beauftragen, mit dir Kontakt aufzunehmen«, sagte Donovan. »Um die Einzelheiten zu besprechen. Das arrangiere ich natürlich so, daß immer ... oder fast immer ... ein Zimmer für dich und Barbara frei sein wird.«

»Wie nett von dir«, sagte Chesty trocken. »Da ist noch eines, Bill. Jemand wohnt in dem Apartment über der Garage.«

»Der wird ausziehen müssen, befürchte ich«, sagte Donovan.

»Es ist eine Sie.«

»Oh!« Donovan lächelte. »Wieviel bezahlst du ihr?«

»Es ist Tom Chenowitchs Tochter, du unflätiger Ire«, sagte Chesty.

»Cynthia?« fragte Donovan. »Ich dachte, sie ist in Harvard.«

»Sie hat das Jurastudium beendet und arbeitet für das Außenministerium.«

»Menschenskind, wir werden alt«, sagte Donovan.

»Sie will Beamtin im Auswärtigen Amt werden«, sagte Chesty. »Der Filz in der Vetternwirtschaft kämpft natürlich dagegen mit Zähnen und Klauen. Aber sie können ihr keine Stelle als Anwältin verwehren. Sie war in *Law Review* in einem Artikel mit Fotos. Eine sehr entschlossene junge Frau. Es würde mich nicht überraschen, wenn sie es bis zur Außenministerin schafft.«

»Bezüglich des Apartments können wir etwas für sie deichseln, davon bin ich überzeugt«, sagte Donovan. »Was uns zu dir bringt.«

»Was heißt das?«

»Ich möchte, daß du für mich arbeitest, Chesty«, sagte Donovan.

»Als was?«

»Was weißt du über den Nachrichtendienst?«

»Spionieren, Truppenbewegungen und Gefechtsaufstellungen herausfinden und solche Dinge, nehme ich an. Darüber hinaus weiß ich absolut nichts über den Nachrichtendienst.«

»Der Nachrichtendienst ist mehr als Spionieren und militärische Daten sammeln«, sagte Donovan. »Ich finde, unsere Arbeit kann man als *Strategie* bezeichnen.«

»Bill, ich weiß wirklich nicht, wovon du redest«, bekannte Chesty Whittaker.

»Militärischer Nachrichtendienst beschäftigt sich mit Dingen, die von Interesse für das Militär sind. Der Marinenachrichtendienst befaßt sich mit der Ermittlung des Potentials der feindlichen Marine. Die Army ist interessiert an den Stärken und Schwächen der feindlichen Boden- und Lufttruppen. Strategischer Nachrichtendienst beschäftigt sich mit der Gesamtheit der feindlichen Absichten und Fähigkeiten.«

»Müßte das nicht eher ›diplomatischer‹ Nachrichtendienst genannt werden?«

»Der Nachrichtendienst des Außenministeriums beschäftigt sich mit diplomatischen Dingen«, sagte Donovan. »Strategischer Nachrichtendienst umfaßt sämtliche Bereiche. Hast du das kapiert?«

»Ich weiß nicht«, gab Chesty Whittaker zu.

»*Meine* Funktion, Chesty«, sagte Donovan und dann unterbrach er sich. »Himmel, das war ziemlich königlich, das ›meine‹, nicht wahr? Weißt du, mir gefällt dieser Gedanke. Jedenfalls, die Funktion der Organisation, die ich aufstelle ... und sie ist noch im Aufbaustadium ... besteht darin, eine Gruppe von wirklich kenntnisreichen Leuten aus allen Nachrichtendiensten zu bilden. Ich will ihnen klarmachen, die Gesamtheit bei der Führung eines Krieges zu sehen, ohne sich in die individuellen Bedürfnisse der bewaffneten Streitkräfte und des Außenministeriums verwickeln zu lassen. Mit anderen Worten, es für Roosevelt zusammenzufassen. Franklin will kein Bild von der Army oder Navy, er will ein Gesamtbild von dem, was in der Welt vorgeht. Er will wissen, was wahrscheinlich geschehen wird, wer es tun wird und warum und was wir dagegen unternehmen sollten.«

»Oh«, murmelte Whittaker.

»Und das Gegenteil«, sagte Donovan.

»Ich verstehe nicht ganz.«

»Wenn eine strategische Entscheidung gefällt wurde, müssen wir in der Lage sein, zu entscheiden, wie sie am besten in die Tat umgesetzt wird – ökonomisch, schnell, unter Einbeziehung der verfügbaren Mittel und des gesamten Bedarfs an diesen Mitteln. Wie zum Beispiel die Gesamttonnage in welchem Land ist.«

»Okay«, sagte Whittaker, der jetzt verstand.

»Und schließlich, Chesty, werden wir für schmutzige Tricks verantwortlich sein. Wenn wir irgendeinen deutschen General kaufen können, dann kaufen wir ihn.«

»Spionage, meinst du.«

»Einschließlich Spionage. Aber da gibt es viel mehr Möglichkeiten.«

»Wie bekommst du die Leute für so was?«

»Von überallher. Die Leute, die jetzt das Gesamtbild betrachten, werden etwas respektlos die ›Zwölf Jünger‹ genannt. Eigentlich sind es bis jetzt nur zehn. Ich möchte, daß du der elfte bist.«

»Ich fühle mich geschmeichelt, Bill«, sagte Whittaker.

»Du wirst dich abschuften, und ich werde dir einen Dollar pro Jahr zahlen«, sagte Donovan.

»Haben deine ›Zwölf Jünger‹ gewußt, was heute morgen passieren wird?« fragte Chesty Whittaker.

Donovan ignorierte die Frage.

»Ich habe dich was gefragt«, sagte Chesty.

»Du solltest wissen, daß ich diese Frage nicht beantworten kann«, erwiderte Donovan. Es war ein Tadel.

»Ich weiß nicht, ob ich von Nutzen sein würde«, sagte Whittaker. »Ich kenne mich in diesen Dingen nicht aus.«

»Du hast die ganze Welt bereist, seit du ein Junge warst«, sagte Donovan. »Du kennst jede Menge Leute, einschließlich einer Reihe von unseren Feinden. Laß mich die übrigen einschätzen.«

»Offenbar macht der Krieg eine gewaltige Menge von Großbauten erforderlich. Das ist wirklich mein Gebiet, Bill. Ich baue Eisenbahnlinien und Brücken. Wäre ich damit nicht nützlicher?«

»Nein«, sagte Donovan. »Du wirst von größerem Wert sein, wenn du für mich arbeitest. Es gibt viele Leute, die eine Brücke bauen können. Ich brauche deinen Verstand und dein Wissen.«

Chesley Haywood Whittaker war geschmeichelt und aufgeregt. Er erhielt die Gelegenheit, sich auf bedeutende Weise am Krieg zu beteiligen, in den die Vereinigten Staaten soeben eingetreten waren. Er schaute Donovan an.

»Welche Art Wissen?« fragte er.

»Zu deiner Erinnerung, Chesty, ich habe dir gesagt, daß die Regierung eine riesige Fabrik braucht, und zwar geheim ...«

»Was für eine Fabrik? Was stellt die her?«

»Das kann ich dir nicht sagen, Bill. Sagen wir mal, es handelt sich um einen komplizierten chemischen Prozeß.«

»Giftgas?«

»So was in dieser Art«, sagte Donovan. »Etwas, das nicht näher als hundert Meilen an dicht besiedelte Gebiete gebaut werden sollte.«

»Chemische Prozesse erfordern gewaltige Mengen

an Energie«, sagte Whittaker. »So wäre es am besten, eine solche Fabrik in der Nähe eines Wasserkraftwerks zu errichten. Sagen wir mal in Alabama oder Tennessee wegen der dortigen Energiequellen – oder vielleicht im Staat Washington.«

»Dieses Wissen meinte ich, Chesty«, sagte Donovan lächelnd.

»Werde ich dich mit Sir anreden müssen?«

»Und vor mir strammstehen.« Donovan hielt ihm die Hand hin.

»Meinst du das ernst mit der Fabrik oder Fabriken?« fragte Whittaker.

»Mach mir, sobald du kannst, ein oder zwei Seiten Vorschläge«, sagt Donovan. »Dies ist von höchster Priorität, Chesty.«

»Soviel Giftgas? Sind die Probleme so groß?«

»Ja, die Probleme sind so groß. Vielleicht handelt es sich nicht um Giftgas. Denk an komplizierte chemische Prozesse. Versteif dich nicht auf Giftgas.«

»In Ordnung«, sagte Whittaker. »Ich werde bis morgen Vorschläge für dich ausarbeiten.«

»Je weniger Hilfe du hast, desto besser«, sagte Donovan.

»Du meinst, je weniger Leute davon wissen, desto besser?«

»Ja«, sagte Donovan.

Whittaker nickte verstehend.

»Bill?« fragte er. »Was wird aus Jimmy? Er ist auf den Philippinen.«

Donovans Gesicht wurde ernst. Er dachte nach, bevor er antwortete.

»Es gibt zwei Denkschulen«, sagte er. »Eine glaubt, es ist im Interesse der Vereinigen Staaten, unser Territorium und unsere Interessen im Fernen Osten zu verteidigen. Die andere glaubt, wir sollten mit den Deutschen handeln, bevor wir die Japaner ausschalten. Ich glaube, wir werden der zweiten Ansicht folgen.«

»Auf Kosten der ersten, meinst du?«

»Wir haben weder das Personal noch das Material für beides zur Verfügung«, sagte Donovan.

»Wir werden die Philippinen verlieren?«

»Was fliegt Jimmy?« fragte Donovan und überging die Frage.

»Jagdflugzeuge«, sagte Chesty. »P40er. Was denn sonst, du kennst doch Jimmy.«

»Dann wird er im dichtesten Kampfgetümmel sein«, sagte Donovan ernst. »Die Verteidigungsstrategie für die Philippinen sieht vor, die japanische Invasionsflotte aus der Luft zu zerstören. Man hat soeben ein Geschwader ›Fliegender Festungen‹ dort rüber geschickt ... du kennst diese viermotorigen Boeings?«

»Jimmy fliegt ein Jagdflugzeug.«

»Die Japaner werden versuchen unsere Bomber auf dem Boden zu zerstören. Es wird Aufgabe der Jagdflieger sein, diese Bomber zu verteidigen.«

»Und werden sie das schaffen?«

»Wenn sie es hart genug versuchen, und wenn ihnen nicht die Flugzeuge ausgehen«, sagte Donovan. »Ein Konvoi, begleitet vom Kreuzer *Pensacola*, ist jetzt auf dem Weg nach Manila. Er hat mehrere Schiffsladungen von Jagdflugzeugen dabei.«

»Was willst du mir damit sagen, Bill?« fragte Chesty.

»Daß Jimmy im dichtesten Kampfgetümmel sein wird«, wiederholte Donovan. »Du wolltest die Wahrheit hören.«

Hier endete das Gespräch, weil es einfach nichts mehr zu sagen gab.

Die C-47 ging in den Sinkflug. Zur Linken sahen sie das Capitol und zur Rechten das Weiße Haus. Sie waren jetzt so tief, daß sie das Flattern der Fahnen sehen konnten. Es war eine friedliche Szenerie, und Chesty Whittaker fragte sich, ob Washington – wie London – bombardiert werden würde. Blickte er vielleicht zum letzten Mal auf ein Washington, das nicht mehr beschossen worden war, seit die Engländer das 1814 getan hatten?

Sie überflogen das Jefferson Memorial und die Brücken über den Potomac. Dann tauchten die Positionslichter der Landebahnen des Gravelly Point Airports auf, und einen Moment später landete die C-47.

Sie rollten von der Landebahn und stoppten. Eine schwarze Cadillac-Limousine fuhr vor, und der junge Pilot, der ihnen den Kaffee gebracht hatte, kam aus dem Cockpit.

»Ihr Bodentransportmittel ist da, Gentlemen«, sagte er. »Wir danken Ihnen dafür, daß Sie mit den Eastern Air Corps Airlines geflogen sind.«

»Ich ziehe es vor, den Kaffee von Ladys serviert zu bekommen«, sagte Donovan.

Der junge Pilot lachte und öffnete die Tür.

Whittaker bemerkte, daß der Pilot nur den rechten Motor ausgeschaltet hatte. Und als sie in dem Cadillac saßen, startete der Pilot den Motor wieder.

Auf beiden Seiten an den Enden der Fourteenth Street Bridge über den Potomac standen Soldaten mit Stahlhelmen, und weitere befanden sich auf der 14. Straße. Auf der 15. sah Chesty weitere Uniformierte, die das Landwirtschaftsministerium, das Postamt und das Finanzministerium bewachten. Und Marineinfanteristen waren in Abständen von zwanzig Metern vor dem Zaun des Weißen Hauses postiert.

Ein Lieutenant Colonel mit Helm kam zur Limousine, als sie am Tor im Zaun des Weißen Hauses hielt.

»Ich bin Colonel William Donovan«, sagte Donovan durch das herabgelassene Fenster. »Ich werde erwartet. Mr. Whittaker ist bei mir.«

Der Offizier zog sorgfältig eine mit Maschine getippte Liste auf einem Klemmbrett zu Rate.

»Darf ich bitte Ihren Ausweis sehen?« fragte er. Donovan gab ihm eine mit Plastik überzogene Karte. Der Offizier betrachtete sie prüfend und gab sie dann zurück. »Danke, Sir«, sagte er.

»Ich hatte keine Zeit, um Mr. Whittaker einen Ausweis zu beschaffen«, sagte Donovan. »Ich verbürge mich für ihn.«

»Bedaure, Sir«, sagte der Offizier. »Ich darf nur das Personal passieren lassen, das auf der Liste steht. Mr. Whittaker steht nicht auf der Liste.«

»Ich sagte Ihnen, er gehört zu mir«, sagte Donovan. Der Offizier schüttelte den Kopf. »Er ist nicht nur mein Stellvertreter«, fuhr Donovan fort, »sondern auch ein Freund des Präsidenten.«

»Sie werden rüber zum alten Army-Navy-Gebäude fahren müssen, Sir«, sagte der Offizier. »Dort können Sie arrangieren, daß dieser Gentleman passieren darf. Fragen Sie nach Colonel Retter.«

»Bill«, sagte Chesty Whittaker, »ich nehme mir einfach ein Taxi und fahre in die Q Street zum Haus. Ich würde ohnehin nur stören.«

»Der Präsident braucht heute alle Freunde, die er bekommen kann«, sagte Donovan. »Er wäre froh, dich zu sehen.«

»Sag ihm bitte, daß ich bereit bin, mich seinem verdammten Team anzuschließen. Wenn er mich sehen will, ruf mich im Haus in der Q Street an.« Whittaker wollte die Wagentür öffnen.

Donovan hielt ihn zurück. »Du nimmst den Wagen. Ich gehe das Stück über den Zufahrtsweg zu Fuß.«

Er stieg aus.

»Colonel«, sagte er, »Ihre Pflichterfüllung ist lobenswert.«

Chesty wußte nicht, ob sein Freund sarkastisch war oder nicht.

Der Offizier winkte einen Polizisten des Weißen Hauses heran, der daraufhin auf die Pennsylvania Avenue trat und den Verkehr stoppte, damit die Limousine zurücksetzen konnte.

Chesty gab dem Chauffeur Anweisungen, und fünf Minuten später trafen sie beim Haus in der Q Street ein.

Er betrat das Haus und stellte seinen Handkoffer am Fuß der Treppe ab. Dann überprüfte er den Thermostat. Er stellte ihn höher, und sofort sprang der Ölbrenner an.

Chesty ging über den Flur zum Anrichteraum und hindurch zur Küche. Er schloß die Küchentür auf, ging die kurze Treppe hinunter und überquerte den gepflasterten Zufahrtsweg zur Garage.

Alle drei Türen der Garage waren geschlossen, und er konnte kein Licht in der Wohnung über der Garage sehen. Er sagte sich tief enttäuscht, daß Cynthia vielleicht nicht zu Hause war.

Er stieg die Treppe zum Apartment hinauf und drückte auf die Klingel. Ein Gong ertönte in der Wohnung, und einen Augenblick später hörte er Bewegung.

Und die Tür wurde geöffnet.

Cynthia Chenowitch lächelte ehrlich erfreut, als sie ihn sah.

»Ich wußte nicht, daß du kommst«, sagte sie.

»Wilde Pferde, die durchgehen und so weiter«, erwiderte er.

Sie trug einen Bademantel, und ihr Haar war in ein Handtuch gehüllt. Eine nasse Haarsträhne klebte auf ihrer Stirn. Ihre Haut glühte.

»Ich habe gerade geduscht«, sagte sie.

»Nein, das hätte ich nicht für möglich gehalten!« scherzte er.

»Klugscheißer«, sagte sie, lachte, gab ihm schnell einen Kuß und winkte ihn in die Wohnung. Er bemerkte, daß sie die linke Pobacke nicht abgetrocknet hatte; der Bademantel haftete daran.

Er folgte ihr ins Wohnzimmer. Sie wollte ihm einen Whisky mixen, aber er stoppte sie.

»Ich trinke Cognac«, sagte er.

Sie schaute ihn neugierig an.

»Ich kämpfe den ganzen Tag gegen schlimme Kopfschmerzen an«, erklärte er. »Der Cognac hilft anscheinend.«

Sie füllte einen Cognacschwenker großzügig mit Courvoisier. »Trink das, während ich mich anziehe«, sagte sie.

Sie sah seine Miene.

»Laß mich wenigstens mein Haar trocknen«, sagte sie.

Er lächelte.

»Du kannst es kaum erwarten«, stellte sie fest. »Das freut mich.«

Sie ging in ihr Schlafzimmer. Er trank einen Schluck Cognac und folgte ihr. Cynthia setzte sich an einen Toilettentisch und rubbelte ihr Haar mit einem Handtuch trocken. Sie lächelte sein Spiegelbild im Spiegel an. Er setzte sich aufs Bett.

»Bist du nicht zu dem Spiel gegangen? Oder hat man es abgesagt? Ich meine, du bist früher zurück als sonst.«

»Ich war mit Bill Donovan zusammen«, sagte er. »Der Präsident hat ein Flugzeug für ihn geschickt. Bill hat mich mitgenommen.«

»Wie nett«, sagte Cynthia.

»Er will, daß ich für ihn arbeite«, sagte Chesty.

Sie wandte sich um und schaute ihn an.

»Und? Tust du das?« fragte sie.

Er nickte.

»Colonel Donovan wird im Außenministerium wirklich gehaßt«, sagte Cynthia. »Er versucht, den gesamten Nachrichtendienst zu übernehmen.«

»Wenn er ihn nicht schon übernommen hat, dann wird er das in Kürze tun«, sagte Chesty. »Er will, daß ich einer der sogenannten ›Zwölf Jünger‹ werde.«

»Oh, dann haßt man dich ebenfalls«, sagte Cynthia. »Wird uns das stören?«

»Mit einer bemerkenswerten Ausnahme hat mich nie gejuckt, was Diplomaten von mir denken.«

»Ich bin nicht mal Diplomat«, sagte sie. »Mehr in der Richtung hochnäsiges Weib.«

»Ich mache mir Sorgen um Jimmy«, sagte Chesty.

»O Gott, an den habe ich überhaupt nicht gedacht!«

»Du hättest an ihn denken sollen. Barbara hat vor, dich mit ihm bei seiner Rückkehr zu verheiraten. *Wenn* er zurückkehrt.«

»Er wird zurückkommen«, sagte Cynthia. »Das Verheiraten ist natürlich etwas anderes.«

»Jimmy hat einen ausgezeichneten Geschmack in punkto Frauen«, sagte Chesty. »Er wüßte dich wirklich zu schätzen.«

»Soll das irgendeine Botschaft an mich sein?«

»Jedesmal, wenn ich sehe, wie jung und schön du bist, brauche ich einige Zeit, um mich auf unsere Situation einzustellen«, sagte Chesty.

»Jedesmal, wenn ich sehe, wie gut du aussiehst, brauche ich einige Zeit, um zu fassen, welches Glück ich habe«, erwiderte sie.

»Eine Affäre, die in eine Sackgasse führt, mit einem Mann zu haben, der alt genug ist, um dein Vater zu sein, kann man kaum als Glück bezeichnen«, sagte er.

»Als sonderbar vielleicht. Als interessant.«

»Nicht befriedigend?« fragte sie. »Ich bin befriedigt.«

»Ich fühle mich schuldig«, sagte er. »Dein Vater war mein Freund.«

»Fang nicht schon wieder davon an«, sagte Cynthia.

»Ich liebe dich«, sagte er.

»*Das* kannst du sagen. Und ich liebe dich.«

Cynthia wandte sich ab und bürstete ihr Haar. Er lehnte sich an das Kopfbrett des Bettes, nippte an seinem Cognac und beobachtete sie. Zusätzlich zu den Kopfschmerzen hatte er wieder verdammte Magenbeschwerden. Er versuchte, ein Rülpsen zu unterdrücken, und konnte es nicht.

Sie hörte mit dem Bürsten ihres Haars auf, ging zum Bett und schaute auf ihn hinab. Dann streifte sie den Bademantel ab.

»Mein Gott, wie schön du bist!«

Er wollte sich vom Bett erheben. Sie drückte ihn zurück.

»Laß mich dich ausziehen«, sagte sie. »Es macht dich geil, wenn ich dich ausziehe, und ich liebe es, wenn du geil bist.«

»Bevor du so nett zu mir bist, sollte ich dir besser sagen, daß du ausziehen mußt.«

»Das verstehe ich nicht«, sagte Cynthia, band seine Schnürsenkel auf und zog ihm die Schuhe aus.

»Donovan will dieses Haus für Spionagezwecke«, sagte Chesty. »Ich habe ihm gesagt, daß er es haben kann.«

»Nun, und mich bekommt er dazu«, sagte Cynthia. »Hast du ihm das gesagt?«

»Gewiß«, erwiderte er. »Ich sagte, Bill, die Tochter von unserem alten Freund Tom wohnt im Apartment über der Garage, und sie ist meine Mätresse.«

»Die Bezeichnung gefällt mir nicht«, sagte Cynthia. »Das läßt darauf schließen, daß ich es für Geld tue.«

»Es war nicht böse gemeint, mein Liebling«, sagte er.

»Ich bin deine Geliebte«, sagte sie. »Ich weiß nicht, warum du das nicht akzeptieren willst.«

»Vielleicht weil ich befürchte, daß Dankbarkeit eine Rolle bei unserer Beziehung spielt.«

»Wer hat wen verführt?« fragte Cynthia.

»Ich wünschte, ich wüßte das«, sagte er.

»Ich weiß nicht, ob ich heulen oder etwas nach dir schmeißen soll«, sagte sie.

Sie schauten sich einen Moment lang in die Augen, und dann zuckte er mit den Achseln.

»Wirst du fragen, ob ich die Wohnung behalten kann?« fragte Cynthia.

»Oder ich besorge dir eine bessere.«

»Wenn ich nicht hierbleiben kann, werde *ich* mir eine andere Wohnung suchen«, sagte Cynthia. »Vielleicht wird dir das ein für allemal den Mund stopfen. Ich will dich um deinetwillen in meinem Bett haben, nicht weil du die Miete bezahlst.«

Sie hatte den Reißverschluß seiner Hose geöffnet. Sein erigiertes Glied sprang förmlich heraus. »Sieh dir das an!« sagte Cynthia.

»Du bist lüstern und schamlos«, sagte er, schob sie von sich und erhob sich.

»Und macht dich das nicht glücklich?« fragte sie.

Sie ging zur anderen Seite des Bettes, schlüpfte unter die Decke und schaute zu, wie er sich weiter entkleidete.

Als er fertig war, warf sie die Bettdecke von sich und breitete die Arme aus. Einen Augenblick später spürte er die unglaubliche Wärme und Weichheit in ihr. Und im selben Augenblick hatte sein Körper tragischerweise genug.

Chesty Whittaker schrie auf, und die verdammten Kopfschmerzen, gegen die er den ganzen Tag angekämpft hatte, schlugen unbarmherzig zu – und rächten sich fürchterlich. Er hatte einen so plötzlichen und starken Schmerz nie gekannt.

Und dann war er tot.

»Chesty? Chesty, was ist los?« fragte Cynthia.

Sie wälzte sich unter ihm hervor und setzte sich auf. Dann wandte sie all ihre Kraft auf, um ihn auf den Rücken zu drehen. Seine Augen starrten sie an, aber sie erkannte sofort, daß er sie nicht mehr sah.

»Oh, Chesty«, sagte sie und preßte ihre geballte Hand auf den Mund. Sie fühlte nach dem Puls an seiner Halsschlagader, wie man es ihr beim Erste-Hilfe-Kursus beigebracht hatte.

Nichts.

Nach ein paar Minuten zog Cynthia ihren Bademantel an. Tränen rannen über ihre Wangen, als sie mit unendlicher Zärtlichkeit Chestys Augenlider schloß.

4
Das Weiße Haus
Washington, D.C.

7. Dezember 1941, 19 Uhr 05

Captain Peter Stuart Douglass, USN, war im Weißen Haus, weil er de facto Stellvertretender Direktor des Büros des Coordinator of Information (COI) geworden war. So war es geplant gewesen. Man hatte beabsichtigt, ihn Donovan zu unterstellen, weil ihn das (und das Atombomben-Projekt) aus dem ONI, dem Marinenachrichtendienst, herausholte und die Leitung des geheimen Projekts Donovan übertragen wurde, der das Ohr des Präsidenten hatte.

Aber am Beginn des Atom-Projekts war wirklich nicht viel zu tun, außer Leute nach England zu schicken, um festzustellen, was aus den englischen und deutschen Forschungen gelernt werden konnte, und die Resultate der Experimente abzuwarten, die an der University of Chicago durchgeführt wurden.

So hatte er begonnen, einige Arbeiten für Donovan zu erledigen, und später war es logisch für ihn, den Dienst als Stellvertretender Direktor des COI anzutreten, bis Donovan den geeigneten Mann für die Stelle finden konnte.

Vor einer Woche hatte der Präsident dann entschieden, das gesamte Atom-Projekt einer Gruppe von Akademikern unter dem Vorsitz von Dr. J.B. Conant von der Harvard University zu unterstellen. Dies geschah unter dem Deckmantel eines wissenschaftlichen Programms, das vom Ministerium für wissenschaftliche Forschung und Entwicklung durchgeführt wurde.

Dieser Wechsel hatte am 6. Dezember 1941 stattgefunden, und Douglass war nicht zum Ministerium für wissenschaftliche Forschung und Entwicklung umgezogen.

»Pete, Sie sind kein Physiker, und ich brauche Sie mehr, als die anderen Sie brauchen«, hatte Donovan mit unwiderlegbarer Logik gesagt.

»Colonel, ich möchte zur Navy zurückgehen.«

»Na na, Pete, ich brauche Sie mehr, als die Navy Sie braucht«, sagte Donovan. »Ich kann nicht auf Sie verzichten, und das wissen Sie.«

»Ich hatte gehofft, ein Kommando zu bekommen, Colonel«, sagte Douglass.

»Denken Sie das durch, Pete«, sagte Donovan. »Wenn Sie in die Navy zurückkehren, würden Sie zum

Marinenachrichtendienst kommen. Man wird Ihnen kein Kommando auf See geben. Sie sind zu wertvoll, um Nachrichtenoffizier zu sein. Und Sie würden hier von größerem Wert als in der Navy sein.«

Donovan hatte natürlich recht. Und das bedeutete, daß Captain Peter Douglass, der sich ein Leben lang auf den Krieg zur See vorbereitet hatte, den Krieg hinter einem Schreibtisch verbringen würde. Seine Freunde und Kollegen würden auf der Brücke von Schiffen stehen, während er in Washington blieb. Es war ihm völlig klar, daß er niemals Admiral werden konnte. Das war der Preis dafür, daß er für Donovan arbeitete.

Douglass nahm den Telefonanruf für Donovan entgegen, und dann öffnete er schnell die Tür zum Oval Office und trat ein. Im Büro hing dichter Zigarettenqualm, und obwohl ein stetiger Strom von Stewards ein und aus ging, die ihr Bestes taten, um das Oval Office in tadelloser Ordnung zu halten, sah es gräßlich aus. Auf jeder ebenen Fläche, außer auf dem Schreibtisch des Präsidenten, waren Imbißreste und leere Kaffeetassen abgestellt. Der Schreibtisch des Präsidenten war mit Schriftstücken und einer großen Landkarte bedeckt.

Colonel Donovan saß neben General Marshall auf einer Couch an der Wand. Der Präsident hatte seinen Rollstuhl dicht zu den beiden gerollt. Die drei Männer waren in ein Gespräch vertieft.

Es dauerte fast eine Minute, bis Donovan Douglass' Anwesenheit spürte und zu ihm aufblickte. Er konnte seinen Unwillen nicht ganz verbergen.

»Was ist, Pete?« fragte Donovan.

»Ich habe eine Miss Chenowitch am Telefon«, sagte Douglass. »Sie ruft für Mr. Chesley Whittaker an und sagt, es sei wichtig.«

»Fragen Sie, was sie will«, sagte Donovan ungeduldig.

»Sie besteht darauf, mit Ihnen zu sprechen«, sagte Douglass.

»Versuchen Sie es noch einmal.« Donovan widmete seine Aufmerksamkeit wieder dem Präsidenten.

»Hat er gesagt, daß Chesty Whittaker am Telefon ist?« fragte der Präsident.

»Chesty ist in Washington. Er flog mit mir von New York her. Ich habe ihn gebeten, für mich zu arbeiten.«

»Und er hat akzeptiert?« fragte der Präsident. »Er hofft vermutlich, daß Sie eine Palastrevolte anführen und mich stürzen.«

»Ich soll Ihnen ausrichten, daß er bereit ist, sich dem Team anzuschließen«, sagte Donovan.

Der Präsident lachte.

»Um mich zu stürzen«, scherzte der Präsident.

Captain Douglass kehrte zurück.

»Miss Chenowitch sagt, es handelt sich um einen Notfall«, meldete Douglass.

»Nehmen Sie den Anruf entgegen, Bill«, sagte der Präsident im Befehlston. »Chesty würde sie unter diesen Umständen nicht anrufen lassen, wenn es nicht wichtig wäre.«

Donovan schaute sich nach einem Telefon um. Douglass überreichte ihm einen Apparat, hielt den Hörer jedoch in der Hand. »Miss Chenowitch, hier ist Colonel Donovan«, sagte er, und dann gab er Donovan den Hörer.

»Hallo, Cynthia«, sagte Donovan. »Geben Sie mir Chesty.«

»Das kann ich leider nicht tun«, erwiderte Cynthia Chenowitch.

»Was heißt das, Cynthia?«

»Chesty ist tot, Mr. Donovan«, sagte sie. »Und wenn

ich keine Hilfe bekomme, und zwar schnell, dann wird es einen Skandal geben.«

»Habe ich Sie richtig verstanden?«

»Ich sagte, er ist tot. Meinen Sie das?«

»Wo sind Sie?«

»Im Haus in der Q Street.«

»Ich schicke Ihnen sofort meinen Stellvertreter, Captain Douglass«, sagte Donovan. »Er wird sich um die Sache kümmern.«

»Es wäre besser, wenn Sie selbst kommen«, sagte Cynthia.

»Captain Douglass wird sofort aufbrechen«, sagte Donovan. »Sie sind dort, nehme ich an?«

»Ja.«

»Er fährt sofort los«, sagte Donovan scharf und legte den Hörer auf. Er nahm einen Notizblock und schrieb die Adresse auf.

»Fahren Sie bitte dorthin, Peter«, wies er Douglass an. »Suchen Sie eine Miss Chenowitch auf. Tun Sie, was getan werden muß.«

»Jawohl, Sir«, sagt Captain Douglass.

»Cynthia Chenowitch? Ist das Toms Tochter?« fragte der Präsident.

»Ja«, antwortete Donovan. »Sie ist Anwältin im Außenministerium. Chesty hat ihr sein Apartment über der Garage vermietet.«

»Ist etwas nicht in Ordnung?«

»Sie sagte, Chesty ist tot, Mr. President.«

VIII

1

Captain Douglass verließ das Weiße Haus durch einen Ausgang im Kellergeschoß und ging zum Besucherparkplatz. Er hatte einen grauen Plymouth der Navy, der normalerweise von einem jungen Matrosen gefahren wurde, aber heute saß hinter dem Steuer ein altgedienter Petty Officer First Class, der auf den Angriff auf Pearl Harbor reagiert hatte, indem er sein Krankenbett im Krankenrevier der Washingtoner Marinewerft verlassen und sich zum Dienst gemeldet hatte. Der junge Fahrer bewachte nun die Peripherie der Marinewerft.

Douglass traf den Bootsmannsmaat auf dem Fahrersitz des Plymouth an.

»Was machen Sie hier? Warum warten Sie nicht drinnen mit den anderen Fahrern?«

»Mit Verlaub, Sir. Es macht mir nichts aus, den Lückenbüßer zu spielen, aber ich mag mich nicht mit diesen Armleuchtern abgeben.«

Douglass verkniff sich ein Lächeln und gab ihm den Zettel, auf den Donovan die Adresse geschrieben hatte.

»Können Sie das finden?« fragte Douglass. »Es ist irgendwo in der Nähe des Dupont Circle.«

»Klar«, erwiderte der Petty Officer.

Bald stand Douglass vor einer hohen Mauer und drückte auf einen Klingelkopf.

Dann nahm er ein schwaches Geräusch wahr, und er blickte in diese Richtung. Etwa zwanzig Meter entfernt tauchte eine junge Frau auf dem Bürgersteig auf. Sie trug ein Kopftuch und einen Trenchcoat.

»Miss Chenowitch?« rief Douglass.

»Sie sollten den Wagen hineinfahren«, sagte Cynthia Chenowitch.

Douglass signalisierte dem Petty Officer, den Wagen in die Einfahrt zu fahren, und ging dann der jungen Frau entgegen. Sie sah ein bißchen blaß aus – nicht leichenblaß, denn sie trug Make-up. Sie wirkte erschüttert. Aber sie sah auch aus, als hätte sie sich unter Kontrolle.

»Ich bin Peter Douglass, Miss Chenowitch«, Er hielt ihr die Hand hin. Sie gab weder eine Antwort, noch ergriff sie die Hand, aber sie schenkte ihm ein schwaches Lächeln.

Sie wartete, bis der Plymouth vor dem Tor stand. Dann drückte sie auf einen Knopf in der Mauer, und das Tor öffnete sich. Sie ging mit Douglass durch das Tor, winkte den Wagen durch und drückte wieder auf einen Knopf. Ein Elektromotor summte, und die Torflügel schlossen sich.

Dann schritt sie über den gepflasterten Zufahrtsweg zur Garage. Peter Douglass bemerkte, daß sie einen graziösen und entschlossenen Gang hatte. Sie war attraktiv und selbstsicher.

Sie blieb an der Tür eines Treppenhauses stehen, das zur Wohnung über der Garage führte.

»Was ist mit dem Fahrer?« fragte sie. »Kann man sich darauf verlassen, daß er den Mund hält?«

Daran hatte Douglass überhaupt nicht gedacht. Er kannte nicht einmal den Namen des Petty Officers.

»Gibt es einen Grund, daß er von dem Problem erfahren muß?« fragte Douglass.

Cynthia Chenowitch nickte.

»In diesem Fall kann ihm vertraut werden.« Der Petty Officer war Berufssoldat der Navy. Er würde tun, was ihm befohlen wurde.

Cynthia Chenowitch nickte wieder und stieg die Treppe hinauf. Douglass forderte den Petty Officer mit einer Geste auf, mitzukommen, und der stieg aus dem Plymouth und rückte seine weiße Mütze zurecht.

Cynthia führte sie durch ein Apartment, in dem sie offenbar wohnte, und öffnete eine Tür. Dann trat sie zur Seite, um Douglass Platz machen. Douglass trat ein.

Es war offenbar ihr Schlafzimmer. Und auf dem Bett war unter einer Decke der Umriß eines menschlichen Körpers zu erkennen.

»Mr. Whittaker?« fragte Douglass.

Sie nickte.

»Es tut mir leid«, sagte Douglass.

Der Petty Officer schob sich an Douglass vorbei, ging zum Bett und zog die Decke von Chesley Haywood Whittakers Kopf und Oberkörper. Whittaker war nackt.

Der Petty Officer fühlte an der Halsschlagader nach dem Puls und legte eine Hand flach auf Whittakers Brust.

»Er ist ungefähr eine Stunde tot«, sagte er nüchtern.

»Sie sollten mir sagen, was geschehen ist, Miss Chenowitch.« Captain Douglass wandte sich zu ihr um und schaute sie an.

Sie errötete, aber sie hielt seinem Blick stand.

»Wir waren im Bett«, sagte sie. »Er stieß einen Schrei aus und erschlaffte.«

Der Tote auf dem Bett war alt genug, um der Vater des Mädchens zu sein.

»Vermutlich ein Schlaganfall«, sagte der Petty Officer fachkundig. »Bei einem Herzanfall machen sie für gewöhnlich ... das Bett naß. Bei einem Schlaganfall sind sie sofort weg, und nichts funktioniert mehr.«

Douglass schaute ihn an.

»Ich habe in China gedient«, sagte der Petty Officer.

»Wir hatten eine Zeitlang keinen Sani auf der *Panay*, und ich mußte für ihn einspringen.«

»Aus offenkundigen Gründen darf nicht bekannt werden, wo und wie er gestorben ist«, sagte Cynthia Chenowitch.

Sie hatte einige Mühe, sich unter Kontrolle zu halten, aber sie war weit entfernt davon, in Hysterie zu verfallen.

»Wo hat er gewohnt?« fragte der Petty Officer.

»New Jersey«, antwortete Cynthia automatisch.

»Nun, wir können ihn nicht nach Hause bringen, nicht wahr?« sagte der Petty Officer.

»Und er hat hier gewohnt«, sagte Cynthia. »Natürlich hat er auch hier gewohnt.«

»Hier? Oder meinen Sie im Haus?« fragte der Petty Officer.

»Im Haus«, sagte Cynthia.

»Hält sich jemand darin auf?« erkundigte sich der Petty Officer.

Cynthia schüttelte den Kopf. »Nein. Er darf nicht hier gefunden werden. Mrs. Whittaker darf nicht erfahren, daß er in meinem Bett gestorben ist.«

»Dann tragen wir ihn rüber ins Haus und legen ihn in sein Badezimmer. Anschließend überlegen wir uns, wer ihn gefunden hat, und rufen die Polizei an«, sagte der Petty Officer.

Douglass erkannte, daß es zwei Möglichkeiten gab, um die Situation zu meistern. Der legale Weg war, die Polizei anzurufen und zu hoffen, daß die Umstände seines Todes geheimgehalten wurden. Oder gegen das Gesetz zu verstoßen (was eine Straftat war) und zu tun, was der Petty Officer vorgeschlagen hatte. Donovan hatte ihm, Douglass, befohlen, die Situation zu meistern, und das hieß nicht, die Polizei und die Presse hineinzuziehen. Donovan hatte Douglass erzählt, daß er vorgehabt hatte, Whittaker in das COI-Team aufzunehmen.

»Wir werden folgendes behaupten«, sagte Douglass. »Ich wurde von Colonel Donovan geschickt, um ihn abzuholen. Als niemand auf mein Klingeln hin öffnete, sah ich hier Licht und bat Sie, Miss Chenowitch, mich ins Haus zu lassen – Sie haben einen Schlüssel? –, und wir fanden ihn dort.«

»Wenn er nicht auf das Klingeln reagiert hat, dann müssen Sie auf dem Bürgersteig gestanden haben. Von dort aus können Sie hier kein Licht sehen.«

Sie denkt auch unter Streß logisch, dachte Douglass bewundernd. *Eine sehr realistisch denkende junge Frau.*

»Als erstes sollten wir die Leiche rüberbringen«, sagte Douglass. »Und dann sollten wir uns genau überlegen, was wir sagen.«

»Ich habe mir gedacht, daß wir uns völlig natürlich verhalten müssen«, sagte Cynthia Chenowitch. »Ein mißtrauischer Polizist könnte uns Probleme machen.«

»Wenn Sie seine Kleidung tragen, Miss«, sagte der Petty Officer, »dann werde ich ihn rübertragen.«

»Ich weiß gar nicht, wie Sie heißen«, sagte Douglass zu dem Petty Officer.

»Ellis, Captain. Edward B. Ellis.«

»Sie sollen wissen, Ellis, daß ich die volle Verantwortung für das, was wir heute hier tun, übernehmen werde, wenn es hart auf hart kommt.«

»Das verstehe ich, Captain«, sage Ellis.

»Es gibt triftige Gründe für das, was wir tun«, sagte Douglass.

»Jawohl, Sir.« Ellis lachte leise. »Auch das verstehe ich.«

»Ich meine nicht nur die Rücksichtnahme auf Miss Chenowitch ...«

Ellis unterbrach ihn. »Ich brauche keine Erklärungen, Captain. Und ich weiß den Mund zu halten.«

»Ich stehe in Ihrer Schuld«, sagte Douglass.

»Da Sie das gerade ansprechen, Captain«, sagte Ellis. »Ich brauche vielleicht eine gute Beurteilung. Der Armleuchter im Krankenrevier hat mir angedroht, mich vor ein Militärgericht zu bringen, wenn ich das Krankenbett verlasse.«

»Wenn Sie nicht im Krankenrevier sind, was tun Sie dann auf der Marinewerft?«

»Ich arbeite in der Waffenkammer«, sagte Ellis. »Man mag dort keine China-Matrosen, und man weiß nichts mit ihnen anzufangen, wenn sie heimkehren.«

»Sind Sie verheiratet?«

»China-Matrosen heiraten nicht«, sagte Ellis.

»Möchten Sie für mich arbeiten?«

»Ja, Sir, das möchte ich gerne.«

»Sie wissen nicht, was ich arbeite«, sagte Douglass.

»Was auch immer, es ist anscheinend interessanter, als den Offizieren vom Dienst .45er-Patronen auszuhändigen«, sagte Ellis.

Dann zog er die Bettdecke von Whittakers Leiche, neigte sich übers Bett und hievte den Toten auf seine Schulter.

Douglass blickte zu Cynthia Chenowitch. Sie schaute auf die Leiche und biß sich auf die Unterlippe.

»Wenn Sie bereit sind, Miss, können wir gehen«, sagte Ellis.

Er trug Whittakers Leiche aus der Wohnung, die Treppe hinunter und über den Zufahrtsweg zum Haus. Oben lehnte er die Leiche an die gekachelte Wand des Badezimmers neben dem Schlafzimmer.

Cynthia Chenowitch legte Whittakers Kleidung über einen Sessel im Schlafzimmer und seine Unterwäsche in einen Wäschekorb im Badezimmer.

Dann verließen sie das Haus durch die Küche, wie sie es betreten hatten. Cynthia öffnete das Tor, und Ellis fuhr mit dem Plymouth hindurch, drehte eine Runde um den Block und kehrte zurück.

Er stoppte vor der kleinen Tür in der Mauer, und Captain Douglass stieg aus und klingelte. Einen Augenblick später öffnete sich das Tor zum Zufahrtsweg, und Cynthia Chenowitch fuhr mit ihrem La Salle Cabrio heraus. Sie hielt auf der falschen Straßenseite, Schnauze an Schnauze mit dem Plymouth der Navy, und schloß die Tür für Captain Douglass mit ihrem Schlüssel auf.

Fünf Minuten später trafen ein Streifenwagen und ein Krankenwagen mit heulenden Sirenen ein.

Unterdessen hatte Cynthia Chenowitch Summer Place angerufen und Barbara Whittaker schonend die Nachricht vom Tod ihres Mannes beigebracht.

2
Das Weiße Haus
Washington, D.C.
7. Dezember 1941, 21 Uhr 25

Nachdem er den Präsidenten verlassen hatte, fand Colonel William Donovan Captain Peter Douglass in der Stabs-Cafeteria, wo er mit Petty Officer Ellis Kaffee trank.

Douglass und Ellis standen auf, als sich Donovan dem Tisch näherte.

»Colonel«, sagte Douglass, »dies ist Petty Officer Ellis. Ich habe festgestellt, daß man sich voll und ganz auf ihn verlassen kann, und ich habe ihm eine Verwendung bei uns angeboten.«

Donovan musterte Ellis schnell, aber durchdringend. Es war offenbar nötig gewesen, diesen Unteroffizier in das mit einzubeziehen, was immer sich abgespielt hatte. Douglass hätte das nur getan, wenn er es für nötig gehalten hatte und der Überzeugung gewesen war, daß Ellis vertrauenswürdig war. Donovan reichte Ellis die Hand.

»Willkommen an Bord«, sagte er.

»Danke, Sir«, erwiderte Ellis.

»Sie können mir auf dem Weg zum Büro erzählen, was los war«, sagte Donovan. »Haben Sie einen Navy-Wagen?«

»Jawohl, Sir«, sagte Ellis.

Donovan ging voran aus der Cafeteria zum Parkplatz.

»Ich weiß nicht, wo ich hinfahren soll, Sir«, sagte Ellis, als er hinter dem Steuer saß.

»Das Büro befindet sich an der Fünfundzwanzigsten und E im National Institute of Health«, sagte Donovan. »Aber was war im Haus in der Q Street los?«

»Mr. Whittaker starb an einem Schlaganfall«, sagte Douglass. »Im Schlafzimmer des Apartments über der Garage.«

»Was hat er denn dort gemacht?« fragte Donovan neugierig.

»Die Polizei glaubt folgendes: Als ich ihn abholen wollte, um ihn zum Weißen Haus zu bringen, klingelte ich am Tor in der Mauer. Niemand öffnete. Aber Miss Chenowitch, die gerade zu einem Essen mit Freunden fahren wollte, stoppte und fragte, ob sie helfen könne. Ich erklärte ihr, daß ich Mr. Whittaker abholen wollte, und sie ließ mich ins Haus. Wir fanden Mr. Whittaker im Badezimmer. Er hatte offenbar eine Stunde zuvor einen Schlaganfall erlitten, kurz bevor Sie ihn anriefen und ankündigten, daß ich ihn abhole.«

Donovan dachte eine Weile darüber nach. Die Geschichte war glaubwürdig. Es war unwahrscheinlich, daß jemand sie anzweifelte.

»In welcher Verfassung ist sie?« fragte Donovan. »Das Mädchen, meine ich.«

»Miss Chenowitch hat mit Mrs. Whittaker telefoniert und sie über den Tod ihres Mannes informiert«, sagte Douglass, »und dann mit dem Bestattungsunternehmer vereinbart, daß Mr. Whittakers Leiche aus dem Leichenschauhaus abgeholt wird. Ich selbst habe Dr. Grubb gebeten, zum Leichenschauhaus zu fahren, die Leiche zu untersuchen und den Totenschein auszustellen.«

»Und das hat er getan?«

»Ellis fuhr ihn dorthin und anschließend nach Hause. Dr. Grubb ist der Ansicht, daß keine Autopsie nötig ist; für ihn war die Todesursache zweifelsfrei ein Schlaganfall.«

»Weiß Dr. Grubb, wo die Leiche gefunden wurde?« fragte Donovan.

»Er weiß, daß wir sie in Mr. Whittakers Badezimmer gefunden haben«, sagte Douglass.

»Dann ist das schwache Glied in der Kette Cynthia Chenowitch?« fragte Donovan.

»Sie ist kein schwaches Glied, Colonel«, wandte Ellis ein. »Das ist eine harte kleine Lady.«

»Fahren Sie uns zum Haus in der Q Street«, befahl Donovan. »Sie ist doch dort?«

»Jawohl, Sir«, sagte Douglass. »Sie dachte, daß Sie vielleicht noch etwas anderes von ihr wollen.«

Als sie durch das Tor in der Mauer fuhren, parkte Chesley Haywood Whittakers Packard auf dem Zufahrtsweg. Donovan fand Edward, den Chauffeur, mit Cynthia Chenowitch in der Küche des Haupthauses. Cynthia hatte für Edward etwas zu essen gemacht und ihm ein paar Brandys gegeben. Edward hatte eine enge Beziehung zu Chesty Whittaker gehabt, und es gab Anzeichen darauf, daß er geweint hatte.

»Edward«, fragte Donovan, »wieviel Benzin hat der Packard im Tank?«

»Nicht mehr viel, aber ich kann ihn volltanken.« Edward war offensichtlich froh, eine Gelegenheit zu haben, sich nützlich zu machen.

»Das halte ich für eine gute Idee«, sagte Donovan. »Danke.«

Edward nahm seine Chauffeursmütze vom Tisch, setzte sie auf und verließ die Küche. Donovan sah, daß Cynthia immer noch gefaßt war, obwohl sie blaß war und einen sonderbaren Ausdruck in den Augen hatte.

»Wir müssen entscheiden, wie wir dies handhaben, bevor ich Barbara anrufe, Cynthia«, sagte Donovan.

Sie schaute zu ihm auf, blickte ihm in die Augen und nickte.

»Ich finde, wir sollten Chesty heimschicken, so schnell wir das können. Wir müssen feststellen, ob wir noch heute abend einen Leichenwagen auftreiben können.«

»Oder einen kleinen Lieferwagen von einer Verleihfirma«, sagte Ellis. »Es könnte schwierig sein, auf die schnelle einen Leichenwagen zu besorgen. Die Leute würden sich wundern, warum es nicht bis morgen Zeit hat oder warum die Leiche nicht mit dem Zug transportiert wird.«

»Baker hat einen Kombi«, sagte Douglass. »Paßt ein Sarg in einen Kombi?«

»Was für ein Kombi ist das, Captain?« fragte Ellis.

»Ford«, sagte Douglass. »Ein viertüriger A '41.«

»Man muß vermutlich den Sitz ganz nach vorne verstellen«, sagte Ellis überzeugt, »aber ein Sarg wird reinpassen.«

Donovan glaubte ihm. Es war ungewöhnlich, daß Ellis solche makabren Kenntnisse parat hatte, aber es überraschte ihn nicht.

»Die Frage ist, ob wir Baker in diese Sache einweihen sollen«, sagte Donovan.

»Ich halte das für eine gute Idee«, meinte Douglass. »Ich bin nicht sehr erfahren in solchen Dingen. Baker erkennt vielleicht, ob wir irgendwelche Fehler gemacht haben.«

»Der Offizier vom Dienst sollte wissen, wo er ist.«

Douglass rief im Büro an. Baker war anwesend.

»Fahren Sie Ihren Kombi?« fragte Douglass.

»Ja, warum ... ?«

»Gut«, fiel ihm Douglass ins Wort. »Ich möchte ihn mir gerne leihen. Können Sie alles stehen und liegen lassen und gleich herkommen?«

Er nannte die Adresse und legte auf.

»Er wird gleich hier sein«, sagte er.

»Was treibt er im Büro?« fragte Donovan.

»Ich nehme an, er hat das Gefühl, sich mit etwas beschäftigen zu müssen, anstatt in seiner Wohnung Radio zu hören«, sagte Douglass.

Donovan brachte die Sprache wieder auf ihr Problem. »Angenommen, wir können einen Sarg auftreiben, der in Bakers Kombi paßt, dann lassen wir Edward die Leiche nach New Jersey fahren.«

»Ich begleite ihn«, sagte Cynthia Chenowitch.

»Halten Sie das für nötig?« fragte Donovan.

»Mr. Whittaker war sehr gut zu mir«, erwiderte sie ruhig, »das ist das wenigste, was ich für ihn tun kann. Ich will es. Ich kann vielleicht helfen.«

Donovan nickte.

»Telefonieren Sie, Pete«, sagte er. »Bestellen Sie bei dem Bestattungsinstitut einen Sarg. Wir werden ihn in einer Stunde abholen.«

Eldon C. Baker traf ein paar Minuten später ein. Er war anscheinend nicht überrascht, Colonel Donovan, einen Petty Officer und eine attraktive junge Frau in der Küche eines Herrenhauses anzutreffen, und er stellte keine Fragen.

»Wir haben hier ein kleines Problem«, sagte Douglass.

»Was haben Sie im Büro gemacht?« fragte Donovan unvermittelt.

»Ich hatte gehofft, entweder Sie oder Captain Douglass dort anzutreffen, Colonel«, sagte Baker. »Es gibt eine interessante Entwicklung in der Marokko-Sache.«

Donovan äußerte sich nicht dazu.

»Ich wollte Sie nicht unterbrechen, Pete«, sagte er.

»Wie ich schon sagte«, fuhr Douglass fort, »haben wir hier ein Problem und brauchen Ihre Hilfe. Genauer gesagt, wir brauchen Ihren Kombi für ein paar Tage.«

»Natürlich steht er Ihnen zur Verfügung«, sagte Baker.

Douglass erzählte Baker die Geschichte, die der Polizei erzählt worden war. Aus den Blicken, die Baker zu Cynthia Chenowitch warf, schloß Douglass, daß Baker die Lügen durchschaute, aber er stellte keine Fragen.

»Ich helfe selbstverständlich, so gut ich kann«, sagte er, als Douglass geendet hatte. »Wann können wir die Leiche abholen?«

»Das werde ich erledigen«, sage Donovan. »In einer Dreiviertelstunde.«

»Dann kann ich die Marokko-Sache zur Sprache bringen, Sir?«

»Halten Sie die für wichtig?« fragte Donovan.

»Jawohl, Sir, für äußerst wichtig.«

»Cynthia«, sagte Donovan, »ich befürchte, dies ist ziemlich vertraulich. Darf ich Sie bitten, uns für ein paar Minuten allein zu lassen?«

»Warum gehen Sie nicht in die Bibliothek?« fragte Cynthia. »Dort hätten Sie es bequemer.«

»Können wir Sie allein lassen?« fragte Donovan.

»Ja.«

»Also gut«, sagte Donovan und ging voran in die Bibliothek.

»Okay, Baker«, sagte Donovan, als sie Platz genommen hatten.

»Ich weiß nicht, wie genau Captain Douglass Sie ins Bild gesetzt hat«, begann Baker.

»Überhaupt nicht«, sagte Douglass. »Sie müssen also von vorne anfangen.«

»Dies erhielt ich heute mittag«, sagte Baker und überreichte Donovan ein gelbes Telegrammformular. Es war so verschwommen, daß Donovan es für den fünften oder sechsten Durchschlag hielt.

```
DRINGEND
VON US-GENERAlKONSULAT RABAT
MAROKKO
AN G2 VERTEIDIGUNGSMINISTERIUM
WASHINGTON DC
KOPIE AN AUSSENMINISTERIUM WASHING-
TON DC
6 DEZEMBER 1941 6:50
PASCHA VON KSAR ES SOUK ERMORDET
UM 14:30 AM 6 DEZ
DURCH UNBEKANNTE TAETER STOP SIDI EL
FERRUCH ANGEBLICH
AM LEBEN STOP J. ROBERT BERRY MAJOR
```

Donovan las das Telegramm, schüttelte den Kopf und gab es an Douglass weiter.

»Wer, zum Teufel, ist der Pascha von Ksar es Souk?« fragte Donovan müde. »Und warum ist das als geheim erklärt? Der Pascha weiß, daß er tot ist, und seine Mörder wissen das ebenfalls.« Er schaute Baker ungeduldig an. »Ich habe keine Ahnung, was das alles zu bedeuten hat.«

»Ich habe unter gewissen Beschränkungen gearbeitet«, sagte Baker. »Angefangen damit, daß Captain Douglass mir nicht sagen konnte, warum wir an Louis Albert Grunier interessiert sind.«

»Wer, zum Teufel, ist das?«

»Ein Mineningenieur«, erklärte Douglass, »der vor dem Krieg in der Union Minière in der Provinz Katanga von Belgisch Kongo gearbeitet hat.«

»Okay«, sagte Donovan. Jetzt hatte er eine Vorstellung von den Dingen. »Sie haben ihn gefunden?«

»Als der Krieg begann, versuchte er nach Frankreich zurückzukehren und kam bis Casablanca«, berichtete Baker. »Er erhielt keine Genehmigung, nach Frankreich zurückzukehren. Die Franzosen brauchten Ingenieure in den Phosphat-Minen im Atlasgebirge. Phosphor ist wichtig für die Herstellung von verschiedenen Sprengstoffen und Schießpulver.«

»Gute Arbeit«, sagte Donovan.

»Ich habe ebenfalls herausgefunden, daß er uns höchstwahrscheinlich nicht helfen würde«, fuhr Baker fort. »Er hofft nicht nur, zu seiner Familie in Frankreich zurückzukehren, sondern muß auch mit Repressalien gegen sie rechnen, wenn er sich den Franzosen gegenüber nicht loyal verhält. Mit diesen Informationen im Sinn habe ich geplant, ihn unfreiwillig herzubringen.«

Er hatte Donovans Aufmerksamkeit gewonnen.

»Und?« fragte Donovan.

»Captain Douglass machte ziemlich klar, daß in dieser Angelegenheit außergewöhnliche Geheimhaltung erforderlich sei«, sagte Baker. »Da ich den Grund dafür nicht kenne, erschwert das die Dinge.«

»Baker, Sie haben einfach kein Recht auf Information«, sagte Donovan.

Baker nickte.

»Wie wollen Sie Grunier ohne die Hilfe des Generalkonsuls aus Marokko herausbringen?« fragte Donovan. »Es gefällt mir gar nicht, ihn oder irgendeinen dieser Offiziellen zu benutzen, aber wenn es nötig ist ...«

»Ich glaube, es gibt eine Möglichkeit, es ohne Robert Murphy zu schaffen. Er muß natürlich eingeweiht werden, aber weder er noch die Beamten würden direkt beteiligt sein.«

»Lassen Sie hören«, forderte Donovan ihn auf.

»Da ist ein interessanter junger Amerikaner in Marokko, ein Kerl namens Eric Fulmar«, sagte Baker.

»Einige Freunde von mir sind zufällig mit dem jungen Mr. Fulmar befreundet«, sagte Donovan. »Was treibt er jetzt?«

»Er verdient viel Geld als Schmuggler.«

»Das überrascht mich nicht nach dem, was ich über ihn gehört habe. Arbeitet er mit den Einheimischen zusammen?«

»Mit dem Sohn des verstorbenen Paschas von Ksar es Souk«, sagte Baker. »Er und der Sohn, bekannt als Sidi el Ferruch, waren in Deutschland Schulkameraden – Fulmars Vater ist Deutscher, wie Sie vielleicht wissen. El Ferruch betreibt einen sehr wirkungsvollen Nachrichtendienst für den Pascha von Marrakesch.«

»Sie wollen Grunier von Eric Fulmar aus dem Land schmuggeln lassen?«

»Jawohl, Sir«, sagte Baker. »Von ihm und dem Marokkaner.«

»Sie meinen, die würden mitspielen?«

»Es besteht die Möglichkeit, wenn wir ihnen genug zahlen«, sagte Baker.

»Wieviel ist genug?«

»Allerhand. Ich habe Captain Douglass eine Summe vorgeschlagen, die ihn schockierte.«

»Welche Summe?« fragte Donovan.

»Hunderttausend Dollar«, sagte Baker.

»Das ist kein Pappenstiel«, sagte Donovan. »Versuchen Sie, ihm fünfzigtausend anzubieten.«

»Sie halten diese Idee für gut, Colonel?« fragte Douglass überrascht.

»Wenn es nicht klappt, wird man annehmen, Grunier hätte sich an einen Schmuggler gewandt, um nach Frankreich zu gelangen. Und die Regierung der Vereinigten Staaten bleibt außen vor«, sagte Donovan.

»Oder daß er etwas mit Sidi Hassan el Ferruch zu tun hatte«, sagte Baker.

»Ja.« Donovan nickte Baker nachdenklich zu. »Machen Sie damit weiter. Und melden Sie mir dann etwas Genaues.«

»Ich habe noch mehr, Sir«, sagte Baker.

»Über das Attentat?«

»Und die Tatsache, daß wir jetzt im Krieg sind. Es besteht die Möglichkeit, daß Frankreich auf der Seite von Deutschland in den Krieg eintritt. Wenn das passiert, könnten wir Grunier vergessen. Und das, was im Kongo so wichtig ist.«

Donovan erkannte erstaunt, daß er gar nicht an den Krieg gedacht hatte, an dem die Vereinigten Staaten jetzt beteiligt waren.

»Fulmar kann nicht ohne die Genehmigung von Sidi Hassan el Ferruch an irgendeiner Operation teilnehmen, bei der Grunier aus Marokko herausgebracht wird«, sagte Baker. »Und dann müssen wir auch die Möglichkeit berücksichtigen, daß die Deutschen ebenso hinter Grunier her sind.«

»Warum sollten sie hinter ihm her sein?« fragte Douglass unschuldig.

»Um ihn in den Minen von Joachimsthal in Sachsen arbeiten zu lassen«, sagte Baker.

»Warum sollten sie das tun?« fragte Donovan.

»Weil das die einzige andere Quelle von Uranpechblende ist. Die anderen Vorkommen sind in Katanga in Belgisch Kongo«, sagte Baker.

Donovan und Baker tauschten schweigend einen Blick. Dann lachte Donovan.

»Douglass hat sich Sorgen wegen Ihrer grenzenlosen Phantasie gemacht, Baker. Anscheinend hat er allen Grund dazu. Warum meinen Sie, wir oder die Deutschen sind so interessiert an einem ... was haben Sie gesagt, Uran? ... -Mineningenieur?«

»Ich sagte ›Uranpechblende‹, das ist das wichtigste Uranmineral. Ich weiß nur, daß es radioaktiv ist – es soll im Dunkeln glühen. Ich weiß noch nicht, warum wir es haben wollen, aber ich bezweifle, daß wir daraus Glühlampen herstellen wollen.«

»Okay«, sagte Donovan, »Sie sind wirklich ein gefährlicher Mann, Baker. Diese ganze Sache hat etwas mit Uran zu tun.«

»Das wird helfen«, sagte Baker. »Aber zurück zum Thema. Ich glaube, wenn wir etwas mit Grunier unternehmen wollen, muß das so schnell wie möglich geschehen.«

»Okay, fahren Sie fort.«

»Ich habe Fulmar vom FBI überprüfen lassen«, berichtete Baker. »Anscheinend ist seine Mutter ein Filmstar namens Monica Carlisle.«

»Zufällig weiß ich auch über Fulmars Mutter Bescheid. Wollen Sie sagen, daß sie eine Hilfe sein würde?«

»Nein, das bezweifle ich.« Wenn Baker überrascht war, daß Donovan den Namen Fulmar kannte oder wußte, daß es der Sohn von Monica Carlisle war, ließ er sich das nicht anmerken.

»Das schlimmstmögliche Szenario«, sagte Baker, »ist folgendes: Ich trete an Fulmar heran, und er hat sich inzwischen gesagt, daß er im Grunde Deutscher ist, und liefert mich der SS aus.«

»Sie meinen, das würde er tun?«

»Ich meine, wir müssen diese Möglichkeit in Erwägung ziehen«, sagte Baker.

»Weiter«, forderte Donovan ihn auf.

»Ich meine, Fulmar könnte mich den Deutschen ausliefern, ohne eine schlaflose Nacht deswegen zu verbringen«, fuhr Baker fort. »Aber er hat ein paar amerikanische Freunde, die er höchstwahrscheinlich nicht ausliefern würde.«

»Wer sind diese Freunde? Woher wissen Sie das?«

»Ich sprach mit dem Vater von einem der Freunde«, sagte Baker. »Mit Reverend Dr. Canidy. Direktor der St. Paul's School in Cedar Rapids, Iowa.«

»Mit den Freunden meinen Sie Dick Canidy und Jimmy Whittaker«, sagte Donovan.

Jetzt spiegelte Bakers Gesicht Überraschung wider.

»Arbeitet noch jemand an dieser Sache?« platzte er heraus, und dann beantwortete er selbst seine Frage. »Ich weiß nicht, warum ich das übersehen habe. Gibt es einen Grund, weshalb wir unsere Ermittlungsergebnisse nicht austauschen?«

»Niemand sonst arbeitet an dieser Sache«, sagte Donovan. »Dieses Haus gehört Jim Whittaker. Es war sein Onkel, der hier starb.«

»Mein Gott!« sagte Baker. »Ich habe einfach nicht den Zusammenhang erkannt. Ich habe bisher über Whittaker nur herausgefunden, daß er im Air Corps ist, und ich hatte gehofft, morgen herauszubekommen, wo er derzeit stationiert ist.«

»Er ist auf den Philippinen«, sagte Donovan. »Sie

können ihn also vergessen. Und Canidy können Sie ebenfalls vergessen. Der ist in China.«

Baker schwieg einen Moment lang.

»Gibt es einen Grund, weshalb ich Canidy nicht rekrutieren kann?« fragte er schließlich.

»Wie würden Sie ihn dort rekrutieren?« fragte Donovan.

»Das wäre eine Frage von Reisepriorität«, erwiderte Baker. »Ich bezweifle, daß mich irgendeine Priorität im Augenblick zu den Philippinen bringen kann. Aber mit China ist das etwas anderes.«

»Sie meinen, Canidy ist wichtig?«

»Ich meine, er ist insofern wichtig, weil er Fulmar vielleicht davon abhalten kann, uns an die Deutschen auszuliefern«, sagte Baker. »Wenigstens das. Vielleicht kann er sogar an den Rest von Patriotismus appellieren, der möglicherweise noch in Fulmar ist.«

»Sie können Fulmar nicht leiden, wie?« fragte Donovan.

»Stimmt«, sagte Baker, »ich mag ihn nicht.«

»Wann würden Sie aufbrechen?« fragte Donovan.

»Sobald ich kann«, sagte Baker.

»Packen Sie«, sagte Donovan. »Morgen um diese Zeit sollte ich Ihre Reisepriorität arrangiert haben.«

3

Ellis fuhr Donovan zum Leichenschauhaus, wo er den Totenschein erhielt. Cynthia Chenowitch und Douglass blieben im Haus. Sie verklebten die Seitenfenster von Bakers Kombi mit braunem Packpapier.

Als Donovan und Ellis zurückkehrten, wurde Chesty Whittakers Packard in eine der Garagen gefahren. Dann rief Donovan Barbara Whittaker in Summer Place an. Er drückte ihr sein Beileid aus und erklärte ihr, wie die Dinge arrangiert worden waren. Barbara kannte ein Bestattungsinstitut in Asbury Park. Sie würde dort anrufen und Edward ankündigen.

»Cynthia Chenowitch wird ihn begleiten«, sagte Donovan.

»So?« fragte Barbara, und Donovan glaubte Überraschung in ihrer Stimme zu hören. »Ist sie der Sache gewachsen?«

»Sie behauptet es«, sagte Donovan.

»Nun, ich werde ein Zimmer für sie herrichten«, sagte Barbara.

»Kann ich noch etwas für dich tun, Barbara?« fragte Donovan.

Sie überraschte ihn. »Ja. Ich habe versucht, Kontakt mit Jimmy aufzunehmen. Das war nicht möglich. Könntest du ihm irgendwie eine Nachricht übermitteln lassen?«

»Ich werde mich darum kümmern, wenn du mir eine Adresse gibst.«

Sie nannte sie ihm und bedankte sich. Ohne sich zu verabschieden, legte sie auf.

Sie fuhren zum Leichenbestatter. Der Sarg paßte in den Kombi, wie Ellis gesagt hatte. Cynthia Chenowitch stieg neben Edward ein, und sie fuhren los.

Während sich die anderen um die Leiche kümmerten, fuhr Ellis Donovan und Douglass nach Hause. Donovan besaß ein Haus in Georgetown, und Douglass wohnte in einem kleinen Apartment in der Nähe.

Donovan fiel erschöpft ins Bett, ohne wie sonst vorher zu duschen. Aber als er sich ausstreckte, erinnerte er sich daran, daß er Barbara versprochen hatte, sein

Bestes zu tun, um Jimmy Whittaker die Nachricht von Chestys Tod zu übermitteln.

Der Telefonist der internationalen Vermittlung erklärte ihm, daß keine Telefonate für die Philippinen angenommen wurden. Und die Western Union und Mackay nahmen zwar Nachrichten an, konnten ihre Übermittlung jedoch nicht garantieren. Das Militär hatte Priorität, und alle Leitungen waren mit Dienstgesprächen überlastet.

Donovan legte den Hörer auf und schaltete das Licht aus. Dann fiel ihm etwas ein, das er sofort tun mußte.

Er wählte eine Nummer, die er auswendig kannte. Eine Frauenstimme meldete sich.

»Hier spricht Bill Donovan«, sagte Donovan. »Ist er noch auf?«

»Ja, Bill?« Die vertraute Stimme ertönte einen Augenblick später.

»Mr. President, wenn Sie mir nicht befohlen hätten, Sie über diese Sache auf dem laufenden zu halten, hätte ich Sie nicht behelligt. Wir haben Chesty Whittakers Leichnam nach New Jersey geschickt.«

»Ich werde am Morgen mit Barbara telefonieren«, sagte der Präsident. »Aber Sie werden mich bei der Beerdigung vertreten müssen, Bill.«

»Jawohl, Mr. President.«

»Und ich werde Sie morgen früh sehen. Danke für den Anruf.«

»Gute Nacht, Mr. President.«

Als der Präsident der Vereinigten Staaten den Hörer auflegte, kam ihm ein freundlicher Gedanke. Der arme Chesty hatte nie Kinder gehabt. Aber er hatte Jimmy als seinen Sohn betrachtet, und Jimmy mußte von seinem Tod erfahren. Die Kommunikation mit den Philippinen war jedoch schwierig.

Er rief einen seiner Adjutanten zu sich. »Wenn eine

der Leitungen nach den Philippinen einen Moment lang frei ist, möchte ich General MacArthur darum bitten, Lieutenant James Whittaker zu übermitteln, daß sein Onkel Chesty gestorben ist. Ich bin überzeugt, daß MacArthur weiß, wo Lieutenant Whittaker zu erreichen ist.«

»Jawohl, Mr. President«, sagte der Adjutant. »Ich werde mich darum kümmern.«

Eine Stunde später wurde aus Washington eine Funkbotschaft gesendet:

```
PRIORITY
THE WHITE HOUSE WASHINGTON
0:05 Uhr 8 DEZ 41
HEADQUARTERS US FORCES PHILIPPINES
PERSOENLICH FUER MACARTHUR

ANWEISUNG DES PRAESIDENTEN STOP AUF-
ENTHALT VON
2ND LT JAMES M.C. WHITTAKER U.S. ARMY
AIR CORPS FESTSTELLEN
UND IHM DAS BEILEID DES PRAESIDENTEN
UEBERMITTELN.
CHESLEY HAYWOOD WHITTAKER AM 7 DEZ
41 AN SCHLAGANFALL
GESTORBEN STOP LEWIS MAJOR GEN USA
```

4
Memphis, Tennessee
7. Dezember 1941, 20 Uhr 30

Ann Chambers war in der Redaktion des Memphis *Daily Advocate* gewesen, als die Fernschreiber von AP, INS und schließlich UP eine Kurzmeldung angekündigt hatten. Sie arbeitete an den Meldungen über die Krankenhäuser mit ›guten‹ Beerdigungen (im Gegensatz zu den routinemäßigen Todesanzeigen, mit denen sich eine reizbare alte Dame beschäftigen mußte). Als sich die Ticker meldeten, arbeitete Ann an einem Artikel über zweifelhafte Geschäftspraktiken von gewissen Bestattungsunternehmern.

Als Orrin Fox, der Chefredakteur von *Daily Advocate*, von der Pearl-Harbor-Geschichte erfuhr, entschloß er sich zu einer Sonderausgabe. *Daily Advocate* war eine Morgenzeitung, die normalerweise um zwei Uhr morgens Redaktionsschluß hatte, und er mußte den Redaktionsschluß bis sechs Uhr an diesem Morgen hinausschieben. Er dachte, das würde ihm und seinen Mitarbeitern genügend Zeit verschaffen, um bis zum Druck um acht Uhr die Fakten über den japanischen Angriff von den Nachrichtenagenturen zu sammeln.

Anns Story über die gierigen Leichenbestatter wanderte in den Schreibtisch, während sie und jeder sonst hektisch das Blatt zusammenstellten. Es war halb neun, als Ann heim zu ihrer Suite aus vier Zimmern fuhr, die sie mit Sarah im Peabody Hotel teilte.

Ann traf Sarah auf der Fensterbank sitzend an. Sarah schaute zum Mississippi River, und Tränen rannen über ihre Wangen. Ihre Schwangerschaft war jetzt offensichtlich; sie war im sechsten Monat.

»Nun«, sagte Ann. »Ich habe endlich eine Verfasserangabe auf der ersten Seite. Es bedurfte eines Krieges, um sie zu erreichen.«

Sie überreichte Sarah ein druckfrisches Exemplar des *Advocate* und wies auf einen Kasten auf der Titelseite: Das Neueste – Kriegsnachricht aus unseren Fernschreibern. Zusammengestellt von Ann Chambers, Redakteurin des *Daily Advocate*.

»Ed könnte jetzt tot sein, ist dir das klar?« sagte Sarah.

»Oh, das bezweifle ich«, erwiderte Ann. »Die Japaner haben Hawaii angegriffen, nicht Burma.«

»Ich habe Radio gehört«, widersprach Sarah. »Es gibt dort überall Kämpfe.«

Ann zuckte mit den Achseln.

»Ich will einen Vater für mein Baby«, sagte Sarah und kämpfte gegen Tränen an.

Tränen helfen nichts, dachte Ann. *Ein Streit wäre besser.*

»Dann hättest du ihm schreiben und es ihm mitteilen sollen«, sagte sie sarkastisch.

»Das konnte ich nicht«, erwiderte Sarah unlogisch, aber sie schluckte den Köder.

»Und wenn er zurückkommt? Willst du es ihm dann erzählen?«

»*Falls* er zurückkommt, meinst du«, sagte Sarah schluchzend.

»Er wird zurückkommen.« Ann hoffte, daß es überzeugter klang, als sie sich fühlte. Sie hatte die Fernschreiben der Nachrichtenagenturen gelesen. Die Japaner hatten im ganzen Pazifikraum zugeschlagen. Sie hatte keine besondere Meldung über einen Angriff auf Rangun gesehen, aber das mußte nichts bedeuten. Und wenn die Japaner Rangun angegriffen hatten, waren Ed und Dick darin verwickelt. Sie waren Jagdflieger, die im Luftkampf kämpften.

Gott, betete Ann lautlos, *schütze diese beiden Bastarde.*

»Es ist einfach unfair, nicht wahr?« fragte Sarah.

»Daran hättest du denken sollen, bevor du dein Höschen ausgezogen hast«, sagte Ann und bereute es sofort.

»Ann!« rief Sarah, schockiert und gekränkt.

»Es tut mir leid«, sagte Ann. »Entschuldige.« Sarah schaute sie an. *Wie ein getretenes Hündchen,* dachte Ann.

»Ich hatte heute einen interessanten Gedanken«, sagte Ann. Sarah war anscheinend nicht im geringsten an ihrem interessanten Gedanken interessiert. »Ich sagte mir, daß du mir eines voraus hast.«

»Was soll das heißen?«

»Wenn meiner nicht zurückkehrt, habe ich gar nichts.«

»Was meinst du mit ›meiner‹?«

»Ich dachte, das hättest du dir zusammengereimt«, sagte Ann. »Meinst du wirklich, ich hätte ihm aus ›patriotischer Pflichterfüllung‹ geschrieben? Ich habe ihn nur nicht an *mein* Höschen herangelassen, weil er nicht gefragt hat.«

»Ann«, sagte Sarah mißbilligend, »du bist abscheulich!« Aber sie konnte ein Lächeln nicht unterdrücken.

»Ich wünschte, er hätte es gewollt«, sagte Ann. »Ich wünschte fast – nicht ganz –, ich wäre schwanger wie du.«

»Oh, Ann!«

»Nun, wir kennen diese beiden und brauchen uns keine Sorgen zu machen«, sagte Ann. »Es sei denn, du willst dir Sorgen machen, daß sie von irgendwelchen exotischen Weibern abgeschleppt werden, während wir hier sitzen und warten.«

»Ich dachte«, sagte Sarah und ignorierte Anns letzte Bemerkung, »du ... hättest es noch nie getan.«

»Ich habe es noch nie getan«, sagte Ann. »Das meinte ich, als ich sagte, du hättest mir eines voraus.«

»Vielen Dank«, sagte Sarah.

»Wenn du gewußt hättest, was du jetzt weißt, hättest du es dann getan?« fragte Ann.

Sarah dachte darüber nach.

»Ja«, antwortete sie dann.

»Verstehst du, was ich meine?« sagte Ann. »Schade, daß du nichts Alkoholisches trinken kannst. Ich könnte Gesellschaft gebrauchen.«

Sie nahm den Telefonhörer ab und bestellte beim Zimmerservice eine Flasche Bourbon.

»Ich habe es ausgerechnet«, sagte Sarah. »In diesem Moment ist es in Rangun morgens früh um halb zehn. Wenn er noch lebt, hat er bereits gefrühstückt.«

5

Rangun, Burma

9. Dezember 1941, 9 Uhr 30

Wenn es irgendwelchen Tee bei der Teeparty in Commander Hepples Haus gegeben hatte, dann hatte Bitter ihn nicht gesehen. Aber es hatte eine Menge Gin und Whisky gegeben und sogar eine Flasche Bourbon. Eine rothaarige Schottin war ebenfalls dort gewesen. Sie war Privatsekretärin eines britischen hohen Tiers in der Kolonial-Bürokratie, und sie und Stephanie Walker, mit der sie eine Wohnung teilte, sahen in den kürzlich eingetroffenen jungen amerikanischen Piloten eine willkommene Ergänzung zu den britischen Beamten im

Staats- und Verwaltungsdienst. Stephanie Walker war klein und blaß, und in mancherlei Hinsicht erinnerte sie Ed Bitter an Sarah Child. Zum Teil hatte ihn das in Stephanie Walkers Bett gebracht, sagte sich Ed Bitter, als er darin erwachte, plus all der Alkohol, den sie bei Commander Hepples Teeparty getrunken hatten, plus die Aufregung über den Kriegsausbruch.

Stephanie Walker war mit einem Jagdflieger der Royal Air Force verheiratet, der ›vorübergehend für acht verdammte Monate‹ in Singapur stationiert war, aber als Ed das erfahren hatte, waren sie bereits in dem Appartment gewesen.

Ed stand aus dem Bett auf und sah Canidy nackt und eng umschlungen mit der Rothaarigen im anderen Schlafzimmer. Er ging auf Zehenspitzen zu Canidy und rüttelte ihn an Arm. Für Ed Bitter war klar, daß sie das Appartment so leise und schnell wie möglich verlassen mußten.

Canidy hatte einen Kater, wie er überflüssigerweise erklärte, und bevor er irgend etwas unternahm, wollte er ein gutes Frühstück und jede Menge Kaffee haben. Es hatte keinen Sinn, die Dinge zu übereilen, denn sie waren zum Essen eingeladen.

Das Frühstück war tatsächlich ziemlich angenehm, und Stephanie Walker war weder so verkommen noch so primitiv, wie Ed Bitter angenommen hatte, bevor er sich betrunken hatte.

Er sagte sich, daß er sie morgen oder übermorgen anrufen und vielleicht eine Fortsetzung der heißen Nacht planen würde.

Dann dachte er: *O Gott, ich werde so unmoralisch wie Canidy.*

Als sie im CAMCO-Haus die Kleidung wechselten, wartete eine Funkbotschaft auf sie, die an Canidys Spiegel geklebt war:

> CANIDY UND BITTER ABKOMMANDIERT AUS
> RANGUN STOP MIT AUSRUESTUNG FUER
> UEBERFUEHRUNG MELDEN STOP CROOK-
> SHANKS.

Am Fuß der Funkbotschaft stand mit Bleistift: *Ich schicke heute nachmittag einen Truck dort rauf. Eure Ausrüstung wird vermutlich noch Platz darauf haben. Dolan.*

»Scheiße«, sagte Canidy, »ich wußte, daß dies zu gut war, um anzudauern.«

Sie packten und fuhren zum Luftstützpunkt Mingaladon.

Canidy machte keinerlei Kontrollen vor dem Flug, kletterte ins Cockpit und setzte seinen Helm auf. Bitter war zuerst überrascht, weil Canidy ein solches Risiko einging, dann ärgerlich, weil er vermutete, daß Canidy immer noch betrunken war und nicht wußte, was er tat. Aber schließlich war er ärgerlich auf sich selbst, als ihm klarwurde, was Canidy in Wirklichkeit tat.

Es war unter Piloten bekannt, daß Sauerstoff das beste Heilmittel gegen einen Kater war. Da Bitter nie mit einem Kater geflogen war, hatte er keine Möglichkeit gehabt, diese Theorie zu testen. Offenbar hatte Canidy genau dies vor.

Zwei Minuten später kletterte Canidy aus dem Flugzeug und überreichte Bitter die Sauerstoffmaske und die Sauerstoffflasche.

»Sie ist undicht«, behauptete Canidy. »Du kannst ruhig den Rest benutzen. Ich überprüfe die Wetterlage und besorge eine andere Flasche.«

Ed Bitter war angenehm überrascht, wie gut der kühle Sauerstoff in seinen Atemwegen wirkte und wie schnell er die Spinnweben aufzulösen schien.

Als Canidy vom Abfertigungsgebäude zurückkehrte, brachte er zwei Colt-Pistolen Kaliber .45 Modell 1911A1 mit.

»Dies sollte dich glücklich machen, Admiral Rotz«, sagte er. »Jetzt sind wir offiziell bewaffnet, um Krieg zu führen.« Und dann kam ihm noch ein Gedanke. »Da wir gerade davon sprechen, drück nicht auf den roten Knopf. Die Kanonen sind geladen.«

Fünf Minuten später starteten sie. Die Automatik im Hüftholster war hinderlich, und Bitter nahm sich vor, so schnell wie möglich ein Piloten-Schulterholster zu besorgen. Aber es war beruhigend, die Waffe zu haben. Sogar noch beruhigender fand er, ein bewaffnetes Jagdflugzeug zur Verfügung zu haben. Dafür war er in der Marineakademie und in Pensacola ausgebildet worden. Er würde tatsächlich sein Land verteidigen, auch wenn er Angestellter der chinesischen Regierung war und eine Uniform ohne Rangabzeichen trug.

Es flog kein anderes Flugzeug am wolkenlosen blauen Himmel zwischen Rangun und Toungoo.

IX

1
Deal, New Jersey

9. Dezember 1941, 16 Uhr 30

Donovan traf Barbara Whittaker im Frühstückszimmer an.

»Ich befürchte, ich muß gleich wieder fahren, Barbara«, sagte er.

»Es hat mich gefreut, daß du kommen konntest«, sagte Barbara. »Es war eine schöne Beerdigung. Nur mit seinen Freunden.«

»Der Präsident wollte teilnehmen«, sagte Donovan.

»Er hat vor ein paar Minuten angerufen«, sagte Barbara. »Ich hielt das für eine nette Geste von ihm, nachdem, was Chesty ihm ins Gesicht gesagt und wie er ihn hinter seinem Rücken genannt hat.«

»Franklin verzeiht denjenigen, die nicht seiner Meinung sind«, sagte Donovan. »Er ist überzeugt davon, daß seine Gegner kein Verständnis für seine edlen Motive haben.«

»Ich frage mich, ob Jimmy es schon weiß«, murmelte Barbara.

»Wir haben versucht, ihn zu informieren«, sagte Donovan. »Die Verbindungen zu den Philippinen sind ein Problem.«

»Franklin sagte, er hat versucht, zu helfen.«

»So?«

»Er sagte, er hat eine Botschaft zu General MacArthur geschickt und ihn angewiesen, Jimmy aufzuspüren und es ihm mitzuteilen.«

»Dann wird er es inzwischen wissen, Barbara. Aber er wird uns genauso schwer erreichen können wie wir ihn.«

»Ich habe daran gedacht, daß der Name Whittaker stirbt, wenn Jimmy dort etwas passiert. Das wäre schrecklich für mich.«

»Jimmy ist bestimmt wohlauf«, sagte Donovan überzeugter, als er war.

»Solche Dinge bewirken Sonderbares«, sagte Barbara.

»Natürlich«, sagte Donovan tröstend, obwohl er nicht ganz verstand, was sie meinte.

»Ich dachte soeben, es wäre nett gewesen, wenn Chesty sie geschwängert hätte.«

»Wie bitte?« fragte Donovan erstaunt.

»Sie.« Barbara Whittaker nickte aus dem Fenster.

Donovan schaute hinaus. Cynthia Chenowitch war am Strand. Sie trug ein Kopftuch, und ihre Hände steckten in den Taschen ihres Trenchcoats.

Barbara Whittaker lächelte Donovan an.

»Sei nicht so naiv, Bill«, sagte sie. »Meinst du nicht, daß deine Ruth Bescheid wüßte, wenn du eine junge Mätresse hättest?«

Sie lächelte über sein Unbehagen.

»Als ich Sie dort draußen sah«, fuhr Barbara fort, »hatte ich Mitleid mit ihr. Was ist ihr nach Chestys Tod geblieben? Und dann kam mir ein anderer Gedanke. Ich wünschte ihm so sehr ein Kind. Wenn eines da wäre, dann wäre das nicht ganz das Ende von allem.«

»Ich möchte dich etwas fragen, Barbara«, sagte Donovan, und er fragte sich, ob er es jetzt zur Sprache brachte, weil er unbedingt das Thema wechseln wollte.

»Und?«

»Ich sprach mit Chesty auf unserem Flug nach Washington, und er war bereit, mir das Haus in der Q Street zu überlassen.«

»Ich dachte, du hast ein Haus in Georgetown«, sagte Barbara.

»Das habe ich«, sagte Donovan. »Ich meinte ein Haus für ... meine Arbeit.«

»Und was arbeitest du?«

»Ich bin Koordinator von Informationen«, sagte er.

»Was auch immer du tust, Bill, es hat nichts mit Information zu tun«, sagte Barbara. »Ich hätte nicht fragen sollen, verzeih mir.«

»Information im nachrichtendienstlichen Sinne«, sagte er.

»Oh. Ich dachte, du wolltest mir weismachen, daß du eine Art Presseagent bist.«

»Das auch.« Donovan lachte. »Das lasse ich von Bob Sherwood erledigen. Aber, wie ich Chesty erzählt habe, ich brauche ein Haus in Washington in der Nähe des Büros – wir sind an der Fünfundzwanzigsten und E –, ein Haus, in dem ich Leute einquartieren und Essen geben kann, Dinge dieser Art. Chesty war bereit, mir das Haus zu überlassen. Ich möchte wissen, ob du damit einverstanden bist.«

»Es gehört in Wirklichkeit Jimmy, weißt du. Es war das Haus seines Vaters. Aber es gibt keinen Grund, weshalb du es nicht haben kannst. Was auch immer aus Jimmy wird, ich bezweifle, daß er jemals in diesem alten Haus wohnen will. Und er wird natürlich dieses hier bekommen. Ich habe keine Ahnung, was das Haus in der Q Street wert ist. Und ich kann es rein rechtlich nicht verkaufen.«

»Ich dachte daran, es zu mieten.«

»Wenn Chesty gesagt hat, daß du es haben kannst, Bill, dann kannst du es natürlich haben.«

»Man zahlt mir einen Dollar pro Jahr«, sagte Donovan. »Was hältst du davon als jährliche Miete?«

»Mir gefällt das überhaupt nicht«, sagte Barbara. »Es hat den Anschein, daß Franklin, unterstützt und angestiftet von seinem Freund Wild Bill Donovan, endlich erreicht, Kapital aus den Whittakers zu schlagen.«

»Ich werde mir eine Vorstellung von einer fairen Miete verschaffen und versuchen, das Geld aufzutreiben.«

»Nein«, sagte Barbara. »Du hast mich mißverstanden. Es gefällt mir nicht, aber wenn Chesty es dir für einen Dollar pro Jahr vermietet hätte, würde Jimmy von mir wollen, daß ich das gleiche tue.«

»Chesty und ich sprachen von möbliert.«

»Ich will nichts aus diesem Haus«, sagte Barbara bitter. »Gar nichts. Ich will nicht mal mehr daran denken.«

»Ich werde sehen, ob etwas von Chestys persönlichen Dingen dort ist und dir dann ...«

»Nichts«, unterbrach ihn Barbara Whittaker. »*Nichts*, Bill. Verstanden?«

»Ja«, sagte er.

Sie neigte sich vor und küßte ihn auf die Wange. »Danke für deinen Besuch.«

»Wenn ich noch etwas tun kann, Barbara ... .«

»Halte Jimmy am Leben«, sagte sie. »Mit fairen oder krummen Mitteln. Wenn du etwas für Chesty oder mich tun willst, dann versuch das.«

»Ich weiß nicht, was ich tun könnte.«

»Überleg dir etwas.«

Barbara wandte sich ab und blickte wieder aus dem Fenster zu Cynthia Chenowitch.

»Wie werden sie oder ihre Mutter jetzt nach Chestys Tod ihren Unterhalt bestreiten?« fragte sie.

»Chesty hat mir erzählt, daß er eine Art Treuhandvermögen für ihre Mutter eingerichtet hat, als Tom starb«, sagte Donovan. »Ich bezweifle, daß er dem Mädchen Geld gegeben hat.«

»Ich wollte auch nicht sagen, daß er sie ›ausgehalten hat‹ im üblichen Sinne«, sagte Barbara. »Ich bin überzeugt, daß keiner von beiden so war. Wenn er sie nicht in seinem Testament bedacht hat ...«

»Ich bin überzeugt, daß er sie deinetwegen nicht im Testament bedacht hat«, sagte Donovan.

»Dann werde ich es tun. Chesty hat stets seine Verpflichtungen erfüllt. Weiß ihre Mutter über sie und Chesty Bescheid?«

»Davon weiß ich nichts«, sagte Donovan. »Und ich war sehr eng mit Chesty befreundet.«

»Gut«, sagte Barbara. »Ich mag Doris, und es wäre schmerzlich für sie, wenn sie davon erführe.«

»Es gibt keinen Grund, weshalb sie jemals davon erfahren sollte.«

»Weißt du, was wirklich lustig an der Sache ist?« fragte Barbara bitter. »Ich hatte immer den Gedanken im Hinterkopf, sie mit Jimmy zu verkuppeln.«

Donovan tätschelte ihre Schulter und ging.

»Bill«, rief sie ihm nach. »Ich möchte nicht, daß sie jemals erfährt, daß ich Bescheid weiß.«

Donovan wandte sich um, blickte in ihre Augen und nickte.

Dann zog er an der Garderobe seinen Mantel an, setzte den Hut auf und ging die breite Treppe von Summer Place hinunter und über den gepflasterten Weg zum Strand.

»Wir müssen fahren«, sagte er zu Cynthia.

»Ich werde mich von Mrs. Whittaker verabschieden«, sagte Cynthia. »Mein Gepäck ist bereits im Kombi.«

Er hatte nicht an diese Möglichkeit gedacht und war verlegen. Barbara zog es offenbar vor, nicht mehr mit

Cynthia Chenowitch zu sprechen. Aber er konnte Cynthia nicht sagen, daß es das beste wäre, Summer Place zu verlassen, ohne auf Wiedersehen zu sagen. Cynthia war intelligent und sensibel. Es würde ihr klar sein, daß Barbara Bescheid wußte, wenn er ihr abriet, sich zu verabschieden.

»In Ordnung«, sagte er.

Cynthia ging forschen Schrittes zum Haus. Donovan folgte ihr langsam, so daß er die beiden Frauen im Frühstückszimmer sehen konnte.

Sie küßten und umarmten sich.

Dann tauchte Cynthia aus der Haustür auf und ging mit Donovan zum Kombi.

»Darf ich fahren?« fragte Cynthia.

»Gewiß«, sagte Donovan. »Ich werde Sie ablösen, wenn Sie müde werden.«

Eine Dreiviertelstunde später, als sie durch New Jerseys Pine Barrens in Richtung Philadelphia fuhren, sagte Cynthia unvermittelt: »Sie weiß über Chesty und mich Bescheid.«

»Ja«, sagte Donovan.

»Es tut mir wirklich leid«, sagte Cynthia. »Ich weiß nicht, ob ich unter den gleichen Umständen soviel Haltung bewahren könnte.«

»Barbara ist eine prächtige Lady«, pflichtete Donovan ihr bei.

»Ich bereue nichts«, sagte Cynthia. »Es tut mir leid, daß sie davon weiß, aber ich bereue nichts.«

»Wir übernehmen das Haus in der Q Street«, sagte Donovan nach langem Schweigen.

»Chesty hat mir davon erzählt«, sagte Cynthia. »Wieviel Zeit bleibt mir bis zum Auszug?«

»Vielleicht wird das nicht nötig sein«, sagte Donovan.

»Ich verstehe nicht.«

»Ich möchte, daß Sie bleiben und für mich arbeiten. Ich weiß nicht genau, welche Besoldungsstufe Sie derzeit haben, aber ich werde sie um zwei Stufen erhöhen.«

»Ich bezweifle, daß Sie vorschlagen wollen, Chestys Platz einzunehmen«, sagte Cynthia nach einer Weile. Dann fügte sie herausfordernd hinzu: »Oder etwa doch, Colonel?«

»Nein.« Er lachte. »Wie Barbara gesagt hat, Ruth würde dahinterkommen.«

»Warum dann das Angebot? Ich bin Anwältin, Colonel Donovan«, sagte Cynthia.

»Das schwierigste Personalproblem, das wir bei unserer Arbeit haben ...«

»Was genau ist Ihre Arbeit?« unterbrach Cynthia. »Das frage ich mich schon seit langem.«

Er antwortete nicht sofort, und Cynthia nahm richtig an, daß er seine Antwort sehr sorgfältig abwog wie ein Anwalt. Es wurde ihr plötzlich klar, daß sie es mit einem der besten Anwälte des Landes zu tun hatte.

»Franklin Roosevelt hat mich gebeten, eine Nachrichtenorganisation auf die Beine zu stellen und zu leiten, die während des Krieges alle anderen Nachrichtenagenturen kontrolliert«, sagte er.

»Und wie würde ich ins Bild passen?« fragte Cynthia.

»Ich weiß es nicht«, bekannte Donovan. »Was uns zurückbringt auf unser schwierigstes Personalproblem.«

»Welches?«

»Leute zu rekrutieren, die unter Streß arbeiten können«, sagte Donovan. »Es ist unmöglich, vorherzusagen, ob einer das kann oder nicht. Verzeihen Sie mir, wenn es gefühllos klingt, Cynthia, aber Sie haben bewiesen, wie gut Sie unter Streß die Ruhe bewahren können.«

»Wegen ›der Umstände‹ von Chestys Tod?«

»Eine sehr peinliche Situation«, stimmte er zu. »die Sie geschickt und – verzeihen Sie mir – kaltschnäuzig gemeistert haben, wie Sie es für nötig hielten.«

»Ist das ein Kompliment?«

»*Und* eine Feststellung von Tatsachen«, sagte er.

»Das bringt uns zurück zu meiner Frage. Wie würde ich in diese Organisation passen?«

»Ich weiß es nicht. Im Augenblick möchte ich, daß Sie das Haus in der Q Street übernehmen. Und zwar sofort, denn wir müssen über Sicherheitsmaßnahmen und Kommunikationswege nachdenken ...«

»Worüber ich nichts weiß«, sagte Cynthia. »Es klingt, als wollten Sie eine Haushälterin haben.«

»Sie meinen doch nicht, daß ich Sie bitten werde, nach Berlin zu reisen und Adolf Hitler schöne Augen zu machen, oder?«

Das ärgerte sie.

»Ich habe eine verantwortliche Stelle im Außenministerium«, sagte sie. »Und man hat mir in Aussicht gestellt, mich ins Frauenkorps der Army aufzunehmen.«

Das ärgerte Donovan.

»Wenn Sie zum Women's Army Corps gehen«, sagte er, »würden Sie den Krieg als Angestellte in Uniform verbringen. Wenn Sie im Außenministerium bleiben, werden Sie den Krieg damit verbringen, anwaltliche Funktionen zu erfüllen, die Ihre Vorgesetzten für unwichtig genug halten, um sie von einer Frau erledigen zu lassen. Und wenn Sie sich beklagen, wird man Ihnen sagen, daß Sie das Opfer für den Krieg bringen müssen. Ehrlich gesagt, Ihre Naivität überrascht mich.«

Cynthia kämpfte erfolgreich gegen den Drang an, ihren Zorn in Worte zu kleiden. Sie fuhren fünf Minuten lang, ohne ein Wort miteinander zu wechseln.

»Ich will Sie dabeihaben«, brach Donovan schließlich das Schweigen, »als Trumpf im Ärmel, als jemand, den ich auf richtige Arbeit ansetzen kann, sobald es nötig ist. Und ich möchte, daß Sie bis dahin das Haus in der Q Street übernehmen. Ich muß absolutes Vertrauen in die Fähigkeiten, den gesunden Menschenverstand und sogar Skrupellosigkeit der Person haben, die das Haus für mich leitet. Wenn Sie das für unter Ihrer Würde halten, hat es keinen Sinn, dieses Gespräch fortzusetzen. Dann vergessen Sie bitte, daß es jemals stattgefunden hat.«

Cynthia antwortete zunächst nicht, doch schließlich sagte sie: »Chestys Packard steht in der Garage. Und er hat persönliche Dinge im Haus. Soll ich alles verladen und zum Haus in Deal schicken?«

»Nein«, sagte Donovan. »Barbara hat mir gesagt, sie will nichts aus dem Haus in der Q Street, und wenn sie sich nicht anders besinnt, werde ich es dabei belassen.«

»Ich werde seine persönlichen Dinge verpacken und auf den Speicher bringen«, sagte Cynthia. »Und ich werde den Packard von Zeit zu Zeit fahren. Wenn Sie damit einverstanden sind, ziehe ich ins Haus ein.«

Sie hatte sein Angebot akzeptiert.

Er schaute sie an, und dann lachten sie beide. Später stoppten sie in Philadelphia zu einem späten Abendessen, aßen Hummer im Bookbinder's und fuhren dann nach Washington weiter.

2
Iba, Luzon
Commonwealth Philippinen

9. Dezember 1941, 12 Uhr 05

Als die sechzehn P40-B-Maschinen von einem ergebnislosen Patrouillenflug über dem Südchinesischen Meer im Landeanflug auf Iba waren – eine einzige, unbefestigte Behelfsstart- und -landebahn in den Hügeln 60 Kilometer von ihrem Stützpunkt Clark Field –, sagte Second Lieutenant James M.C. Whittaker über Funk:

»Erhabener Führer, hier Blue Five.«

»Sprechen Sie, Blue Five.« Die Stimme des Staffelkommandanten klang barsch und verriet Unmut.

»Bei meiner Treibstoffanzeige leuchtet das Warnlämpchen«, sagte Whittaker. »Erbitte die Erlaubnis, so bald wie möglich zu landen.«

Einen Moment lang gab es keine Antwort. Dann:

»Blue Five, Sie erhalten die Erlaubnis, als Nummer drei zu landen. Ich will Sie auf dem Boden sprechen.«

»Blue Five verläßt jetzt die Formation«, erwiderte Whittaker. Er senkte die Nase der Maschine und richtete die P40-B zum Heck des zweiten Flugzeugs hin aus, das sich im Landeanflug befand.

»Ich will Sie auf dem Boden sprechen, Whittaker«, wiederholte der Staffelkommandant. »Bestätigen!«

»Sie wollen mich auf dem Boden sprechen, bestätigt«, sagte Whittaker.

Whittaker wußte, daß sein Staffelkommandant ihn nicht leiden konnte, und er kannte die meisten der Gründe dafür. Der Staffelkommandant war Berufssoldat, und er war Reservist, der seinen Ärger darüber, daß er in aktivem Dienst behalten wurde, nicht verborgen hatte. Er hatte das missen lassen, was der Staffelkommandant für richtigen Teamgeist hielt, und er hatte kein Geheimnis daraus gemacht, daß er nicht auf den Sold angewiesen war, weil er ein viel höheres regelmäßiges Einkommen hatte.

Anstatt seine Freizeit mit seinen Kameraden auf Clark Field zu verbringen, hatte er eine Suite im Hotel Manila gemietet, zu der er mit seinem nagelneuen gelben Chrysler New Yorker Cabrio fuhr. Er spielte in seiner Freizeit Polo mit reichen Amerikanern, Filipinos und Offizieren des 26. Kavallerieregiments. Sein Foto erschien regelmäßig auf den Gesellschaftsseiten der *Manila Times*.

Whittaker landete und rollte zu einem der drei Treibstofftankwagen. Er war überzeugt davon, daß der Staffelkommandant auf dem Boden als erstes den Tankwagenfahrer fragen würde, wieviel er, Whittaker, getankt hatte. Der Kommandant mißtraute Leuten, die er nicht leiden konnte, und Whittaker zählte nun mal zu denen, die er nicht mochte. Deshalb nahm der Kommandant an, Whittakers Warnlampe hätte gar nicht geleuchtet und Whittaker hätte nur sofort tanken wollen, anstatt zu warten, bis er an der Reihe war, was ungefähr als letzter der Fall gewesen wäre.

Zum Teufel mit dem Kommandanten! Der Blödmann würde schon feststellen, daß Whittaker praktisch mit dem letzten Tropfen Sprit geflogen war.

Es gab keine Hangars auf dem Behelfslandeplatz Iba, nur eine Funkbaracke, die zugleich als Tower diente. Es gab mehrere Zelte, einen mit Zeltplane überdachten Küchen- und Kantinenbereich, drei olivfarbene Tanklastwagen, zwei Vans, zwei Jeeps, einen Stabswagen und Second Lieutenant Whittakers neues gelbes Cabrio.

Der Chrysler war ein anderer Zankapfel zwischen Whittaker und seinem Staffelkommandanten. Als sie nach Iba verlegt worden waren, hatte der Staffelkommandant seinen Offizieren verboten, nach Clark Field zurückzukehren, auch nicht, um persönliche Fahrzeuge dort abzuholen. Jim Whittaker war der Ansicht, daß er den Befehl befolgt hatte. Er war nicht nach Clark Field zurückgekehrt. Er hatte in Manila seinen philippinischen Hausdiener angerufen und ihn beauftragt, ihn von seiner Suite im Manila Hotel abzuholen, nach Clark Field zu bringen und den Chrysler nach Iba zu fahren.

»Sie sind ein Klugscheißer, Whittaker«, hatte der Staffelkommandant gesagt, als der Chrysler in Iba auftauchte. »Sie wissen genau, was ich meinte, als ich befahl, keine Wagen hierher zu holen. Ich kann Klugscheißer nicht leiden.«

»Wir werden nicht genug Transportmittel haben, Captain«, hatte Whittaker entgegnet. »Der Wagen steht der Staffel zur Verfügung.«

Unter diesen Umständen war der Chrysler auf dem Behelfslandeplatz Iba geblieben. Zum einen war Whittakers Filipino verschwunden, und es gab keine andere Möglichkeit, den Wagen dorthin zurückzufahren, wo er hingehörte. Zum anderen hatte Whittaker recht: Sie brauchten Transportmittel. Aber für den Kommandanten war das ein weiteres Beispiel für Whittakers Fast-Ungehorsam, wann immer er einen Befehl zu seinem eigenen Vorteil auslegen konnte.

Nachdem Whittaker getankt hatte und zur Parkfläche rollte und sieben Flugzeuge der Staffel gelandet waren und sich zum Tanken aufreihten, begannen die Japaner ihren Angriff. Als das erste japanische Flugzeug auftauchte, wußte Whittaker, daß er zweierlei Möglichkeiten hatte. Er konnte bis zur Startbahn rollen und warten, bis die letzte der fast spritlosen P40-B-Maschinen gelandet war, bevor er zu starten versuchte, oder er konnte das Risiko eingehen und sich einen Weg in die Landefolge erzwingen, um in die Luft zu kommen.

Er trat aufs linke Ruderpedal und gab Gas, während er auf die Startbahn rollte. Während des Starts feuerte er seine Bordwaffen zur Probe ab.

Später sagten Beobachter auf dem Boden aus, daß über fünfzig Mitsubishi-Sturzkampfflugzeuge und ungefähr so viele Zeros, vielleicht sogar sechsundfünfzig, Iba angegriffen hatten. In der Luft waren diese Dinge für jeden zu unübersichtlich, um die Zahl einigermaßen richtig zu schätzen.

Die Kampfhandlungen dauerten nicht lange. Die Japaner, die von einem Flugzeugträger aus gestartet waren, flogen fast am Ende ihres Operationsradius, und als sie ihren Auftrag erfüllt hatten, flogen sie zum Flugzeugträger zurück.

Whittaker überflog Iba zweimal. Die Start- und Landebahn war mit brennenden P40-B-Maschinen blockiert, die abgeschossen worden waren, bevor sie hatten landen können, oder die gelandet waren, bevor der Angriff begonnen hatte. Die Maschinen waren durch Bomben und MG-Feuer zerstört worden. Die Japaner hatten außerdem alle drei Tankwagen erwischt.

Whittaker sah den Staffelkommandanten, der am Boden stand und sein brennendes Flugzeug betrachtete. Er hatte die Hände auf die Hüften gestemmt und blickte auf, als Whittaker über ihn hinwegflog, aber er gab keinerlei Signal.

Whittaker richtete die Nase der P40-B gen Clark Field, den 60 Kilometer entfernten Stützpunkt. Es war unmöglich, auf Iba zu landen, und nachdem die Tanklastwagen in die Luft geflogen waren, gab es auch keinen Grund zu einer Landung.

3

Marrakesch, Marokko

9. Dezember 1941

Zwei Tage nach der Beisetzung des Paschas von Ksar es Souk stieg Thami el Glaoui, ein Mann Ende Sechzig mit weißem Burnus, in sein Delahaye-Cabrio und fuhr zur Moschee, um zu beten, daß Allah den Pascha von Ksar es Souk in den Himmel aufgenommen hatte.

Nach dem Gebet entließ er seine Leibwächter mit einer knappen Geste, schritt langsam und allein durch das kühle Gewölbe der Moschee und umrundete immer wieder den Springbrunnen.

Dies war immer tröstlich, wenn er besorgt und verwirrt war. Die Moschee hatte schon ein paar Jahrhunderte vor dem Eintreffen der Franzosen dort gestanden, und sie würde dort auch noch ein paar hundert Jahre nach dem Verschwinden der Franzosen stehen. Der Gedanke daran half, die Dinge in der richtigen Perspektive zu sehen. Und oftmals dachte er an den Vers von Haji Abdu Yezdi: ›Halt inne, winziges Teilchen eines Augenblicks, um dich selbst als Universum im All zu sehen. Die Welt ist alt, und du bist jung‹.

Er vermißte Hassan el Moulay, den verstorbenen Pascha von Ksar es Souk, nicht nur persönlich, sondern auch weil Allah, der Allwissende, Hassan von seinen Pflichten entbunden hatte.

Persönlich waren sie enge Freunde gewesen. Und Hassan war ein besonders wertvoller Schatzmeister gewesen, dessen Nachrichten-Netzwerk unbezahlbar gewesen war.

Als Thami el Glaoui langsam durch die Moschee

schritt, das Gesicht unter der Kapuze des Burnus verborgen, rief er sich in Erinnerung, daß Hassan el Moulay seinen ersten Bericht über Helmut von Huerten-Mitnitz und Sturmbannführer Johann Müller kurz nach deren Ankunft geliefert hatte. Diese beiden Männer waren wahrscheinlich verantwortlich für die Ermordung seines Freundes.

Im Bericht waren ihr Rang und Titel genannt – im Fall von Huerten-Mitnitz *Minister* (was ihn laut Moulay im diplomatischen Protokoll mit den Generalkonsuln der Regierungen gleichstellte, die bei der französischen Kolonialverwaltung und dem Königreich Marokko akkreditiert waren) und im Fall von Müller *Sicherheitsberater*. Der Bericht enthielt den Ort und die Telefonnummer ihres Quartiers und den Typ und die Zulassungsnummer ihrer Dienstfahrzeuge. Binnen Tagen würden ihre Dossiers Informationen über ihre Neigungen in Bezug auf Drogen, Alkohol und Sex enthalten. Hassan El Moulay hatte unter anderem ebenfalls herausgefunden, daß Huerten-Mitnitz vorhatte, den Strom von Juwelen und Zahlungsmitteln von Frankreich durch Marokko zu stoppen.

Der Nachrichtenapparat, den der Pascha von Ksar es Souk aufgebaut hatte, war äußerst fähig gewesen. Thami el Glaoui fragte sich, ob Allah, der Allwissende, sich entschieden hatte, den Pascha von Ksar es Souk sterben zu lassen, weil er zu selbstsicher geworden war.

Es gab verschiedene Fragen im Zusammenhang mit seinem Tod. Die erste und wichtigste war, ob Hassan das beabsichtigte Opfer war oder ob die Attentäter es in Wirklichkeit auf Sidi Hassan el Ferruch abgesehen hatten. Thami el Glaoui war geneigt, letzteres zu glauben.

Wenn die Attentäter vom König von Marokko oder von den Deutschen geschickt worden waren, dann war der Sohn die Zielscheibe gewesen, nicht der Vater. Der Sohn war ein Schmuggler. Sein Tod würde den Schmuggel sofort stoppen und zugleich den Vater warnen, daß diese Aktivitäten bekannt waren.

Thami el Glaoui sagte sich, daß seine Fragen früher oder später beantwortet werden würden. Aber im Augenblick lagen die Ereignisse in Allahs Händen.

Da die Paschas von Ksar es Souk seit dreihundert Jahren erbliche Schatzmeister des Paschas von Marrakesch waren, und weil Sidi Hassan el Ferruch durch den Tod seines Vaters der Pascha von Ksar es Souk geworden war, übernahm Sidi jetzt die gleiche Verantwortung über den Nachrichtendienst wie sein Vater. Der Apparat war noch intakt, und die Akten, die sein Vater im Laufe so vieler Jahre angelegt hatte, würden jetzt Sidi Hassan el Ferruch gehören.

Nur Allah wußte, ob er sie so gut nützen würde, wie sein Vater sie genutzt hatte. El Glaoui hatte Antworten im Koran und im Gebet gesucht und gelangte bei seiner Wanderung um den Springbrunnen zu dem Schluß, wenn Allah Sidi Hassan el Ferruch nicht als treuen und so guten Diener vorgesehen hatte, wie es sein Vater gewesen war, dann war es besser, das jetzt herauszufinden.

Thami el Glaoui war bis jetzt zufrieden mit Sidi Hassan el Ferruch. Zum Beispiel hatte Glaoui nach Sidis Rückkehr vom ›Pferdekauf‹ in Frankreich höflich vorgeschlagen, daß es für Sidi an der Zeit war, zu heiraten und Kinder zu zeugen. Und weil die Deutschen zunehmend mißtrauisch wegen seiner Reisen wurden, hatte Glaoui vorgeschlagen, daß sich der Junge so viel wie möglich aus der Öffentlichkeit fernhielt.

An diesem Tag ging Sidi in die Wüste zu Ksar es Souk und nahm zwei Berberfrauen, die jetzt beide schwanger waren. Und soweit el Glaoui wußte, hatte el

Ferruch seither bis zu dem Tag, an dem er seinen Vater beerdigt hatte, Ksar es Souk nicht mehr verlassen.

Kurz danach befahl el Glaoui Sidi wieder in den Palast Ksar es Souk und befahl ihm, dort zu bleiben und ihn ohne Erlaubnis nicht zu verlassen. Der Befehl hatte el Ferruch gar nicht gefallen, aber el Glaoui hatte keinen Grund zu der Annahme, daß er ihn nicht befolgen würde. Thami el Glaoui war deshalb überrascht, als am Tag nach seinem Wandeln in der Moschee einer seiner Wachen einen von Sidi el Ferruchs Berbern in sein Gemach führte. Der Berber war mit dem Motorrad aus dem Palast Ksar es Souk gekommen und überbrachte eine Botschaft.

»Erhabener Vater, mein Herr bittet um Verzeihung für die Störung, und er betet, daß Ihr ihm vergebt, daß er so kurzfristig um eine Audienz ersucht. Er ist gegenwärtig unterwegs, und wenn Ihr keine Zeit für ihn erübrigen könnt, werde ich ihn auf der Straße treffen und ihn informieren, und er wird nach Ksar es Souk zurückkehren und warten, bis Ihr ihn empfangt.«

Thami el Glaoui saß eine Minute lang schweigend da, bevor er etwas erwiderte. »Laß den Pascha von Ksar es Souk wissen, daß es mir eine Ehre ist, ihm meine Gastfreundschaft zu erweisen. Und daß ich zu Allah bete, damit er eine sichere Reise hat.«

El Ferruch hatte offenbar etwas Wichtiges auf dem Herzen.

Sidi el Ferruch traf in einem Konvoi von drei Wagen ein. Vorne fuhr ein 1940er Ford Cabrio mit offenem Verdeck, voll mit schwerbewaffneten Berbern, deren Gesichter verhüllt waren. Der Pascha von Ksar es Souk saß auf dem Rücksitz eines 1939er Buick Limited. Dem offenen Wagen folgte ein weiterer 1939er Buick Limited, eine Limousine, in der sich ebenfalls bewaffnete und vermummte Berber befanden.

Thami el Glaoui, der durch eine Gitterwand spähte, stellte überrascht fest, daß el Ferruch nicht die Treppe hinauf in die Villa stürmte wie erwartet. Statt dessen ging er zu dem Ford Cabrio. Und dann sah Thami el Glaoui den Grund. El Ferruch war in dem Cabrio gefahren, verkleidet als einer seiner Berber. Wenn ein Attentäter versucht hätte, ihn zu ermorden, hätten seine Kugeln den Doppelgänger getroffen.

El Ferruch setzte schnell den Kopfschmuck mit den goldenen Schnüren auf und bahnte sich einen Weg durch eine Gruppe seiner Berber, die allesamt mit amerikanischen Thompson-MPis Kaliber .45 bewaffnet waren.

Thami el Glaoui erhob sich und ging zu der schmalen Treppe, die zum Empfangsraum hinunterführte.

Drei Minuten später stand der hagere alte Mann dem großen, falkengesichtigen el Ferruch gegenüber, der das blaue Gewand eines Berbers trug. Sie küßten sich auf die Wangen, und dann gingen sie Hand in Hand zu den roten ledernen Betkissen zu beiden Seiten eines runden Messingtisches und ließen sich nieder.

»Allah der Allmächtige hat meine Gebete für deine sichere Reise erhört«, sagte der Pascha, als ihnen Tee und kandierte Orangenscheiben serviert wurden.

»Danke für den Empfang, Erhabener Vater«, sagte el Ferruch.

Der Pascha schob eine Orangenscheibe in den Mund und schaute el Ferruch fragend an. Er wollte el Ferruchs Anliegen hören.

»Ich komme wegen meines Gastes Eric Fulmar«, sagte el Ferruch.

»Der Ungläubige unter deinem Dach machte deinem Vater Sorgen«, sagte Thami el Glaoui.

»Als mein Vater ermordet wurde, Erhabener Vater, war Eric Fulmar in Casablanca und traf sich mit dem

Kapitän eines Schiffs, das im Besitz eines Argentiniers ist, mit dem wir zusammen auf der Schule waren.«

»Du vertraust ihm, für dich zu verhandeln?«

»Er schlug das Treffen vor. Außerdem kann er sich freier bewegen als ich.«

»Und du vertraust ihm?« fragte el Glaoui noch einmal.

»Ja«, antwortete el Ferruch.

Thami el Glaoui nickte.

»Mein Freund war im Hotel Moulay Hassa, beschützt von meinen Männern. Nach der Ermordung meines Vaters quartierten sie ihn in meine Suite im Hotel d'Anfa um.«

»Vor oder nachdem die Transaktion beendet war?« fragte el Glaoui.

»Nachdem sie beendet war, Erhabener Vater.«

»Und du bist sicher, daß deine Profite sicher sind?« fragte el Glaoui.

»Sie sind jetzt in der National City Bank of New York in Argentinien deponiert. Später werden sie nach New York überwiesen.«

»Obwohl die Amerikaner jetzt in den Krieg hineingezogen worden sind?«

El Ferruch antwortete nicht auf die Frage.

»Mein Freund ist in Gefahr«, sagte er.

»Wegen des Geschäfts mit Argentinien?«

»Nach Meinung der Deutschen sollte mein Freund in der deutschen Wehrmacht sein«, sagte el Ferruch. »Er ist eine Peinlichkeit für seinen Vater in Deutschland. Sein Vater ist ein deutscher Adliger, ein Baron, und er steht den Nazis nahe.«

»Und wenn sein Vater Deutscher ist, sollte er das ebenfalls sein«, sagte Thami el Glaoui entschieden. »Ist er ein Mann oder nicht?«

»In jeder Hinsicht. Er ist die Risiken unseres Handels

eingegangen. Meine Stammesangehörigen respektieren ihn. Und er erfreut sich an Frauen. Aber letzten Endes sieht er sich als Amerikaner. Und da jetzt die Amerikaner in den Krieg eingetreten sind, wünscht er, sich unter den Schutz des amerikanischen Konsulats in Rabat zu stellen, bis er nach Amerika geschickt werden kann.«

»Und du bittest mich, ihn zum amerikanischen Konsulat gehen zu lassen?« fragte Thami el Glaoui.

»Ich bitte um Rat, Erhabener Vater«, sagte el Ferruch. »Fulmar ist dreimal von Huerten-Mitnitz angesprochen worden, der ihm eine Möglichkeit vorgeschlagen hat, wie er der Einberufung in die deutsche Wehrmacht entgehen kann.«

»Indem er ihnen Informationen über uns liefert?«

»Ja«, sagte el Ferruch.

»Und er hat dir das erzählt?«

»Ja«, antwortete el Ferruch. »Er ist sehr loyal zu mir.«

Thami el Glaoui senkte den Kopf. Ob zustimmend oder skeptisch, dessen war sich el Ferruch nicht sicher.

»Ahmed Mohammed hat erfahren, daß Müller, dieser deutsche Geheimdienstbeamte, Fulmar gewaltsam nach Deutschland zurückbringen will. Obwohl Fulmar ihr Angebot nicht abgelehnt hat und so tut, als erwäge er es noch, glauben die Deutschen jetzt, daß er niemals ein zuverlässiger Agent für sie werden kann.«

»Und warum hat Müller es nicht getan? Ist Ahmed Mohammed sicher, daß die Information richtig ist?«

»Ahmed Mohammed ist sich seiner Informationen stets sicher«, sagte el Ferruch. »Es widerstrebt den Deutschen, das Hotel d'Anfa zu betreten, um ihn sich zu holen. Doch die Deutschen warten außerhalb des Hotelgeländes. Die Sûreté und das Deuxième Bureau werden fortschauen.«

»Es ›widerstrebt‹ den Deutschen, das Hotel zu betreten, weil es von deinen Männern geschützt wird, meinst du das?«

»Nein«, sagte el Ferruch. »Weil es Ärger mit dem amerikanischen Konsulat geben würde.«

»Warum ruft er nicht sein Konsulat an und bittet um Schutz?«

»Das hat er versucht«, sagte el Ferruch. »Es war keine Leitung frei. Dafür habe ich gesorgt.«

Thami el Glaoui schaute ihn bewundernd an.

»Ich möchte nicht, daß er Kontakt mit dem amerikanischen Konsulat aufnimmt«, fuhr el Ferruch fort. »Ich möchte ihn nach Ksar es Souk bringen.«

»Ich bin alt und denke nicht klar. Es ist schwer zu erkennen, worauf du hinauswillst.«

»In der Zukunft, wenn die Amerikaner immer mehr in den Krieg verwickelt werden, brauchen wir jemand, der uns über den amerikanischen Standpunkt und ihre Absichten informiert – und vielleicht als Vermittler.«

»Es hat mich interessiert, mein Sohn«, sagte Thami el Glaoui, nachdem er einen Moment lang über el Ferruchs Worte nachgedacht hatte, »daß die Filipinos sich entschieden haben, an der Seite der Amerikaner gegen die Japaner zu kämpfen.«

»Ich kann nicht ganz folgen«, bekannte el Ferruch.

»Sie tun das entweder, weil sie denjenigen Teufel vorziehen, den sie kennen«, sagte el Glaoui. »Oder weil sie den Amerikanern glauben, daß die ihnen die Unabhängigkeit garantieren werden. Ich will damit sagen, daß die Franzosen versprechen, uns die Unabhängigkeit zu garantieren, und ich glaube ihnen nicht. Warum glauben deiner Ansicht nach die Filipinos den Amerikanern?«

»Vielleicht weil die Amerikaner die Wahrheit sagen«, meinte el Ferruch.

»Ein interessanter Gedanke«, sagte el Glaoui.

»Die Amerikaner haben Kuba den Kubanern zurückgegeben«, sagte el Ferruch.

»Wenn sie jetzt im Besitz von Marokko wären, würden sie es uns zurückgeben?« fragte el Glaoui rhetorisch.

El Ferruch hob beide Hände, eine Geste, die anzeigen sollte: »Wer kann das schon sagen?«

»Du hast einen Plan, um deinen Gast an den Deutschen vorbeizuschleusen?«

»Ich habe einen, aber Pläne gehen manchmal schief«, sagte el Ferruch.

»Du fragst mich, ob dies eine bewaffnete Konfrontation zwischen deinen Männern und den Deutschen – und möglicherweise der Sûreté und dem Deuxième Bureau wert ist?«

»Und ich bitte um die Erlaubnis, ihn nach Ksar es Souk zu bringen«, sagte el Ferruch.

»Wie kommst du auf den Gedanken, daß er nach Ksar es Souk will?«

»Ich werde ihm sagen, daß ich ihn vor den Deutschen nur schützen werde, wenn er nicht versucht, zu den Amerikanern zu gehen.«

»Wird er das glauben?«

»Ja, Erhabener Vater, ich nehme an, das wird er glauben. Und er wird mir sein Ehrenwort geben, daß er die Bedingungen akzeptiert.«

Thami el Glaoui schaute ihm in die Augen, aber el Ferruch konnte nichts aus seiner Miene schließen.

»Hast du bedacht, daß vielleicht dein Herz und nicht dein Verstand spricht?« fragte Thami el Glaoui.

»Deshalb bin ich gekommen, um weisen Rat zu erbitten.«

»Ich muß genau hinschauen, um zu erkennen, was jüngere Männer sofort sehen.«

Der Pascha nippte lange nachdenklich an seinem Tee.

»Die Antwort steht immer im Koran«, sagte er schließlich. »Selbst auf die Gefahr hin, daß es arrogant klingt, ich spüre, was Allah der Allmächtige mir sagen würde. Wenn du meinst, Allah und mir am besten zu dienen, indem du deinen Freund nach Ksar es Souk bringst, dann mußt du das tun, mein Sohn. Du bist in den Händen Allahs. Ich werde für dich beten.«

4

Casablanca, Marokko

10. Dezember 1941

Als die drei Wagen Marrakesch verließen, war es unmöglich, der Aufmerksamkeit der Sûreté zu entgehen, und es war nicht schwierig für die Sicherheitspolizei, das Ziel zu erraten. Deshalb parkte eine Citroen-Limousine neben der Küstenstraße, als die drei Wagen am frühen Nachmittag den Stadtrand von Casablanca erreichten. Der Citroen folgte ihnen zum Hotel d'Anfa bei Casablanca, stoppte jedoch außerhalb des Tors. Einer der Agenten vom Deuxième Bureau aus dem Citroen folgte el Ferruch und seinem Gefolge von blaugewandeten Berbern zum Dachrestaurant des Hotels. Der Agent trank ein Glas Wein, während el Ferruch gemütlich einen Imbiß zu sich nahm.

Um 15 Uhr 30 nickte Sidi el Ferruch einem seiner Männer zu. Er hatte Eric Fulmar von den Tennisplätzen des Hotels kommen sehen, die sich fünf Stockwerke tiefer befanden. Najib Hammi, el Ferruchs Mann, ging auf die Herrentoilette und schlich einen Moment später wieder heraus, was die Aufmerksamkeit des wachsamen Agenten des Deuxième Bureau weckte, der ihn sofort beschattete. Er folgte el Ferruchs Mann Treppen hinauf und hinunter, ins Kellergeschoß, durch den Garten, um die Mauern herum und schließlich, eine Viertelstunde später, wieder hinauf zum Dachrestaurant. Er hatte den Befehl, dort Platz zu nehmen, und seine Caramel-Crème zu Ende zu essen.

In dem Moment, in dem Najib Hammi und der Mann vom Deuxième Bureau das Treppenhaus betraten, ging Sidi el Ferruch in den Aufzug und fuhr zur vierten Etage hinunter, wo er eine Suite mit sechs Zimmern gemietet hatte.

Eric Fulmar war nach seinem Tennismatch schweißgebadet. Er lehnte an seiner Frisierkommode und zog gerade eine Socke aus.

»Ich habe mich schon gefragt, wann du endlich auftauchst«, sagte er. »Das mit deinem Vater tut mir leid, Ferruch.«

»Wir Araber sagen, ›es ist der Wille Allahs‹«, erwiderte el Ferruch.

»Wer hat es getan?«

»Ich weiß nicht, wer es getan hat, aber ich weiß, wer es befohlen hat«, sagte el Ferruch.

»Wer?«

»Deine deutschen Freunde. Ich habe ebenfalls herausgefunden, daß sie mich umbringen wollten, nicht meinen Vater.«

»Das überrascht mich nicht.« Eric Fulmar lachte. »Aber sag mir trotzdem den Grund für das Attentat.«

»Was meinst du?« El Ferruch sah Fulmar an. »Wenn sie mich ermordet hätten, wären wir beide aus dem Geschäft, und es wäre viel leichter für die Deutschen, dich zurück nach Deutschland zu bringen.«

»Scheiße, wenn dieses gottverdammte Schiff bis

Dezember mit der Abfahrt gewartet hätte, wäre ich jetzt mitten auf dem Atlantik.«

»Was würdest du in Argentinien machen?« fragte el Ferruch.

»Vermutlich das gleiche wie hier.« Fulmar lachte. »Tennis spielen und vögeln.«

»Für jemand, der nach Deutschland verschleppt werden soll, bist du bemerkenswert heiter«, sagte el Ferruch.

»Ich habe versucht, zum amerikanischen Konsulat durchzukommen«, sagte Eric und wurde ernster. »Die Leitungen nach Rabat sind weiterhin blockiert, aber früher oder später machen sie einen Fehler, und ich komme durch und schreie um Hilfe. Unterdessen bin ich sicher.« Er sah el Ferruchs Miene und fügte hinzu: »Oder nicht?«

»Nein«, sagte el Ferruch. »Ahmed Mohammed hat herausgefunden, daß die Geduld der Deutschen erschöpft ist. Sie werden vermutlich heute nacht versuchen, dich zu entführen, und die Sûreté und das Deuxième Bureau werden wegschauen.«

»Und?« fragte Fulmar.

»Ich habe heute morgen den Pascha von Marrakesch aufgesucht«, sagte el Ferruch. »Wir haben über dich gesprochen.«

»Und?« wiederholte Eric.

»Etwas widerstrebend hat er mir erlaubt, dich nach Ksar es Souk zu bringen.« El Ferruch fügte vielsagend hinzu: »Vorausgesetzt, ich *kann* dich nach Ksar es Souk bringen.«

»Du hast seine Erlaubnis einholen müssen?« fragte Fulmar.

El Ferruch nickte.

»Was, zum Teufel, würde ich in Ksar es Souk machen?«

»Ich weiß es nicht, da es dort keinen Tennisplatz und keine Frauen gibt«, sagte el Ferruch. »Jedenfalls keine, die du vögeln kannst.«

»Warum rufst du nicht das Konsulat an, gibst dich als mich aus und verlangst, daß sie jemand schicken, um mich abzuholen?«

»Weil man mir das verboten hat«, sagte el Ferruch.

»Der Pascha hat dir das verboten?« fragte Eric.

El Ferruch nickte.

»Aber warum?«

»Ich habe ihn aufgesucht, um seine Erlaubnis zu erbitten, dich nach Rabat zu bringen«, sagte el Ferruch. »Er meint, du solltest Marokko jetzt nicht verlassen. Es sind keine Telefonleitungen frei, weil Thami el Glaoui verhindern will, daß du mit dem Konsulat sprichst.«

»Dieser elende, verrückte Hurensohn!« zürnte Fulmar.

»Sag das nicht laut, Eric«, sagte El Ferruch kalt.

»Was will er von mir?«

»Ich habe es dir gesagt, er will nicht, daß du Marokko jetzt verläßt.«

»Zur Hölle mit ihm!«

»Du hast zwei Möglichkeiten. Du kannst nach Deutschland zurückkehren – ich kann dich nicht aufhalten, wenn du hier hinausgehst. Oder du kannst mir dein Wort geben, daß du nicht versuchen wirst, Kontakt mit den Amerikanern aufzunehmen, und daß du mit mir nach Ksar es Souk zurückkehrst.«

»Ich soll dir mein Wort geben?«

»Vorausgesetzt natürlich, ich kann dich an diesen Typen vom Sicherheitsdienst vorbeischmuggeln.«

»Ich soll dir mein Wort geben?« wiederholte Fulmar. »Auf wessen Seite stehst du eigentlich?«

»Dies ist die wahre Welt, Eric«, sagte el Ferruch. »Lernst du das denn nie? Und letzten Endes stehe ich auf meiner eigenen Seite. Ich bin so weit gegangen wie möglich, indem ich Thami el Glaoui gebeten habe, dir zu helfen.«

»Ich habe dem verrückten alten Bastard 'ne Menge Geld eingebracht«, entgegnete Fulmar gereizt.

»Dabei hast du selbst viel Geld verdient. Was du el Glaoui eingebracht hast, ist weniger, als die Bewässerung seines Golfplatzes pro Monat kostet.«

Fulmar blickte ihn finster an.

»Manchmal bist du ein Arschloch, Eric«, sagte el Ferruch. »Ein undankbares Arschloch.«

Sie starrten sich lange in die Augen. Dann zuckte Fulmar mit den Achseln und gab nach.

»Ich will nicht in die deutsche Wehrmacht«, sagte er. »Wie wirst du mich hier rausbringen? Zusätzlich zu den Leuten vom Sicherheitsdienst sitzen zwei Kerle vom Deuxième Büro in einem Citroen vor dem Tor.«

»Bevor wir weiterreden – habe ich dein Wort?«

»Okay. Menschenskind, klar.« Eric hob die abgespreizten Finger in Schulterhöhe. »Pfadfinder-Ehrenwort, na was hältst du davon, du Blödmann?«

Sidi el Ferruch schlug ihm hart ins Gesicht.

»Vergiß nicht, wo du bist, was du bist und wer ich bin!« sagte el Ferruch.

Fulmar ballte die Hände zu Fäusten, und einen Augenblick lang befürchtete el Ferruch, er würde ihn schlagen. Aber schließlich entspannte sich Fulmar.

»Okay«, sagte er gepreßt. »Ich gebe dir mein Ehrenwort. Bevor ich versuche, Kontakt mit irgendwelchen Amerikanern aufzunehmen, sage ich es zuerst dir. Reicht das?«

»Nutze nicht unsere Freundschaft aus«, sagte el Ferruch.

»Oh, mach dir deswegen keine Sorgen«, erwiderte

Fulmar. »Sag mir einfach, wie du mich hier rausbringen willst.«

»Die Deutschen schenken den Einheimischen keine Aufmerksamkeit, und das Deuxième Bureau wird sich nicht einmischen, wenn ich keine Veranlassung dazu gebe«, sagte el Ferruch. »Der Trick besteht also darin, ihnen keine Veranlassung zu geben.«

Fünf Minuten später fuhr Sidi el Ferruch, begleitet von einem seiner Berber-Leibwächter, dessen untere Gesichtshälfte in der Tradition der Berber verhüllt war, mit dem Aufzug in die Halle hinab, wo Najib Hammi mit vier anderen Berbern wartete. Sie durchquerten die Halle, verließen das Hotel und stiegen in die Autos, mit denen sie eingetroffen waren.

Ein Agent des Sicherheitsdienstes war in der Hotelhalle, aber er schenkte der kleinen Gruppe von Einheimischen, die aus dem Aufzug kam und plapperte wie geschwätzige Frauen, nur flüchtige Aufmerksamkeit.

Gegenüber dem Hotel d'Anfa zeigte einer der Agenten des Deuxième Bureau mit dem Finger auf sie, als er sie zählte wie Schafe. Er war zufrieden. Sieben waren ins Hotel gegangen, und sieben kamen heraus.

Nach zwanzig Minuten waren sie aus Casablanca heraus und fuhren auf der Küstenstraße nach El Jadida. Dort bogen sie auf die Straße ab, die sie über den Tizi-n-Tichka-Paß durch die Berge bringen würde. Die Straße war schmal, nicht asphaltiert, und es gab keine Leitplanken. Die Französische Fremdenlegion hatte sie nur mit Hacke und Schaufel angelegt.

Sie brauchten für die Fahrt zum Palast des Paschas von Ksar es Souk die ganze Nacht.

5
Kunming, China
18. Dezember 1941

Als die P40-Bs und die Erste und Zweite Staffel der American Volunteer Group (AVG) auf Kunming landeten, wurden sie von Canidy und Bitter erwartet. Sie waren seit drei Tagen dort. Canidy und Bitter waren Offizier und Stellvertretender Offizier vom Dienst bei der Verlegung des Bodenpersonals von Toungoo nach Kunming gewesen.

Das Bodenpersonal der Amerikanischen Freiwilligen-Gruppe hatte die erste Etappe – ungefähr 570 Kilometer – der Reise nach China mit einem Sonderzug zurückgelegt, der aus dreiunddreißig Plattformwagen, einem Speisewagen und drei Erste-Klasse-Passagierwaggons zusammengestellt worden war.

Mit Segeltuchplanen überdeckte Studebaker und Zwei-Tonnen-Trucks (einige olivfarben mit Abzeichen des chinesischen Heers, einige mit dem CAMCO-Emblem auf den Türen und ein paar unbeschriftete), alle vollbeladen, waren auf den Plattformwagen angekettet. Ebenfalls zwei Tankwagen mit Flugbenzin, ein Feuerwehrwagen, ein halbes Dutzend Chevrolet-Pickup-Trucks, vier Jeeps und drei Studebaker-Commander-Limousinen, eine davon die Canidys.

Der Zug fuhr kurz nach Mitternacht durch Manadalay und traf im Morgengrauen in Lashio, der östlichen Endstation der Burma-Linie, ein.

Während die Amerikaner der AVG im Speisewagen frühstückten, wurden die Fahrzeuge von den Plattformwagen ausgeladen und von einem Team amerikanischer Mechaniker inspiziert. Sechs der Trucks und einer der Pickups wurden als untauglich für die Reise beurteilt. Sie würden mit späteren Konvois folgen.

Als Canidy Anweisungen für die Reise über die Straße erhielt, tauchte die Twin Beech D18S der CAMCO am Himmel auf, und eine halbe Stunde später marschierte John B. Dolan mit zwei Reisetaschen aus Segeltuch zu Canidys Studebaker und fragte, ob er Platz für einen Anhalter hätte.

Der Konvoi setzte sich in Bewegung. Er würde für die rund 1100 Kilometer ungefähr 44 Stunden brauchen. Darin war eine zehnstündige Übernachtung eingeschlossen. Die Straße war zu schmal und gefährlich, um sie in der Dunkelheit zu befahren.

An Dutzenden Stellen längs der Straße sahen sie Menschenketten von Chinesen, die Fracht aus Lastwagen bargen, die über den Rand der steilen Berghänge abgestürzt waren. Und sie sahen große schwarze Krater in der dichten Vegetation, wo Tankwagen explodiert und ausgebrannt waren.

Im Studebaker erklärte Dolan, welche Funktion die ›Amerikanische Freiwilligen-Gruppe‹ nach dem Eintritt der Vereinigten Staaten in den Krieg haben würde.

Die AVG sollte laut Plan hundert Piloten haben. Sie hatte achtzig. Sie sollte ungefähr dreihundert Leute Bodenpersonal haben, doch es waren nur hundertdreißig. Und es würden keine ›Freiwilligen‹ mehr von der Army, der Navy und dem Marine-Corps für die ›Arbeit für CAMCO‹ zur Verfügung gestellt werden.

Von den hundert P40-Bs aus Buffalo blieben nur fünfundsiebzig. Zehn waren einfach verschwunden. Vielleicht fuhren sie im Laderaum irgendeines Frachters in den Fernen Osten oder lagen auf dem Grund des Meers in Schiffen, die von den Japanern versenkt worden waren. Zwölf waren bei der Ausbildung zu Wracks geflogen worden und hatten nicht mehr repariert werden können. Von den fünfundsiebzig Flugzeugen, die jetzt im Besitz der AVG waren, standen zwanzig mehr oder weniger ständig auf dem Boden, weil Ersatzteile fehlten.

Als sie sehr früh am Morgen in Kunming eintrafen, stieg noch Rauch von den Feuern auf, die nach einer japanischen Bombardierung am Vortag entstanden waren. Die japanische Taktik bestand darin, die Stadt mit Brandbomben zu zerstören.

Die Japaner wußten, daß Feuer mehr körperlichen und psychologischen Schaden anrichtete als Sprengstoff.

Kunmings einzige Verteidigung gegen den Luftangriff waren ein halbes Dutzend Batterien von 20-mm-Flugabwehrkanonen – leicht von den Japanern zu umgehen – und einige wassergekühlte MGs Kaliber .50 gewesen, die den Luftstützpunkt gegen Angriffe im Tiefflug mit Bordwaffen schützten. Da es unnötig für die Japaner war, bis auf Reichweite der Maschinengewehre Kaliber .50 hinunterzugehen, wurden die MGs selten abgefeuert.

Aber der Luftstützpunkt Kunming war militärisch weitaus besser, als jeder erwartet hatte. Es gab solide Splitterschutzwände für die Flugzeuge, und Wälle aus Steinen und Sandsäcken schützten die Hauptgebäude gegen alles außer einem direkten Treffer. Die Start- und Landebahnen waren lang und glatt. Und weil sie aus Schotter angelegt waren, konnte eine Bombe sie nur so lange lahmlegen, bis das Einschlagsloch wieder mit Schotter gefüllt war.

Der Luftstützpunkt war buchstäblich Handarbeit. Tausende Leute hatten ihn in tagelanger Arbeit mit den einfachsten Werkzeugen angelegt.

Für die ›Amerikanische Freiwilligen-Gruppe‹ war so

etwas wie ein US-Luftstützpunkt errichtet worden. Es gab ein Offiziersquartier (genannt Hotel) mit Duschen, Tagesräumen, Bar und Bibliothek. Außerdem standen ein Baseballfeld und Tennisplätze, ein kleines Lazarett und sogar ein Pistolen-Schießstand zur Verfügung.

Dolan, Canidy, Bitter und die anderen waren nicht die ersten Amerikaner in Kunming. Vor ihnen waren Leute der CAMCO und alte China-Matrosen aus Chennaults Stab dort gewesen.

Da Canidy und Bitter keiner der drei Staffeln zugeteilt waren wie die anderen Piloten, und weil alle Quartiere im ›Hotel‹ für die Staffeln reserviert waren, zogen Canidy und Bitter bei Dolan und dem Bodenpersonal ein.

Die Leitung des Flugplatzes unterstand einem chinesischen Generalmajor namens Huang Jen Lin, ein riesiger Mann und ein frommer Christ – wie man Canidy und Bitter sofort und vielsagend informierte. Generalmajor Huang sprach fließend Englisch und wirkte sehr fähig. Nach dem ersten Gespräch mit Huang erhielten Canidy und Bitter sofort nagelneue Pferdefell-Flugjacken des U.S. Army Air Corps. Auf dem Rücken war eine Art Markenzeichen aufgemalt. Ein chinesischer Text verkündete, daß der Träger ein Amerikaner war, der nach China gekommen war, um die Japaner zu bekämpfen, und daß es die Pflicht jedes Chinesen war, ihm jede erforderliche Unterstützung zu gewähren.

Das Essen in der Messe war erstaunlich. Es war nicht nur gut, sondern auch amerikanisch. Der chinesische Chefkoch hatte sein Handwerk als Erster Küchenjunge an Bord eines Kanonenboots der Jangtse-Patrouille der U.S. Navy gelernt. Und es gab noch etwas in der Messe, das Canidy reizend fand: chinesische Mädchen von der amerikanischen Missionsschule. Sie waren für den Dienst als Dolmetscherinnen angeworben worden. Sie waren ziemlich hübsch, liebten amerikanisches Essen, sprachen ausgezeichnet Englisch, und eine davon, ein zierliches, graziöses Mädchen, war empfänglich für Canidys Einladung, mit in sein Quartier zu kommen und zu hören, was sie mit dem Hallicrafter-Kurzwellenradio empfangen konnten.

Canidy spürte, daß Ed Bitter verabscheute, was er im Sinn hatte, und blieb einen Moment bei ihm, bevor er mit dem Mädchen verschwand.

»Was ist mit dir los?«

»Nichts.«

»Weil sie eine Chinesin ist? Das erstaunliche bei Chinesinnen ist, daß sie von Minute zu Minute besser aussehen.«

»Meinst du nicht, daß du sie nur benutzt?« fragte Bitter. »Stört dich das gar nicht? Mein Gott, sie ist von einer *Missions*schule. Sie weiß überhaupt nicht, was du von ihr willst.«

»Ich schiebe nur eine Nummer, Eddie«, sagte Canidy geduldig. Dann ergriff er Bitter am Arm und erklärte theatralisch: »Lebe heute, Edwin, denn morgen bist du vielleicht schon tot.«

Bitter fand das nicht lustig.

Ein paar Minuten später stellte Canidy fest, daß Generalmajor Huang so sorgfältig bemüht war, die Bedürfnisse der Amerikaner zu befriedigen, daß er die Dolmetscherinnen mit Kondomen in Folie der U.S. Navy versorgt hatte.

6

Früh am Morgen des 20. Dezember wurde Canidy noch vor der Dämmerung von einer scheuen und kichernden Dolmetscherin geweckt, die sich angesichts der Dolmetscherin in seinem Bett die Augen zuhielt und in süßem Singsang verkündete, daß ›Miiister Croooookschanks‹ sich freuen würde, wenn ›Miiiiister Can-iiiiidie‹ ihm sofort beim Frühstück Gesellschaft leisten würde.

Schinken und Eier, Pfannkuchen, Erdbeermarmelade und guter schwarzer Kaffee standen bereits auf dem Tisch, als ihn Crookshanks mit einer Geste aufforderte, Platz zu nehmen. Am Tisch bei ihm saß ein anderer Pilot, der das grüne Hemd und die Uniformhose des Air Corps trug und sich ein Stück Fallschirmseide als Schal um den Hals geschlungen hatte. Er trug ein Pilotenabzeichen, ähnlich den Schwingen des Air Corps. Doch es war die flammende Sonne Chinas darauf. Canidy sah ein solches Abzeichen zum ersten Mal.

»Sie kennen natürlich Doug Douglass?« sagte Crookshanks.

»Klar«, sagte Canidy. Doug Douglass war ein kleiner, jung aussehender Mann mit Bürstenhaarschnitt. Canidy hatte ihn zum ersten Mal auf dem Schiff gesehen. Da hatte er gedacht, daß Douglass mehr wie ein Pfadfinder aussah, nicht wie ein Offizier und Pilot. Später hatte er erfahren, daß Douglass ein West-Point-Absolvent war, eines der seltenen ›Naturtalente‹ unter den Piloten. Douglass teilte auch (so sehr wie man das von einem West Pointer erwarten konnte) Canidys belustigte Verachtung von Crookshanks' Versuchen, die Flying Tigers (die Freiwilligen Gruppe) ›auf Vordermann zu bringen‹.

Canidy fragte sich, ob Douglass' Mißachtung von militärischem Gehabe ihn auf Crookshanks' schwarze Liste gebracht hatte.

»Ich werde folgendes tun, Canidy«, sagte Crookshanks. »Ich schicke heute früh eine Patrouille von zwei Maschinen rauf, um das Gebiet zu beobachten, durch das die Japaner für gewöhnlich kommen.«

Canidy nickte.

»Da gibt es natürlich das Netzwerk der Bodenbeobachter«, fuhr Crookshanks fort, »aber wir wissen wirklich nicht, ob es richtig funktioniert. Und wir wissen nicht, wie unsere Kommunikation Boden/Luft und umgekehrt funktionieren wird. Wir hoffen, dies durch Sie beide herauszufinden.«

»Wann fliegen wir?« fragte Douglass.

»Beim ersten Tageslicht, ungefähr in einer Viertelstunde.«

»Okay«, sagte Canidy. »Warum haben Sie mich ausgewählt?«

»Weil Sie ein ziemlich guter Navigator sind«, sagte Crookshanks. »Ich will eine ziemlich genaue Positionsmeldung, um sie mit dem Bericht der Bodenbeobachter zu vergleichen.«

»Okay«, sagte Canidy.

»Noch irgendwelche Fragen?«

»Haben Sie vor, mich regelmäßig dafür einzuteilen?«

»Bis auf weiteres. Sie und Bitter können sich abwechseln. Ich plane auch für eine Patrouille am Nachmittag. Und ich werde die Piloten der Staffel, die mit Ihnen fliegen werden, turnusmäßig auswechseln.«

»Ich mag keine Maschinen, mit denen alle herumgurken«, sagte Canidy.

»Alle Flugzeuge, die wir haben, sind den Staffeln zugeteilt. Sie müssen fliegen, was verfügbar ist.«

»Mir ist es gleichgültig, *welches* ich fliege«, sagte Canidy. »Ich will nur immer *dasselbe* haben.«

»Ich weiß nicht, wie ich das arrangieren kann«, sagte Crookshanks. Er wartete, bis Canidy nickte, und fuhr dann fort: »Heute läuft es folgendermaßen: Sie fliegen Patrouille, bis wir Ihnen eine Meldung von den Bodenbeobachtern funken. Sie werden dann die Meldung überprüfen. Wenn Sie die Position des Feindes festgestellt haben, werden Sie das über Funk melden. Wir sind nicht sicher, ob unsere Kommunikation funktioniert. Deshalb wird Doug mit derselben Information hierhin zurückfliegen, während Sie über Funk die Meldung durchgeben. Sie werden in Sichtweite der japanischen Formation bleiben.«

»Okay«, sagte Canidy. »Und was ist, wenn wir eine Formation sehen, bevor wir vom Boden die Meldung erhalten?«

»Das gleiche. Position, Kurs, Höhe und so weiter feststellen, über Funk melden und Doug sofort herschicken.«

»Okay«, sagte Canidy. »Soll ich die Formation angreifen?«

Ihre Blicke trafen sich. »Handeln Sie nach Ihrer eigenen Einschätzung der Lage«, sagte Crookshanks.

Canidy nickte. Dann trank er seine Kaffeetasse leer.

»Ich sehe Sie dann in zehn Minuten auf dem Flugplatz, Doug«, sagte er.

»Wenn ich zu spät komme, fliegen Sie einfach ohne mich los«, erwiderte Douglass.

Canidy lächelte ihn an. Wenigstens würde er beim ersten Patrouillenflug nicht mit einem verdammten Helden zusammen fliegen, der heiß darauf war, die dreckigen Japse anzugreifen.

Sie entdeckten eine japanische Formation, bevor sie ihnen durch die Bodenbeobachter via Kunming gemeldet wurde.

Sie flogen auf fünfzehntausend Fuß mit Sauerstoffmaske. Sechstausend Fuß unterhalb von ihnen flogen zwei Formationen, jeweils ein Dutzend japanischer Flugzeuge, direkt auf sie zu. Die Entfernung war zu groß, um den Typ der Maschinen zu erkennen, die in unregelmäßigen V-Formationen flogen.

Canidy wackelte mit den Tragflächen und wandte gleichzeitig den Kopf, um zu Doug Douglass zu sehen, der zweihundert Fuß von seiner rechten Tragflächenspitze entfernt flog.

Douglass wackelte ebenfalls mit den Tragflächen und wies nach vorne. Canidy nickte und hielt seine Karte hoch, damit Douglass sie sah. Canidy markierte die Position auf seiner Karte und gab über Funk kurz die Koordinaten durch. Nur die Koordinaten, weder die Höhe noch den Kurs, noch die Fluggeschwindigkeit. Es war unmöglich, diese Daten zu schätzen. Doug Douglass würde ihre Höhe, Geschwindigkeit und den Kurs schätzen und melden müssen, so gut er konnte. Es war möglich, daß die Japaner ihre Funkgeräte auf dieselbe Frequenz eingestellt hatten.

Douglass neigte den Kopf und markierte auf der Karte auf seinem Schoß offenbar die Koordinaten. Dann hob er den Kopf und nickte heftig: okay.

Canidy wies mit dem Daumen seiner rechten Hand über die Schulter: Flieg zurück!

Douglass nickte und drehte nach rechts gen Kunming ab.

Jetzt war Douglass mit der Information fort, und Canidy konnte versuchen, sie über Funk zu melden.

»Kunming«, sagte Canidy in sein Mikrofon. »Morgen-Patrouille. Zwölf einmotorige japanische Flugzeuge auf neuntausend Fuß Höhe, Kurs hundertfünfundsiebzig Grad.«

Er wartete einen Moment, stellte die Frequenz von

neuem ein und wiederholte die Meldung. Auf keinen der beiden Funksprüche gab es eine Antwort.

Er flog mit der P40-B einen langsamen, weiten Bogen, wobei er seine Höhe behielt. Als er die 190-Grad-Wende beendet hatte, waren die Japaner fast genau unter ihm. Er senkte die linke Tragfläche und schaute auf sie hinab. Dann flog er wieder gerade und eine lange 360-Grad-Kurve. Als er sie beendet hatte, waren die japanischen Flugzeuge in einiger Entfernung vor ihm.

Während des Flugs wurden seine Hände in den Handschuhen schweißnaß, und er fror, als die kalte Luft in fünfzehntausend Fuß gegen den Schweiß auf seiner Stirn schlug.

»Scheiße«, murmelte er, schob den Steuerknüppel nach vorne und testete seine Waffen. Die beiden .50er in der Nase vor ihm spuckten Feuer. Die .30er in den Tragflächen konnte er nicht sehen.

Die Visiereinrichtung der P40-B bestand aus einem Fadenkreuz auf einem Podest, das auf dem Rumpf vor der Pilotenkanzel befestigt war, und einem Podest, das sich achtzehn Zoll davor befand. Er visierte das letzte Flugzeug der japanischen Formation an, die dritte Maschine der rechten Seite des V.

Jetzt konnte er das Flugzeug identifizieren. Die Fakten, die er über die Mitsubishi B5M in Rangun gelernt hatte, fielen ihm ein:

1000 PS 14-Zylinder Sternmotor.

Drei Mann Besatzung.

1700 Pfund Bombenladung.

Ein schwenkbares 7,7-mm-MG, ausgerichtet zum Heck. Zwei 7,7-mm-MGs vorne in jeder Tragfläche.

Höchstgeschwindigkeit 520 Stundenkilometer. Reisegeschwindigkeit 320 Stundenkilometer.

Der japanische Bordschütze hatte ihn entdeckt und

lud hektisch sein MG, eine japanische Kopie des Brownings.

Canidy hielt ihn eine Sekunde im Fadenkreuz seines Visiers, hob dann die Nase seiner Maschine, so daß das Fadenkreuz jetzt zwanzig Meter vor die Mitsubishi zeigte, und drückte mit dem Daumen auf den MG-Feuerknopf.

Die .50er feuerten. Der Strom der Leuchtspurgeschosse ging rechts an der Mitsubishi-Maschine vorbei. Aber der Strom der Leuchtspurgeschosse des .30er MGs in seiner linken Tragfläche löcherte den Rumpf genau vor der Seitenflosse. Er sah, wie das Plexiglas der langen, schmalen Kanzel zersprang. Canidy hielt seine Position so lange, wie er das wagte; dann senkte er die Nase weiter hinab, flog zuerst im Sturzflug unter das japanische Flugzeug und dann steil in die Kurve in Sichtschutz der nächsten Wolke.

Als das Grau der Wolke die P40-B einhüllte, ging Canidy in steilen Steigflug und begrüßte das Gefühl, in der Wolke unsichtbar zu sein.

Als die Wolke oben lichter wurde, erkannte er, daß er bereit war, in den Kampf zurückzukehren, jetzt darauf vorbereitet, den Fehlschuß mit dem MG Kaliber .50 wettzumachen. Und er wußte, wie man in der Luft kämpft.

Er würde in den Sturzflug gehen, um Schnelligkeit zu gewinnen, und unter dem Heck des letzten Flugzeugs auftauchen. Das würde die Möglichkeiten der japanischen Bordschützen einschränken. Er konnte noch wenigstens ein Flugzeug abschießen, bevor er abdrehte. Er bezweifelte, daß sie ihn verfolgen würden. Er war schneller.

Es waren jetzt nur drei Maschinen im hinteren V. Das Flugzeug, das er zuerst angegriffen hatte, war aus der Formation verschwunden. Canidy hielt danach Ausschau, konnte es jedoch nicht entdecken. Er änderte seinen ursprünglichen Plan und tauchte statt dessen unter dem vorderen V auf, griff die letzte Maschine der rechten Seite des V an, dann das Flugzeug vor ihm.

Canidy war noch in Position unter diesem Flugzeug, als die .50er in der Nase verstummte, und einen Augenblick später die .30er in den Tragflächen. Er hatte keine Munition mehr! Er ging in Sturzflug nach links, schaute über die Schulter und glaubte Feuer von der Mitsubishi zu sehen, aber er sagte sich, daß es vermutlich seine Auspuffgase waren.

Er flog nach Kunming zurück. Fünf Minuten vor dem Flugplatz sah er zehn P40-B-Maschinen, die paarweise im Steigflug in Richtung der Japaner flogen.

Als er beim Tower um die Landeerlaubnis bat, funktionierte das Funkgerät perfekt.

Einer der eifrigen Krieger der Zweiten Staffel, dem normalerweise das Flugzeug zugeteilt war, das Canidy jetzt flog, erwartete Canidy, als er zu den Splitterschutzwänden rollte. Der Mann hatte seinen Helm aufgesetzt und trug seine Pistole. Jetzt erkannte Canidy, daß er vergessen hatte, den Helm aufzusetzen und die Pistole zu tragen. Der Pilot wollte offenbar hinter den anderen her fliegen, sobald seine Maschine betankt und mit Munition bestückt war. Er mußte enttäuscht werden. Es waren vier Kugellöcher im Rumpf und zwei in der rechten Tragfläche. Es gab keinen Hinweis auf irgendeine Beschädigung der Instrumente oder des Motors, aber John Dolan erklärte entschieden, daß die Maschine nirgendwohin flog, bevor er sie sich genau angeschaut hatte.

Der eifrige Krieger, dem der Spaß eines Luftkampfs versagt blieb, setzte wütend den Helm ab und warf ihn auf den Boden, wodurch das rechte Glas seiner Schutzbrille zu Bruch ging.

Canidy schüttelte den Kopf und ging zur Messe. Crookshanks tauchte in dem Studebaker auf, der Canidy gehört hatte.

Man hatte ihm den Wagen bei der Ankunft in Kunming abgenommen.

Canidy öffnete die Tür an der Beifahrerseite und stieg ein.

»Ich habe mich zweimal über Funk gemeldet«, sagte Canidy und überreichte Crookshanks die Karte. »Beide Male hat niemand geantwortet. Ich habe markiert, wo die Japse waren, als ich sie entdeckte.«

»Sie haben sie entdeckt?« fragte Crookshanks unschuldig.

»Douglass hat sie entdeckt«, korrigierte sich Canidy. »Als ich mit den Tragflächen wackelte, signalisierte er mir das bereits.«

»Haben Sie angegriffen?«

»Ja.«

»Und?«

»Daß wir Dreißiger *und* Fünfziger haben, ist ziemlich blöde, wissen Sie das?« sagte Canidy. »Man eröffnet erst das Feuer, wenn man in Reichweite der Dreißiger ist, was bedeutet, daß man auf den Sicherheitsfaktor verzichtet, den einem die zusätzliche Reichweite der Fünfziger verschafft.«

»Was würden Sie vorschlagen?«

»Alle mit Fünfzigern auszurüsten.«

»Unmöglich.«

»Dann mit zwei Fünfzigern und mehr Munition. Einigermaßen gut über den Lauföffnungen der Dreißiger in den Tragflächen.«

»Es ist kein Platz mehr für Fünfziger-Munition in der Nase.«

»Dann möchte ich immer noch die Dreißiger loswerden«, sagte Canidy. »Mir gefällt es, in der Lage zu sein, auf Leute zu schießen, die mit der Reichweite ihrer Waffen das Feuer nicht erwidern können.«

»Es ist eine Tatsache, Canidy«, sagte Crookshanks, »daß kaum ein Unterschied in der maximalen Reichweite zwischen den beiden Waffen besteht. Jedenfalls kein gravierender.«

»Die Streuung ist unterschiedlich«, wandte Canidy ein. »Auf zweihundert Meter streuen die Dreißiger wie verrückt.«

»Die Fünfziger ebenfalls.«

»Nicht so schlimm wie die Dreißiger«, beharrte Canidy. »Weil das Projektil Kaliber .50 schwerer ist. Und ein Fünfziger-Treffer ist drei- oder viermal so gut wie ein Dreißiger.«

»Ich werde Ihren Vorschlag in Erwägung ziehen, Mr. Canidy«, sagte Crookshanks. »Aber zurück zu meiner ursprünglichen Frage. Was geschah, als Sie angriffen?«

»Sie meinen, ob ich etwas abgeschossen habe? Das bezweifle ich.«

»Aber Sie haben angegriffen. Und wann haben Sie das Gefecht abgebrochen?«

»Als mir die Munition ausging«, sagte Canidy.

Crookshanks setzte ihn am ›Hotel‹ ab. Canidy ging in den Offiziersclub. Es war niemand anwesend. Sie sind alle in der Luft, sagte er sich, oder im Funkschuppen und holen sich ihren Kitzel, indem sie dem Funkverkehr lauschen.

Der Barkeeper, ein chinesischer Christ von der Missionarsschule, tauchte auf.

»Ich hätte gern einen Scotch«, sagte Canidy. »Einen doppelten Doppelten.«

»So früh, Sir?«

»Nur den Scotch bitte«, sagte Canidy. »Keine Moralpredigten.«

Er trank einen großen Schluck und einen Augenblick

später noch einen. Dann verlängerte er den Rest mit Wasser und setzte sich an einen Tisch, um eine alte Ausgabe von *Life* zu lesen.

Und dann, ganz plötzlich, wurde ihm übel. Er schaffte es kaum bis zur Toilette, bevor er alles erbrach, was er zum Frühstück gegessen hatte.

Er schaute auf seine Armbanduhr. Viertel vor zehn.

7

Crookshanks bestellte Canidy um 19 Uhr 30 zu sich. Er schob ihm ein Lederetui über den Schreibtisch zu. Es war geöffnet, und es enthielt irgendeine Medaille.

»Was ist das?«

»Das ist der Orden des Wolkenbanners«, sagte Crookshanks. »Den ich vor ein paar Wochen erhielt, um ihn dem ersten Piloten zu verleihen, der einen Sieg errungen hat.«

»Die anderen haben welche erwischt, nicht wahr?«

»Wir haben sechs von acht abgeschossen«, sagte Crookshanks.

»Da fühle ich mich ziemlich unfähig«, sagte Canidy. »Haben Sie mich deshalb herbestellt, um mich darauf hinzuweisen?«

»Ich habe Sie herbestellt, um Ihnen die Medaille zu überreichen«, sagte Crookshanks. »Ich bezweifelte, daß Sie eine Parade wünschen.«

»Ich habe einen Vogel heruntergeholt?« sagte Canidy überrascht.

Crookshanks nickte.

»Das ist ein Ding!« sagte Canidy. »Sind Sie sicher?«

»Wir sind sicher«, antwortete Crookshanks. »Es

wurde vom Boden aus beobachtet. Wir haben Trümmer von allen Maschinen gefunden.«

»Von *allen?*« fragte Canidy. »Ah, Sie meinen die anderen fünf.«

»Ja. Ihre fünf und das andere.«

Canidy schaute ihn an, um sich zu vergewissern, daß er richtig gehört hatte.

»Sie sind überrascht, nicht wahr?« fragte Crookshanks.

»Ich habe mich keine Sekunde länger dort aufgehalten als nötig«, sagte Canidy. »Ja, ich bin überrascht.«

»Sie meinen, es war Glück?«

»Klar war es Glück«, sagte Canidy. »Was denn sonst?«

»Das wird Sie etwas kosten«, sagte Crookshanks.

»Wieso?«

»Ich möchte, daß Sie zu den anderen reden, damit sie vielleicht auch Glück haben.«

»Ich ernte vermutlich soviel Gelächter wie Groucho Max.«

»Das war ein Befehl, Canidy, kein Vorschlag«, sagte Crookshanks.

»In diesem Fall, jawohl, Sir, Commander Crookshanks, Sir.«

»Und weil Sie Befehle so mustergültig, fröhlich bereitwillig befolgen wie kein anderer, Mr. Canidy, habe ich mich entschieden, Sie auch persönlich zu belohnen.«

»Ich möchte mein eigenes Flugzeug.«

»Das hatte ich im Sinn«, sagte Crookshanks.

»Danke«, sagte Canidy.

»Aber ich befürchte, die Sache hat einen Haken.«

»Welchen?«

»Martin Farmington kehrte heute nicht zurück«, sagte Crookshanks.

»Ich kannte ihn nicht.«

»Er war der Kommandant der Ersten Staffel«, sagte Crookshanks. »Ich wollte Ihnen seinen Job geben.« Als Canidy nichts sagte, fügte Crookshanks hinzu: »Das sind weitere fünfundsiebzig Dollar pro Monat.«

»Okay«, sagte Canidy.

Martin Farmington kehrte früh am nächsten Morgen auf dem Karren eines Bauers nach Kunming zurück, rechtzeitig, um beim Frühstück als Held gefeiert zu werden. Er hatte sein Flugzeug bei einer Bruchlandung demoliert, aber abgesehen von ein paar Kratzern und einem Schnitt am Arm von einem scharfen Stück Plexiglas der Pilotenkanzel war er unverletzt.

Canidy bereitete seinen Flugplan vor, als Crookshanks zu ihm kam.

»Sie fliegen nicht«, kündigte er an. »Kann Bitter die Patrouille übernehmen?«

»Klar. Aber warum fliege ich nicht?«

»Weil ein Fernschreiben von Chennault eingetroffen ist. Er fliegt mit irgendeinem hohen Tier her. Sie wollen mit Ihnen reden.«

»Er will doch keinen Film über diese Medaille drehen, oder?« fragte Canidy.

»Ich weiß nur, was in dem Fernschreiben steht«, sagte Crookshanks. »Und zwar ›Halten Sie Canidy bis auf weiteres auf dem Boden‹.«

X

1
Kunming, China

21. Dezember 1941

Dick Canidy beobachtete, wie Brigadier General Claire Chennault von seiner Twin-Beech über das Rollfeld zu ihm und Commander Crookshanks kam.

Chennault trug eine Jacke aus Pferdefell, Ledermütze mit Besatz, aus der die Versteifung der Krone entfernt worden war, und eine Sonnenbrille. Ein .45er hing tief wie der Sechsschüsser eines Cowboys an seiner Hüfte. Dazu trug er Wellington-Stiefel. Es war die Uniform eines Jagdfliegers, und Chennault war berechtigt, sie zu tragen. Er hatte ein Buch geschrieben. Tausend Jagdflieger des Army Air Corps, des Marine-Corps und der Navy – einschließlich Ensign Richard Canidy – waren nach den Theorien ausgebildet worden, die Chennault in *Das Jagdfliegen* geschildert hatte. Chennault war der anerkannte Experte.

Aber Chennault hat nie ein Flugzeug abgeschossen, dachte Canidy. *Ich habe das. Wenn Crookshanks Beobachtern geglaubt werden kann, habe ich fünf Flugzeuge abgeschossen und bin deshalb ein As. Da wir erst seit zwei Wochen im Krieg sind, ist es durchaus möglich, daß ich bis jetzt das einzige As bin.*

Nach allem, was er gehört hatte, waren die Jagdflugzeuge auf den Philippinen und den hawaiianischen Inseln vom Himmel gefegt worden.

Er fragte sich, was Chennault mit ihm anfangen wollte, und zum ersten Mal zog er in Betracht, daß es etwas mit den gestrigen Aktionen zu tun haben konnte. Die amerikanische Öffentlichkeit konnte weiß Gott einige gute Nachrichten brauchen, sagte er sich. Daß ein Amerikaner bei seinem ersten Feindflug fünf Japaner abgeschossen hatte, war eine gute Nachricht. Deshalb war es durchaus möglich, daß er herumgezeigt werden würde. Diese Annahme wurde anscheinend bestätigt, als er den Zivilisten mit Aktentasche in Chennaults Begleitung sah. Der Mann war Amerikaner; eindeutig keiner der AVG-Zivilisten, und er war ebenso eindeutig kein Soldat in Zivilkleidung. Er wirkte auf Canidy wie ein Bürokrat. Ein wenig übergewichtig, blaß und mehr als ein wenig wichtigtuerisch.

Crookshanks grüßte schneidig, als sich Chennault näherte, und Canidy folgte seinem Beispiel.

»Guten Morgen, General«, sagte Crookshanks. »Dies ist Lieutenant Canidy.«

Chennault gab Canidy die Hand.

»Canidy ist einer der Männer, die ich selbst rekrutiert habe«, sagte er. »Wie geht es Ihnen, Canidy? Was ist das für ein Gefühl, unser erstes As zu sein?«

»Ich bin mir nicht ganz sicher, ob die Chinesen zählen können, General«, erwiderte Canidy.

»Oh, das können sie.« Chennault lachte. »Verdammt gut gemacht, Sohn.«

»Danke, Sir«, sagte Canidy.

»Dies ist Mr. Baker«, sagte Chennault. »Commander Crookshanks und Lieutenant Canidy.«

Sie schüttelten sich die Hände.

»Wir müssen uns irgendwo ungestört unterhalten«, sagte Chennault.

»Wäre mein Büro in Ordnung, General?« fragte Crookshanks.

»Wenn wir jeden rauswerfen und Kaffee haben können«, sagte Chennault.

»Selbstverständlich, Sir«, versicherte Crookshanks.

Als sie zu dem Gebäude gingen, in dem sich Crookshanks' Büro befand, beobachtete Canidy amüsiert, daß Crookshanks den kleinen militärischen Tanz aufführte, den Rangniedrigere aufführen, um mit ihren Vorgesetzten Schritt zu halten.

Als Kaffee und Gebäck serviert waren, kam Baker zur Sache.

»Was hier gesagt wird«, kündigte er an, »bleibt in diesem Büro. Ich möchte, daß Sie beide das verstehen.«

»Jawohl, Sir«, sagte Crookshanks, und Canidy nickte.

Baker öffnete seine Aktentasche, nahm ein Kuvert heraus und reichte es Crookshanks.

»General Chennault hat das gesehen«, sagte Baker zu Crookshanks, während der las.

Was immer es ist, dachte Canidy, *es beeindruckt Crookshanks höllisch.*

Als Crookshanks zu Ende gelesen hatte, gab er das Schreiben Canidy.

Es war nicht lang, aber es war wirklich beeindruckend.

THE WHITE HOUSE
WASHINGTON, D.C
8. Dezember 1941

Mr. Eldon C. Baker führt eine vertrauliche Mission von höchster Priorität auf meine persönliche Anweisung durch.
Militärische und zivile Agenturen der Vereinigten Staaten sind angewiesen, ihm jedwede

> Unterstützung zu gewähren, die er wünscht. Militärische und zivile Agenturen der Alliierten Streitkräfte werden gebeten, dies ebenfalls zu tun.
>
> Franklin D. Roosevelt

Canidy schaute Baker an.

»Hat das etwas mit mir zu tun?« fragte er.

»Ich bin von Washington hergekommen, um mit Ihnen zu sprechen, Mr. Canidy«, sagte Baker.

»Ich nehme an, Sie meinen den falschen Mann«, erwiderte Canidy. »*Dieser* Canidy ist ein ehemaliger Navy Lieutenant Junior Grade, der jetzt für General Chennault fliegt.«

»Ich weiß, wer Sie sind, Mr. Canidy«, sage Baker. »Sie waren mit Mr. Chesley Whittaker bekannt, glaube ich?«

»Ja«, sagte Canidy.

»Ich bedaure, Ihnen sagen zu müssen, daß Mr. Whittaker tot ist«, sagte Baker. »Er erlitt am siebten Dezember einen Schlaganfall.«

»Sie sind nicht nach China gekommen, um mir das zu sagen.«

»Ich habe das gesagt, um Ihnen vor Augen zu führen, daß ich weiß, wer Sie sind«, sagte Baker. »Ich bin nach China gekommen, um Sie für eine wichtige Mission zu rekrutieren.«

»Für welche Mission?«

»Das kann ich noch nicht genauer sagen«, erwiderte Baker.

»Na prima«, sagte Canidy und verdrehte die Augen.

»Diese Mission ist von großer Bedeutung für den Krieg, und sie birgt ein hohes Maß an Risiken in sich.«

»Aber Sie sagen mir nicht, worum es sich handelt?« fragte Canidy.

»Mensch, Canidy«, blaffte Crookshanks, »dieser Brief ist vom Präsidenten!«

»Das habe ich gesehen«, blaffte Canidy zurück. Er schaute Baker an. »Ein Job, bei dem ich fliege?«

»Das darf ich nicht sagen«, erwiderte Baker.

»Ich kann mir nicht vorstellen, was es sonst sein könnte«, dachte Canidy laut. Dann fügte er hinzu: »Ich habe einen Jahresvertrag mit der AVG. Vermutlich macht das nichts, oder?«

»Was Sie tun würden, hält man für wichtiger«, sagte Baker.

»Würde ich hierhin zurückkommen?«

»Das wurde nicht entschieden«, sagte Baker. »Höchstwahrscheinlich nicht.«

»Ist Ihnen klar, daß meine einzige Fähigkeit als Beitrag zum Krieg das Fliegen ist?«

Baker nickte.

»Wenn Sie mir nicht mehr über die Mission sagen, lautet meine Antwort nein«, sagte Canidy.

»Canidy«, sagte Chennault, »Roosevelt hätte Mr. Baker nicht hergeschickt, wenn es nicht verdammt wichtig wäre.«

»Colonel Donovan hat mich darauf vorbereitet, daß Canidy Schwierigkeiten machen könnte«, sagte Baker lächelnd.

Das überraschte Canidy. Er wußte, daß Donovan ›Pst-pst-Arbeit‹ für den Präsidenten erledigte. Baker gab ihm damit eine versteckte Botschaft. Canidy blickte schnell zu Chennault und Crookshanks. Ihre Gesichter zeigten keinerlei Anzeichen darauf, daß sie Donovan kannten.

»Wie geht es dem Colonel?« fragte Canidy trocken.

»Er läßt grüßen«, erwiderte Baker. »Er hofft, bald mit Ihnen zu Abend zu essen.«

Das bezweifelte Canidy. Aber er verstand den Hinweis, daß er in die Staaten zurückkehren würde, wenn er Baker folgte.

»Das wäre schön«, sagte Canidy sarkastisch.

Was ist mit mir los? dachte er. *Mal abgesehen von der heroischen Verteidigung des Vaterlandes habe ich die Wahl, entweder hierzubleiben, wo ich wahrscheinlich abgeschossen werde und falle, oder auf das einzugehen, was dieser Knabe im Ärmel hat. Es besteht die Chance, daß die neue Verwendung weniger gefährlich ist als meine jetzige. Vielleicht braucht Donovan einen Piloten, und ich bin einer. So einfach könnte das sein.*

An dieser Theorie war falsch, daß der Präsident keinen hohen Bürokraten um die halbe Welt schicken würde, um einen Piloten zu rekrutieren.

»Können Sie mir sagen, was mein Status wäre?« fragte Canidy.

»Oh, Sie meinen, wer Sie bezahlt?« fragte Baker. »Sie wären ziviler Angestellter der US-Regierung. Sie würden mindestens soviel verdienen wie jetzt. Einschließlich der Prämien, die Sie sich gestern verdienten, wie ich hörte.«

Zum Teufel, was soll's? dachte Canidy.

»Also gut«, sagte er. »Warum nicht?«

Baker nickte.

»Wann spielt sich das alles ab?« fragte Canidy.

»Sie reisen mit General Chennault und mir zurück«, sagte Baker. »Da stellt sich die Frage, wie wir hier ihre Abreise erklären.«

»Wer neugierig ist, soll Crookshanks fragen, warum ich abhaue.«

»Wir können Ihren Kameraden nicht sagen, was wir tun«, erklärte Baker. »Wir müssen also irgendeine glaubwürdige Erklärung finden, warum Sie plötzlich verschwinden, noch dazu, nachdem Sie einen Tag zuvor ein As wurden und eine Medaille erhielten.«

»Das Wolkenbanner ist nicht allgemein bekannt«, sagte Crookshanks. »Die einzige Person, die davon weiß, ist Canidys Flügelmann Douglass.«

»Ist das Douglas Douglass?« fragte Baker, und sein Gesicht hellte sich auf.

»Ja«, bestätigte Crookshanks. Es überraschte ihn, daß Baker das wußte.

»Sie werden verbreiten, daß ich Douglass besucht habe«, sagte Baker. »Um ihm ein Päckchen von seinem Vater zu bringen. Warum ist Canidys Medaille nicht allgemein bekannt?«

»Douglass hat vorgeschlagen, es noch nicht an die große Glocke zu hängen«, sagte Crookshanks. »Ich wollte Canidy zum Staffelkommandanten ernennen und diese Ankündigung mit der Geschichte seines Könnens und der Medaille verknüpfen.«

Baker nickte.

Er denkt angestrengt nach, dachte Canidy. *Man kann fast seine grauen Zellen arbeiten hören.*

»Ich habe einen etwas unerfreulichen Vorschlag«, sagte Baker schließlich. »Ich halte es für nötig, daß Canidy China unehrenhaft verläßt. Die Leute neigen dazu, weniger über Feiglinge zu reden als über Helden. Folglich werden wir die Vergangenheit ein wenig verbiegen müssen. Es wird verbreitet, daß Canidy gestern feige die Flucht ergriff und Sie ihn folglich abgelöst und heimgeschickt haben.«

»Das Leben eines Helden ist kurz«, bemerkte Canidy.

»Ich bezweifle, daß Douglass da mitspielt«, sagte Crookshanks.

»Ich habe einen Brief von seinem Vater dabei«, sagte Baker. »Darin bittet er ihn, alles zu tun, was ich von ihm verlange.«

»Sein Vater ist Commander der Navy, nicht wahr?« fragte Chennault.

»Captain«, korrigierte Baker.

»Und er arbeitet mit Ihnen zusammen?« fragte Canidy.

Baker ignorierte die Frage. »Wenn wir dies durchziehen«, sagte er nachdenklich, »wird Canidy überhaupt nichts erklären müssen. Er wird einfach hier raus und zum Flugzeug gehen und verschwinden. Danach kann Douglass sagen, er weiß nicht, was passiert ist.«

»Ist das wirklich nötig?« fragte Chennault.

Baker ignorierte auch die Frage des Generals.

»Es liegt jetzt an Ihnen«, sagte Baker. »Ich bin offen für andere Vorschläge.«

Canidy überlegte kurz, bevor er antwortete.

»Es ist mir ziemlich egal, was die Leute über mich denken.«

»Mr. Crookshanks«, sagte Baker, »würden Sie bitte Douglass holen lassen?«

2

Ksar es Souk, Marokko

22. Dezember 1941

El Ferruch stellte überrascht fest, daß Eric Fulmar überhaupt nicht unglücklich im Palast in Ksar es Souk war. Er hatte damit gerechnet, das Leben mitten in der Wüste würde ihn langweilen, und er würde sofort versuchen, ihn zu überreden, nach Rabat gebracht und in die Obhut des amerikanischen Konsulatspersonals übergeben zu werden.

Er mußte natürlich rund um die Uhr beobachtet werden, falls er sich anders besann und das Risiko einging, auf eigene Faust nach Rabat zu verschwinden. In diesem Fall würde er einen Wagen stehlen und sein Ehrenwort brechen müssen, und das hielt el Ferruch für unwahrscheinlich. Aber er war ein vorsichtiger Mann, und es war nicht schwierig, Eric ›zu seinem eigenen Schutz‹ von den Berbern diskret beobachten zu lassen.

Da sie das Hotel d'Anfa nicht mit Koffern hatten verlassen können, war Erics einzige westliche Kleidung diejenige, die er unter seinem Burnus getragen hatte. Im Palast in Ksar es Souk blieb ihm nichts anderes übrig, als marokkanische Kleidung zu tragen, und vom dritten Tag an hatte er sich – ungewollt – einen Bart wachsen lassen. Sein moderner amerikanischer Sicherheits-Rasierapparat war mit seiner Kleidung in Casablanca geblieben, und er hatte sich el Ferruchs alten englischen Rasierapparat geliehen. Ein Schnitt in die Wange hatte gereicht, um ihn zu ermuntern, sich einen Bart wachsen zu lassen.

Bald gefiel ihn jedoch sein goldblonder Bart, und er rasierte ihn nicht ab, als seine Sachen schließlich aus Casablanca eintrafen. Und weil er es lustig fand, trug er weiterhin marokkanische Kleidung.

Sie standen früh am Morgen auf, wenn es noch ziemlich kühl war, stiegen auf Pferde und jagten (Wachteln mit Schrotflinten und Hunden, und eine Art Wildschwein mit Maschinenpistolen, die sie sich von den Wachen liehen), bis die Sonne aufging und die Temperatur schnell anstieg. Dann kehrten sie zum Palast zurück und verbrachten den Rest des Tages tief im Inneren, wo die dicken Wände die Hitze abhielten.

Eines Nachmittags stieß Fulmar in der kleinen Sammlung von europäisch-sprachigen Büchern, die el Ferruch von seinem Vater geerbt hatte, auf ein Buch von T.E. Lawrence. Darin war ein vergilbtes Foto von

Lawrence abgebildet, der arabische Kleidung trug und als Anführer eines Reitertrupps stolz auf einem Pferd saß.

»Du wirst mich fortan als Lawrence der Zweite bezeichnen und mit dem entsprechenden Respekt behandeln«, sagte Fulmar und zeigte el Ferruch das Buch.

»Als die Türken Lawrence gefangennahmen, verkehrten sie anal mit ihm«, erwiderte el Ferruch.

»Das ist nicht dein Ernst«, sagte Fulmar angewidert.

»Doch«, sagte el Ferruch. »Und schließlich brachte er sich selbst um, weil er betrunken Motorrad fuhr.«

»Vergiß, daß ich das zur Sprache gebracht habe«, sagte Fulmar und lachte.

El Ferruch dachte – sprach es jedoch nicht aus –, daß man Eric auf einem Hengst mit wallendem Burnus, einer MPi und Patronengurten eher zutraute, es mit der türkischen Armee aufzunehmen als Lawrence, der ein kleiner, schmächtiger und kränklicher Schwuler gewesen war.

In seiner Rolle als Pascha von Ksar es Souk mußte el Ferruch jeden Nachmittag seine Untertanen in der Haupthalle des Palastes empfangen. Er saß auf Kissen und trank Tee (und bot welchen an), während er sich Klagen seiner Berber anhörte und ihnen die Genehmigung (oder Ablehnung) für Ehen und/oder geschäftliche Transaktionen gab. Nach diesen Audienzen wertete er mit Ahmed Mohammed die Informationen aus, die dabei herausgesprungen waren, und schickte täglich eine Zusammenfassung an Thami el Glaoui in Marrakesch.

Während el Ferruch mit dem beschäftigt war, was Fulmar sarkastisch, jedoch nicht ganz falsch die Erledigung seiner König-Salomon-Pflicht bezeichnete, betätigte Fulmar sich als Elektriker. Umgeben von einer

Horde Berber, die ihn andächtig bewunderten, weil er mit elektrischen Dingen (ohne Strom) umgehen konnte, von denen sie (mit Strom) einen Schlag erhielten, übte er den Beruf aus, den er in Deutschland gelernt hatte, ging durch den Palast und tat sein Bestes, um zu verbessern, was er das elektrische System Edison Modell Nummer 1 nannte.

Dazu benötigte er Kupferdraht, Transformatoren, Schalter und andere Elektroartikel. Die Berber waren natürlich bereit – sogar entzückt –, das nötige Material beizusteuern, indem sie es bei den Franzosen und Deutschen stahlen. Nachdem sie jedoch wiederholt die falsche Ausrüstung angeschleppt und einige von ihnen einen Schlag erhalten hatten, weil sie die falschen Drähte angefaßt hatten, bat Fulmar um die Erlaubnis, sie bei ihren nächtlichen Beutezügen zu begleiten.

Zuerst wollte el Ferruch nein sagen. Aber dann wurde ihm klar, daß Fulmar fließend Arabisch sprach. Er war zwar kein Berber, doch mit seinen blauen Gewändern, dem blonden Bart und der tiefgebräunten Haut konnte man ihn für einen halten.

»Nur Diebstahl, Eric«, sagte el Ferruch. »Und zwar diskret. Nicht den Eindruck erwecken, daß das Gestohlene für Sabotagezwecke benutzt wird. Laß sie denken, daß der Draht gestohlen wurde, um ihn zu Kupfer einzuschmelzen.«

Fulmar nickte.

»Wenn es jedoch später nötig sein sollte, die Elektrooder Telefonsysteme zu sabotieren, wäre ich sehr interessiert daran, zu wissen, wie das am besten gemacht wird.«

»Ich zeichne die Schaltungen und Leitungen auf«, sagte Fulmar. »Das ist überhaupt kein Problem. Und ich kann ihre Telefonleitungen anzapfen, wenn du willst. Oder ihre Telegraphen und Fernschreibleitungen. Du würdest einen Fernschreiber brauchen, wenn ich diese Leitungen anzapfe, oder einen Telegraphendrucker. Aber wir können ihre Telefonate sehr leicht mithören.«

»Und sie wissen nichts davon?«

»Ich habe in Marburg studiert«, sagte Fulmar. »Erinnerst du dich? Eigentlich sollte ich jetzt Herr Doktor Fulmar, Elektroingenieur, sein.«

Sidi el Ferruch ritt mehrere Male mit Fulmar auf nächtliche Beutezüge, bei denen sie Kupferdraht und Transformatoren stahlen, und Fulmar bewies, daß er konnte, was er versprochen hatte.

Als Belohnung befriedigte el Ferruch Fulmars Neugier über seine Frauen, die Fulmar nie gesehen hatte. Er nahm ihn mit in den Flügel, in dem die Frauen des Palastes wohnten, und hinter einem vergitterten Fenster durfte Fulmar sie unverschleiert sehen. Sie saßen beisammen und nähten.

»Und sie sind beide schwanger?« fragte Fulmar.

El Ferruch nickte.

»Und so werden sie den Rest ihrer Lebens verbringen? Mehr haben sie nicht vom Leben?«

»Das ist alles, was sie davon erwarten«, sagte el Ferruch.

»Gerade wenn ich meine, ich begreife allmählich die Dinge, wird mir klar, daß ich überhaupt nichts verstehe«, sagte Fulmar.

»Der Koran sagt, dies ist der Beginn der Weisheit.«

3
Washington, D.C.

31. Dezember 1941

Canidy und Baker reisten neun Tage von Kunming, China, nach Washington, D.C. Und seit sie Kunming verlassen hatten, waren sie praktisch ständig zusammen gewesen. Dennoch wußte Canidy bei der Ankunft in der Union Station in Washington nicht mehr über das, was man von ihm erwartete, als beim Verlassen von Kunming. Baker wußte den Mund zu halten. Er gab auch keinen Hinweis darauf, daß ihr Endziel Jimmy Whittakers Haus in der Q Street war, bis ihr Taxi vor dem Tor in der Mauer hielt.

»Unter glücklicheren Umständen würde ich mich freuen«, sagte Canidy.

Er fragte sich, was aus Jimmy geworden war. Er hatte gehört, daß das Air Corps auf den Philippinen in den ersten paar Tagen nach Pearl Harbor praktisch ausgelöscht worden war und man den Piloten, die überlebt hatten, Gewehre in die Hand gedrückt und sie zu Infanteristen erklärt hatte.

Der arme Kerl.

Canidy rief sich ihr letztes Beisammensein in Washington in Erinnerung, als sie sich betrunken hatten und Jimmy ihm erzählt hatte, daß er Cynthia Chenowitch liebte – obwohl sie mit seinem Onkel schlief.

Als Canidy nach Baker aus dem Taxi stieg, sah er, daß zwei Typen, die wie Polizisten in Zivil wirkten, in einem schwarzen Chevrolet saßen, der am Bordstein parkte. Ein dritter Polizist in Zivil kam zu ihnen.

Baker nahm ein Etui aus der Tasche seines Jacketts, klappte es auf und zeigte es dem Polizisten. Der Mann leuchtete Bakers Gesicht mit einer kleinen Taschenlampe an.

»Wir wußten nicht, daß Sie kommen«, sagte der Polizist.

»Wir sind soeben eingetroffen«, erwiderte Baker.

Der Polizist öffnete das Tor, hielt es auf und ließ sie passieren.

Candy fragte sich flüchtig, was nach Chesty Whittakers Tod aus Cynthia geworden war. Das Haus war offenbar unter Kontrolle von Colonel Donovan, und sie wohnte wahrscheinlich nicht mehr in dem Apartment über der Garage.

Ein grauhaariger Schwarzer, den Canidy nicht kannte, öffnete die Haustür, begrüßte Baker mit Namen und führte sie dann zur Bibliothek.

»Wenn Sie hier warten, Gentlemen, wird gleich jemand zu Ihnen kommen.«

Die Einrichtung war unverändert, und Canidy sagte sich, daß vielleicht der Whisky aufbewahrt wurde, wo er früher gewesen war. Er öffnete den antiken Schrank. Baker schaute interessiert zu, sagte jedoch nichts. Im Schrank standen Whisky und ein paar Flaschen Sodawasser.

»Scotch und Soda?« fragte Canidy.

Baker nickte. Canidy schenkte ein, gab Baker eines der beiden Gläser und setzte sich dann in einen der Ledersessel beim Kamin.

Ein paar Minuten später kam Cynthia Chenowitch in die Bibliothek. Sie trug einen Morgenmantel und wirkte verschlafen.

»Hallo, Canidy«, sagte sie. »Willkommen in der Heimat. Ich sehe, du hast den Whisky gefunden.«

»Hallo, Cynthia«, sagte Canidy. »Wie geht's?«

Es überraschte ihn, sie zu sehen.

Cynthia reichte ihm die Hand. Sie war weich und warm, und ihre Brüste bewegten sich unter dem Morgenmantel unbehindert. Sie war eine sehr sexy Frau. Es wäre schön, sie aus diesem Morgenmantel herauszubekommen.

Jimmy hat mir gesagt, daß er sie liebt, dachte Canidy. *Nur ein Dreckskerl würde versuchen, die geliebte Dame seines besten Freundes zu vögeln. Ergo bin ich ein echter Dreckskerl.*

Er blickte zu Baker und sah ihm an, daß er ebenfalls Cynthia Chenowitchs BH-losen Busen und ihre anderen körperlichen Reize bewunderte.

»Du bist anscheinend nicht sehr überrascht, mich zu sehen«, sagte sie.

»Mich überrascht nichts mehr sehr«, erwiderte Canidy.

»Wir wußten nicht, wann Sie eintreffen«, sagte Cynthia zu Baker. »Als wir zum letzten Mal etwas über euch hörten, wart ihr in Lissabon.«

»Wir?« fragte Canidy. »Bist du beteiligt an dem, was auch immer hier läuft?«

»Mrs. Whittaker hat das Haus dem Colonel für die Dauer des Krieges überlassen«, sagte Cynthia.

»Das war nicht meine Frage«, sagte Canidy.

»Das weiß ich.« Cynthia schaute Baker an. »Nun, Sie werden müde sein. Er ist hier. Sie können heimfahren.«

»Ja, Eldon«, sagte Canidy. »Machen Sie einen Spaziergang. Die Lady und ich wollen allein sein.«

Weder Cynthia noch Baker wirkten belustigt.

»Ist der Captain am Morgen zu sprechen?« fragte Baker.

»Nach neun«, sagte Cynthia.

»Dann werde ich hier sein«, sagte Baker. »Ist ein Wagen da?«

»Ja. Brauchen Sie einen Fahrer?«

»Bitte.«

»Ich glaube, der Fahrer ist in der Küche«, sagte Cynthia.

»Dann lasse ich mich heimfahren.« Baker erhob sich. »Gute Nacht, Canidy. Gute Nacht, Cynthia.«

»Gute Nacht, gute Nacht«, sagte Canidy fröhlich. »Es ist ein Jammer, Sie endlich loszuwerden, Eldon.«

»Er gehört Ihnen, Cynthia«, sagte Baker und ignorierte Canidy.

»Völlig«, sagte Canidy. »Mit Herz und Seele und allem.«

»Ach, halt den Mund, Dick«, sagte Cynthia, konnte jedoch ein Lächeln nicht ganz unterdrücken.

»Das mit Mr. Whittaker tut mir leid«, sagte Canidy, nachdem er sich vergewissert hatte, daß Baker außer Hörweite war.

»Es war ein Schlaganfall. Am Tag, als der Krieg begann.«

»Ich weiß, wieviel er dir bedeutet hat«, sagte Canidy.

»Wie meinst du das?« fragte sie.

»Einfach wie es klang«, erwiderte er. »Hat es irgendeine Nachricht von Jimmy gegeben?«

»Kein Wort«, sagte Cynthia. »Nur einen Brief an seine Tante, den er ungefähr eine Woche vor dem Krieg schrieb.«

Sie wirkte echt besorgt.

»Was ist hier los?« fragte Canidy.

»Ich nehme an, du wirst morgen diese Frage stellen können«, erwiderte Cynthia.

»Und welche Rolle spielst du bei alldem?«

»Kann ich dir etwas holen?« fragte sie und ignorierte die Frage. »Etwas zu essen?«

»Ich habe im Zug ein belegtes Brötchen gegessen«, sagte er. »Ich habe gefragt, welche Rolle du spielst.«

»Ich habe befürchtet, daß es problematisch mit dir werden wird. Kann es nicht bis morgen warten, Dick?«

»Und wenn ich nein sagte, würdest du ›es muß warten‹ sagen, richtig?«

»Ja.« Sie lächelte spitzbübisch. »Kann ich dir jetzt irgendwas anbieten? Oder dich zu deinem Zimmer bringen?«

»Gibt es ein Telefon in meinem Zimmer?«

»Warum?«

»Ich möchte meinen Vater anrufen.«

»Das darfst du nicht«, sagte sie. Als sie seine Miene sah, sprach sie hastig weiter. »Du bist hier gewissen Beschränkungen ausgesetzt, Dick. Man wird es dir am Morgen detailliert erklären. Bis dahin darfst du weder telefonieren noch Post aufgeben ...«

»Verdammt noch mal, das ist ja lächerlich!« sagte Canidy wütend.

»So ist es nun mal«, sagt Cynthia. »Es tut mir leid.«

Er ging zur Tür der Bibliothek. »War nett, dich wiederzusehen, Cynthia.«

»Und du darfst das Haus nicht verlassen«, sagte sie.

Er blieb abrupt stehen. »Diese Cops bewachen es, meinst du?«

»Dick, ich kann dir eine Leitung außerhalb des Hauses besorgen, wenn du deinen Vater anrufen willst«, sagte Cynthia. »Vorausgesetzt, du sagst ihm nicht, daß du hier bist. Nur um ihn zu begrüßen, das ist alles. Und ich muß mithören. Wenn du etwas sagst, das du nicht sagen sollst, werde ich die Leitung unterbrechen.«

Er schaute sie an, machte kehrt und ging zu ihr.

»Ich will ihn nur wissen lassen, daß ich in den Staaten bin«, sagte er. »Kann ich das tun?«

»Klar«, sagte sie. »Gib mir eine Minute Zeit, um die Verbindung herzustellen; dann nimm den Hörer des Nebenapparats hier ab. Du hast die Telefonnummer?«

»Natürlich.«

»Okay, warte eine Minute und hebe dann ab«, sagte Cynthia und verließ die Bibliothek.

Als er den Telefonhörer abhob, war sein Vater am anderen Ende der Leitung.

Er sagte ihm, daß er wieder in den Vereinigen Staaten und in Sicherheit war. Aber er hatte keine Ahnung, wann er Urlaub bekommen konnte, um heimzukehren.

»Das FBI hat mich aufgesucht«, sagte sein Vater. »Sie haben allerhand Fragen über dich und Eric Fulmar gestellt. Hast du eine Ahnung, was das alles zu bedeuten hat?«

»Nein, Dad«, sagte Canidy. »Vielleicht hält man ihn für einen Spion in Marokko.«

»Ich habe ihnen versichert, daß es keinen Zweifel an seinem Patriotismus oder seinem Charakter gibt.«

Als Dick sich von seinem Vater verabschiedet hatte, tauchte Cynthia an der Tür der Bibliothek auf.

»Komm«, sagte sie, »ich zeige dir dein Zimmer.«

Er folgte ihr die Treppe hinauf.

An einer Zimmertür gegenüber vom Elternschlafzimmer legte Cynthia eine Hand auf seinen Arm.

»Dick, ich bin wirklich froh, daß du heil aus China zurückgekehrt bist«, sagte sie. Und dann überraschte sie ihn, indem sie ihn auf die Wange küßte. »Gute Nacht«, sagte sie. »Ein gutes neues Jahr.«

Der Kuß bedeutete zweierlei: Sie mochte ihn. Und sie würde nicht mit ihm schlafen. Er war schon auf diese platonische Art geküßt worden.

4
Washington, D.C.

1. Januar 1942

Eine Hand rüttelte Canidy an der Schulter. Er erwachte und sah einen rotgesichtigen Chief Petty Officer vor sich, der einen Becher mit Kaffee in der Hand hielt.

»Guten Morgen, Mr. Canidy«, sagte er. »Ich bin Chief Ellis. Ich dachte mir, daß Sie einen Kaffee möchten. Sobald Sie es ermöglichen können, erwartet man Sie.«

»Danke«, sagte Canidy. Er schaute auf seine Armbanduhr. Neun Uhr. »Wer ist ›man‹?«

»Der Captain, Mr. Baker und Miss Chenowitch«, sagte Ellis.

Fünf Minuten später folgte Canidy Ellis in das Eßzimmer. Cynthia Chenowitch trug Pullover und Rock, und ihr Anblick erinnerte ihn schmerzlich an ihren platonischen Kuß. Doug Douglass' Vater war in Uniform, und Baker trug einen Straßenanzug.

»Willkommen daheim«, sagte Douglass und schüttelte Canidy die Hand mit festem Händedruck. »Ich bin Captain Peter Douglass.«

»Guten Tag, Sir«, sagte Canidy.

Douglass schob eine Schachtel über den Tisch zu ihm.

»Das gehört Ihnen«, sagte er. »Sie haben das zurückgelassen. Doug hat es mir geschickt.«

Canidy öffnete die Schachtel. Sie enthielt den Orden des Wolkenbanners.

»Ich bedaure, daß es so laufen mußte«, sagte Douglass. »Aber Baker hatte recht. So werden viele Fragen nicht gestellt. Ich dachte mir, daß Sie den Orden vielleicht trotzdem Ihrem Vater schicken wollen.«

Eine dünne Schwarze betrat das Eßzimmer und stellte einen Teller mit Eiern und Schinken vor Canidy hin.

»Ich war so frei, das für Sie zu bestellen«, sagte Douglass. »Wir haben bereits gegessen.«

»Danke«, sagte Canidy.

»Können Sie essen und dabei lesen?« sagte Douglass. »Es würde Zeit sparen.«

»Jawohl, Sir.«

»Geben Sie ihm Hansens Bericht, Ellis«, sagte Douglass.

Hansens Bericht befand sich in einem Aktenhefter, auf den SECRET gestempelt war. Canidy schlug den Aktenhefter auf und sah mehrere Seiten.

```
                    SECRET
                  AKTENNOTIZ

   Datum: 16. Dezember 1941
   Von: P.D. Hansen
   An: E.C. Baker
   Betrifft: FULMAR, Eric
   Folgende zusätzliche Informationen bezüg-
   lich FULMAR haben sich ergeben (Quelle ist
   in Klammer angegeben)
1. (vom Post-Überprüfungsdienst):
   OBJEKT hat in regelmäßiger Korrespon-
   denz mit Reverend Dr. Dr. George CANIDY,
   Direktor der St. Paul's School, Cedar Ra-
   pids, Iowa, gestanden.
2. (vom FBI):
   Rev. CANIDY ist ein hochangesehener Geist-
   licher/Pädagoge (Episkopalkirche) mit kei-
   nen bekannten Sympathien für die Achsen-
   mächte.
```

Befragung von Rev. CANIDY führte zu folgenden Ergebnissen:
(a) Objekt verbrachte sechs (6) Jahre als Internatsschüler auf der St. Paul's School, und seine enge persönliche Beziehung mit Rev. CANIDY ist in diesem Zeitraum entstanden.
(b) Rev. CANIDY hält es für unmöglich, daß OBJEKT ein Sympathisant der Deutschen sein könnte.
(c) Rev. CANIDY sagt aus, daß engster Freund von OBJEKT CANIDYS Sohn, Richard CANIDY (siehe folgende ONI-Information) ist, der mit OBJEKT auf der St. Paul's School und später mit OBJEKT auf der St. Mark's School, Southboro, Mass., war.
3. FBI-Befragungen von verschiedenen Mitschülern auf der St. Mark's School führten zu folgenden Ergebnissen:
(a) OBJEKT besuchte die St. Mark's School zwei Jahre lang. OBJEKT war normaler Schüler ohne auffallende akademische oder disziplinarische Probleme.
(b) OBJEKT ging von der St. Mark's School ab und kam in die Obhut von Stanley S. FINE (siehe folgende FBI-Information). Folglich wurden Universitätsakten angefordert und geliefert von ›Die Schule am Rosenberg‹ in der Schweiz.
(c) Die engsten Schulfreunde von OBJEKT waren Richard CANIDY und James M.C. WHITTAKER. (siehe folgende WD G-2 Information)
4. Mutter von OBJEKT, Filmschauspielerin

Monica CARLISLE, (geborene Mary Elizabeth CHERNICK) verweigerte auf Anraten ihres Anwalts eine FBI-Befragung.
5. FBI-Befragung von Stanley S. FINE, Vizechef der Rechtsabteilung der Continental Studios, ergab folgendes:

(a) FINE ist ein hochangesehener Anwalt und Geschäftsmann mit bekannter Antipathie für die Deutschen.

(b) FINE erklärte, CARLISLE/CHERNICK wünscht aus geschäftlichen Gründen, daß die Existenz eines Sohnes nicht in der Öffentlichkeit bekannt wird. FINE erklärte, daß er Internat und Sommerlager und andere Aktivitäten in Zusammenhang mit OBJEKT abgewickelt hat, um OBJEKT vor der Öffentlichkeit geheimzuhalten, bis 1933 CARLISLE/CHERNICK trotz seiner Einwände zustimmte, OBJEKT auf Kosten seines Vaters in der Schweiz studieren zu lassen.

(c) FINE erklärte, er glaubt, daß CARLISLE/CHERNICK bis ungefähr 1937 keinen Kontakt mehr mit OBJEKT gehabt hat. FINE unterhielt gesellschaftlichen Kontakt mit OBJEKT bis 1940.
6. (Vom Office of Naval Intelligence):
Richard CANDY wurde nach der Graduierung (Flugtechniker) vom Massachusetts Institute of Technology 1938 Ensign USNR. Marineflieger Pensacola, Florida, 1939. Verwendung bei der NAS Pensacola hauptsächlich als Fluglehrer, befördert zum Lieutenant (JG) im Juni 1940. CANDY ehrenvoll

entlassen (Anordnung der Regierung) im Juni 1941, um einen einjährigen Vertrag bei der American Volunteer Group, China, zu erfüllen. Vermutlicher Aufenthaltsort CANIDYS Kunming, China.

7. (Vom Verteidigungsministerium):
James M.C. Whittaker, zum Second Lieutenant Artillerie ernannt nach der Graduierung (Bakkalaureus der philosophischen Fakultät) von der Harvard University. Versetzung zum Army Air Corps. Pilot auf Randolph Field, Texas, 1940. Abkommandierung zum USAAC im Commonwealth Philippinen. Gegenwärtiger Aufenthaltsort unbekannt. WHITTAKERS Personalakte läßt auf beträchtlichen politischen Einfluß schließen. Bekannt als gesellschaftlich vertraut mit dem Präsidenten.

8. (vom Finanzministerium):
(a) Das Finanzministerium wurde durch eine Meldung der First National City Bank of New York auf OBJEKT aufmerksam, nach der OBJEKT auf ein ruhendes Bankkonto die Summe von $ 21.545 von der Filiale der First National City Bank in Buenos Aires, Argentinien, transferierte. Sechs (6) folgende Überweisungen von der FNCB Buenos Aires für insgesamt $ 111.405 haben stattgefunden, die jüngste am 12. November 1941.

(b) Vor dem 12. Dezember 1941, als ungenehmigte Überweisungen von US-Dollars ins Ausland durch Präsidentenerlaß verboten wurden, hob OBJEKT neun-(9)mal von diesem Konto über die FNCB-Filiale in Casablanca, Marokko, insgesamt $ 6.500 ab.

(c) Akten des Finanzministeriums zeigen, daß OBJEKT niemals Einkommensteuererklärungen abgegeben hat.

(d) Wenn OBJEKT für sich die deutsche Staatsbürgerschaft beansprucht, wird sein FNCB-Konto nach dem ergänzten Enemy Alien Property Act beschlagnahmt. Wenn OBJEKT die amerikanische Staatsbürgerschaft für sich beansprucht, verstößt er gegen die Bestimmungen des Finanzministeriums, und das FNCB-Konto kann wegen Nichtzahlung von Steuern und zur Sicherstellung von Strafgeldern beschlagnahmt werden.

9. Psychologisches Profil (Homer Hungerford, Dr. med., Chef der psychiatrischen Dienste, Georgetown Medical Center (und andere)):
»Aufgrund der verfügbaren Informationen ist es natürlich nicht möglich, eine genaue Einschätzung vorzunehmen, geschweige denn ein exaktes Profil zu erstellen, aber verschiedene Dinge sind wahrscheinlich, und folgendes ist die Zusammenfassung der Befragungen:
PATIENT hat unvermeidlich Ablehnung als das Ergebnis seiner vaterlosen Kindheit erfahren, und die daraus resultierenden Minderwertigkeitskomplexe wurden durch das außergewöhnlich ablehnende Verhalten der Mutter noch verstärkt. PATIENT hat offenbar Zuneigung zum fehlenden Vater auf Rev. Dr. CANDY übertragen (aus den

Briefen zu schließen, in denen er um seine Anerkennung buhlt), und PATIENT hat anscheinend immer noch starke brüderliche Gefühle für CANIDY und WHITTAKER (mit anderen Worten: da PATIENT keine eigene Familie hatte, hat er sie sich aus den ihm nahestehenden Personen gebildet).

PATIENT, dessen akademische Leistungen auf hohe Intelligenz schließen lassen, hat zwangsläufig Selbstsicherheit und Selbstvertrauen in ungewöhnlichem Maße entwickelt. Dies würde sich durch Mißtrauen gegenüber Personen zeigen, die nicht ihre Vertrauenswürdigkeit bewiesen haben. PATIENT hat ein hohes Maß an Entschlossenheit; eine Abneigung, bei anderen Rat zu suchen oder sich danach zu richten; und einen Mangel an Interesse für die Billigung oder Mißbilligung durch seine Bezugsgruppe.

PATIENT ist wahrscheinlich charakterlich sehr gefestigt; jede Labilität hat ihren Ursprung in seinen Entwicklungsjahren (unmittelbare Vor- und Nachpubertät). Es muß darauf hingewiesen werden, daß diese Labilität PATIENT vermutlich immun gegen den meisten normalen gesellschaftlichen Druck macht und Respektlosigkeit gegen normale Autoritätspersonen zur Folge hat. Die psychologische Veranlagung des PATIENTEN ist wahrscheinlich fest geprägt und vermutlich relativ immun gegen Veränderungen. Wenn es jedoch ein weiteres tiefes seelisches Trauma für ihn geben sollte (zum

Beispiel, wenn ihn jemand von seiner ›Familie‹ verrät), würde das vermutlich zu psychologischen Problemen führen.«
10. Bemerkungen:
Da OBJEKT so lange unter den beschriebenen Umständen im Ausland war, ist anzunehmen, daß es sich weiterhin weigern wird, Angebote von offiziellen Repräsentanten der US-Regierung anzunehmen. Zwei der drei Personen (CANDY, Richard; WHITTAKER, James M.C.), die ihn möglicherweise aus persönlichen Gründen zu einer Mitarbeit bewegen könnten, sind offenbar nicht verfügbar. FINE hat keine Verbindung mit der Regierung. Sollte eine erfolgreiche Zusammenarbeit mit OBJEKT angestrebt werden, könnten sich seine FNCB-Konten als Faustpfand erweisen. Sie sind wahrscheinlich sein Profit aus dem gemeinsam mit seinem Freund Sidi EL FERRUCH begangenen Schmuggel von Bargeld, Juwelen und Kunstobjekten aus dem besetzten Frankreich und sein einziges Kapital.
Da für die illegale Ausfuhr von Geld und Wertgegenständen aus Frankreich die Todesstrafe verhängt worden ist und da OBJEKT sich so sehr mit EL FERRUCH eingelassen hat, kann angenommen werden, daß OBJEKT Vertrauen und Sympathie von EL FERRUCH genießt, der ein entsprechendes Maß an Einfluß auf ihn haben wird.

HANSEN

SECRET

»Wenn ich eine Antwort bekäme«, sagte Canidy, »würde ich fragen, weshalb all das Interesse an Eric Fulmar?«

Douglass gab keine direkte Antwort. »Fulmar ist so wichtig, daß eine Funkbotschaft mit General Marshalls Unterschrift zu den Philippinen geschickt und befohlen wurde, Lieutenant Whittaker bei der ersten Gelegenheit heimzuschicken. Es ist keine Antwort gekommen.«

»Was heißt das? Daß er gefallen ist?« fragte Canidy.

»Das kann nicht festgestellt werden, oder Douglas MacArthur zeigt wieder einmal seine Verachtung für George Marshall – oder für den Präsidenten«, sagte Douglass. »Der springende Punkt ist, daß Sie die einzige Person sind, der wir zutrauen, mit Fulmar fertig zu werden.«

»Wie?«

Wieder vermied Douglass eine direkte Antwort. »Baker sagte mir, er hat Sie in China informiert, daß wir Sie bitten, sich freiwillig für eine Mission von großer Wichtigkeit für den Krieg zu melden und daß diese Mission beträchtliche Risiken und Gefahren in sich birgt. Wenn es Ihnen nichts ausmacht, möchte ich Ihnen jetzt die gleiche Frage stellen, Canidy.«

»Baker wollte mir nicht sagen, worum es sich bei dieser Mission handelt«, sagte Canidy. »Werden Sie mir das sagen?«

»Ihnen wurde die Frage gestellt, ob Sie unter den genannten Voraussetzungen zu der Mission bereit sind.«

»Welche Wahl habe ich?« fragte Canidy. »Was ist, wenn ich nein sage?«

»Ja oder nein, Canidy?«

Er verhält sich wie ein Schauspieler in einem miesen Spionagefilm, dachte Canidy. Bei jedem Thriller über eine gefährliche Mission, den ich gesehen habe, gab es eine Szene, worin der befehlshabende Offizier dem Helden eine letzte

Chance gab, sich anders zu besinnen. ›Sind Sie sicher, daß Sie dies durchziehen wollen?‹ Der Held wollte es immer durchziehen. Das heißt nicht, daß ich es machen muß. Ich weiß zu sagen ›Ich passe‹. Das dachte er, aber er sagte:

»Okay.«

»In Ordnung«, sagte Captain Douglass. »Danke. Aber Sie erwähnten soeben, welche Wahl Sie haben. Ich glaube, ich sollte Ihnen sagen, daß Sie in eine geschlossene psychiatrische Anstalt zur Untersuchung eingeliefert worden wären. Diese Untersuchung hätte lange gedauert. Im Bürgerkrieg setzte Lincoln die Habeaskorpusakte außer Kraft. Präsident Roosevelt wird dies nicht tun. Der Justizminister hat ihm gesagt, daß unter den bestehenden Gesetzen Personen, die unzurechnungsfähig sind, nicht unter das Staatsgrundgesetz zum Schutz der persönlichen Freiheit fallen. Sie werden untersucht, nicht *eingekerkert*.«

Canidy und Douglass schauten sich lange in die Augen.

»Canidy«, sagte Douglass dann, »wenn ich Ihnen sagen könnte, was hinter alldem steckt, wäre diese Drohung nicht nötig gewesen. Aber ich kann es Ihnen nicht sagen, und sie war nötig.«

Er meint das todernst, dachte Canidy. *Vielleicht ist die Wahrheit wirklich merkwürdiger als Erfundenes.*

»Jawohl, Sir«, sagte er.

»Es ist jetzt ein Franzose in Marokko«, begann Douglass, »den wir unbedingt in die Vereinigten Staaten bringen müssen. Es ist äußerst wichtig, daß die Deutschen sein Verschwinden aus Marokko nicht mit uns in Zusammenhang bringen. Andernfalls würde ihnen zweifellos klarwerden, *warum* wir ihn haben wollen. Wir hoffen inständig, sie werden annehmen, er ist auf eigene Faust aus Marokko geflüchtet, um sich General de Gaulle in London anzuschließen.«

»Sie wollen, daß Fulmar ihn herausschmuggelt«, sagte Canidy. »Und Sie meinen, ich kann ihn überreden.«

»Nicht genau«, sagte Douglass. »Nicht ihn allein. Aus Gründen, die ich Ihnen nicht sagen kann, wollen wir Sidi Hassan el Ferruch ebenfalls hineinziehen.«

»Warum?«

»Wir haben für später andere Pläne mit ihm«, sagte Douglass. »Das bestmögliche Szenario wäre, Sie treffen Fulmar, er begrüßt Sie als lieben Freund, und er stimmt sofort zu, el Ferruch zu überreden, Ihnen zu helfen. Mr. Baker glaubt nicht, daß dies klappt. Er hält das schlimmstmögliche Szenario für wahrscheinlicher. Bei dem würde Fulmar Sie an die Deutschen verraten.«

»Warum würde er das Ihrer Ansicht nach tun?«

»Trotz der hohen Meinung, die Ihr Vater von seinem Charakter hat, glaubt Baker, daß Eric Fulmars Loyalität einzig und allein ihm selbst gilt.«

»Ich habe ihn in jüngster Zeit gesehen, während Sie ihn lange nicht gesehen haben, Dick«, sagte Baker. »Sie müssen sich in Erinnerung rufen, daß er in Deutschland auf dem Gymnasium war und in vielerlei Hinsicht Deutscher ist. Als ich ihm zum ersten Mal begegnete, aß er im Restaurant Fouquet in Paris mit der Tochter eines deutschen Generalmajors zu Abend. Sein Vater ist Mitglied der NSDAP.«

»Er ist Amerikaner«, sagte Canidy.

»Wir schöpfen soviel Trost wie möglich aus der Tatsache, daß er die Einberufung zu der deutschen Wehrmacht geschickt vermieden hat«, sagte Baker, »Aber es ist nicht viel Trost. Sie haben das psychologische Profil gelesen.«

»Darin steht ebenfalls, daß ich für ihn wie ein Bruder bin«, sagte Canidy.

»Außerdem ist el Ferruch eine unbekannte Größe«, fuhr Douglass fort, ohne auf Canidys Bemerkung einzugehen. »Wir müssen davon ausgehen, daß el Ferruch Sie sogar noch wahrscheinlicher den Deutschen ausliefern wird.«

»Es gibt mehrere andere Szenarios«, sagte Baker. »Eines besagt, daß uns Fulmar bei einer Kontaktaufnahme sagt, daß er überhaupt nichts mit uns zu tun haben will, ganz gleich welchen Preis wir ihm bieten, daß er aber Sie aus alter Freundschaft nicht den Deutschen ausliefert.«

»Netter Gedanke«, sagte Canidy. »Und wo ist der gute alte Eric?«

»Das haben wir vor ein paar Tagen herausgefunden«, sagte Douglass. »Er befindet sich im Palast Ksar es Souk mitten in der Wüste. Was uns einige der erfreulichen Szenarios eröffnet.«

»Und welche?«

»Wir bringen Sie nach Ksar es Souk«, sagte Baker. »Wir bieten Fulmar und el Ferruch eine Menge Geld, um den Franzosen zu schnappen – und Fulmar allein einen Weg aus Marokko.«

»Den Franzosen ›schnappen‹?« fragte Canidy.

»Das ist ein weiteres kleines Problem«, sagte Baker. »Nach unseren Informationen wünscht der Franzose verzweifelt, zu seiner Familie zurückzukehren. Deshalb arbeitet er für Vichy und die Deutschen, weil er sich die Genehmigung zur Rückkehr nach Frankreich erhofft. Weil er Repressalien gegen seine Familie in Frankreich befürchtet, ist es äußerst unwahrscheinlich, daß er Marokko freiwillig verläßt.«

»Sie meinen, wir kidnappen ihn«, sagte Canidy.

Baker nickte.

»Und was wird dann aus seiner Familie?«

Baker zuckte mit den Schultern.

»Mein Gott!« Canidy war schockiert über das, was er für Gleichgültigkeit hielt.

»Was ein weiterer Grund dafür ist, weshalb wir die Kooperation von El Ferruch brauchen«, sagte Douglass.

Canidy schaute ihn wütend an.

»Nicht, daß wir gleichgültig gegenüber diesen Dingen sind«, sagte Douglass.

»Natürlich nicht«, sagte Canidy. »Aber Sie brauchen diesen Franzosen für etwas viel Wichtigeres, was auch immer es ist, richtig?«

»Ja«, sagte Douglass.

»Wie soll ich diesen Mann und Fulmar aus Marokko herausbringen – vorausgesetzt, dieses ›erfreuliche Szenario‹ tritt ein?« fragte Canidy.

Baker schaute Douglass an, und sein Blick fragte: ›Kann ich ihm antworten?‹ Douglass schüttelte den Kopf.

»Wir sind der Meinung, daß Sie das noch nicht wissen sollten«, sagte Douglass.

»Wie soll ich Fulmar treffen? Oder, was das anbetrifft, wie reise ich überhaupt in Marokko ein?«

»Letzteres ist ziemlich einfach«, sagte Baker. »Wir schicken Sie als Beamten des Außenministeriums zum Konsulat in Rabat. Cynthia wird arrangieren, daß Sie einen Diplomatenpaß erhalten, und wir geben Ihnen einen Schnellkursus in der Verhaltensweise eines Diplomaten und so weiter.«

»Sie wollte mir gestern abend nicht sagen, welche Rolle sie spielt«, sagte Canidy.

Cynthia schaute Douglass an und bat stumm um Sprecherlaubnis. Diesmal nickte er zustimmend.

»Du wirst ein Agent bei dieser Operation sein«, sagte Cynthia. »Jeder Agent hat einen Betreuer. Ich bin deine Betreuerin.«

»Wie wirst du mich ›betreuen‹?« fragte Canidy.

»Ich werde mich um deine Bezahlung kümmern, um deine Reisen, um die Ausbildung, die Einsatzbesprechungen und dein Testament. Mit anderen Worten, ich werde alles tun, um dich so schnell wie möglich zu deinem Einsatz zu bringen. Kurz gesagt, ich bin verantwortlich für dich.«

»Du bist zu jung, um meine Mutter zu sein«, sagte Canidy. »Und zu hübsch.«

»Ich weiß, Dick, ich weiß«, sagte Cynthia. »Aber ich muß dir einfach genügen.«

»Eigentlich gibt es viel Schlimmeres«, sagte Canidy. Er wandte sich an Baker. »Wo werden Sie sein, während ich durch die Wüste laufe und Fulmar suche?«

»Mr. Baker reist morgen nach Rabat«, sagte Douglass. »Er wird bei Ihrer Ankunft dort sein. Sobald der bürokratische Kram erledigt ist und wir die Einsatzbesprechungen hinter uns haben, werden Sie nach Rabat reisen.«

»Via Lissabon und Vichy«, sagte Baker. »Ein normaler Beamter des Außenministeriums würde eine Woche in der Botschaft in Vichy eingewiesen, bevor er bei einem Generalkonsulat eine Stelle einnimmt. Wenn Sie Vichy auslassen, würde das zu Fragen führen. Da Marokko noch ein französisches Protektorat ist, untersteht unser Generalkonsulat dort unserem Botschafter von Frankreich, wissen Sie das?«

»Nein«, bekannte Canidy.

»Wir werden das bei den Einsatzbesprechungen erklären, Dick«, sagt Cynthia. »Wir haben allerhand Material für dich.«

»Chief Ellis wird Sie bei alldem unterstützen«, sagte Douglass. »Sie werden ihn bestimmt hilfreich finden. Er ist ein alter Matrose.«

»Ein ziemlich guter Leibwächter, nicht wahr?« fragte Canidy.

Douglass schaute ihn an.

»Ja«, sagte er, »das auch.«

5
Kunming, China
18. Januar 1942

Die sechzehn B5M Mitsubishis, deren Kurs auf Kunming von den Bodenbeobachtern gemeldet worden war, entpuppten sich, als Ed Bitter und sein Flügelmann sie sichteten, als acht B5M- und acht K1-27-Nakajima-Jagdflugzeuge.

»Was, zum Teufel, sind denn das für Vögel?« fragte Bitters Flügelmann.

»Nakajima K1-27«, meldete Bitter aufgeregt. »Fliegen Sie höllisch schnell nach Kunming zurück.«

Es war die erste Begegnung der AVG mit den K1-27-Jagdflugzeugen. Man hatte die Piloten gelehrt, daß ihre P40-B-Maschinen in mehreren wichtigen Punkten überlegen waren, aber das war Theorie. Ed Bitter war dabei, diese Theorie zu testen.

Bitter wartete, bis sein Flügelmann fast außer Sicht war. Dann stieß er hinab, um die Formation anzugreifen. Er fragte sich, ob das klug war. Es war verrückt, daß ein Mann eine Formation von sechzehn Flugzeugen angriff, wovon acht Jagdflugzeuge waren.

Bei seinem ersten Angriff erwischte er eine B5M. Er schoß ein paar Leuchtspurgeschosse Kaliber .50 in die Treibstofftanks in der linken Tragfläche, und die Tanks explodierten. Während er im Sturzflug von der Formation abdrehte, blieb ihm gerade noch Zeit zu dem Gedanken, daß dies sein dritter Abschuß war. Dann blickte er über die Schulter und sah, daß er von drei K1-27-Jägern verfolgt wurde.

Er hatte keine Mühe, mit der offenbar schnelleren

P40-B zwei der japanischen Jagdflieger abzuschütteln, doch der dritte, anscheinend ein erstklassiger Pilot, ließ sich nicht durch Bitters Manöver täuschen und blieb dran. Als Bitter über die Schulter blickte, sah er entsetzt, daß kleine rote Flammenzungen aus den Tragflächen des Nakajima-Jagdflugzeugs zuckten.

Er ging mit der P40-B in Sturzflug, von siebentausend Fuß bis fast auf den Boden. Als er sah, daß die Nakajima zwar immer noch hinter ihm war, aber weiter entfernt als erwartet, wußte er, daß er seinen Plan in die Tat umsetzen konnte. Er drehte einen Looping. Die Welt wurde rot und dann fast schwarz vor seinen Augen, als er gegen den Sitz gepreßt wurde und das Blut aus seinen Kopf wich, und er betete, daß er nicht ohnmächtig werden würde.

Er blieb bei Bewußtsein, und als er wieder klarer sah, war der Looping zu Ende, und die Nakajima war vor ihm. Der Pilot hatte Bitters Manöver zu spät nachvollzogen und konnte es jetzt nicht mehr vollenden. Er versuchte sich im Sturzflug in Sicherheit zu bringen.

Bitter holte ihn ein und eröffnete das Feuer. Er sah die .50er Leuchtspurgeschosse an der Nakajima vorbeifliegen und rief sich in Erinnerung, daß jedes Leuchtspurgeschoß von vier panzerbrechenden Projektilen begleitet wurde. Er war überzeugt, daß er die Nakajima traf, aber es gab kein Anzeichen darauf. Die Waffen verstummten, zuerst die .50er und dann die .30er. Er war jetzt schutzlos, konnte nur auf seine Schnelligkeit vertrauen. Er blickte über die Schulter. Die beiden anderen japanischen Jäger, die er zuvor abgeschüttelt hatte, hielten jetzt im Sturzflug auf ihn zu. Er drehte scharf nach links ab. In der letzten Sekunde sah er die Nakajima, auf die er gefeuert hatte; sie explodierte in einem organgefarbenen Feuerball und verschwand.

Er flog mit Höchstgeschwindigkeit nach Kunming

zurück, und die Nakajimas fielen hinter ihm immer weiter zurück. Schließlich drehten sie ab, überzeugt davon, daß sie ihn verjagt hatten, und flogen zurück zu den Bombern, die sie schützen sollten.

Bitter machte sich klar, daß er die dritte und vierte feindliche Maschine abgeschossen hatte, eine davon ein Jagdflugzeug. Doch dann kam ihm ein beklemmender Gedanke. Sobald bis zum japanische Oberkommando bekannt wurde, daß die Nakajima K1-27-Jagdflugzeuge den Curtiss P40-Bs der ›Amerikanischen Freiwilligen-Gruppe‹ unterlegen waren, würde man bessere Maschinen schicken. Die Zerstörung der AVG war mindestens genauso wichtig wie die Bombardierung von China. Die Japaner würden ihre besten Flugzeuge schicken. Die AVG hatte bereits ihr As ausgespielt, und es gab keinen weiteren Trumpf.

Er erkannte, daß ihm diese Aussicht mehr Angst einjagte, als er gehabt hatte, als ihn die K1-27 verfolgt hatte.

Ed Bitter betrank sich an diesem Abend, und zum ersten Mal nahm er eine Dolmetscherin mit in sein Quartier.

Gleich nachdem Canidy unehrenhaft heimgeschickt worden war, hatte Doug Douglass das Kommando über die Staffel erhalten. Douglass war jedoch nicht in das Quartier gezogen, das ihm als Kommandant jetzt zustand, sondern in seinem alten Quartier geblieben. Als Bitter Licht unter Douglass' Tür sah, erkannte er, daß der neue Staffelkommandant seine abendlichen Gewohnheiten nicht geändert hatte. Seit er das Kommando übernommen hatte, war er selten zur Bar gegangen, und wenn, dann hatte er nichts Alkoholisches getrunken. Er hatte auch nicht in seinem Quartier getrunken.

Deshalb fand Ed Bitter es nur recht und billig, einen

nüchternen Hurensohn zu ärgern. Er schwankte mit dem Mädchen im Arm in Douglass' Quartier.

Douglass saß allein in seinem Bett und schrieb. Ein Klemmbrett, das auf seinen Knien ruhte, diente ihm als Schreibunterlage.

»Hallo, Romeo«, spottete Douglass, als er Bitter mit der kichernden Dolmetscherin sah. »Wohin geht es, Romeo?«

»Wenn ich eine ehrliche Antwort von dir bekommen kann«, sagte Bitter und sprach mit schwerer Zunge jede Silbe übertrieben deutlich aus, »dann möchte ich eine ehrliche Antwort bekommen.«

Es wurde ihm klar, daß ihm gar keine Frage einfiel, aber das war anscheinend unwichtig.

»Deine beiden Abschüsse sind bestätigt«, sagte Douglass. »Damit sind es insgesamt vier, richtig?«

»Davon rede ich nicht«, sagte Bitter. Er war zwar betrunken, aber er erkannte noch, daß Douglass über seine Verfassung lächelte, und das ärgerte ihn. »Ich sagte, ich will eine ehrliche Antwort ...«

»Allgemein gesagt«, erwiderte Douglass lächelnd, »ist die beste Technik für Anfänger, die Lady auf den Rücken zu legen, ihre Beine zu spreizen und ...«

»Verdammt, ich meine es ernst!«

»Frag nur«, sagte Douglass. Er legte das Klemmbrett beiseite. Bitter sah, daß er einen Brief geschrieben hatte.

»Warum wurde Canidy feige?« fragte Bitter.

Seine eigenen Worte überraschten ihn.

»Ich denke, wir haben abgemacht, nicht über ihn zu reden«, sagte Douglass.

»Ich will wissen, warum, verdammt noch mal!«

»Ich weiß es nicht, Ed«, sagte Douglass.

»Du warst bei ihm, verdammt!«

»Wie kommst du so plötzlich darauf?« fragte Douglass.

»Weil ich heute dort draußen Angst hatte.«

»Du hast befürchtet, die Angst könnte dich besiegen?«

»Ja, vielleicht.«

»Nun, das ging nicht nur dir so, wenn du dich dadurch besser fühlst.«

»Ist es das, was passiert ist? Die Angst hat Canidy besiegt?«

»Ich weiß es nicht, Eddie«, sagte Douglass. »Vielleicht.«

»Aber er war mein Freund«, sagte Bitter.

»Was mich anbetrifft, so ist er immer noch mein Freund«, sagte Douglass.

»Er ist ein verdammter Feigling«, sagte Bitter selbstgerecht, und dann verließ er schnell Douglass' Quartier.

Auf dem Gang wurde ihm klar, daß er heulte. Das chinesische Mädchen schaute ihn halb besorgt, halb bestürzt an.

XI

I

Generalkonsulat der Vereinigten Staaten Rabat, Marokko

20. Februar 1942

Durch die Einsatzbesprechung mit Cynthia Chenowitch in Washington und später bei der Einweisung in Vichy durch einen verknöcherten, schulmeisterlichen Beamten des Außenministeriums in der US-Botschaft erfuhr Canidy von der diplomatischen Lage in Frankreich und dem französischen Protektorat Marokko.

Die Vereinigen Staaten waren zwar im Krieg gegen Deutschland, doch weder die USA noch Deutschland führten jetzt Krieg gegen Frankreich. Dieses Land war nach der Unterzeichnung des Waffenstillstandsabkommens mit den Deutschen in Compiègne juristisch neutral. Folglich unterhielten die Vereinigten Staaten eine Botschaft am französischen Regierungssitz in Vichy und Konsulate und Generalkonsulate in allen französischen Kolonialstaaten. Die Botschaft in Paris stand leer, weil dieser Teil von Frankreich von den Deutschen besetzt war.

Vichy, ein Kurort und vor dem Krieg nur durch das Abfüllen von Mineralwasser bekannt gewesen, war jetzt die Hauptstadt des ›unbesetzten‹ Frankreichs. In Vichy und Städten wie Rabat, wo es Botschaften und Generalkonsulate gab, begegneten amerikanische Diplomaten täglich ihren deutschen, japanischen und italienischen Feinden auf der Straße und bei Cocktailpartys und gesellschaftlichen Essen. Jede Seite behandelte die andere wie Luft.

1942 waren die Franzosen über den Daumen gepeilt weitaus mehr von den Deutschen beeindruckt, von denen sie besiegt worden waren, als von den Amerikanern und ihren Verbündeten, die anscheinend weit davon entfernt waren, den Deutschen das anzutun, was sie Frankreich angetan hatten. Der einzige organisierte Widerstand der franko-deutschen Beziehung war ein großer, ziemlich linkischer, aber königlich auftretender französischer Brigadegeneral namens Charles de Gaulle, der kurz vor der französischen Kapitulation nach London geflüchtet war. Dort hatte er sich selbst zum Führer des ›Freien Frankreich‹ ernannt. Das Freie Frankreich bestand aus einer Handvoll französischer Militärs, die es geschafft hatten, nach England zu entkommen.

Canidy erfuhr, daß niemand in Marokko dem ›Freien Frankreich‹ oder Brigadegeneral Charles de Gaulle viel Aufmerksamkeit schenkte. Man glaubte sogar, daß seine Aktivitäten in England die Dinge für seine Offizierskollegen peinlich machten, die ihre Befehle befolgt hatten – die Befehle von Marschall Pétain persönlich –, die Niederlage zu akzeptieren und an der Entwicklung der neuen Beziehung zu Deutschland mitzuarbeiten.

Der Beamte in Vichy erzählte Canidy, daß sich in Marokko die französische Neutralität notwendigerweise nach Berlin ausrichtete, aber die Franzosen waren zivilisierte Leute, und ihr Verhalten gegen die Amerikaner in Marokko war stets korrekt und manchmal sogar freundlich.

Canidy reiste mit dem Zug von Vichy nach Marseille und dann per Schiff – helles Flutlicht strahlte des Nachts die Trikolore an, die an den Seiten des Schiffes aufgemalt war – von Marseille nach Casablanca. Mit seinem Diplomatenpaß durfte er mit seinem Gepäck schnell die Zollkontrollen passieren, und der Generalkonsul hatte einen Ford zum Schiff geschickt, um ihn abholen zu lassen.

Im Konsulat wurde er von einem stellvertretenden Konsul erwartet, der ihn herzlich begrüßte und ihn herumführte und als neuesten Mitarbeiter vorstellte.

Später wurde er Eldon C. Baker vorgestellt. Baker verhielt sich, als hätte er Canidy nie zuvor gesehen.

»Ich nehme an, Mr. Dale hat mit Ihnen über Mr. Canidy gesprochen?« sagte der stellvertretende Konsul zu Eldon C. Baker. Mr. Dale war der stellvertretende Generalkonsul.

»O ja, in der Tat«, sagte Baker ohne jegliche Begeisterung. »Mr. Dale hat mich gebeten, mit Mr. Canidy mein Apartment zu teilen ... *nur vorübergehend*«, fügte er vielsagend hinzu. »Selbstverständlich bin ich gern dazu bereit.«

Canidy nahm das Angebot an.

»Und ich nehme an, Sie werden ebenso eine Fahrgelegenheit brauchen, bis Sie einen Dienstwagen bekommen können?«

»Ja, das befürchte ich«, sagte Canidy.

»Warten Sie hier um siebzehn Uhr auf mich«, sagte Baker und schüttelte Canidy schlaff die Hand.

Das Apartment befand sich in der Innenstadt, nicht weit entfernt vom königlichen Palast.

»Jeder sonst in dem Gebäude ist nachrichtendienstlich tätig«, sagte Baker, als er die Tür hinter ihnen geschlossen hatte. »Die Bewohner sind es also gewohnt, Leute mitten in der Nacht hier kommen und gehen zu sehen.«

»Interessant«, sagte Canidy.

»Soweit ich herausfinden konnte«, sagte Baker, »ist

Fulmar immer noch in Ksar es Souk. Die Information kam von dem Militärattaché, Major Berry. Da Berry jedoch ein Arschloch ist, weiß ich nicht, ob wir uns auf die Information verlassen können. Aber ich meine, wir müssen uns mit dem zufriedengeben, was wir haben, und wir haben nun mal die Information, daß sich Fulmar in Ksar es Souk aufhält.«

»Wie weit ist das von hier aus?« fragte Canidy.

»Hat man Sie nicht eingewiesen?« fragte Baker ärgerlich.

»Ich weiß, wo es auf der Landkarte ist«, sagte Canidy. »Aber nicht, wie man dorthin gelangt und wie lange es bis dorthin dauert.«

Baker nahm eine *Guide Michelin*-Straßenkarte aus einer Schreibtischlade und entfaltete sie auf dem Schreibtisch.

»Es heißt, das einzige, was die Franzosen richtig gemacht haben, ist der *Guide Michelin*«, sagte Baker. Er wies auf die Karte. »Hier sind wir, und hier ist Ksar es Souk. Können Sie Französisch lesen?«

Canidy schüttelte den Kopf.

»Das hier bedeutet«, erklärte Baker und wies auf die Erläuterung eines Kastens mit Symbolen, »daß die Straße von Quarzazate nach Ksar es Souk unbefestigt, einspurig und nach Regen unpassierbar ist.«

»Na prima. Regnet es in der Wüste? Ich stelle mir Sanddünen vor.«

»Dies ist nur öder, trockener Boden. Keine Sanddünen. Die gibt es weiter südlich. Und ja, bisweilen regnet es in diesem Wüstengebiet.«

»Wo ist dieser Franzose, den wir suchen?« fragte Canidy und blickte von der Karte auf.

Baker zögerte kurz, bevor er antwortete.

»Hier«, sagte er und zeigte es auf der Karte. »Zwischen Benahmed und Qued-Zem. Er arbeitet in den

Phosphatminen. Sein Name ist Grunier. Louis Albert Grunier.«

Baker zog wieder eine Schreibtischlade auf und entnahm ihr ein halbes Dutzend Schnappschüsse. Die Fotos zeigten einen nicht sehr gut aussehenden Mann mit runder Brille. Obwohl er erst ungefähr dreißig war, hatte er bereits schütteres Haar und eine Halbglatze.

»Diese Aufnahmen wurde vor zwei Jahren gemacht«, sagte Baker. »In Belgisch Kongo. Inzwischen hat er noch mehr Haare verloren, und er ist etwas dünner.«

»Was hat er in Belgisch Kongo gemacht?«

»Er ist Mineningenieur«, sagte Baker.

»Und wir wollen wissen, was er hier treibt, ist es das?«

»Sie brauchen nicht zu wissen, weshalb wir ihn haben wollen.«

»Okay.« Canidy zuckte übertrieben mit den Achseln. »Ich bin überhaupt nicht neugierig.«

»Das ist das *richtige* Verhalten«, sagte Baker mit der Andeutung eines Lächelns.

»Was soll ich also tun, außer freundlich und lächelnd meinen lange verlorenen Freund zu begrüßen?«

Baker schaute Canidy in die Augen. »Viel mehr als das.«

Canidy blickte ihn fragend an.

»Es gibt hier in Marokko viel mehr zu tun, als Sie bis jetzt erfahren haben«, sagte Baker. »Erstens haben Sie bereits erfahren, daß wir hier etwas feinfühliger vorgehen müssen, als Amerikaner es gewohnt sind. Wir sind nicht – wie soll ich es sagen? – völlig willkommen. Obendrein ist es entscheidend für uns, vor den Franzosen und den Deutschen unsere Rolle beim plötzlichen Verschwinden von Monsieur Grunier geheimzuhalten. Deshalb müssen wir uns an Sidi el Ferruch heranmachen. Er hat die Möglichkeiten, für uns zu erledigen, was wir nicht selbst schaffen können. Aber ich will ihm nicht anvertrauen *müssen*, wie wertvoll Gruniers Wissen für uns ist. Dieses Wissen ist verlockend und leicht verkäuflich. Zweitens haben wir einen anderen Leckerbissen, der – oberflächlich betrachtet – sogar noch verlockender und verkäuflicher ist. Diesen Köder werden wir für el Ferruch auslegen.«

»Was ist das?«

»Der Kommandant des französischen Marine-Stützpunkts in Casablanca ist ein alter, bärbeißiger Vizeadmiral namens Jean-Phillipe de Verbey. Einige Leute halten ihn für verrückt. De Verbey hat vorsichtig Fühler nach uns ausgestreckt und angedeutet, er wäre bereit, ›vorübergehend‹ seinen Posten zu verlassen, um sich dem Freien Frankreich in seinem Kampf gegen *les boches* anzuschließen. Diese Fühler erreichten Robert Murphy und dann mich. Keinem von uns beiden ist entgangen, daß de Verbey ranghöher als Brigadegeneral Charles de Gaulle ist und folglich er und nicht de Gaulle laut Protokoll das Recht hätte, das Kommando über die Streitkräfte des Freien Frankreich zu übernehmen. De Gaulle ist nicht sehr beliebt in London und Washington ... Ergibt das einen Sinn für Sie?«

»Ein wenig. Ich nehme an, Sie wollen sagen, in Marokko und Frankreich ist de Verbey ein großer Hai und Grunier ein kleiner Fisch. Aber Sie brauchen Grunier dringender. Und de Verbey ist ein Druckmittel gegen de Gaulle.«

»Richtig.«

»Mit anderen Worten, de Verbey kann also als Verschleierung benutzt werden.«

»Doppelt richtig. Sie haben es kapiert. Wir bringen de Verbey mit dem Maximum an Publicity, das Geheimhaltung erlaubt, an Bord des U-Boots und finden zugleich ebenfalls Platz an Bord für den armen Monsieur Grunier, der ein Agent von uns ist und das Pech hatte, enttarnt zu werden. Zum Glück für ihn haben wir uns die Mühe gemacht, das U-Boot für den Admiral bereitzustellen.«

»Verdammt um mehrere Ecken gedacht. Warum?«

»Nun, um den verschlagenen und sehr intelligenten Pascha von Ksar es Souk an der Nase herumzuführen. Und ebenfalls die Franzosen und die Deutschen, sollten sie Wind von unserer Aktion bekommen. Und so treten wir an el Ferruch mit der Bitte heran, daß wir gern für ihn den Admiral mit größter Geheimhaltung zu unserem U-Boot transportieren, das ein paar Kilometer westlich von Safi warten wird. Wir werden darum feilschen, wieviel diese Kooperation wert ist. Und wir werden uns auf eine Summe um die hunderttausend Dollar einigen.«

»Und Grunier?«

»Da kommen Sie und Ihr vagabundierender Freund Eric ins Spiel. Während sich el Ferruch um den Admiral kümmert, werden Sie und Fulmar sich Grunier schnappen.«

»Wie herrlich.«

»Ich wußte, daß Sie erfreut sein werden.«

»Was ist für Eric drin?«

»Er kann heimkehren und sein Geld behalten«, sagte Baker lächelnd. Es war ein Lächeln, bei dem Canidy sich unbehaglich fühlte. »Und da gibt es noch einen Aspekt bei dieser Sache, den Sie wissen sollten«, fuhr Baker fort. »Monsieur Grunier würde viel lieber zu seiner Frau und seinen Kindern heimkehren, als uns im Krieg zu helfen. Und er befürchtet – zu Recht –, daß sie gefährdet sind, wenn er nicht mit den Deutschen mitspielt. Folglich müssen wir ihn aus Marokko und seine Familie aus Frankreich herausbringen.«

»Okay, wann fangen wir an?«

»Morgen.«

2

Der blaue 1941er Ford, den Baker am nächsten Tag aus der Fahrbereitschaft des Konsulats bestellte, war mit zwei zusätzlichen Reifen auf Ersatzrädern bestückt und enthielt vier Fünf-Gallonen-Reservekanister Benzin, einen Fünf-Gallonen-Kanister Wasser und eine Kiste mit Lebensmitteln in Dosen.

»Ist diese Überlebens-Ausrüstung wirklich nötig?« fragte Canidy.

»Vielleicht wird sie gebraucht«, sagte Baker und zeigte eines seiner seltenen Lächeln. »Ich war schon dort. Wenn es im Michelin heißt ›unbefestigte, einspurige Straße‹, dann ist das nach meiner Erfahrung ein ›felsiger Kamelpfad‹. Es würde mich überhaupt nicht überraschen, wenn wir Ersatzreifen und -räder brauchen. Ich hoffe, daß wir ohne die Dosennahrung und das Wasser auskommen.«

Ein paar Kilometer außerhalb von Marrakesch verengte sich die Straße, und anderthalb Kilometer später verschwand der Asphalt, und der Aufstieg zum Atlantik-Hang des Atlasgebirges begann. Die Straße war steil, gewunden und einspurig; es gab lange Verzögerungen, wenn sie Lastwagen auf dem Weg nach Marrakesch, einige verbeulte Busse und vereinzelte PKWs passieren lassen mußten.

Um 15 Uhr 30 gelangten sie zum Tizi-n-Tichka-Paß. Von dort aus ging es langsam bergab. Die Dunkelheit war hereingebrochen, als sie in Quarzazate eintrafen, wo sie von der ›Schnellstraße‹ auf die ›unbefestigte Straße‹ nach Ksar es Souk abbiegen würden.

Sie quartierten sich im Hôtel des Chasseurs ein, tranken zu Lammbraten zwei Flaschen überraschend guten marokkanischen Wein und gingen dann auf ihre einfach eingerichteten, aber sauberen und gemütlichen Zimmer.

Früh am nächsten Morgen verließen sie Quarzazate und trafen kurz nach 14 Uhr in Ksar es Souk ein. Der Palast war größer, als Canidy angenommen hatte, ein gewaltiger Bau aus Lehmziegeln und Steinen. Der Palast stand auf einem Felsplateau und wirkte mittelalterlich wie ein Schloß aus der Zeit der Kreuzzüge.

Als sie näher heranfuhren, tauchten vermummte Reiter auf und ritten neben dem Ford her, der über die Steine der Straße holperte.

»Berber«, sagte Baker. »Es sind Kaukasier – Weiße. Es gibt eine Theorie, daß sie von den Kreuzfahrern abstammen. Bemerken Sie etwas Ungewöhnliches an Ihnen?«

»Sie haben Thompson-MPis und Browning-Automatikgewehre. Man könnte Schwerter und Steinschloßgewehre erwarten.«

»Das meinte ich nicht«, sagte Baker. »Ich meine, daß wir umzingelt sind. Wir könnten nicht umkehren, wenn wir das wollten.«

Canidy blickte über die Schulter. Es folgten ihnen jetzt über dreißig Reiter. Alle waren bewaffnet und vermummt. Alle ritten auf prächtigen Pferden und waren nicht mehr als ein paar Meter entfernt.

Als sie beim Palast eintrafen, stellten sie fest, daß ein Dorf um die äußere Mauer erbaut war. Durch ein kleines Tor und dann ein größeres sah Canidy, daß es noch eine andere Mauer gab.

Ein paar der Berber, die ihnen entgegengeritten waren, trabten jetzt durch das große Tor, doch die Mehrheit blieb bei dem Wagen, als er stoppte. Baker entschied sich, fuhr wieder an und rollte durch das große Tor.

Drinnen sah Canidy, daß sie in einem ausgetrockneten Burggraben waren und daß die Mauer, die er durch das offene Tor gesehen hatte, die Mauer des Palastes war, die fünf oder sechs Stockwerke über ihnen aufragte.

Einer der Reiter saß ab, ging zum Wagen und sprach mit ihnen auf französisch.

Baker zeigte seinen Diplomatenpaß und bat um eine Audienz beim Pascha von Ksar es Souk.

Der Berber täuschte völlige Verständnislosigkeit vor.

Das Palaver ging weiter, bis eine neue Gruppe von acht Reitern ihre Tiere im Schritt durch das Tor in den ausgetrockneten Burggraben lenkte. Zwei der Reiter trugen goldene Schnüre an ihrem Burnus, was sie als Adlige auswies. Die Adligen waren mit Schrotflinten bewaffnet, und die anderen sechs Reiter hatten Thompson-MPis und Browning-Automatikgewehre.

»Wer sind Sie, und was wollen Sie?« fragte einer der Adligen.

»Mein Name ist Baker«, sagte Baker. »Ich bin amerikanischer Konsularbeamter. Darf ich fragen, wer Sie sind?«

»Was wollen Sie hier?« fragte der große Marokkaner. Baker erkannte die Stimme des Paschas von Ksar es Souk.

»Ich suche den Pascha von Ksar es Souk«, sagte Baker. »Ich hoffe, mit ihm sprechen zu können.«

»Ja? Vielleicht.«

»Wenn ich mich nicht irre, glaube ich, die Ehre zu haben, mit dem Pascha zu reden. Eure Exzellenz und ich teilten vor kurzem ein köstliches Essen in Paris.«

»Wie konnte ich das vergessen, Mr. Baker«, sagte Sidi el Ferruch und nahm das Tuch ab, mit dem er die untere Gesichtshälfte verhüllt hatte. Sein Gesicht blieb jedoch maskenhaft starr. »Ich nehme an, Sie fuhren durch die Gegend und entschlossen sich impulsiv, vorbeizuschauen?« sagte er mit ausdruckslosem Blick.

Baker grinste. »Nicht genau. Wie ich schon sagte, ich wäre sehr erfreut, wenn ich mit Ihnen sprechen könnte. Und ...«, er legte eine Pause ein, »...mit Ihrem Freund Eric Fulmar.«

»Hier ist niemand, der so heißt«, sagte Sidi el Ferruch.

Auf arabisch sagte der Mann neben dem Pascha, der wie ein Adliger gekleidet war: »Ich kenne Mr. Bakers Begleiter. Ich bin mit ihm aufgewachsen. Sein Name ist Dick Canidy.«

Canidy hörte seinen Namen und erkannte die Stimme wieder.

»Steig vom Pferd, Eric, bevor du runterfällst«, sagte er.

Fulmar zog das Tuch von seinem Gesicht. Er lächelte herzlich.

»Canidy, was, zum Teufel, treibst du alter Brandstifter hier?«

Dann saß er geschmeidig ab, lief zu Canidy und schloß ihn in die Arme.

3

Sidi Hassan el Ferruch lud die beiden Amerikaner natürlich zum Bleiben ein. Er nahm die Lehre des Korans ernst, in der es heißt, daß der Freund eines Freundes gut behandelt werden soll. Außerdem war er verblüfft von dieser sonderbaren Art der Amerikaner, seine Aufmerksamkeit zu gewinnen. Er wollte jedoch nichts übereilen. So erlaubte er Canidy und Fulmar nur eine kurze Begrüßung und schickte Eric dann auf sein Zimmer, wo er vermutlich baden und sich umziehen würde. Danach befahl er einem Diener, Baker und Canidy zu Gästezimmern zu führen, wo sie vermutlich das gleiche tun konnten.

Zwei Stunden später werde im Garten eine Mahlzeit serviert, kündigte er an. Und zuvor und während des Essens werde Wein für die Ungläubigen gereicht werden ... und für diejenigen, die dazu neigten, gewisse Lehren des Heiligen Korans zu ignorieren, fügte er mit der Andeutung eines Lächelns hinzu.

Canidy war nicht überrascht, als Eric Fulmar eine halbe Stunde später mit einer Flasche Wein in sein Zimmer kam. Was ihn überraschte, war die Stärke seiner Gefühle beim Wiedersehen mit Fulmar. Es dauerte einige Zeit, bis er sich in Erinnerung rief, daß er geschäftlich hier war.

»Mal von der Szenerie abgesehen, fühlst du dich hier nicht einsam?« fragte Canidy.

»Nein«, beteuerte Fulmar hastig, wie um sich zu verteidigen.

»Nun, ich nehme an, das Schmuggeln hält dich auf Trab«, sagte Canidy.

Fulmars Blick wurde kalt. »Du weißt darüber Bescheid?«

Canidy nickte. »Eines Tages werden die Deutschen das stoppen.«

»Na und?«

»Was dann?«

»Du führst was im Schilde.« Das war keine Frage, sondern eine Feststellung. »Was ist dein Angebot, Dick?« fragte er, und seine Stimme nahm einen harten Klang an.

»Wir brauchen dich.«

»Und?«

»Und wenn Baker sein Angebot macht, nimm alles, was du bekommen kannst. Sein Angebot wird einschließen, dich hier rauszubringen, meine ich. Plus die Dinge mit dem Finanzamt für dich zu regeln.«

»Und was muß ich machen, damit dein Mr. Baker so nett zu mir ist?« fragte Fulmar nüchtern.

»Es gibt nichts gratis, habe ich dir das jemals gesagt?«

»Vielen Dank, mein Freund.«

»Baker wird es dir sagen.«

»Dessen bin ich sicher.«

Sie nahmen zum Mittagessen im Schatten eines blühenden Baumes Platz, dessen Art Canidy nicht kannte. Diener trugen Spieße mit glühend heißen Lammstücken, Paprika und Zwiebeln auf. Die Lammstücke und die Beilagen wurden von den Spießen gestreift und auf dampfenden Reis gebettet. Es gab auch Teller mit Tomaten und Obst und Körbchen mit Brot. Dazu wurde Château Figeac gereicht, ein köstlicher Wein.

El Ferruch hatte sich ankündigen lassen, und die Amerikaner saßen bereits, als der Pascha von Ksar es Souk eintraf. Er trug einen reich bestickten Kaftan, und er wurde von seinem riesigen schwarzen Leibwächter begleitet. Ein mächtiger Mann, dachte Canidy, als er seinen Gastgeber musterte. Offenbar unbarmherzig und skrupellos. Und in *meinem* Alter.

Nachdem der Pascha jeden seiner Gäste willkommen geheißen hatte, hielt Baker ihm ein Päckchen hin.

»Ich hoffe, Eure Exzellenz wird uns die Ehre erweisen, unser Geschenk anzunehmen«, sagte Baker.

»Selbstverständlich, vielen Dank«, sagte el Ferruch und nahm das Päckchen entgegen. Er sagte etwas auf arabisch, und der hünenhafte Schwarze eilte davon.

El Ferruch öffnete das Päckchen. Es enthielt eine Armbanduhr.

»Schön«, sagte er ohne Begeisterung.

Baker hob kurz die Hand, wie um ein Mißverständnis auszuräumen.

»Eure Exzellenz wird zweifellos erkennen, daß dies ein Piloten-Chronometer ist«, sagte Baker. »Aber vielleicht wird es Eure Exzellenz interessieren, daß es sich um ein amerikanisches Fabrikat handelt.«

Damit gewann er el Ferruchs Aufmerksamkeit. Der Pascha schaute sich das Chronometer genauer an.

»Es ist das allererste Exemplar aus der Fabrik«, sagte Baker. »Eure Exzellenz wird sehen, daß es die Seriennummer eins hat.«

»Ungewöhnlich«, sagte el Ferruch, zeigte jedoch immer noch keine Begeisterung. »Ich nehme an, ihr habt mehrere davon hergestellt für all die farbigen ausländischen Staatschefs, die ihr kaufen wollt.«

»Wir haben zweihunderttausend für unsere Flugzeugbesatzungen bestellt«, sagte Baker. »Das erste wurde von der Fabrik an Präsident Roosevelt geliefert.«

»Zweihunderttausend?« fragte el Ferruch. »Und dies ist Nummer eins?«

»Präsident Roosevelt sagte, er hält es für unwahrscheinlich, daß er eines unserer Flugzeuge fliegen wird. Er denkt, Eure Exzellenz wird vielleicht Verwendung dafür haben.«

»Ich bin überwältigt von Präsident Roosevelts Großzügigkeit«, sagte el Ferruch trocken. Aber er *war* beeindruckt. »Bevor Sie uns verlassen, werde ich Sie bitten, ein kleines Geschenk von mir für Präsident Roosevelt mitzunehmen.«

»Es wäre mir eine Ehre, Eure Exzellenz.«

Bald kehrte der riesige Schwarze zurück. Er trug

zwei Objekte, die in Seide eingehüllt und mit einer Kordel verschnürt waren. Er gab sie el Ferruch, der sie Canidy und Baker überreichte.

»Seien Sie bitte so gut, und nehmen Sie ein kleines Geschenk von mir an«, sagte er.

In der Seide befanden sich zwei Krummdolche. Die Griffe der Dolche und ihre Scheiden bestanden aus Silber, das mit Gold verziert war.

»Ich bin wirklich überwältigt, Eure Exzellenz«, sagte Baker.

»Danke«, sagte Canidy.

»Darf ich jetzt vorschlagen, daß wir essen?« sagte el Ferruch. »Später können wir über den Grund Ihres Besuchs reden.«

»Also?« fragte Sidi Hassan el Ferruch und schaute Eldon Baker an. Das Geschirr war abgeräumt worden und mit Ausnahme des Obstes auch das Essen. El Ferruch hielt ein Glas Portwein in den langen, feingliedrigen Händen, der schon vor seiner Geburt alt gewesen war.

Baker lächelte, hob eine Augenbraue und sagte nichts. *Er will herausfinden, was el Ferruch weiß, bevor er selbst etwas preisgibt*, dachte Canidy.

»Also?« wiederholte der Pascha. Diesmal war es keine Frage. »Kommen wir zur Sache. Sie sind kein Visabeamter, Baker. Sie sind irgendein Agent des Nachrichtendienstes. Und Mr. Canidy war laut Eric bis vor kurzem in China und flog dort für die Amerikanische Freiwilligen-Gruppe. Daß er jetzt hier ist, führt mich zu dem Verdacht, daß ihr beide Vögel aus demselben Nest seid. Darüber hinaus glaube ich, daß Mr. Canidys langjährige Freundschaft mit Eric einigen Einfluß auf die Entscheidung hatte, ihn aus China abzukommandieren und nach Marokko zu schicken.«

»Fahren Sie fort, Eure Exzellenz«, sagte Baker.

»Ich bezweifle, daß ich mehr als von geringfügigem Nutzen für Sie bin ... es sei denn natürlich, Sie planen eine Invasion von Nordafrika?« Er blickte schnell zu Baker, sah aber keine Reaktion. »Und Eric ist ein netter Kerl.« Fulmar verzog den Mund bei el Ferruchs Worten. »Aber ich verstehe nicht, weshalb er nützlich für Sie sein könnte. Mit anderen Worten, Marokko ist *nur* Marokko, Mr. Baker. Also sagen Sie mir, was Sie im Sinn haben.«

»Die Quellen Eurer Exzellenz sind zuverlässig«, sagte Baker. »Ich hoffe, die Franzosen und Deutschen nutzen nicht dieselben.«

»Nicht, wenn ich es verhindern kann«, sagte el Ferruch und lachte. »Aber es würde mich überraschen«, fügte er ernster hinzu, »wenn sie nicht wüßten, daß ihr beide mich besucht habt. Sie werden daraus Schlüsse ziehen.«

»Dessen bin ich sicher«, pflichtete Baker ihm bei.

»Das kann mich möglicherweise gefährden.«

»Aber, Eure Exzellenz«, sagte Baker mit einer leichten, aber vielsagenden Schärfe in der Stimme, »Sie sind bereits gefährdet ... *möglicherweise*. Sie und Eric sind Schmuggler. Entweder betrachten die Franzosen *und* die Deutschen Sie als über dem Gesetz stehend, oder Sie haben es geschafft, die Franzosen und Deutschen auszutricksen. Ganz gleich, welches dieser Talente Sie haben, es machte Sie zu einem Mann, mit dem wir zusammenarbeiten möchten ... ganz zu schweigen natürlich von Ihren anderen wertvollen Talenten.«

»Ich weiß nicht, ob ich Ihnen für das Kompliment danken oder Sie an die Deutschen verkaufen soll«, sagte el Ferruch.

»Ich an Ihrer Stelle würde auch nicht wissen, was ich tun soll. Aber warum kommen wir nicht zu ernsthaften Geschäften?«

»Wollen Sie meine Hilfe bei einer Invasion von Nordafrika?«

»Nein, nichts so Großes, das muß ich leider sagen. Soweit ich weiß, planen wir keine Invasion Nordafrikas. Aber es gibt tatsächlich Gerüchte, daß wir vielleicht in Dakar einfallen und von dort aus vorstoßen.«

»Das glaube ich nicht.«

»Ich bin sicher, Sie wissen, was Sie wollen. Unterdessen wünscht ein hochrangiger französischer Offizier, sich seinen Brüdern anzuschließen, die ihr Schicksal mit dem der Alliierten in ihrem Kampf gegen die Nazis verknüpft haben. So stellen wir ihm ein U-Boot zur Verfügung, um ihn in Sicherheit zu bringen.«

»Einer der französischen Offiziere?« überlegte el Ferruch laut. »Welchen? Bethouard?« Er schaute Baker an. »General Bethouard?«

»Ich bedaure, Eure Exzellenz, ich kann Ihnen zu diesem Zeitpunkt keine Antwort darauf geben.«

»Erwarten Sie von mir Hilfe oder nicht?« fragte el Ferruch ärgerlich.

»Ja, natürlich«, sagte Baker. »Aber darf ich fortfahren?«

Der Pascha von Ksar es Souk gab mit einer gebieterischen Geste seine Zustimmung.

Es war die Geste eines barbarischen Häuptlings, beobachtete Canidy. Meistens war el Ferruch so aalglatt wie Talleyrand. Folglich war wahrscheinlich, daß er Baker durch dieses unerwartet herrische Verhalten ein wenig aus dem Gleichgewicht brachte.

»Wie Sie wissen, sind unsere Beziehungen zu den Franzosen heikel«, sagte Baker, keineswegs aus der Fassung gebracht. Canidy erkannte mehr denn je, warum Baker für diese Mission ausgewählt worden war; er war nervenstark und blieb selbst unter Streß gelassen. »Wenn die Franzosen herausbekommen, daß wir einem Mann geholfen haben, den sie für einen Deserteur und Verräter halten, würde sich unsere Beziehung zu Frankreich bestimmt verschlechtern.«

»Aber wenn ich ihm helfe«, sagt el Ferruch, »würde sich meine Beziehung mit Frankreich *nicht* verschlechtern?«

»*Wenn* die Franzosen herausfinden, daß Sie ihm geholfen haben, sicherlich. Aber wie ich schon sagte, Sie sind ein Mann mit vielen Gaben und Talenten.«

»Und wenn ich Ihnen helfe – was hätte ich davon ...«

»Ich bin überzeugt, Sie haben Bedürfnisse.«

»Eigentlich nicht, Mr. Baker. Meine Hauptbedürfnisse sind alle befriedigt. Und ich habe nur wenige kleinere Bedürfnisse. Natürlich bin ich nicht völlig zufrieden. Eine Woche allein mit Greta Garbo könnte mich noch erfreuen. Oder, praktischer gedacht, ich könnte mir vorstellen, daß Ihr Land die Möglichkeiten hat, die Wüste zu bewässern, die Sie aus Ihren Schlafzimmerfenstern sehen können.«

Baker überlegte. »Nun, Eure Exzellenz«, sagte er schließlich, »Sie könnten vermutlich ein gutes Stück der Wüste für hunderttausend Dollar bewässern.«

»Abgemacht«, sagte Sidi el Ferruch.

»Da ist noch eines«, sagte Baker. Er zog das Foto von Grunier aus der Tasche. »Ich brauche ein Double für diesen Mann. Es muß nicht genau wie ein Zwilling aussehen. Nur ungefähr ähnlich.« Er nannte Größe, Gewicht, Haar- und Hautfarbe. »Und wenn der Doppelgänger verschwindet, sollte er nicht vermißt werden.«

»Was hat das zu bedeuten?«

»Wir haben einen Agenten – einen für uns wichtigen Mann –, der anscheinend enttarnt ist. Er hat uns beträchtlich geholfen, und wir wollen nicht, daß er ums Leben kommt, besonders nicht, da wir jetzt ein U-Boot für den französischen Offizier zur Verfügung haben.«

»Sie werden mir nicht sagen, wer der Mann ist?«

»Nein. Er ist Franzose, und er arbeitet in einer kriegswichtigen Industrie.«

»In welcher?«

»In den Phosphatminen.«

»Ah, ich verstehe. Und?«

»Er hat eine Familie in Frankreich. Wenn bekannt werden sollte, daß er zu uns übergelaufen ist, wäre seine Familie Repressalien ausgesetzt. Aber wenn er, sagen wir mal, scheinbar von Räubern ermordet und in einer Gosse liegengelassen werden würde, dann hätte seine Familie nichts zu befürchten.«

Mein Gott! dachte Canidy. Eldon Baker, der charmante Diplomat, läßt einfach irgendeinen armen Kerl auf der Straße ermorden! Canidy schwieg schockiert.

»Natürlich, und dann?« fragte el Ferruch.

»Da ist ein anderer Mann, der unbedingt in diesem U-Boot sein muß.«

»Wer?«

»Eric Fulmar.«

»Ich verstehe nicht, warum. Ich mag ihn, und wir sind uns gegenseitig nützlich ... Wir haben gemeinsame Talente.« El Ferruch lächelte, dachte nach und sprach weiter. »Und welchen Nutzen hätte er für Sie? Ein weiterer Soldat ändert nichts, oder?«

»Nein, wir brauchen ihn nicht als Soldat. Wir wollen ihn aus mehreren anderen Gründen haben. Er ist halb Deutscher, kennt Deutschland wie ein Einheimischer, kennt Marokko und kann für einen Araber durchgehen. Er hat ebenfalls *sehr* gute Verbindungen zu den Vereinigten Staaten. All dies macht ihn ungewöhnlich wertvoll für uns.«

»Für mich ebenso.«

»Das kann ich gut verstehen.«

»Weiter.«

»Und schließlich möchte ich, daß sich Eric und Dick Canidy mit unserem Agenten treffen, während Sie den französischen Offizier nach Safi transportieren. Eric, Dick und der Agent werden Sie dort treffen und den Weg zum U-Boot fortsetzen.«

El Ferruch schaute Fulmar lange an. »Eric, willst du gehen?« fragte er schließlich.

»Ich finde, mein Freund«, sagte Fulmar mit für ihn ungewöhnlichem Ernst, »ich bin weniger immun gegen die deutsche Seuche als du. Ich sollte gehen.«

»Also gut«, sagte el Ferruch. »Dann kommen wir auf die Frage der Entschädigung zurück. Machen Sie mir ein besseres Angebot.«

»Ich halte hunderttausend Dollar für eine ganz hübsche Summe«, sagte Baker.

»Mr. Baker, ich glaube, Sie sollten verstehen, daß für mich Geld kein Thema ist. Ich verdiene viel mehr durch französisches Gold und Kunstgegenstände. Das Thema ist Würde – die Chinesen nennen es ›das Gesicht wahren‹. Ich werde Ihre Vorschläge Thami el Glaoui zur Genehmigung vortragen müssen. Das muß würdevoll geschehen.«

»Wie würdevoll?«

»Mehr als hunderttausend Dollar.«

»Okay, hundertzehntausend Dollar.«

»Einverstanden. Aber dies erfordert Zeit«, sagte el Ferruch und erhob sich aus dem Schneidersitz. »Vielleicht eine Woche oder zwei Wochen. Unterdessen brauchen wir alle etwas Entspannung. Was haben Sie als nächstes vor?«

»Canidy und ich werden morgen zum Konsulat in Rabat zurückkehren. Wir werden dort auf Ihre Nachricht warten.«

»Sehr gut«, sagte el Ferruch. »Übrigens, Mr. Baker, spielen Sie Schach?«

»Aber ja, Eure Exzellenz, das ist tatsächlich der Fall.«
»Das dachte ich mir. Eric, Mr. Canidy«, sagte er und schaute sie an. »Ich kann mir vorstellen, daß ihr gern einige Zeit zusammen sein möchtet. Kommen Sie, Mr. Baker, wir werden Schach spielen.«

4
Hauptquartier der US-Streitkräfte im Fernen Osten Corregidor Commonwealth Philippinen

23. Februar 1942

Das Fernmeldezentrum erhielt eine Funkbotschaft (DRINGEND VOM STABSCHEF PERSONAL ZUR KENNTNIS BEFEHLSHABENDER GENERAL DER US-STREITKRÄFTE IM FERNEN OSTEN) in zwei Teilen, denn der Funkempfang war unterbrochen worden, als ein Splitter von japanischem Artilleriefeuer die lange Antenne auf dem Hügel über dem Malinta-Tunnel zerfetzt hatte.

Als die Antenne repariert war und sich die Fernmeldezentrale wieder in der Atmosphäre meldete, wurde der Rest der Funkbotschaft gesendet, entschlüsselt und per Kurier zu General Douglas MacArthur geschickt.

Auf Anweisung des Präsidenten sollte General Douglas MacArthur schnellstmöglich zur Insel Mindanao vorrücken, wo er die Durchführbarkeit einer längeren Verteidigung dieser Insel einschätzen sollte, falls es möglich war, die Halbinsel Bataan und Corregidor erfolgreich zu verteidigen. Nach nur höchstens sieben Tagen auf Mindanao würde General MacArthur mit Mitteln seiner eigenen Wahl nach Brisbane, Australien, weiterziehen, um das Kommando über alle US-Streitkräfte im westlichen Pazifik zu übernehmen. Er war befugt, denjenigen Offizier im Generalsrang als Kommandeur der US-Streitkräfte auf den Philippinen zu ernennen, den er für den geeignetsten hielt.

MacArthur wurde zu einem Zeitpunkt von den Philippinen abkommandiert, an dem seine Truppen in Bataan mit zunehmender Verbitterung sangen:

Wir sind die Bastarde von Bataan,
Ohne Mama, ohne Papa, ohne Uncle Sam;
Ohne Tanten, ohne Onkel, ohne Nichte und Cousin;
Ohne Pillen, ohne Flugzeuge,
ohne Artillerie-Munition;
Aber wen juckt das schon?

MacArthurs Truppen waren besiegt, nicht wegen mangelnder Tapferkeit und gewiß nicht wegen Mangels an hochgefahrener Führung, sondern weil man sie im Stich gelassen hatte und sie keinen Nachschub an Lebensmitteln, Personal, Medikamenten, Flugzeugen und Munition erhalten hatten. Als verfassungsmäßiger Oberbefehlshaber der Streitkräfte der Vereinigten Staaten trug letzten Endes der Präsident die Verantwortung für die Entscheidung, die Philippinen nicht mehr mit Nachschub zu versorgen.

Und jetzt wurde MacArthur von Franklin Roosevelt abkommandiert, erhielt den Befehl, seine Männer zu verlassen, wenn sie ihn am dringendsten brauchten.

MacArthurs Gesicht wurde weiß, als er die Funkbotschaft las, und er befahl seinem Adjutanten, Lieutenant

Colonel Sidney Huff, seine Frau ausfindig zu machen. MacArthurs scharfer Befehlston verriet Huff, daß die Funkbotschaft wirklich schlechte Nachrichten enthielt. MacArthur wandte sich stets an seine Frau, wenn er wütend und aufgewühlt war. Sie konnte oftmals seinen Zorn besänftigen, und er verstand anscheinend, daß dies manchmal wünschenswert war.

Huff meldete ihm eine Minute später, daß sich Mrs. MacArthur in einem der Seitenstollen des Malinta-Tunnels aufhielt. MacArthur eilte dorthin, und Colonel Richard K. Sutherland folgte ihm auf den Fersen.

Eine Dreiviertelstunde später erhielt Huff den Befehl, eine Stabskonferenz einzuberufen.

Als die Offiziere versammelt waren, las ihnen MacArthur die Funkbotschaft des Präsidenten vor.

Er habe seine Entscheidung getroffen, erklärte er. In seiner ganzen Laufbahn als Berufsoffizier habe er niemals einen Befehl verweigert. Als Offizier werde er das niemals tun. Aber nie in seiner militärischen Laufbahn habe er Waffenbrüder im Stich gelassen, und als Mensch könne er das auch jetzt nicht tun. Er wolle seinen Abschied vom Offizierskorps der Army der Vereinigten Staaten nehmen, mit einem Boot nach Bataan fahren und sich als Private bei den Mannschaften melden. Die Offiziere würden informiert werden, wenn diese Veränderung des Status in Kraft treten würde.

Dann ging er zu seinem Schreibtisch, einem Standard-GI-Klappschreibtisch, wie er an Captains und die Kompanien im Feld ausgegeben wurde. Dort schrieb er sein Rücktrittsgesuch.

Es stellte sich die Frage, wer das Rücktrittsgesuch erhalten sollte. Nach den Vorschriften waren Rücktrittsgesuche an den ranghöheren Befehlshaber zu stellen. General Douglas MacArthur war der ranghöchste Befehlshaber auf den Philippinen, und die gesamte

U.S. Army war nur General George Catlett Marshall unterstellt (und MacArthur hatte einmal öffentlich erklärt, daß Marshall untauglich für eine Beförderung über Colonel hinaus war). Jetzt war Marshall ein Vier-Sterne-General, der Chef des Stabs, und er saß zur Rechten von Franklin Delano Roosevelt.

Es gab keinen Zweifel für MacArthur, daß Marshall hinter der Funkbotschaft stand, deren Erfüllung ihn zwingen würde, gegen alles zu verstoßen, was ihm heilig gewesen war, seit er in West Point den Fahneneid geleistet hatte.

Sutherland schlug ihm vor, die ganze Sache zu überschlafen und in der Bestätigung der Funkbotschaft an Roosevelt darauf zu achten, nichts zu sagen, was auf seine Pläne hinwies.

In einer Funkbotschaft wurde der Befehl bestätigt, aber um die Genehmigung gebeten, den Zeitpunkt des Verlassens der Philippinen selbst zu bestimmen. General MacArthur sagte, seine ›Abkommandierung von den Philippinen – auch wenn er danach das Kommando von ›Entlastungstruppen‹ in Australien übernehme – hat heikle moralische Untertöne, die sorgfältig abgewogen werden müssen‹.

Marshall, nicht Roosevelt, antwortete fast sofort auf die Funkbotschaft. Da ›die Aufrechterhaltung der Verteidigung von Luzon unbedingt erforderlich‹ sei, erhielt MacArthur die Genehmigung, selbst den Zeitpunkt und die Mittel zu wählen, um nach Australien zu gehen.

Das Rücktrittsgesuch wurde in den Schreibtisch gelegt.

5
Bei Ksar es Souk, Marokko

23. Februar 1942

Dick Canidy fuhr schweigend die erste Etappe der Rückfahrt nach Rabat. Er war müde und hatte einen Kater, nachdem er bis in die Nacht hinein mit Eric Fulmar gezecht hatte. Und Eldon Baker war froh, ihm den Wunsch nach Ruhe zu erfüllen, denn er hatte fast ebenso lange mit Sidi Hassan el Ferruch Räuberschach gespielt und dabei die Einzelheiten ihrer Abmachung verhandelt. Als sie die Ausläufer des Atlasgebirges erreichten, spürte Baker, daß sich der Nebel bei Canidy gelichtet hatte.

»Hatten Sie eine angenehme Zeit?« fragte Baker.

»Eine wunderbare. Und Sie?«

»Zufriedenstellend. Wie hat Ihr Freund Eric all dies aufgenommen?«

»Ich glaube, er freut sich auf die Veränderung.«

»Hm. Ich nehme an, er wird für uns viel Gutes tun. Und was halten Sie vom Pascha von Ksar es Souk?«

»Das ist ein Mann mit einer vielversprechenden Zukunft.«

Baker lachte. »Ich weiß, was Sie meinen. Ein paar von seiner Art in der königlichen Familie, und die Engländer hätten bald kein Parlament mehr.«

Canidy pflichtete ihm lachend bei.

»Und Sie sind zufrieden mit Ihrer Rolle in unseren Plänen mit Grunier?« fuhr Baker fort.

Canidy schaute ihn hart an. »Das ist alles sehr gräßlich und kaltblütig«, sagte er. »Oder ist die kaltblütige Ermordung eines Fremden für euch Spione nichts Besonderes?«

»Grunier ist *unglaublich* wichtig für den Krieg«, sagte Baker ruhig. »Wissen Sie, Dick, als ich aufwuchs, redeten mir Mama, Papa, die Pastoren und Lehrer ernsthaft ins Gewissen, ein guter Junge zu sein, aber ich mußte mich dafür entscheiden, kein guter Junge zu werden. Ich rechne damit, daß ein besonders unangenehmer Platz in der Hölle auf Leute wie mich wartet ... und auf Sie, Dick. Ich bin überzeugt, Sie haben die Gabe zu einem bösen Jungen. Und ich erwarte, daß Sie und ich jede Menge Zeit zum Plaudern haben, wenn wir uns an diesem Platz in der Hölle treffen.«

»Na, das sind aber Aussichten«, stöhnte Canidy. »Was machen wir als nächstes?«

»Wir warten. Ich habe viele Bücher. Ich werde viel lesen, während wir warten.«

6
Café des Deux Sabots
Rabat, Marokko

23. Februar 1942

Müller wird man immer den Polizisten ansehen, dachte Max von Huerten-Mitnitz, als der Oberkellner Müller an den Tisch führte. *Wie ein Priester nackt an einem Strand sein könnte und von jedem als Geistlicher erkannt werden würde.*

»Wie geht es Ihnen?« fragte von Huerten-Mitnitz. »Alles in Ordnung?«

»Ich komme verspätet«, erwiderte Müller, »aber mit Entschuldigungen.«

»Natürlich sind Sie zu spät dran«, sagte von Huerten-Mitnitz. Er war bereits beim Hauptgang, einer köstlichen marokkanischen Version der Bouillabaisse. »Unter wessen Bett haben Sie sich versteckt? Oder haben Sie eine bessere Entschuldigung?«

»Eine bessere.« Müller lachte. »Zwei *unbedeutende* amerikanische Konsulatsbeamte fuhren gestern zum Palast des Paschas von Ksar es Souk. Sie sind heute nach Rabat zurückgekehrt. Ich vermute, daß die beiden *unbedeutenden* Konsulatsbeamten Sidi el Ferruch keinen Höflichkeitsbesuch abgestattet haben.«

»Wer sind die Beamten?«

»Einer heißt Baker. Eine Zeitlang war er ein *unbedeutender* Beamter, der die amerikanische Botschaft verwaltete, nachdem wir Paris von den Franzosen befreit haben. Der andere heißt Canidy. Er ist anscheinend ein so kleines Licht, daß wir keine Akte über ihn in Marokko haben. Die beiden sind offenbar Nachrichtenagenten.«

»Der Papst ist Katholik«, stimmte von Huerten-Mitnitz zu. »Was haben die Amerikaner el Ferruch gesagt?«

»Das weiß ich nicht.«

»Und sie sind wieder in Rabat?«

»Ja.«

»Lassen Sie die beiden überwachen. *Richtig* observieren, nicht von der Sûreté überwachen.«

»Das ist bereits veranlaßt.«

»Gut. Und was ist mit el Ferruch?«

»Keine Ahnung.«

»Sie wissen nicht, was er macht? Oder wo er ist?«

»Beides weiß ich nicht.«

»Scheiße«, sagte von Huerten-Mitnitz. »Der schwer faßbare Pimpernel.«

»Was ist das?«

»Der Held eines sehr schlechten Romans, nach dem ein sehr guter Film mit Leslie Howard gedreht wurde. Der Pimpernel war ein britischer Adliger, der eine Reihe seiner französischen Kollegen vor der Guillotine der Revolutionäre gerettet hat. Keine der französischen Behörden konnte jemals herausfinden, wer er war, was er im Schilde führte oder wo er als nächstes auftauchen würde. Kraft seines Rangs sollte Sidi Hassan el Ferruch einer der gut sichtbaren Leute in Marokko sein. Spüren Sie ihn auf und behalten Sie ihn im Auge. Lassen Sie ihn seine Aktivitäten ausführen, aber finden Sie heraus, um welche es sich handelt.«

»Das wird erledigt.«

»Und was ist mit dem jungen Herrn Fulmar?«

»Der ist noch in Ksar es Souk.«

»Das ist so gut wie in einem Gefängnis. Aber wenn er Ksar es Souk verläßt, behandeln Sie ihn wie eine Mutter – ohne daß er Ihre Aufmerksamkeit bemerkt.«

»Jawohl, Herr von Huerten-Mitnitz.«

XII

1

Hauptquartier der US-Streitkräfte im Fernen Osten Commonwealth Philippinen

9. März 1942

Am 6. März traf eine weitere Funkbotschaft von Stabschef George Marshall bei Douglas MacArthur ein. Es war kein Befehl, wie MacArthur fand, sondern ein zarter Wink. ›Die Lage in Australien macht Ihre frühe Ankunft dort wünschenswert‹.

MacArthur erwähnte bei seinem Stab nichts von der Funkbotschaft, und keiner brachte sein handgeschriebenes Rücktrittsgesuch zur Sprache, das immer noch in seinem Schreibtisch lag. Heute, am 9. März, war eine dritte Funkbotschaft (EILT!) eingetroffen, und diesmal handelte es sich um einen Befehl. General MacArthur wurde informiert, daß er ›auf Anweisung des Präsidenten‹ Corregidor bis spätestens 15. März zu verlassen und in Australien spätestens am 18. März einzutreffen hatte.

General MacArthur sagte dann zu jemandem (keiner konnte sich später erinnern, zu wem) leise und in bitterer Resignation, daß ein Befehl ein Befehl war und daß er ihn befolgen mußte. Er würde, sagte er, vermutlich die Philippinen mit dem U-Boot *Permit* verlassen, das auf dem Weg nach Corregidor war.

Später an diesem Tag meldete ihm jemand, daß die

Ankunft des U-Boots *Permit* keineswegs sicher sei und daß es – sofern es überhaupt eintraf – vermutlich nicht so rechtzeitig eintreffen würde, daß MacArthur seine letzten Befehle befolgen konnte.

MacArthur gab dann Huff zwei Befehle. Erstens befahl er ihm, Kontakt mit dem Navy-Lieutenant Johnny Buckley aufzunehmen und ihn ihre Chancen einschätzen zu lassen, ob sie die japanische Blockade mit Buckleys verbliebenen Torpedobooten durchbrechen konnten, die zur Zeit beschädigt an einem Fischerkai in der Sisiman-Bucht auf der Bataan-Halbinsel festgemacht waren.

Der zweite Befehl lautete, Lieutenant James M.C. Whittaker vom Army Air Corps ausfindig zu machen und ihn – wenn er noch lebte – nach Corregidor zu befehlen.

2

Bei Abucay, Bataan

10. März 1942, 13 Uhr 30

First Lieutenant James M.C. Whittaker, United States Army Air Corps (abkommandiert zu der Kavallerie), vorher bei der 414. Jagdstaffel (am 10. Dezember 1941 aufgelöst) und dem 26. Kavallerieregiment (am 16. Januar 1942 aufgelöst), trug die pinkfarbene Reithose des Kavallerie-Offiziers und Reitstiefel. Die meisten seiner Uniformen waren ruiniert worden, als das Quartier für ledige Offiziere auf Clark Field am 9. Dezember ausgebombt worden war. Die Reithose und Reitstiefel des Kavalleristen waren in der Wohnung in Manila gewesen.

Am 12. Dezember 1941 hatte er es geschafft, auf dem Weg nach Clark Field zu der Wohnung zu gelangen, wo man ihm eine Botschaft überreicht hatte, die ihn informierte, daß Chesty Haywood Whittaker junior an einem Schlaganfall gestorben war. Noch erschüttert, mußte er vor einem hastig einberufenen Ausschuß von Offizieren erscheinen.

»Die Lage, Gentlemen«, sagte ein Major des Air Corps den dreiunddreißig jungen Offizieren des Air Corps, Flieger und Nichtflieger, »ist folgende: Wir haben einen Überschuß an Offizieren des Air Corps und einen kritischen Mangel an Offizieren der Bodentruppen. Sie sind für Dienst bei den Bodentruppen ausgewählt worden. Der Ausschuß wird entscheiden, wo Sie auf Grund Ihres bisherigen Dienstes am besten hinpassen.«

Whittakers Auftritt vor dem Ausschuß – vier Kompanieoffiziere der Army und des Fernmeldekorps – war kurz.

Während Whittaker noch grüßte, lächelte ein Kavallerieoffizier und wandte sich an die anderen.

»Den nehmen wir«, sagte er. »Wie geht es Ihnen, Jim?«

Zwei Wochen nachdem der Kavalleriemajor, in besseren Zeiten ein befreundeter Polospieler, Whittaker in der ›Gentleman-Truppengattung‹ willkommen geheißen hatte, wurde er auf der Halbinsel Bataan durch Mörserfeuer getötet. Und nur zwei Wochen danach teilte ein noch schneller einberufener Ausschuß von Offizieren, der tagte, um neu zu verteilen, was vom Offizierskorps des 26. Kavallerieregiments übriggeblieben war (nicht viel), Lieutenant Whittaker zur Verwendung bei den Philippinischen Scouts ein.

Auch diese Verwendung dauerte nicht lange. Lieutenant Whittaker, der hatte verlauten lassen, daß er in Ferienjobs beim Bau den Umgang mit Sprengstoffen gelernt hatte, wurde befehlshabender Offizier vom 105. Philippine Army Explosive Ordnance Disposal Detachment. Die Einheit, deren Hauptaufgabe es war, Bomben zu entschärfen, bestand aus zwei Amerikanern, ihm selbst und George Withers, einem Staff Sergeant der Berufs-Army, und acht philippinischen Scouts – ein Second Lieutenant, ein Master Sergeant und sechs Technical Sergeants. Lieutenant Whittaker hatte die Befugnis, Beförderungen bis zum Technical Sergeant auszusprechen, und er hatte alle der Scouts befördert, von denen keiner zuvor einen Rang über Corporal gehabt hatte.

Lieutenant Whittakers Reitstiefel waren auf Hochglanz poliert. Sie bildeten einen interessanten Kontrast zu dem Rest seiner Uniform: ein breitkrempiger Strohhut eines Bauern, ein weißes Polohemd mit kurzen Ärmeln und ein Colt-Modell-1917-Revolver Kaliber .45 (hergestellt für den Ersten Weltkrieg), der im Bund seiner Reithose steckte.

Aus einer Reihe von Gründen war Lieutenant Whittaker bei seinen Untergebenen hochangesehen. Zum einen bekamen alle gutes Essen. Lieutenant Whittaker hatte eine Geldkassette mit Goldstücken dabei. Eine seiner Missionen bei seiner Verwendung im 26. Kavallerieregiment hatte darin bestanden, eine ländliche Bankfiliale zu besuchen und sie um ihr Gold zu erleichtern, bevor die Bank den Japanern in die Hände fiel. Als er mit den Goldmünzen zurückkehrte, war der Offizier, der ihm den Befehl gegeben hatte, gefallen, und Whittaker hatte sich gesagt, daß er das Gold besser zur Verpflegung seiner Soldaten nutzen konnte, als es nach Corregidor zu schicken.

Die Einheimischen von Bataan hatten kein Vertrauen in Papiergeld. Aber sie verkauften Reis, Eier, Hähnchen und Schweine für Gold, und Lieutenant Whittaker verpflegte zuerst seine Filipino-Soldaten des 26. Kavallerieregiments und jetzt seine ›Bumm-Bumm-Boys‹ sehr gut mit den Goldmünzen aus der Bank. Das Gold hatte auch für Transportmittel gesorgt, wenn andere Einheiten keine Fahrzeuge und kein Benzin gehabt hatten. Die Bumm-Bumm-Boys verfügten über zwei Pickup-Trucks und ein 1937er Ford-Cabrio ohne Kotflügel. Einiges von dem Sprit stammte aus schrumpfenden Depots der Army (das Bomben-Räumkommando genoß höchste Priorität, wo es gebraucht wurde), aber das meiste Benzin hatte Whittaker von Einheimischen gekauft.

Whittaker war sogar hochangesehen bei Staff Sergeant George Withers, der normalerweise keinen Respekt vor Offizieren hatte, die keine West Pointer und nicht mindestens fünfzehn Jahre im Dienst waren. Staff Sergeant Withers war ein hocherfahrener Sprengstoffexperte, und Whittaker nutzte gern sein überragendes Können, wenn es darum ging, Blindgänger von größtem Kaliber zu entschärfen.

Aber das 105. Philippine Army Explosive Ordnance Disposal Detachment (kurz 105th EOD Det), verbrachte die meiste Zeit damit, Dinge in die Luft zu sprengen, und Lieutenant Whittaker – der die Kunst als Sechzehnjähriger von einem Mann gelernt hatte, der einen Eisenbahntunnel durch die Rocky Mountains gesprengt hatte –, war der meisterhafteste Hurensohn, den Withers jemals im Umgang mit Sprengstoffen gesehen hatte. Er machte Brücken platt, verschloß Tunnel, sprengte Dämme und legte Bäume quer über Straßen, und das mit einem Geschick, das man nur als Kunstfertigkeit bezeichnen konnte. Und wenn er nichts in die

Luft blies, hinterließ er tödliche Fallen für die vorrückenden Japaner.

Eines hatte die Luzon-Streitkraft in Hülle und Fülle: Artillerie-Munition. Es gab gar nicht genug Kanonen und Haubitzen, um alles abzufeuern, obwohl die Kanonen selten verstummten. Whittaker sagte sich, je weniger von diesem Überfluß in die Hände der Japaner fiel, desto besser. Deshalb wurden Pulverladungen für die größeren Geschütze in Sprengmaterial umgewandelt und die kleinere Munition für Minen genutzt.

Erst vor kurzem war der Vormarsch der Japaner gegen schwächer werdende philippinisch-amerikanische Truppen so unbarmherzig geworden, daß Munitionsdepots, die nicht verlegt werden konnten, in die Luft gejagt werden mußten.

Whittakers Reaktion auf die unausweichliche Niederlage war die Vorbereitung zur Sprengung der drei letzten Munitionsdepots auf der Halbinsel Bataan. Er feilte noch an bereits sorgfältig ausgearbeiteten Plänen, um die Depots in dem Moment in die Luft zu jagen, in dem der erste Japaner innerhalb der Umzäunung auftauchte.

»Es wird wie der Ausbruchs des Vesuvs sein«, versprach er.

Die meisten Amerikaner der Luzon-Streitkräfte hofften zu überleben oder es nach Corregidor zu schaffen, wenn die Japaner schließlich die Bataan-Halbinsel besetzten. Whittaker hatte andere Pläne. Er hatte ein altes, zwölf Meter langes Boot gefunden, das durch Handfeuerwaffen ein bißchen beschädigt war und mit fast überflutetem Deck in einem kleinen Hafen nahe Mariveles lag. Aber die Maschinen waren intakt, die Tanks waren gefüllt, und im Laderaum gab es zusätzlichen Treibstoff in 55-Gallonen-Fässern. Zu gegebener Zeit würden die Pumpen des Boots funktionieren.

Whittaker hatte die Bodenventile geöffnet, und er wollte das Boot wieder flottmachen, zu einer der anderen philippinischen Inseln fahren und seine Männer mitnehmen.

Der Hauptgrund für die hohe Moral des 105. Sprengstoff-Räumkommandos war das Vertrauen der Männer in die Fähigkeit ihres befehlshabenden Offiziers, sie von Bataan fortzubringen. Der Rest der kämpfenden Bataan-Bastarde war dem Untergang geweiht, und jeder wußte es, aber Whittakers Einheit hatte Hoffnung.

Der Offizier, der Whittaker suchte, fuhr einen Jeep und trug relativ saubere Kleidung, obwohl er von den jämmerlichen Rationen, dem Mangel an Malaria-Pillen und von Überarbeitung so ausgemergelt war wie jeder sonst auf Bataan. Der Jeep und die saubere Kleidung ließen darauf schließen, daß er ein Stabsoffizier war, vermutlich von den United States Armed Forces, Far East (USAFFE) auf der Spitze der Halbinsel.

Er brachte die erstaunliche Information mit, daß Lieutenant Whittaker nach Corregidor befohlen wurde und sich dort bei General MacArthur persönlich melden sollte.

»Fahren Sie zurück zu ihm und sagen Sie ihm, Sie konnten mich nicht finden«, sagte Whittaker. »Ich will nicht auf dem Felsen hängenbleiben.«

»Es ist ein Befehl, Lieutenant«, sagte der Captain. »Sie haben keine Wahl.«

»Ich habe jede Wahl, Captain«, erwiderte Whittaker. »Ich bin nur vorübergehend Soldat.«

»Sie tragen eine Offiziersuniform«, sagte der Captain. »Sie haben einen Eid geleistet.«

»Guter Gott, sind unter diesen Umständen Eide und das restliche Scheißgelaber von Offizieren und Gentlemen nicht ziemlich nutzlos?« fuhr Whittaker ihn zornig an. »Menschenskind, der Präsident der Vereinigten Staaten hat MacArthur sein Wort gegeben, daß wir verstärkt und mit Nachschub versorgt werden. Wenn der Oberbefehlshaber lügt, wenn er nur das Maul aufmacht, dann labern Sie mir nichts von Offiziersehre.«

»Unter diesen Umständen, Lieutenant«, sagte der Captain, »finde ich, daß die Ehre eines Offiziers wichtiger denn je ist. Ich werde Sie nicht zwingen, mich zu begleiten, aber ich werde nicht zurückkehren und sagen, ich hätte Sie nicht gefunden. Ich habe Benzin verbraucht, um hier raufzukommen.«

Whittaker sagte schnell etwas in fließendem Spanisch, und einer seiner Technical Sergeants ging zu einem der Pickup-Trucks und kehrte mit einem Kanister mit Benzin zurück.

»Sie können weitere fünf Gallonen haben, wenn Sie wirklich knapp an Benzin sind«, sagte Whittaker.

»Sie horten auch Benzin? Sie sind wirklich eine Schande für das Offizierskorps, Whittaker«, sagte der Captain. Aber er füllte das angebotene Benzin in seinen Tank.

Whittaker traf eine Entscheidung. »Withers«, sagte er, »wenn ich in vierundzwanzig Stunden nicht zurück bin, führen Sie die Männer nach Mindanao.«

»Sie stiften diesen Mann zur Fahnenflucht an?« sagte der Captain empört.

»Lecken Sie mich am Arsch, Captain«, sagte Whittaker. »Kümmern Sie sich um Ihre eigenen Angelegenheiten.« Er zog den .45er Revolver aus dem Hosenbund und hielt ihn Withers mit dem Griff zuerst hin.

»Behalten Sie die Waffe, Lieutenant«, sagte George Withers. »Man kann nie wissen.«

Whittaker steckte die Waffe wieder in den Hosenbund.

»Ich hoffe, zurückzukommen«, sagte er.

»Nein, Sie kommen nicht zurück.« Withers streckte ihm die Hand hin.

Whittaker fiel noch etwas ein. Er hatte die einzige Armbanduhr. Er band sie ab und gab sie Withers. Es war der Hamilton-Chronometer, den ihm Chesty Whittaker in Cambridge für seine bestandene Prüfung geschenkt hatte.

»Ich hoffe, ich kann Ihnen die Uhr irgendwann wiedergeben«, sagte Withers, und dann überraschte er Whittaker, indem er äußerst zackig grüßte.

»Viel Glück, Lieutenant«, sagte er.

Der Captain sah überrascht, daß die Filipinos Tränen in den Augen hatten, als sie Whittaker die Hand schüttelten. Sie grüßten schneidig, als der Jeep davonfuhr.

Zwischen Abucay und Mariveles ging dem Captain nicht aus dem Kopf, was er gehört hatte.

»Sie glauben doch nicht im Ernst, daß Ihr Sergeant es nach Mindanao schaffen wird, oder?«

»Die Männer werden es versuchen«, sagte Whittaker.

»Sie müßten ein Boot haben«, meinte der Captain. »Und woher sollten sie ein Boot bekommen?« Als er von Whittaker keine Antwort erhielt, dämmerte es ihm: »Sie Hurensohn, Sie *haben* ein Boot, nicht wahr?«

Whittaker schaute ihn an, sagte jedoch nichts.

»Wo?«

»Damit Sie es beschlagnahmen können?« fragte Jim Whittaker. »Ich habe diesen Männern versprochen, mein Bestes zu tun, um sie von hier fortzubringen, wenn sie bis zum Ende bei mir bleiben.«

»Ich will nicht, daß wir kapitulieren«, sagte der Captain. »Die Japaner haben diese Bushido-Vorstellung, daß Soldaten sterben sollen, nicht kapitulieren. Eine Kapitulation ist für sie unehrenhaft; diejenigen, die sich ergeben, werden entsprechend menschenverachtend behandelt.«

»Sie, Captain, werden den Befehl zur Kapitulation erhalten«, sagte Whittaker. »Wie werden Sie eine Befehlsverweigerung mit Ihrem Offiziers-Ehrenkodex vereinbaren?«

»Nicht leicht«, sagte der Captain, »aber ich werde nicht kapitulieren.«

»Mir ist klar, wie absurd dies ist«, sagte Whittaker, »aber wenn ich Ihnen sage, wo das Boot ist, werden Sie mir Ihr Ehrenwort geben, nicht zu versuchen, meine Männer zu stoppen?«

»Ich dachte daran, zurückzufahren und den Männern zu sagen, daß Sie mir das Kommando übergeben haben«, sagte der Captain. »Mein Colonel wird mich ziehen lassen, wenn ich ihm einen halbwegs plausiblen Vorwand liefere.«

»Wenn Sie wüßten, wo das Boot ist, würde Withers Ihnen glauben. Andernfalls nicht«, sagte Whittaker.

»Werden Sie mir es sagen?« fragte der Captain.

»Lassen Sie mich darüber nachdenken«, antwortete Whittaker.

Sechs Kreuzfahrtschiffe lagen in Mariveles am Kai. Zwei davon waren noch genug intakt, um die Fahrt zwischen Mariveles und der Inselfestung Corregidor zu schaffen.

Als Whittaker darauf wartete, an Bord eines über zehn Meter langen ChrisCraft-Bootes zu gehen, dessen Inneres durch einen Brand bis zum Rumpf vernichtet worden war, wandte er sich an den Captain.

»Ich will, daß diese Jungs versuchen, es nach Mindanao zu schaffen«, sagte er. »Withers glaubt, Corregidor kann gehalten werden, bis Hilfe kommt. Ich bezweifle, daß Hilfe kommt. Corregidor wird fallen, und jeder darauf wird gefangengenommen werden. Wenn ich Ihnen sage, wo das Boot ist, werden Sie dann versuchen, nach Mindanao zu fahren?«

Der Captain nickte. Whittaker fragte ihn nach seinem Namen, und dann schrieb er eine Nachricht für Withers. Der Captain las sie. Sie besagte, daß er ihnen helfen würde, nach Mindanao zu gelangen.

»Da steht nicht, wo das Boot ist«, sagte der Captain.

»Ich möchte nicht, daß Sie wieder einen Anfall von Offiziersehre erleiden«, sagte Whittaker. »Zu gegebener Zeit wird Ihnen Withers zeigen, wo das Boot ist.«

Ihre Blicke trafen sich.

»Danke«, sagte der Captain. »Viel Glück auf dem Felsen.«

»Wenn Sie einen großen Blitz sehen und einen lauten Knall hören, dann wird das meine Sprengung sein«, sagte Whittaker. »Ich glaube, es war ein Fehler, den hohen Tieren auf die Nase zu binden, daß ich sehr gut darin bin, Munitionsdepots in die Luft zu blasen.«

»Hat man Sie deshalb geholt?«

»Entweder deshalb oder weil MacArthur mir das Kommando übergeben will«, sagte Whittaker.

Die anderen Passagiere, Krankenschwestern, einige weinend, weil man ihnen befohlen hatte, ihre Patienten zu verlassen, andere nur benommen dreinblickend, trafen mit einem Lastwagen ein und gingen an Bord des Boots.

Ein Matrose befahl Whittaker an Bord.

Whittaker und der Captain schauten sich an und zuckten mit den Achseln; dann sprang Whittaker in das ChrisCraft-Boot. Er streckte die Hand aus, um sich abzustützen. Was immer es war, an dem er sich festhielt, es bewegte sich. Er blickte darauf. Es war eine sehr praktische verchromte Vorrichtung, in die Jachtfahrer ihre Gläser stellten, damit Scotch on the rocks – oder was immer sie tranken – nicht auf den Teppich schwappte und Flecken hinterließ.

Zwischen Mariveles und Corregidor wurden sie

zweimal von japanischen Flugzeugen im Tiefflug mit Bordwaffen angegriffen, aber der Matrose war gut in seinem Job. Er kannte den genauen Moment, in dem er das Steuer drehen und den Rückwärtsgang einlegen mußte, damit das MG-Feuer über ihre Köpfe hinwegstrich.

3
Malinta-Tunnel
Festung Corregidor

11. März 1942, 15 Uhr 50

»Legen Sie diesen Strohhut ab«, sagte Lieutenant Colonel Sidney Huff zu First Lieutenant Jim Whittaker.

Whittaker befolgte den Befehl und legte den philippinischen Bauernhut auf den Betonboden des Seitenstollens im Malinta-Tunnel.

Huff verschwand in einer kleinen Kabine in der Wand des Seitenstollens und kehrte sofort zurück.

»General MacArthur will Sie jetzt sehen, Lieutenant«, sagte er und forderte Whittaker mit einer Geste auf, einzutreten.

MacArthur saß hinter einem GI-Tisch. Abgesehen von einem Telefon und Post-Eingangs- und -Ausgangskörbchen war seine berühmte, goldbestickte Uniformmütze das einzige, was auf dem Tisch lag.

»Lieutenant Whittaker meldet sich wie befohlen, Sir«, sagte Whittaker und grüßte.

»Ich hörte, daß Sie unterwegs angegriffen worden sind«, sagte MacArthur.

»Jawohl, Sir.«

»Aber Sie sind durchgekommen.«

»Jawohl, Sir.«

»Ich kannte Ihren Onkel gut«, sagte MacArthur. »In besseren Zeiten haben wir zusammen Bridge gespielt. Ich war erschüttert, als ich von seinem Tod erfuhr. Mein Beileid.«

»Danke, Sir.«

»Er wäre stolz auf Sie gewesen«, sagte MacArthur. »Colonel Huff hat Erkundigungen über Sie eingezogen. Ihr Jagdflugzeug war das einzige auf Iba, das startete und den Feind herausforderte, hörte ich.«

»Ich bin gestartet, Sir, weil ich wußte, daß ich am Boden nicht die geringste Chance hatte«, sagte Whittaker.

»Man hat mich ebenfalls informiert, daß Sie drei Feinde abgeschossen haben, bevor Sie selbst abgeschossen wurden. Ist das richtig?«

»Ich wurde nicht abgeschossen, General«, sagte Whittaker. »Als die Japaner, denen der Sprit ausging, das Luftgefecht abbrachen, waren Ibas Landebahnen blockiert. Ich konnte dort nicht landen, und so flog ich nach Clark Field. Ich wurde beim Landeanflug mit MG-Feuer angegriffen.«

MacArthur wollte das Thema offenbar nicht weiter verfolgen. »Aber Sie haben drei Feinde abgeschossen?« fragte er.

»Jawohl, Sir.«

»Und Ihre folgenden Leistungen im Dienst beim sechsundzwanzigsten Kavallerieregiment und bei den Philippinischen Scouts waren vorbildlich, wie man mich informierte.«

Whittaker erwiderte nichts, bis MacArthur mit seiner Miene klarmachte, daß er eine Antwort erwartete. Dann sagte er: »Danke, Sir.«

»In Anerkennung Ihrer Leistungen«, sagte MacArthur, »verleihe ich Ihnen für Ihren Dienst als Pilot das Distinguished Flying Cross und den Silver Star für Ihren tapferen Dienst auf Bataan. Und Sie werden mit Wirkung vom heutigen Tag zum Captain befördert. Ich werde Ihnen die Orden anheften, aber Sie müssen sie leider zurückgeben. Unser Vorrat an Medaillen ist wie alles sonst erschöpft. Colonel Huff hat irgendwo Rangabzeichen für einen Captain aufgetrieben.«

MacArthur stand auf, ging um den kleinen Tisch herum und heftete zwei Orden auf die Tasche von Whittakers weißem zivilem Hemd. Dann entfernte er mit einiger Mühe Whittakers silbernen Lieutenant-Balken und ersetzte ihn durch den silbernen Doppelbalken eines Captains.

MacArthur trat zurück und schüttelte Whittakers Hand mit beiden Händen.

»Meinen Glückwunsch, Captain«, sagte er. »Es ist eine große Ehre, der Kommandeur von so tapferen Männer wie Sie zu sein.«

Whittaker war verlegen, erfreut und verwirrt zugleich. Verlegen wegen der schmeichelhaften Worte, aber erfreut (obwohl ihm eine innere Stimme sagte ›Was soll's?‹), ein Captain zu sein. Und verwirrt, weil er anscheinend aus einer Laune von MacArthur heraus nach Corregidor befohlen worden war.

Krieg ist Wahnsinn, dachte Whittaker. *Deshalb sollte ich mich nicht darüber wundern, daß man mich geholt hat, um mir Medaillen zu verleihen, die ich nicht behalten kann, und eine Beförderung auszusprechen, die bedeutungslos ist.*

»Ich glaube, Captain, Sie sind mit dem Oberbefehlshaber bekannt, nicht wahr?« fragte MacArthur.

»Jawohl, Sir«, antwortete Whittaker.

»Vertraut genug mit dem Präsidenten, daß er sich verpflichtet fühlte, militärische Kommunikationswege zu nutzen, um mich anzuweisen, Sie über den Tod Ihres Onkels zu informieren«, sagte MacArthur.

Er ist sauer deswegen, dachte Jim Whittaker. *Aber mir kann er bestimmt keine Schuld daran geben.*

»Ich habe andere Botschaften von unserem Oberbefehlshaber über den Stabschef, General Marshall, erhalten, Captain Whittaker. Man hat mir befohlen, Corregidor und die Philippinen zu verlassen, um das Kommando der Streitkräfte der Vereinigten Staaten in Australien zu übernehmen. Meine Frau, Colonel Sutherland, Colonel Huff und andere haben mir abgeraten, zu tun, was ich vorziehen würde, nämlich mein Rücktrittsgesuch einzureichen und in die Mannschaften einzutreten; sie sind der Meinung, daß ich diesen Befehl befolgen muß. Heute abend bei Sonnenuntergang verlassen wir Corregidor an Bord von Patrouillenbooten. Sie werden uns begleiten, Captain. Nach unserer Ankunft in Australien werden Sie heimgeschickt, mit einem Brief von mir an unseren Oberbefehlshaber, den Sie ihm persönlich überbringen werden. Wie ich mich erinnere, ist Mr. Roosevelt ein freundlicher Mann, und ich hoffe, angesichts seiner Zuneigung für Ihren verstorbenen Onkel wird er Ihnen ein paar Minuten seiner Zeit schenken. Es würde mich nicht überraschen, wenn er Sie zum Essen einlädt. Wenn das der Fall sein sollte, werden Sie ihm bestimmt klarmachen können, wie unsere Lage hier *wirklich* ist. Vielleicht werden Sie dem Oberbefehlshaber sogar erklären können, wie schwierig es für mich gewesen ist, einen Befehl zu befolgen und das Kommando hier aufzugeben.«

Aus dem Augenwinkel konnte Jim Whittaker Lieutenant Colonel Huff sehen und an seiner Miene erkennen, daß Huff bis zu diesem Augenblick nichts von dieser Sache gewußt hatte.

»Vielleicht werden Sie so nett sein, beim Beladen der Boote zu helfen, Captain«, sagte MacArthur.

»Sir«, sagte Whittaker, »ich würde es vorziehen, nach Bataan zurückzukehren.«

»Ich auch, Captain«, sagte MacArthur. »Wegtreten!«

4
Golfplatz
Palast des Paschas von Marrakesch
Marrakesch, Marokko
12. März 1942

Thami el Glaouis achtes Loch auf dem Golfplatz war ein Dogleg Par fünf. Ein Schlag – mindestens – konnte gespart werden, indem das Loch direkt angespielt wurde, aber damit riskierte man, daß sich der Golfball in einer hohen Baumgruppe verfing, hinter der sich ein Teich befand. Der Pascha von Marrakesch spielte sein achtes Loch stets auf die vorsichtige Art. Der Pascha von Ksar es Souk hingegen versuchte immer einen Schlag durch die Baumgruppe, wenn er mit Thami spielte. Oftmals hatte er damit Erfolg. Aber für gewöhnlich gewann der Pascha von Marrakesch über alle achtzehn Löcher mit seiner konservativeren Spielart. An seinen guten Tagen spielte Sidi el Ferruch jedoch unter Par. Heute hatte er einen guten Tag. Er spielte am achten Loch ein Birdie, also einen Schlag unter Par, während Thami ein zweifaches Bogey spielte, also zwei Schläge über Par. Er hatte ein Fünfer-Eisen gewählt, als er ein Siebener hätte nehmen sollen, und so schlug er übers Grün hinweg.

Einen Moment lang ärgerte ihn das besonders, weil er wußte, daß er nur sich selbst die Schuld geben konnte. Aber seine Laune besserte sich, als er das neunte Grün – ein schönes Par drei – mit einem Schlag schaffte. Weil der Pascha von Ksar es Souk es ebenfalls schaffte, gingen sie zusammen zum Grün.

»Haben die Amerikaner den Namen des französischen Offiziers preisgegeben?« fragte Thami el Glaoui auf halbem Weg zum Fairway.

»Nein«, sagte Sidi el Ferruch, »und ich würde ihn an ihrer Stelle ebenfalls erst preisgeben, wenn ich es müßte.«

»Ja, ich verstehe.«

»Aber ich habe die Identität des anderen Mannes überprüft, den sie mit ihrem U-Boot fortbringen wollen.«

»Gut.«

»Sein Name ist Grunier, und er ist Mineningenieur. Ich habe noch etwas Interessantes über ihn herausgefunden: Er ist kein amerikanischer Agent.«

»Und?«

»Und so habe ich mich natürlich gefragt, warum sie ihn haben wollen – und zwar so dringend, daß sie ihn per U-Boot wegschaffen.«

»Was hast du herausgefunden?«

»Leider wenig«, gab el Ferruch zu. »Er ist erst kürzlich nach Marokko gekommen. Zuvor war er ein paar Jahre in Katanga in Belgisch Kongo. Da es in Katanga keine Mineralien gibt, die von den Amerikanern gebraucht werden und die sie nicht sonstwo erhalten können, wundert es mich, warum sie diesen Grunier haben wollen. Sie haben Tausende Mineningenieure, also kann es nicht an seinem Beruf liegen. Folglich muß er über etwas Bescheid wissen – entweder hier oder in Katanga –, das sie haben wollen.«

»Warum fragst du ihn nicht?«

»Das möchte ich, aber leider ist das unvorsichtig. Wenn ich ihn verhaften lasse, wird die Sûreté oder die Gestapo – was letzten Endes dasselbe bedeutet – davon erfahren. Und das würde unseren amerikanischen Freunden mißfallen, die das Ganze geheimhalten wollen, davon bin ich überzeugt. Und eine zwanglose Unterhaltung mit ihm würde zu dem gleichen Ergebnis führen, den er würde sofort nach dem Gespräch zur Sûreté laufen.«

»Dann überlaß ihn den Amerikanern.«

»Ja, Ehrenwerter Vater, ich glaube, das ist das beste«, sagte Sidi el Ferruch. »Obwohl ich der Ansicht bin, wir könnten vielleicht mehr Geld für Grunier bekommen, wenn wir herausfinden, weshalb sie ihn unbedingt haben wollen.«

»Nein«, sagte Thami el Glaoui. »Die Amerikaner planen für dieses Jahr eine Invasion Nordafrikas, davon bin ich überzeugt. Wir sind die Hintertür zu Europa. Wenn das geschieht, werden sie dich und mich brauchen. Aber vorher will ich ihnen nahestehen – sie sollen meinen, sie hätten mich in der Tasche, wie sie es bezeichnen. Handel jetzt mit ihnen, aber bleibe zurückhaltend.«

»Ja, Ehrenwerter Vater, das werde ich.« Sidi fand, daß der alte Mann recht hatte. »Dann brauchen wir sie nicht warten zu lassen?«

»Nein. Wir haben sie lange genug hingehalten.«

»Gut.«

»Und ihr U-Boot?«

»Sie werden zwei oder drei Tage brauchen, um ihr U-Boot herzubringen.«

»Dann schick Mr. Baker die Botschaft, auf die er wartet.«

Als Eldon Baker an diesen Abend von seinem Apartment zu dem Café ging, in dem er für gewöhnlich zu Abend aß, stolperte ein Berberjunge, der einen großen Korb mit Orangen in den Armen hielt, aus einem Hauseingang gegen ihn. Beide stürzten in einem Gewirr von Gliedmaßen und Orangen auf den Bürgersteig. Als sie sich aufgerappelt hatten, war ein Zettel in Bakers Jackettasche, der zuvor nicht darin gewesen war. Auf dem Zettel stand ein Wort auf arabisch: *Hejira*.

Im Café ging Baker auf die Toilette, zündete den Zettel mit seinem Feuerzeug an, verbrannte ihn und spülte die Asche fort.

5
Rabat, Marokko

13. März 1942

Dr. Diego Garcia Albeniz war ein Katalane, der im Bürgerkrieg gegen Franco gekämpft hatte und kurz nach dem Fall von Madrid nach Französisch-Afrika entkommen war. Er war auch ein ziemlich guter Arzt, der – verständlicherweise – einiges über Verwundungen auf dem Schlachtfeld wußte. Durch sein Können war er gelegentlich nützlich für die Paschas von Ksar es Souk. Doch nicht Sidi el Ferruch brauchte Dr. Albeniz heute. Richard Canidy brauchte ihn.

Da die Praxis des Arztes nur einen halben Kilometer vom amerikanischen Konsulat in Rabat entfernt war, entschied sich Canidy, zu Fuß zu gehen, obwohl es in

Strömen regnete. Nur so konnte er sicher sein, daß ihn der Agent der Sûreté, der an diesem Tag sein Schatten war, nicht aus den Augen verlor. (»Ich dachte, sie arbeiten im Team«, hatte Canidy mit tiefverletzter Eitelkeit zu Eldon Baker gesagt, nachdem die Beschattung durch die Sûreté begonnen hatte. »Sie sind kein Team wert«, hatte Baker erwidert und noch Salz in die Wunde gestreut.)

So trottete Canidy mit Regenmantel, Hut, Schal und Galoschen den halben Kilometer zu Dr. Albeniz und tröstete sich voller Schadenfreude damit, daß der Franzose, der ihm folgte, ebenfalls naß wurde.

Die Praxis des Arztes befand sich im zweiten Stock, der über eine Treppe an der Außenwand des Hauses zu erreichen war. Auf dem oberen Treppenabsatz schaute sich Canidy unauffällig um, um zu sehen, ob sein Schatten noch da war. Er war. Er hatte ein wenig Schutz vor dem Regen in einem Hauseingang gefunden.

Leide, du Armleuchter, dachte Canidy. Dann klopfte er an die Tür.

Dr. Albeniz, der gegen die Faschisten gekämpft hatte, war ein Aristokrat. Er war groß und trug sein schwarzes Haar glatt zurückgekämmt. Bei ihm befand sich der amerikanische stellvertretende Konsul William Dale. Dale war nur dort, weil er in etwa die gleiche Größe und Statur wie Canidy hatte. Und er hatte eine Stunde lang auf Canidys Eintreffen mit einer Ungeduld gewartet, die in der Abneigung des Diplomaten wurzelte, die Arbeit von Spionen auszuführen.

Dale nahm Canidys Ankunft zur Kenntnis, indem er wortlos das Packpapier von dem Bündel abriß, das er ihm mitgebracht hatte. Er überreichte Canidy das Bündel und nahm von ihm die regennasse Kleidung entgegen. Das Bündel enthielt Kleidung, die bis vor kurzem von einem der Berber el Ferruchs getragen worden war.

Canidy zog diese Sachen an, während Dale die Regensachen überzog.

»Ich gehe jetzt«, sagte er zu dem Arzt und ignorierte Canidy.

»Ich würde an Ihrer Stelle mindestens noch eine Viertelstunde warten, Sir«, sagte Canidy. »Es soll aussehen, als wäre dies ein Arztbesuch gewesen.«

»Wie es in der Tat einer ist«, sagte Dr. Albeniz lächelnd.

Dale zuckte mit den Achseln und setzte sich. Der Arzt ging zu einem Schrank und nahm eine Spritze und eine Nadel heraus. Er schraubte die Nadel in die Fassung und zeigte Canidy die Markierungen an der Seite der Spritze.

»Ich gebe Ihnen ein Beruhigungsmittel, das jemand drei oder vier Stunden glücklich schlafen läßt«, sagte Dr. Albeniz mit sehr gutem Englisch, aber starkem Akzent. »Füllen Sie die Spritze bis zu diesem Strich hier.« Er zeigte ihn Canidy.

»Okay.«

»Sie wissen, daß man etwas Flüssigkeit herausspritzt, bevor man die Spritze setzt?«

Canidy nickte.

»Gut.« Albeniz ging zu einem Schrank, schloß ihn auf und nahm eine kleine Schachtel heraus. Er überprüfte die Aufschrift und nickte zufrieden. Dann fand er ein Etui für die Spritze und das Beruhigungsmittel in seiner Arzttasche. Er verstaute alles in dem Etui und überreichte es Canidy.

»Kann ich das zurückbekommen?« fragte Dr. Albeniz.

»Ich hoffe es«, sagte Canidy.

»Bitte versuchen Sie es«, sagte der Arzt. »Die Lieferung von Medikamenten ist zur Glückssache geworden.«

»Ich werde mein Bestes tun«, versprach Canidy. Er

bezweifelte, daß er in der Lage sein würde, dem Arzt die Sachen zurückzugeben.

»Danke. Folgen Sie mir jetzt bitte.« Der Arzt führte Canidy eine innere Treppe hinunter und durch eine Tür, die zu einer Hintergasse führte. In der Gasse stand ein *deux chevaux* Citroen-Lieferwagen, dessen Motor lief. Der Arzt öffnete die Hecktür, und Canidy stieg ein.

»Hallo, Dick«, sagte Eric Fulmar, »wie geht's dir?«

6
Oued-Zem, Marokko

13. März 1942

Es war kurz vor 22 Uhr, als Louis Albert Grunier bei seinem kleinen Landhaus auf dem Minengelände bei Qued-Zem eintraf. Grunier hatte sich angewöhnt, seine Abende in einem Café in der Stadt zu verbringen, in dem drei unerwartet süße Mädchen arbeiteten. Für ein paar Francs tanzten die Mädchen, und für ein paar mehr nahmen sie einen Gast mit nach oben. Grunier tanzte nicht und ging auch nicht mit nach oben, aber er bezahlte die Mädchen trotzdem für die Zeit, die sie ihm widmeten, und versüßte ihre Zeit außerdem mit Wermut oder Pernod.

Als Grunier das Licht in seinem Landhaus einschaltete, sah er ein wüstes Durcheinander. Und da lag – *mon Dieu!* ein toter Mann auf dem Boden. Zwei Berber – nein, zwei europäisch aussehende Männer in Berberkleidung, korrigierte er sich – hatten im Dunkeln auf ihn gewartet und seinen besten Cognac getrunken.

Grunier sagte nichts, als er sie sah, und er tat auch nicht, was er wirklich wollte, nämlich Hals über Kopf flüchten. Einer der Männer richtete eine sehr große und gefährlich aussehende Thompson-Maschinenpistole auf ihn.

»*Bon soir*, Monsieur Grunier«, sagte der Mann mit der MPi. »Wir haben auf Sie gewartet.«

»Da-das ist unerhört!« stammelte Grunier.

»Sie werden erstaunt sein, dies zu hören«, sagte Eric Fulmar, »aber wir sind gekommen, um Sie zu retten.«

»Wer ist dieser Mann?« fragte Grunier, ignorierte Fulmars Worte und wies auf die scheinbare Leiche am Boden. »Und warum haben Sie ihn umgebracht?«

»Er ist nicht tot ... noch nicht«, sagte Eric. »Aber er wird es in Kürze sein, und ich kann mir vorstellen, es wird Sie erfreuen, denn die Sûreté und die Deutschen werden glauben, daß Sie der Tote sind, wodurch Ihre Frau und Ihre Kinder sicher sind. Denn wir werden Sie, Monsieur Grunier, in einem U-Boot nach Amerika bringen.«

Ein paar Sekunden lang blieb Grunier die Luft weg. Dann setzte er sich und bewegte die Hand, als unterstreiche er Worte mit Gesten, aber kein Laut kam über seine Lippen.

Schließlich fand er die Sprache wieder. »Sie sind verrückt«, sagte er.

»Vielleicht«, pflichtete Eric Fulmar ihm bei. »Unterdessen müssen wir Sie zu dem U-Boot bringen. Und, ich bedaure, Ihnen das sagen zu müssen, dazu brauchen wir Sie bewußtlos.«

»Da-das ist unerhört!«

»Absolut«, stimmte ihm Eric Fulmar zu, »aber zeigen Sie sich bitte kooperativ ...«, er ruckte drohend mit der Maschinenpistole, »...und lassen Sie die Hosen herunter.«

Der andere Mann, Richard Canidy, nahm die Spritze und das Beruhigungsmittel aus dem Etui und zog die Spritze auf.

»Der Doc hat gesagt, bis zum dritten Strich«, sagte er auf englisch, »aber ich glaube, wir verpassen ihm besser etwas mehr.«

»Bring ihn nur nicht um«, sagt Fulmar und hoffte, daß Grunier kein Englisch verstand. So war es. Grunier starrte nur entgeistert vor sich hin und ließ die Hosen hinunter, damit Canidy ihm die Nadel ins Gesäß stechen konnte.

Als er das getan hatte, verlor Louis Albert Grunier binnen Sekunden das Bewußtsein.

Als nächstes schaltete Canidy das Licht an und aus, an und aus; dann trugen er und Fulmar den bewußtlosen Franzosen hinaus zu dem Lieferwagen.

Der Fahrer passierte sie auf dem Weg nach draußen. Er ging ins Haus und trug einen Zehn-Liter-Kanister Benzin.

7

Safi, Marokko

14. März 1942

Fulmar, Canidy und Grunier verbrachten den nächsten Tag im Laderaum eines marokkanischen Fischerboots, das im Hafen von Safi ankerte und auf die Ankunft von Admiral de Verbey wartete. Es dauerte leider nicht lange, bis sie so stanken wie ihre Umgebung. Eine Flasche Black and White, die Eric mitgebracht hatte, machte den beiden den Aufenthalt im Laderaum des Fischerboots etwas erträglicher. Der Franzose nahm den Fischgestank nicht wahr. Er schlief.

Gegen Abend hörten Canidy und Fulmar Geräusche, und sie entschlossen sich, aus dem Laderaum an Deck zu spähen. Zwei große Lastwagen waren auf den Kai gefahren. Einer war offenbar mit Zementsäcken beladen. Der Truck dahinter war ein Zementmischer.

Einer der Fahrer kletterte hinten auf den Zementmischer und schraubte an dem Einfüllstutzen herum, wodurch er von der Mischtrommel zurückschwang. Und einen Augenblick später tauchte aus der Mischtrommel ein kleiner älterer Mann auf.

»Der Admiral, nehme ich an«, sagte Canidy.

»Vermutlich«, stimmte Eric Fulmar zu.

Der Fahrer half dem älteren Mann in ein Ruderboot, in dem bereits vier marokkanische Fischer warteten. Die Lastwagen fuhren davon, und die Fischer ruderten zu dem Boot, in dem sich Eric Fulmar und Dick Canidy versteckten. Ein paar Minuten später saß Vizeadmiral Jean-Phillipe de Verbey im Laderaum neben Lieutenant Richard Canidy und Eric Fulmar und teilte mit ihnen die Flasche Black and White, deren Inhalt bereits beträchtlich abgenommen hatte. Seine Retter hatten ihn durch zwei Straßensperren gebracht (es war bekannt geworden, daß er flüchten wollte, aber wer dachte schon daran, im Bauch eines Zementmischers nachzuschauen?), und jetzt war er sehr aufgeregt und redselig – zu aufgeregt, um seinem bewußtlosen Landsmann viel Aufmerksamkeit zu schenken.

Bald nach der Ankunft des Admirals hißte die Mannschaft des Fischerboots das Segel, und zwanzig Minuten später verriet das Schaukeln des Boots den Männern im Laderaum, daß sie den Hafen verlassen hatten. De Verbey quasselte die ganze Zeit ununterbrochen, erzählte immer wieder die Geschichte seiner Flucht – soweit Canidy das jedenfalls zu verstehen glaubte. Fulmar bemühte sich nicht, zu übersetzen, und es machte dem Admiral anscheinend nichts aus, daß ihm keiner zuhörte.

Später kletterte einer der Fischer in den Laderaum und winkte ihnen, an Deck zu kommen. In der Ferne war ein dunkler Umriß auf dem Wasser zu sehen. Dann blitzte ohne Vorwarnung ein gleißender Scheinwerfer auf.

»Allmächtiger!« stieß Canidy hervor.

Eine amerikanische Stimme hallte über das Wasser. »Nehmen Sie die Mannschaft eines Schlauchboots an Bord.«

Ein paar Fischer stiegen in den Laderaum hinab und holten Grunier herauf. Er war jetzt bei Bewußtsein, aber noch benommen und zu wacklig auf den Beinen, um allein gehen zu können.

Das Segel wurde eingeholt. Einen Moment später war das Platschen von Rudern im Wasser zu hören. Abermals flammte ein Scheinwerfer auf, und ein Ruder schlug gegen den Rumpf des Fischerboots.

»Ahoi an Bord«, rief eine Stimme. »Lieutenant Edward Pringer, U.S. Navy.«

»Lieutenant Richard Canidy«, rief Canidy zurück. »U.S. Navy Reserve.«

Einen Augenblick später tauchte ein schwarzgekleideter Mann mit geschwärztem Gesicht auf und kletterte über die Reling ins Boot.

»Genau auf den Punkt«, sagte er und reichte Canidy die Hand. »Ich meine Position und Zeit.«

»Ich bin verdammt froh, Sie zu sehen, Lieutenant«, sagte Canidy.

»Das sind Ihre Passagiere?«

»Ja«, sagte Canidy.

»Okay. Wir können sie mit Seilen sichern und ins Schlauchboot holen.«

Das dauerte ein paar Minuten.

»Adios«, sagte Lieutenant Pringer, als die beiden sicher im Schlauchboot waren. »Und viel Glück!«

»Was, zum Teufel, meinen Sie damit?« fragte Canidy. »Wir kommen mit.«

»Ich befürchte nein«, sagte Pringer.

»Hören Sie zu«, sagte Canidy. »Haben Sie nicht mitbekommen, was ich gesagt habe? Ich bin Lieutenant Richard Canidy.«

»Dann werden Sie etwas von Befehlen verstehen«, sagte Lieutenant Pringer. »Ich habe meine. Und meine sind ziemlich präzise.«

»Welche Befehle?«

»Meine Befehle lauten, das Begleitpersonal der Passagiere nicht an Bord des U-Boots zu nehmen.«

»Das glaube ich nicht!« sagte Canidy.

»Gewaltanwendung ist erlaubt«, sagte Lieutenant Pringer. »Ich hoffe, sie wird nicht nötig sein, Lieutenant.«

»Wir sind bewaffnet«, brauste Fulmar auf. »Wir sollten Ihr verdammtes kleines Boot aus dem Wasser pusten!«

»Dadurch kämen Sie nicht auf das U-Boot«, sagte Lieutenant Pringer.

»Ich werde diesen Hurensohn umbringen«, sagte Canidy.

»Es tut mir wirklich leid«, sagte Lieutenant Pringer. »Und jetzt gehe ich ins Boot.«

»Dieser elende, hinterhältige Hurensohn!« zürnte Canidy.

»Ich wünsche Ihnen noch einmal viel Glück!« sagte Pringer.

Fulmar lachte. »Woher wissen Sie, daß ich Sie nicht trotzdem abknalle?« fragte er.

»Ich weiß es nicht«, erwiderte Pringer. »Ich hoffe es.«
Er stieg über die Reling und verschwand.

»Ich habe diesem Drecksack Baker mißtraut, als ich ihn zum ersten Mal gesehen habe«, sagte Fulmar. »Schon in Paris habe ich ihm nicht über den Weg getraut. Aber es überrascht mich, daß er dich ebenfalls verarscht hat, Dick.«

»Was jetzt?« sagte Canidy.

»Nun, ich nehme an, ich kann dich nach Rabat bringen«, sagte Fulmar, und seine Wut legte sich schnell. »Baker hofft vielleicht, daß du von den Deutschen geschnappt wirst, aber ich hoffe das nicht, und ich möchte ihm nicht die Befriedigung geben.«

»Was wirst du tun?«

»Ich kehre nach Ksar es Souk zurück und hoffe, daß Thami el Glaoui mich nicht an die Deutschen ausliefert.«

»Du siehst das verdammt gelassen«, sagte Canidy.

»Ich bin halb Deutscher, halb Amerikaner und halb Marokkaner. Okay, drei Hälften gibt es nicht. Streich also die deutsche Hälfte. Und all dies beweist, daß ich die amerikanische Hälfte vergessen kann. So bin ich jetzt ein reinrassiger Marokkaner geworden.«

8
Rabat, Marokko

15. März 1942

Kurz vor elf Uhr am nächsten Tag fuhr ein Lastwagen mit dem Heck zur Küchentür des Generalkonsulats der Vereinigten Staaten in Rabat. Die Segeltuchplane wurde gerade weit genug geöffnet, daß Canidy von der Ladefläche springen konnte, und dann fuhr der Lastwagen schnell davon.

Canidy stürmte an dem überraschten Koch vorbei in den Speiseraum und dann in das Konsulat selbst. Sein Ziel war das Büro des Generalkonsuls. Robert Murphy war anscheinend nicht überrascht, ihn zu sehen.

»Mir tut dies alles sehr leid, Canidy«, sagte Murphy.

»Was, zur Hölle, ist los?« fragte Canidy wütend.

»Es war nötig, daß Sie hierbleiben«, erklärte Murphy, »denn es war noch nötiger, daß Fulmar ebenfalls hierbleibt.«

»Und warum hat man unwichtigen Leuten wie mir diese andere kleine Sache nicht erzählt?« fragte Canidy zornig.

»Weil wir eine Invasion von Nordafrika planen«, sagte Murphy sachlich. »Sie wird bald stattfinden. Und wir brauchen Fulmars und El Ferruchs Hilfe dabei. Wir hoffen, Thami el Glaouis Berber anzuwerben. Und Ihr Freund wird so nützlich für uns sein, wie Sidi el Ferruch es gewesen ist – eine Art Vermittler. Sidi wollte, daß Fulmar bleibt, und Fulmar wollte bleiben. Und so ist er geblieben. Wenn man Ihnen gesagt hätte, daß dies geplant war, wären die Dinge schrecklich vermasselt worden.«

»Wir haben ihm versprochen ... *ich* habe ihm versprochen, daß wir ihn aus Marokko herausholen«, sagte Canidy. »Jetzt hält er uns für verlogene Hurensöhne. Wie kommen Sie auf den Gedanken, er könnte uns noch einmal helfen?«

Murphy zuckte mit den Achseln. »Dies ist eine der Brücken, die wir zu gegebener Zeit überqueren müssen. Grunier und der Admiral waren am wichtigsten. Als wir sie auf dem U-Boot hatten, verlagerte sich die Priorität auf die Invasion. Wie ich schon sagte, Sie wurden nicht informiert, weil es besser war, daß Sie nichts davon wußten.«

Ein Marineinfanterist tauchte mit Doughnuts und Kaffee auf.

»Ich dachte mir, Sie möchten sich ein wenig stärken«, sagte Murphy.

»Darf ich eine Frage stellen?« fragte Canidy.

»Wie es jetzt weitergeht?«

»Nein.« Canidy schüttelte den Kopf. »Wie kommt es, daß Sie mir von der Invasion erzählen? Ist das nicht geheim?«

»Eigentlich streng geheim«, sagte Murphy. »Hier im Konsulat entscheide ich, wer ein Recht auf Information hat und wer nicht. Ich habe mir gesagt, daß es im Interesse der Vereinigten Staaten ist, Sie zu informieren. Eldon Baker ist zu wertvoll für uns, um zuzulassen, daß Sie ihm den Hals rumdrehen.«

Canidy lachte. »Mit diesem Gedanken habe ich gespielt«, bekannte er.

»Das wäre unproduktiv«, sagte Murphy. »Ein sehr guter Nachrichtenoffizier tot und ein anderer wegen Mordes im Knast. Wir haben nicht so viele gute Nachrichtenoffiziere.«

»Das klingt, als wollten Sie mir Honig ums Maul schmieren«, sagte Canidy.

»Sie haben Ihre Sache sehr gut gemacht«, sagte Murphy. »Besser, als einige gedacht haben. Deshalb stimme ich Eldon zu. Sie haben anscheinend ein Talent für geheimdienstliche Aktionen, Canidy.«

Verdammt noch mal, ich fühle mich geschmeichelt. Ich freue mich wie ein kleiner Junge, der seiner Mami einen goldenen Stern auf dem Fleißkärtchen heimbringt.

»Was geschieht jetzt mit mir?«

Murphy nahm ein Telegramm vom Schreibtisch.

»Bevor ich Ihnen dies gebe«, sagte er, »müssen Sie wissen, daß es nicht stimmt. Es ist so formuliert worden, damit die Franzosen und Deutschen es lesen.«

```
STATEWASH 26 FEB 42
AN GENERALKONSUL RABAT MAROKKO
Übermitteln Sie Canidy bei nächstmöglicher
Gelegenheit – Zitat Anfang – Reverend Dr.
George Crater Canidy nach einem Herzanfall
in stabiler, aber kritischer Verfassung im
Krankenhaus Cedar Rapids Iowa – Ende des
Zitats – Stop Telegramm erlaubt Generalkonsul Rabat Canidy Sonderurlaub zu gewähren
wenn Dienst es erlaubt und Transport zu uns
zu arrangieren Stop. John G. Glover Stellvertretender Unterstaatssekretär für Personal
Ende.
```

Canidy fragte sich, ob das eine weitere verrückte Idee von Eldon C. Baker war.

»Sie fliegen morgen in die Staaten«, sagte Murphy.

»Das ist okay«, sagte Canidy. »Wenn man schon gefickt wird, dann sollte man es auch genießen.«

9
Café des Deux Sabots
Rabat, Marokko
17. März 1942

Jean-François, Max von Huerten-Mitnitz' Stammkellner, neigte sich erwartungsvoll über den Tisch. »Ihre Bestellungen, Messieurs?« fragte er.

»Bitte lassen Sie Ihrer Phantasie freien Lauf, Jean-François«, sagte von Huerten-Mitnitz. »Alles außer Lamm.«

»Und ich nehme das gleiche«, sagte Müller.

»Und so ist der kleine Admiral davongeflogen«, sagte von Huerten-Mitnitz, als sich Jean-François zurückgezogen hatte.

»Leider ja«, pflichtete Müller ihm bei.

»Und ebenso unsere beiden *unbedeutenden* amerikanischen Konsulatsbeamten.«

»Leider ja.«

»Und Sidi el Ferruch und sein Freund Fulmar sind nach ihrem kürzlichen Verschwinden nach Ksar es Souk zurückgekehrt. Meinen Sie, daß es absolut keinen Zusammenhang zwischen all diesen Ereignissen gibt?«

»Nicht den geringsten«, erwiderte Müller lächelnd. »Aber ich frage mich, warum Fulmar in Marokko geblieben ist. Wir können ihn jetzt ganz gefahrlos festnehmen.«

»Interessant, nicht wahr? Ich wäre an seiner Stelle abgehauen ... obwohl er anscheinend glaubt, bei el Ferruch sicher genug zu sein. Und vielleicht ist er tatsächlich bei el Ferruch sicher – jedenfalls so lange, wie die

Franzosen die einzigen für uns verfügbaren Quellen sind.«

»Was tun wir also?«

»Der Verlust des Admirals muß bestraft werden, damit Sie und ich nicht nach Rußland geschickt werden. Treiben Sie eine große Zahl von Verdächtigen auf und verdonnern Sie sie. Gibt es sonst noch etwas Geschäftliches? Es wäre angenehm, wenn ich mal zur Abwechslung mein Essen genießen könnte.«

»Sonst gibt es nicht viel Geschäftliches. Ein französischer Mineningenieur wurde beraubt und verbrannt, nachdem die Täter das Haus in Brand steckten.«

»So ein Pech für ihn. Aber ich nehme an, die Franzosen können sich um den Fall kümmern.«

»Genau das dachte ich mir auch.«

10
Washington, D.C.

17. März 1942

Während seiner zweitägigen Heimreise dachte Canidy über vieles nach. Er gelangte zu dem Schluß, daß er sich nicht beklagen konnte. Er war aus China heimgekehrt – lebend –, und er kehrte jetzt aus Marokko heim – ebenfalls lebend. Er machte sich keine besonderen Sorgen um Eric Fulmar. Eric war anscheinend völlig in der Lage, für sich selbst zu sorgen.

Er, Dick Canidy, mußte jetzt nur seinen gegenwärtigen Job loswerden. Als die Freude über Murphys Komplimente verflog, wurde ihm klar, daß all dies nur

Schmus gewesen war. Er hatte nichts Außergewöhnliches vollbracht, nichts, das ihn zu einem guten Spion machte. Fast das Gegenteil war der Fall. Er wußte nicht, was man von einem Spion erwartete, geschweige denn, wie es in die Tat umgesetzt werden mußte. Er hatte kein Interesse daran, Spion zu sein. Und weil er kein Dummkopf war, würde er die Finger von Spionagetätigkeit lassen.

So einfach war das. Er brauchte nur zu sagen ›Ich kündige‹. Das war's dann. Er hatte getan, was man von ihm verlangt hatte. Er bezweifelte, daß man ihn tatsächlich ohne Grund in ein Irrenhaus einsperren würde. Und er würde ihnen keinen Grund liefern. Er kannte keine Geheimnisse (abgesehen davon, daß eine Invasion Nordafrikas stattfinden sollte, und das war kein großes Geheimnis).

Mit etwas Glück konnte er als Luftfahrttechniker an die Arbeit gehen. Mit noch etwas mehr Glück konnte er vom Wehrdienst freigestellt werden. Er würde nicht mehr seinen Hals riskieren müssen.

Alles war in Ordnung gekommen.

Chief Ellis erwartete ihn auf dem Flughafen in Washington.

»Ich bin mir nicht sicher, ob es mich freut, Sie zu sehen oder nicht«, sagte Canidy, als sie sich die Hände schüttelten. »Was wollen Sie?«

»Nun, der Captain möchte Sie sehen«, sagte Ellis. »Und ich habe den Befehl, Sie abzuholen.«

»Mr. Baker ist nicht zufällig dort?«

»Nein, das ist er nicht.«

»Schade«, sagte Canidy. »Je eher ich ihm in den Hintern treten kann, desto eher kann ich diese ganze unangenehme Sache hinter mir lassen.«

»Der Captain sagte, Sie wären vermutlich immer noch sauer auf Mr. Baker«, sagte Ellis.

»Das ist die Untertreibung des Jahres«, erwiderte Canidy. »Muß ich zum Haus in der Q Street?«

»Nein. Aber es wäre eine gute Idee, wenn Sie nicht auf einer Bank in der Union Station schlafen wollen. Es gibt keine freien Hotelzimmer in Washington.«

»In diesem Fall fahren wir zur Q Street«, sagte Canidy.

»Außerdem ist Ihre Kleidung dort«, sagte Ellis. »Sie ist in der vergangenen Woche per Flugzeug eingetroffen.«

»Meine Klamotten kamen mit dem Flugzeug, aber nicht mit demselben wie ich?« Canidy sah Ellis fragend an.

»Ja, aber was soll's? Das Essen im Flugzeug war gut, nicht wahr?«

»Ja, das war es.«

»Sie müssen lernen, sich zu entspannen, Mr. Canidy«, sagte Ellis.

»Oh, das werde ich tun«, sagte Canidy. »Von jetzt an.«

Cynthia Chenowitch empfing ihn an der Haustür.

»Willkommen daheim«, sagte sie.

»Danke«, erwiderte er. »Wenn du das ehrlich meinst, dann wirst du heute abend mit mir essen gehen.«

»Du hast offenbar vor, dein Essen in flüssiger Form zu dir zu nehmen«, sagte Cynthia.

Das Telefon klingelte. Sie nahm das Telefonat entgegen und reichte ihm dann den Hörer.

»Hallo?«

»Bill Donovan, Dick«, ertönte die vertraute Stimme. »Willkommen daheim. Gut gemacht.«

O Scheiße!

»Wir haben für Sie morgen um elf Uhr einen Platz in einem Flugzeug nach Chicago mit Anschluß an Cedar Rapids reserviert«, sagte Donovan. »Wir dachten uns,

Sie möchten für ein paar Tage Ihren Vater besuchen.«

»Danke, Sir.«

»Das ist das wenigste, das wir tun können«, sagte Donovan.

Was ist mit mir los? Was hat dieser Mann besonderes? Warum kann ich nicht sagen, ›Steck dir dein Flugticket in den Arsch, ich kündige‹?

»Ich bin dankbar«, hörte sich Canidy sagen.

»Wir werden uns bei Ihrer Rückkehr unterhalten«, sagte Donovan.

»Ich freue mich darauf, Sir«, erwiderte Canidy.

»Ich mich auch«, sagte Donovan. »Grüßen Sie bitte Ihren Vater.«

Es klickte. Canidy hielt den Telefonhörer vom Ohr fort und starrte ihn an.

Dann blickte er zu Cynthia auf.

»Ich habe noch keine Antwort bezüglich des Abendessens bekommen«, sagte er.

»Dick, ich sollte wirklich nicht mit dir ausgehen. Ich muß hier arbeiten.«

»Nun«, entgegnete er, »wir alle müssen unsere kleinen Opfer für den Krieg bringen, nicht wahr? Deines besteht darin, mit mir zu Abend zu essen.«

ENDE

Band 13 936
P. T. Deuterman
Die Geheimnisse des Admirals Sherman
Deutsche Erstveröffentlichung

Kaum ist Neil Sherman zum Admiral befördert worden, droht ihm auch schon das Ende der Karriere: Nach dem mysteriösen Tod seiner Freundin stellt sich nämlich heraus, daß sie ihn in ihrem Testament als Erben ihrer Lebensversicherung eingesetzt hat. Vedächtigungen gegen den Admiral – wenn auch hinter vorgehaltener Hand – sind die Folge. Karen Lawrence aus der Rechtsabteilung der Marine wird beauftragt, den Fall zu klären.
Nachdem sie Sherman kennengelernt hat, ist Karen von seiner Unschuld fest überzeugt. Allerdings merkt sie bald, daß der Admiral einen Todfeind hat: Es ist eine Feindschaft, die auf eine heikle Mission im Vietnamkrieg zurückgeht, bei der Sherman sich in tiefe Schuld verstrickt zu haben scheint ...

Sie erhalten diesen Band im Buchhandel, bei Ihrem Zeitschriftenhändler sowie im Bahnhofsbuchhandel.